Karen Raney

Vielleicht auf einem anderen Stern

KAREN RANEY

VIELLEICHT AUF EINEM ANDEREN STERN

ROMAN

Aus dem Englischen
von Andrea Brandl

DIANA

FSC
www.fsc.org
MIX
Papier aus verantwortungsvollen Quellen
FSC® C014496

Verlagsgruppe Random House FSC® N001967

Die Originalausgabe erschien 2019 unter dem Titel
All the Water in the World bei Scribner, New York

in der Verlagsgruppe Random House GmbH,
Neumarkter Straße 28, 81673 München
Redaktion: Antje Nissen
Umschlaggestaltung: Nastassja Abel, Geviert GbR,
Grafik & Typografie, München
Umschlagmotiv: © Guille Faingold / Stocksy United
Autorenfoto: © Simon Weller
Herstellung: Helga Schörnig
Satz: Leingärtner, Nabburg
Druck und Bindung: GGP Media GmbH, Pößneck
Printed in Germany

ISBN 978-3-453-36051-8

www.diana-verlag.de
Dieses Buch ist auch als E-Book lieferbar.

TEIL I

EVE

1

Akustisch gesehen ist ein See gewissermaßen ein schwarzes Loch: Im Gegensatz zum Meer erzeugt er keinerlei Eigengeräusche, stattdessen spinnen Wind, Boote, Vogelgezwitscher und Kinderstimmen eine Art Lautkranz um das Wasser, was die Stille noch intensiver erscheinen lässt. Gelegentlich durchbrechen eine Schildkröte oder ein Fisch die Wasseroberfläche, wobei der Eindruck entsteht, als steige ein Geräusch aus den Tiefen empor. Maddy, die geborene Philosophin, würde wissen wollen, ob es *tatsächlich* ein Geräusch ist, oder ob dieses Auftauchen lediglich die Suggestion davon heraufbeschwört. Ich erwähne Maddy, weil sich die Gedankenwelt automatisch zweiteilt, sobald man ein Kind hat. Nichts, was ich denke oder tue, gehört noch länger mir alleine. Diese Wahrheit gilt heute mehr denn je.

Jeden Morgen gehe ich mit einem Becher Kaffee auf den Steg hinaus. Robin begleitet mich nie. Er hat das alles schon x-mal gehört, außerdem ist er mit dem neuen Zimmer unterm Dach beschäftigt – es ist so neu, dass auf den Fenstern noch die Schutzfolien kleben und der Boden aus Spanplatten besteht. Statt über eine Treppe gelangt man lediglich über die ausziehbare Leiter hinauf und muss sich durch die Luke zwängen. Es riecht nach Holz und Leim, außerdem herrschen wegen der Kiefern ringsum völlig andere Lichtverhältnisse als im restlichen Haus. Wenn es eines Tages fertig ist, wird man sich dort oben wie in einem Baumhaus fühlen. Geplant ist, dass es teils als Spiel-, teils als Arbeitszimmer dienen soll. Dass es erst jetzt entsteht, verleiht dem Projekt eine unwirkliche Note, und ich kann mich nicht durchringen, echtes Interesse dafür aufzubringen.

Der Schlaf und auch der Mangel daran beschwört so einiges in mir herauf, ein gesunder Appetit zählt allerdings nicht dazu. An dem Tag, als ich Norma kennenlernte, kam ich nach unten und verputzte jedoch erst einmal drei Scheiben Toast. Ich wartete nur darauf, dass Robin aufstand und mir applaudierte, doch er lächelte nur und meinte: »Ab mit dir.« Was ich auch tat. Ich ging über die unebenen Platten, zwischen deren Ritzen das Unkraut spross, wobei ich meinen Becher dem Rhythmus meiner Schritte anpasste, damit der Kaffee nicht über den Rand schwappte, wie ich es von Robin gelernt hatte.

Der Steg war T-förmig angelegt. Er bestand aus verwitterten, auf Styroporplatten ruhenden Holzbohlen und wackelte ziemlich heftig, was mir die Instabilität und die Unnachgiebigkeit des Wassers gleichermaßen vor Augen führte. Am Ende standen zwei grün gestrichene Adirondack-Holzstühle und ein niedriges Tischchen, auf dem ich meinen Becher abstellte, um den Tau von den Stühlen zu wischen, deren Lack von der Sonne bereits abblätterte und Blasen warf. Eigentlich müssten sie dringend frisch gestrichen werden, aber mir war klar, was ich zu hören bekäme, wenn ich das Thema anschneiden würde. »Hey, Eve, das ist doch eine wunderbare Aufgabe für dich«, würde Robin mit seiner typisch fröhlich-lauten Stimme sagen. Aber ich brauchte keine Aufgaben, wie Stühle streichen oder Kleiderschränke ausmisten. Wann immer ich hier bin, will ich am See sein, ohne irgendwelche Ablenkungen oder Arbeitsaufträge. Ich wusste, dass Robin früher oder später nach mir rufen würde, aber solange ich ihm zuwinkte, würde er mich nicht stören.

An manchen Tagen liegt der Dunst wie ein weißer Deckel auf dem Wasser, der sich nach einer Weile hebt und den Blick auf den reglos daliegenden See freigibt. Manchmal sind See und Himmel auch zu einer dunstigen Einheit verschmolzen, oder ich sehe die konzentrischen Kreise der Regentropfen auf der Wasseroberfläche, noch bevor ich sie auf der Haut spüren kann. An diesem Tag hatte sich der morgendliche Dunst bereits aufgelöst, die Umrisse waren klar und scharf, die Farben beinahe von schier unerträglicher Intensität: Gold, sattes Grün und nahezu alle Blauschattierungen.

Ich stand vor dem See, nahm ganz bewusst die Brise auf meinen nackten Armen und meinem Gesicht wahr, um herauszufinden, ob sich die Topografie meiner Haut über Nacht wiedererschaffen hatte, ob ich klammheimlich wieder ich selbst geworden war – ein Zustand, den ich mir wünsche und auch wieder nicht. Im Großen und Ganzen fühlte ich mich genauso wie gestern. Einen Moment lang erlaubte ich mir die Illusion, nicht im Hier und Jetzt zu sein, sondern auf einer Bühne zu stehen, während der Vorhang hinter mir zufiel. Ich breitete die Arme aus, machte ein paar ausschweifende Gesten, schnitt eine Grimasse, formte lautlos Worte wie eine Diva, gab mich dem Vergnügen eines lautlosen Schreis hin, genoss es, nicht länger eine magere, auf einem Planeten gefangene Dreiundvierzigjährige zu sein, sondern ein Geschöpf mit Krallen und Klauen, Federn und Schuppen, das lediglich seinen Instinkten folgt, ohne intellektuell zu verstehen, was vor sich geht.

Als ich fertig war, wischte ich noch einmal den Stuhl ab, obwohl er längst trocken war, setzte mich und griff nach meinem Becher. Die beiden Kieferreihen mit den wie aufgespießt aussehenden Wolken darüber spiegelten sich perfekt in der Wasseroberfläche. Die Bäume am Ufer ragten stolz in die Höhe, und ihre Reflektion auf dem Wasser erstreckte sich ebenso überzeugend wie ihre realen Pendants. Einen Moment lang gab ich mich der Illusion hin, an diese zweite Realität zu glauben, wohl wissend, dass sie sich über kurz oder lang verraten würde, ganz egal, wie windstill es war. Da! Ich registrierte das leichte Zittern der Bäume. Die zweite Welt löste sich auf, und ich blickte auf das Bild, das wie ein Teppich auf dem See ausgebreitet lag.

Etwas zupfte an dem Teppich am gegenüberliegenden Ufer. Ich kniff die Augen zusammen: ein Kajak, das zügig in meine Richtung kam. Obwohl genug Zeit gewesen wäre, ins Haus zurückzukehren, blieb ich sitzen. Das mussten die Neuen sein, die das Haus auf der anderen Seite renovierten. Die Arbeiten hatten für zahlreiche Diskussionen gesorgt: Es steht so dicht und so exponiert am Ufer, dass es unserer Ansicht nach gegen die Verordnung der Seeanrainerversammlung verstößt. Einige Bäume wurden gefällt, damit die Leute einen besseren Blick aufs Wasser haben – und uns einen ungehinderten Blick auf ein leuchtend gelbes Haus aufzwingen, auf den wir alles andere als versessen sind ... es sieht wie eine Narbe aus, die sich sogar auf dem See spiegelt. Auch Maddy findet, dass Gelb als Anstrich für ein Haus unnatürlich und aufdringlich ist. *Aufdringlich* mag nicht ihre Wortwahl sein, aber das trifft es am besten. Tatsache ist, dass unmittelbar am Ufer gebaute Häuser in Braun- oder Grautönen gehalten sein sollen. Tatsache ist auch, dass es verboten ist, Bäume am Ufer zu fällen. Die Welt braucht so viele Bäume, wie sie nur kriegen kann. Wäre ich noch aktives Mitglied in der Seeanrainerversammlung, würde ich all diese Argumente vorbringen. Der Tawasentha Lake ist der höchstgelegene Natursee östlich der Rockies und seit jeher (und auch in Zukunft) eine rustikale Gegend mit Häusern im Hüttenstil, ganz egal, wie groß diese Behausungen inzwischen auch sein mögen. Keine Motorboote. Keine Geländewagen. Und niemand hier vermietet sein Anwesen an Fremde.

Das – logischerweise knallgelbe – Kajak hatte die spiegelglatte Oberfläche jäh durchbrochen und zog sie nun in Einzelteilen hinter sich her, als es sich dem Steg näherte. In dem Kajak saß eine Frau in meinem Alter, deren Haar zu etwas zurückfrisiert war, das wie ein rötliches Garnknäuel aussah, und deren Arme und Gesicht von Sommersprossen bedeckt waren, die die Sonne zwar hatte leicht verschwimmen, aber nicht zu einer flächendeckenden Sonnenbräune hatte verschmelzen lassen. Das Wasser tropfte von den quer über ihren Knien liegenden Paddeln. In dieser Höhe ist der Sommer selbst im August nicht garantiert, und morgens herrschen meist frische Temperaturen, was einer der Gründe war, weshalb ich das ganze Jahr über Jeans und Flanellhemden trug, wenn ich hier war. Da sie neu in der Gegend war, dachte sie vielleicht, Shorts und ein T-Shirt würden genügen. Vielleicht gehörte sie aber auch zu jenen, die stets Optimismus verbreiten und ihn meist auch bestätigt bekommen. Jedenfalls sah sie ganz anders aus, als ich mir die neue Besitzerin des Hauses vorgestellt hatte. Ich thronte über ihr auf dem Steg und wartete darauf, dass sie mich begrüßte.

»Ist alles in Ordnung? Sie haben gewinkt, deshalb dachte ich, Sie brauchen vielleicht Hilfe.«

»Ach, das.« Ich wurde rot. Es ärgerte und rührte mich zugleich, mit welcher Beiläufigkeit sie das Wort »Hilfe« in den Mund nahm. »Ich habe nur ein bisschen Yoga gemacht.«

Es hatte nicht den Anschein, als würde mir die fremde Frau auch nur eine Sekunde lang glauben. Ihr Lächeln und das Leuchten ihrer blauen Augen waren eine Spur zu strahlend für den Anlass. »Bitte entschuldigen Sie, wenn ich Sie belästigt haben sollte. Ich wollte mich nur mal ein bisschen umsehen. Ich bin Norma. Wir sind die neuen Nachbarn.« Das Wasser spritzte, als sie das Paddel anhob und damit in Richtung des Hauses zeigte. »Wir renovieren ein bisschen, bevor wir einziehen, aber das haben Sie bestimmt mitbekommen.«

»Allerdings.«

Wieder lächelte sie. »War auch nicht zu übersehen.«

Als ich schwieg, hob sie neuerlich das Paddel, als wollte sie zurückrudern. Zu meiner Verblüffung hörte ich mich, wie ich sie, die Besitzerin der knallgelben Narbe, die Zerstörerin der perfekten Spiegelung, Trägerin weißer Shorts, einlud, mir doch auf dem Steg Gesellschaft zu leisten.

Es gibt keine damenhafte Möglichkeit, aus einem Kajak zu steigen, und gemessen daran, wie heftig sie das Boot zum Schwanken brachte und wie umständlich sie es mit einem Achterknoten festmachte, konnte sie nicht sonderlich viel Erfahrung haben. Gleichzeitig hatte die Unbefangenheit, mit der sie zu Werke ging, etwas Berührendes. Schließlich wischte sie sich die Hände an ihren Shorts ab, setzte sich neben mich und musterte mich mit zurückhaltender Neugier. Die beiden Stühle standen zu dicht beisammen, doch es war zu spät, um wegzurücken. Ebenso wenig konnte ich meinen Kaffee vor ihrer Nase austrinken oder mich ungeniert dem Vergnügen hingeben, die Wärme des Bechers zwischen meinen Handflächen zu spüren. Es gab nichts anderes zu tun, als gemeinsam auf den See hinauszublicken.

Ein bisschen Geplänkel war in Ordnung. Am besten brachte ich es zügig hinter mich.

»Haben Sie Familie?«

»Ja. Drei Kinder. Luke ist acht, Ben sechs.« Norma grinste. »Und Tanner zweiundvierzig.«

»Von der Sorte habe ich auch einen.« Ich nickte in Richtung Haus, obwohl Robin mit seinem chaotischen Vorleben und seinen gelegentlichen Anflügen von Verschlossenheit definitiv ein erwachsener Mann war. »Gerade ist er in seinem Spielzimmer. Und eine Sechzehnjährige.« Eine Libelle balancierte auf der Armlehne meines Stuhls. Ich beugte mich vor, um ihre hauchzarten Flügel und die hervorstehenden Augen zu betrachten. Ich weiß alles über Libellen, die mit ihrer irisierenden Gewichtslosigkeit und ihrer Art, ohne Vorwarnung einfach zu landen oder abzuheben, eine echte Inspiration sind. »Es war also eine Menge Arbeit an Ihrem Haus nötig, ja?«, sagte ich und richtete mich wieder auf.

»Entkernen, aushöhlen, alles neu, von den Grundmauern auf. Sagt zumindest Tanner. Er ist Architekt. Mir gefiel es eigentlich, wie es davor war.«

»Soweit ich weiß, haben die Gibsons seit den Siebzigern keinen Handstreich mehr an dem Haus gemacht. Es war praktisch schon mit dem Wald verwachsen.«

»Rustikaler Charme, nennt man das, glaube ich«, erwiderte Norma, der meine Anspielung augenscheinlich entging.

»Natürlich haben sie nie Hand an die Bäume am Ufer gelegt …« Ich hielt inne, ließ meine Worte wirken. »Mit einem Architekten verheiratet zu sein, wenn man ein Haus renovieren will, kann Fluch und Segen zugleich sein, nehme ich an.«

Sie lachte auf. »Das können Sie laut sagen.«

Ich sah zu Normas Haus hinüber, dieser quietschgelben Scharte, die mitten durch den Wald schnitt. »Sie haben eine ziemlich ungewöhnliche Farbe für den Anstrich ausgesucht.«

Sie deutete auf das Kajak. »Ich habe eine Schwäche für Gelb. Es ist die Lieblingsfarbe meiner Mutter. Macht gute Laune.«

Ich beschloss, die farblichen Vorgaben der Satzung nicht zu erwähnen, sondern erzählte stattdessen, dass Robin Tischler von Beruf war und ich ihm deshalb gern den Ausbau des Dachbodens überließ, wobei ich die Unterhaltung vorsichtig in

Richtung Anrainerversammlung lenkte und jede Gesprächspause sofort mit einer Frage füllte. Stammte sie aus Pennsylvania, oder war sie zugezogen? Wie waren sie an das Grundstück gekommen? Ließ die Arbeit ihres Mannes ihm genug Zeit, um mit seinen Jungs etwas zu unternehmen? Ich erfuhr von Lukes Wutausbrüchen, wenn er telefonierte, und von Tanners durchgeknalltem Geschäftspartner. Es ist üblich, dass derjenige, der zuhört, den Erzählenden ansieht, wohingegen der Sprechende anderswohin sieht. Dieser Usus erlaubte mir, ihr reizendes Tierkindgesichtchen zu betrachten, das für eine alte Vogelscheuche wie mich überaus faszinierend war. Die feine Haut ihrer Lippen, während sie in den höchsten Tönen der Belustigung von den Marotten ihrer Sprösslinge berichtete, so als wäre die Mutterschaft ein rasend komischer Zufall, der sie ereilt hatte, während sie gerade einmal kurz mit den Gedanken woanders gewesen war. Dasselbe könnte ich auch von mir behaupten, wenn auch zweifellos aus anderen Gründen.

Norma hielt inne und blickte stirnrunzelnd in die Sonne. Konnte jemand tatsächlich so heiter sein, sich so im Griff haben? Sie zog ihren Pferdeschwanz auseinander, um das Gummi fester zu machen, wobei ihre Hand kurz über den gekräuselten Härchen auf ihrem Oberkopf verharrte. Ich sehnte mich nach der entspannten Gesellschaft anderer Frauen. Die Brise hatte ein paar Wolken herangeweht. Die Wasseroberfläche schimmerte wie nasser Stein. Goldenes Licht fiel zwischen die Schatten der tief hängenden Äste direkt am Ufer, die die Reflexion durchbrachen.

»Ist Ihnen schon mal aufgefallen, dass es in einem See drei verschiedene Welten gibt?«, fragte ich. »Zum einen ist da die Beschaffenheit des Wassers, wo es sich mit der Luft verbindet. Dann gibt es die Unterwasserwelt aus Schlamm, Binsen und Steinen. Und dann noch die Spiegelung an der Oberfläche.«

Wenn Norma hier leben wollte, sollte sie am besten gleich über die Eigenschaften größerer Gewässer Bescheid wissen.

»Aha.«

»Der Trick ist, alle drei Welten gleichzeitig vor Augen zu haben.« Ich fing ihren Blick auf und lächelte, wobei mir bewusst war, dass mein Lächeln neuerdings ein wenig seltsam aussieht. Mein Mund ist im Verhältnis zum Rest meines Gesichts zu breit. Wann immer ich einen Blick auf mein Spiegelbild erhasche, finde ich, dass ich wie eines dieser gehäuteten Modelle aussehe, die man Studenten für ihre Anatomiekurse bereitstellt.

Sie nickte nur und schob ihre Hand unter die meine, was mich zusammenzucken ließ. Manche Frauen haben eine Art an sich, andere mit fast kindlicher Unbedarftheit einfach anzufassen. Was um alles in der Welt tat sie da? Wie viel wusste sie?

»Wie elegant«, bemerkte sie, womit sie meinte, dass ich eigentlich nicht wie eine Frau aussah, die sich die Nägel lackierte. Diese Woche waren sie lila, mit weißen Diagonalstreifen. Ich riss meine Hand weg. Berührungen wie diese brachten mich komplett aus dem Konzept. Sie gaben mir das Gefühl, als könnte ich das Gewicht des Sees spüren, durch meine Schuhsohlen hindurch, als wollte er mich zwingen hierzubleiben. Genau hier. Sonst nirgendwo.

»Ich tue es für Maddy«, erklärte ich.

Norma wandte den Kopf, sah mich an. »Wer ist Maddy?«

MADDY

1

Nur mal angenommen. Gehen wir einfach mal davon aus, es sei richtig. Wie würde es dann funktionieren? 107 Milliarden Individuen, zurückgerechnet bis zu den Höhlenmenschen – auf manchen Webseiten ist auch von 108 Milliarden die Rede –, und jeder Einzelne soll immer noch wissen, wer er ist? Ich lag auf der Seite und streichelte Cloud. So kann ich am besten denken. Es steht mir frei, was ich denke. Ich kann mich sogar gedanklich in Gefilde wagen, die für jemanden mit einer Mutter wie der meinen absolut tabu sind. Unter meinen Fingern wölbte sich der kleine, runde Schädel meines Kätzchens, ich spürte die Knubbel ihres Rückgrats. Sie sind so winzig. So als könnten sie jederzeit brechen. Sie streckte sich, öffnete ihr Mäulchen, schloss es wieder. »Sogar die Höhlenmenschen?«, flüsterte ich ihr ins Ohr, bis sie mich mit ihrer Zunge ableckte, die an den Außenkanten weich und in der Mitte rau und kratzig ist. Na ja, vielleicht ist es dort aber auch gar nicht wie hier, sondern man muss sich das Ganze als riesigen Komposthaufen vorstellen, mit dem man verschmelzen oder aus dem man sich herauslösen kann, frei nach dem Motto: Sei du selbst, wenn du gerade Lust dazu hast, oder einfach Teil der großen Suppe.

Beim Anziehen fühlte ich mich zwar nicht gerade, als könnte ich Bäume ausreißen, aber immerhin halbwegs okay. Ich schminkte mich, legte meine Traumfängerohrringe mit den kleinen Federn an, dann erklärte ich Mom, ich würde heute in meinem Zimmer bleiben, wobei ich die Tür bewusst mindestens dreißig Zentimeter weit aufhielt. Sie hatte nichts dagegen. Sie musste ohnehin einen Artikel schreiben. Trotzdem stand sie da, schien etwas zu brauchen.

Ihr Haar, das sie nach meiner ersten Chemo aus Solidarität abrasiert hat, ist mittlerweile nachgewachsen. Es bringt ja nichts, wenn wir beide *ad infinitum* eine Glatze haben. Inzwischen trägt sie eine Kurzhaarfrisur, die ihr trotz der vereinzelten silbrigen Strähnen gut steht. Sie findet es unfair, dass Grandma trotz ihres Alters so gut wie kein graues Haar hat, genauso wenig wie Onkel Chris. Wie Gene sich zu einem Menschen zusammenfinden, ist absolut willkürlich. Darüber denke ich in letzter Zeit intensiv nach.

Sie legte mir den Handrücken zuerst auf die Stirn, dann auf meine Wange. Ich ließ sie eintreten und gestattete ihr, mich in die Arme zu nehmen und mein neues Körperspray mit Orangenblütenduft zu schnuppern, das Fiona mir geschenkt hat. Meine Mutter steht darauf, an mir zu riechen, früher an meinen Haaren, jetzt an meinem Hals oder an irgendeiner anderen Stelle. Sie behauptet, es finge damit an, dass man als Mutter am Köpfchen seines Babys schnuppern und nicht mehr damit aufhören würde. Ich finde es ziemlich eklig, aber irgendwie auch rührend, deshalb lasse ich sie. Würde sie auf einmal damit aufhören, wäre ich womöglich sogar gekränkt.

»Ist die Katze bei dir?«, fragte meine Mutter. Sie will, dass ich immer Gesellschaft habe, weil sie schließlich nicht rund um die Uhr bei mir sein kann, obwohl sie genau das anfangs versucht hat.

»Ja, sie ist hier, Mom. Wie immer.« Sie hat mir Cloud während meiner letzten Chemo geschenkt. Ragdolls sind die wunderbarsten Katzen auf der ganzen Welt – blaue Augen, weißes Fell, eine flache, fast mopsartige Nase und den tollsten Charakter, den man sich nur vorstellen kann. Ragdolls würden alles für einen tun. Cloud bleibt den ganzen Tag bei mir, selbst wenn ich mich übergebe oder auf den Boden lege, um mal etwas anderes zu spüren als mein Bett. Sie schläft auf der Fleecedecke, die ich gekauft habe, weil sie dieselbe Farbe wie der Himmel hat. Wann immer ich sie hochhebe, macht sie sich ganz schlaff, als hätte ihr jemand sämtliche Knochen herausgenommen, was zeigt, dass die Ragdoll in ihr allmählich zutage tritt.

Als meine Mutter weg war, legte ich mir Cloud auf den Bauch und versuchte, *Wer die Nachtigall stört* zu lesen. Sie zwingen mich immer noch, den Lehrplan der zehnten Klasse durchzuackern. Hätte ich einen Vater, würde ich mir wünschen, er wäre wie Atticus – ein Mann, der stets das Richtige tut, auch wenn er einen hohen Preis dafür zahlen muss, was beinahe auch passiert, nämlich mit dem Leben seiner Kinder. Das weiß ich, weil ich schon bis zum Ende vorgeblättert habe. Das mache ich neuerdings immer so. Scout und Jem kommen mit dem Leben davon, allerdings erleidet Jem einen doppelten Armbruch, was ihm aber egal ist, solange er nur weiter Football spielen kann. Nachdem er einen Gips bekam, setzte Atticus sich mit seiner Brille in der Hand an seine Bettkante und harrte dort aus, bis Jem am nächsten Morgen aufwachte. Es geht mir immer ganz besonders nahe, wenn Atticus seine Brille abnimmt und sich die Augen reibt.

Nachdem ich ein paar Tränen wegen Atticus vergossen hatte, fiel es mir schwer, mich auf die Szene im Gerichtssaal zu konzentrieren, worum es in meinem Referat wahrscheinlich gehen wird. Bei einigen Worten wurde mir regelrecht übel. »Mausen«, zum Beispiel. Oder »bocken«. Der Satz »Und da hab ich den schwarzen Nigger auf meiner Mayella bocken sehen« wollte mir nicht mehr aus dem Sinn gehen. Der Angeklagte, Tom, ist ein so höflicher, sanftmütiger Mensch, der zu einer solchen Kaltblütigkeit niemals imstande wäre.

Ich schrieb Fiona eine Nachricht. *War bei Sam Morse. Das Croissant landet gleich.* Sie würde wissen, was damit gemeint war. Obwohl sie jetzt im Unterricht war, ließ ich mein Handy neben mir liegen. Ich sah auf die Uhr. Die vierte Stunde fing gerade an. Wenn sie danach gleich mittagessen ging, würde sie in einer Dreiviertelstunde ihre Nachrichten checken. Ich hatte die Unterrichtszeiten immer noch genau im Kopf. Fiona und Vicky kamen alle paar Tage vorbei, um mir Chicken Nuggets zu bringen, falls ich gerade essen konnte, und um mich mit dem neuesten Klatsch zu versorgen. Allerdings muss ich zugeben, dass die Schule sich nach fünf Monate des Fehlens allmählich wie ein außerirdisches Phänomen anfühlt. Eine Einrichtung, die ich zwar in- und auswendig kenne, aber nie wieder werde besuchen können.

Ich blätterte weiter zu der Stelle, wo Scout verhindert, dass Tom in ein anderes Gefängnis verlegt wird. Weil sie noch ein kleines Mädchen war und den Rädelsführer in die Zange nahm, schämte er sich in Grund und Boden und zog gemeinsam mit seinen Lynch-Gesellen unverrichteter Dinge ab. Atticus hatte bestimmt über den Mut seiner Tochter gelächelt und rieb sich wahrscheinlich an dem Abend nach dem Nachhausekommen mehr als einmal die Augen. Aber wenn Sie mich fragen, hat das mit Mut nicht wirklich viel zu tun, zumal Scout ja nicht verstanden hat, was vor sich ging, und gar nicht wusste, in welcher Gefahr sie schwebte. Ich wäre auch gern so unschuldig.

Wie kann ein Lebewesen so sanftmütig sein? So süß? Wieso macht es einen so traurig, wenn kleine Katzen einen anblinzeln, sobald man sie streichelt? Als wollten sie sich dafür bedanken, dass man ihnen alles gibt, was sie sich je gewünscht haben?

Ich glaube nicht, dass Scout sich noch an ihre Mutter erinnern konnte. Atticus war die einzige Bezugsperson, die sie je hatte. Allerdings mit dem Unterschied, dass ihre Mutter sich nicht entschieden hatte, sie zu verlassen, sondern stattdessen auf tragische Weise gestorben war, so wie es bei den Leuten in dieser Zeit nun einmal passierte, und Scout hatte keinerlei Anlass, sich wegen irgendetwas zu schämen. Hätte ihre Mutter die Wahl, wäre sie bei ihr. Und es gibt auch keinen Grund, ihrem Vater böse zu sein. Bestimmt waren die beiden bei ihrer Heirat fest entschlossen gewesen, bis an ihr Lebensende zusammenzubleiben. Keiner von ihnen ist abgehauen, und keiner war gezwungen, sich mit der übrig gebliebenen Halbfamilie zu arrangieren, zu deren Zerfall sie es durch ihre Nachlässigkeit hatten kommen lassen. Es mag unfair sein, aber ich wollte meine Mutter immer fragen, ob sie es denn genossen hat, einen Vater zu haben, als sie noch ein Mädchen war. Und ob sie sich nicht vorstellen könnte, dass ich auch gern einen gehabt hätte.

Ich lächelte zur Zimmerdecke hinauf. Einmal habe ich eine Dose Croissantteig in mein Zimmer geschmuggelt und erst dann gemerkt, dass man sie ja vorher backen musste. Ach nein. Um die Dose aufzubekommen, drosch ich damit so fest auf meine Frisierkommode ein, dass die Teigfetzen durch die Gegend flogen und prompt einen Fettfleck an der Decke hinterließen. Mom lachte nur – in solchen Situationen ist sie wirklich cool. Der Fleck blieb all die Jahre, weil Inneneinrichtung nicht so unser Ding ist. So sind wir eben. Und Mom hat immer eine Menge zu tun, vor allem seit Robin bei uns wohnt. Aber neulich hat sie tatsächlich neue Vorhänge für mein Zimmer aus dem Stoff mit den aufgedruckten Noten genäht. Es ist ein Dauer-Joke zwischen Fiona, Vicky und mir, weil der Fleck genau die Form eines Sie-wissen-schon-was hat, was ich damals natürlich noch nicht wusste. Ich meine, wie naiv kann man mit acht sein? Wann immer sie mich besuchen kommen, lachen wir uns über den Pillsbury-Penis schlapp. Vicky, die inzwischen bestimmt schon einige in natura zu Gesicht bekommen hat, lacht am allerlautesten … dieses raue schallende Gelächter, das ich so gern mag.

Eine Frage beschäftigt mich besonders: Ist es möglich, dort neue Freunde zu finden? Oder bleibt es bei denen, die man schon hat? Das würde die Zahl meiner Freundschaften zugegebenermaßen erheblich minimieren. Redet dort jemand? Durchaus möglich, dass Reden sowieso absolut irrelevant ist, wenn man erst einmal dort ist. Aber wenn ich mich beispielsweise mit einem Höhlenmädchen anfreunde, könnte ich ja ihr Fell streicheln, und sie könnte mir das Haar bürsten, so wie Suzy es tut, wenn ich zum Babysitten rübergehe.

Vergangenheitsform. Gebürstet *hat*.

Ich runzelte die Stirn, als mir dämmerte, dass ich immer davon ausgegangen war, meine Haare würden wieder nachwachsen. Ein Detail, so eigennützig wie eine Schutzbehauptung, und vermutlich nicht das Einzige. Aber pfeif auf Haare! Was, wenn man nicht mal genau sagen kann, wo die Grenze zwischen Menschen und anderen Lebewesen ist? Und wenn man die Höhlenmenschen nicht dazurechnet, warum nicht? Sie hatten doch auch schon funktionierende Gehirne. Wo zieht man die Grenze? Bei Affen? Kaninchen? Wo? Je länger ich an die Decke starrte und grübelte, umso unvorstellbarer wurde das Szenario – vielleicht ging es sogar so weit, dass wir erst dann merkten, was los war, wenn es so weit war. Okay, Mom: Du hast gewonnen. Bist du jetzt zufrieden? Das war der Punkt, an dem mich dieses Gefühl überkam, das mir die Luft abschnürte: Irgendwo eingesperrt zu sein, wo keiner herein- oder herauskam. Wie das wohl wäre?

»Wie *überhaupt* nichts. Mit nichts vergleichbar«, sagte ich im selben verächtlichen Tonfall, den Jim Lockwood immer anschlägt, wenn Billy Quinn irgendetwas Putziges, aber komplett Schwachsinniges von sich gibt. Nichts wäre jemals wieder *wie irgendetwas*. Zumindest nicht für mich.

Ich sprang so abrupt auf, dass ich mir prompt das Schienbein am Bettgestell stieß. Cloud sprang auf den Boden. Wahrscheinlich hatte sie sich erschrocken und war beleidigt, verfiel aber sofort in ihre typische Ragdoll-Haltung, als ich sie zurück aufs Bett hob, und verzieh mir. Durchs Fenster beobachtete ich, wie Robin in seinen VW stieg und im Rückspiegel eine Grimasse wie ein Schimpanse zog, um seine Zähne zu überprüfen. Es ist interessant, dass er eitler als Mom ist, die zu den uneitelsten Menschen gehört, die ich kenne. Immer wieder erwische ich ihn, wie er vor dem Dielenspiegel steht und das Gesicht verzieht. Wenn er mich sieht, lacht er und ruft: »He, hat man in diesem Haus nicht mal eine Minute für sich allein?« Ich will ja nicht gemein sein, aber vielleicht macht er das, weil er in Wahrheit eher unscheinbar aussieht und nicht sonderlich groß ist. Jeder sieht auf den ersten Blick, dass er nicht mein Vater sein kann. Verstehen Sie mich nicht falsch: Ich kann Robin gut leiden und bin froh, dass er und meine Mutter sich gefunden haben, vor allem jetzt. An der Stelle, wo er seinen Wagen in der Einfahrt parkte, spross verdorrtes Gras aus den Ritzen zwischen den Platten.

Ich trat zu meiner Kommode und nahm meine Sachen in Augenschein – das Bettelarmband, das Grandma mir geschenkt hat, als ich zehn war. Die Minischeren gefallen mir besonders gut. Damit kann man sogar schneiden. Das Foto von mir und Mom in Cape Cod. Sie trägt einen schwarzen Badeanzug und hält den kahlköpfigen Zwerg an beiden Händen, der zappelt und schreit, weil die Wellen gegen seine Füße schwappen. Ist das nicht verrückt? Ich weiß, dass ich dieser Zwerg bin, kann es aber nicht glauben … im Sinne von *sicher wissen*, so wie ich sicher weiß, dass ich hier vor meiner Frisierkommode stehe und den silbernen Bilderrahmen in der Hand halte, oder dass meine Nägel halb lila, halb rosa lackiert sind. Das habe ich gestern Abend vor dem Schlafengehen gemacht. Ich bin absolut, zu hundert Prozent sicher, dass ich in meinem Zimmer stehe, meine Nägel betrachte und sie halb lila, halb rosa mit schwarzen Punkten auf der rosa Seite sind. Wohingegen das kleine Mädchen auf dem Foto ein x-beliebiges niedliches Kleinkind sein könnte.

Wer hätte geahnt, dass die Kopfhaut unter dem Haar so glänzt? Und dass ich meine eines Tages zu sehen bekäme?

Ich tippte gegen die Ohrringe, sodass die Federn zitterten.

Vicky hatte so was von recht, mich zu diesem Fotografen in Georgetown zu schleppen. Es muss ihre Mutter ein Vermögen gekostet haben, auch wenn sie das Gegenteil behauptet. *Sie sind echt der Hammer, Mrs. Mancini*! Früher habe ich immer über Ihre Klamotten abgelästert, aber ich nehme alles zurück. Die rauchigen Schwarz-Weiß-Fotos, auf denen ich wie ein Stummfilmstar aussehe, habe ich auf Facebook eingestellt. Eine Nylonperücke zu tragen, kommt absolut nicht infrage für mich, allerdings setze ich Mützen auf, wenn ich das Haus verlasse.

Zum Beispiel, als ich bei Sam war.

¡Que bonito, el beret!

Kinn runter. Zwinkern. Da ist sie, das Zigeunermädchen, das gerne mal eine Weile im Zelt abhängt, gemeinsam mit anderen, ähnlich exotischen Geschöpfen.

¡Ojos magníficos!

Die Pistolen-Geste machen. Ihm dieses gewisse Lächeln schenken. Heutzutage muss ein Anmachlächeln konzeptionell sein. Genauso wie Küsse. Dann noch ein langsames, das nicht nur ihm, sondern all den anderen Jungs gilt, die inzwischen aufgesprungen sind und johlen, und vor allem für den einen, der ganz hinten steht. Hände in die Luft und zweimal mit den Fingern schnalzen. *Olé*, ihr Schwachmaten! Flamenco-*Señoritas* sind die Königinnen. Diese klein gewachsenen Männer, die mit den Füßen aufstampfen, mögen vielleicht zur Performance dazugehören, aber seien wir mal ehrlich – sie sind doch ein bisschen lächerlich. Aber egal, hier kommt meine Herkunft durch, und keiner kann seine Abstammung verleugnen.

Immer wieder wandert meine Hand ganz automatisch zu meinem Kopf, und es ist jedes Mal wieder ein Schock, so als würde ich nach meinem Kätzchen tasten und stattdessen ein Reptil berühren. Alle sagen, die Glatze stünde mir fantastisch und mein Schädel hätte die perfekte Form dafür. Nicht jeder kann das von sich behaupten. Meine Mutter musste beispielsweise feststellen, dass sie nicht zu den Glücklichen gehörte, als sie sich in einem Akt der Solidarität nach meiner ersten Chemo die Haare abrasiert hat. Vielmehr sah sie wie einer dieser Roswell-Aliens aus: ein Kopf wie eine Zwiebel und viel zu große Augen (ich glaube ja, das waren in Wahrheit Crashtest-Dummys). Ich sage das nur, weil Mom es selbst zugegeben und mir pausenlos vorgeschwärmt hat, wie toll ich im Vergleich zu ihr aussehe.

Ich glaube ja, Mütter machen sich nichts daraus, wenn ihre Töchter hübscher sind als sie. Vielleicht entwickeln sie sogar spezielle Hormone, die dazu führen, dass sie es sich wünschen. Jetzt, wo ich darüber nachdenke, ist das vielleicht der Grund, weshalb meine Mutter nur bequeme Gesundheitsschuhe und die Blusen über der Hose trägt. Zumindest könnte es ein Grund dafür sein. Der andere ist, dass sie tatsächlich ein Mensch ist, den es nicht kümmert, was andere von ihr denken. Biologie ist eine tolle Sache. Dank dieser Mutter-Hormone kann man nicht nur Individuum oder sogar Feministin sein, sondern hat sogar noch seinen Spaß daran, nicht besser als die eigene Tochter aussehen zu wollen.

Es klopfte an der Tür.

»Komm rein.« Sie hat die richtigen Ratgeber gelesen und weiß deshalb, dass man ohne explizite Erlaubnis das Zimmer eines Teenagers niemals betreten darf.

»Komm ruhig rein.« Keine Ahnung, was ich ihrer Vorstellung nach hier drinnen treibe. Ich stellte das Foto zurück, weil ich keine Lust auf weitere Diskussionen hatte.

Meine Mutter stand etwas verlegen im Türrahmen. »Ich mache bloß gerade Pause und wollte nach dir sehen.«

Die Stimme kannte ich seit einer gefühlten Ewigkeit – melodiös, leicht nasal, sehr warm. *Übrigens brauchst du mir nicht jedes Mal zu erklären, weshalb du an meine Zimmertür klopfst, Mom. Ich weiß es auch so.* Irgendwo habe ich gelesen, dass Babys die Stimme ihrer Mutter noch vor ihrer Geburt erkennen, und auch die ihres Vaters, sofern sie einen haben. Sogar das Bellen eines Hundes. Hat die Familie einen Hund, will das Baby automatisch genau diese Rasse später um sich haben. Was bedeutet, dass eine angeborene Liebe für Golden Retriever in mir schlummerte.

Meine Mutter streckte mir etwas hin – ein spiralgebundenes Notizbuch und eine Schachtel Stifte. »Falls dir langweilig ist«, meinte sie. »Nur für alle Fälle.« Wann immer sie diesen betont beiläufigen Ton anschlägt, weiß ich, dass sie schon tagelang geplant und darüber nachgedacht hat, was sie vorhat. »Zeichnen kann ja unglaublich entspannend sein.«

»Danke, Mom, aber ich bin entspannt. Oder glaubst du, ich bräuchte Entspannung? Wenn du mich fragst, bist eher du diejenige, die sich mal entspannen sollte.« Ich grinste, damit sie es nicht in den falschen Hals bekam. Wie alle Kinder habe auch ich früher gern gezeichnet. Aber im Gegensatz zu den meisten habe ich bis zum Ende der Mittelschule damit weitergemacht. Mitschüler haben mich sogar beauftragt, Zeichnungen anhand von Fotos anzufertigen, zum Beispiel von ihrem Hund oder ihrer Schwester oder von einer Szene der Simpsons. Auf der Highschool tat ich nur noch, was nötig war, um es mir mit der Gunst unseres Kunstlehrers, Mr. Yam, nicht zu verscherzen. »Außerdem … was sollte ich schon zeichnen?«

»Ist doch völlig egal«, sagte meine Mutter. »Eine Ecke deines Zimmers. Oder irgendetwas vor dem Fenster. Deine Sachen, die im Schrank hängen. Oder, in deinem Fall, auf dem Boden herumliegen.«

»Ha! Das sagt ja die Richtige!«

»Wenn sie auf dem Boden liegen, sind sie sogar noch interessanter zu zeichnen.«

Ich nahm ihr das Skizzenbuch und die Stifte aus der Hand und legte beides zur Seite. Trotzdem machte sie keine Anstalten, mein Zimmer zu verlassen. »Geht's dir gut, Maddy? Brauchst du etwas? Du musst es nur sagen.«

»Es geht mir gut. Wie findest du meine Nägel?« Ich streckte ihr beide Hände hin.

»Die Farben sind toll!«, sagte sie, ohne zu zögern. »Und die Punkte … wirklich niedlich.«

Ich sah ihr an, dass sie heute keinen besonders guten Tag hatte.

»Darf ich dir die Nägel machen, Mom?« Aus dem Augenwinkel sah ich im Spiegel, wie sich mein Mund bewegte, als hätte er plötzlich ein Eigenleben entwickelt. »Bittebittebitte …«

Ich verfiel in meine Tweetie-Stimme, garniert mit einem Augenzwinkern, wohl wissend, dass meine Mutter zwar total auf meinen Tweetie-Tonfall abfuhr, aber trotzdem Nein sagen würde. Wie immer. Sie benutzt nicht mal einen Hauch Lippenstift.

»Ich will dir ja nicht zu nahetreten, Mom, aber so wie du im Moment aussiehst, würde ein bisschen Farbe auf den Nägeln einiges bewirken.« Sie musste lachen, daher traute ich mich, ihr mit dem Finger zu drohen. »Du solltest auf die jüngere Generation hören. Wir zeigen dir, wo's langgeht.«

Seit ich krank bin, macht meine Mutter regelmäßig ein Gesicht, als sei sie gezwungen, in zu grelles Licht zu blicken. Ich hätte es wissen müssen. Wenn ich sie aufziehe, findet sie das süß, und süß ist gleichbedeutend mit traurig, und Traurigkeit beschwört unweigerlich dieses Gesicht herauf, wofür ich heute so gar nicht in Stimmung war.

»Mir ist klar, dass ich dir all das antue, Mom. Glaubst du vielleicht, ich mache das gern?« Da. Ich hatte es ausgesprochen, wenn auch nicht unbedingt im richtigen Ton.

Wir starrten einander an.

Ich könnte genauso gut sagen: »Ich bin doch das Kind hier.«

Oder: »Du bist diejenige, die mich geschaffen hat!« Aber das wäre gemein, weil sie genauso wenig Schuld trifft wie mich. Das sagt Grandpa auch die ganze Zeit.

Meine Mutter lächelte und runzelte zugleich die Stirn, als hätte ihr jemand einen echt miesen Witz erzählt. »Natürlich nicht!«, sagte sie. »Niemand will das. Wir haben nicht darum gebeten, aber wir müssen da nun mal durch. Wir schaffen das, Maddy. Wir alle zusammen.«

Daumen hoch, Mom. Du bist echt toll, ein echter Star. Aufrichtig-mütterlich, damit kann ich umgehen. Wann immer ich schwanke, ist sie stark. Am Ende schafft sie es immer wieder, mich aufzurichten. *Eres una estrella!* Ehrlich gesagt, fand ich die Art, wie sie mit mir umging, so hitverdächtig, dass wir womöglich gleich beide in Tränen ausbrechen würden, wenn wir nicht aufpassten. Aber ich war halbwegs zuversichtlich, dass wir mit Würde wieder aus der Nummer herauskämen.

»Danke«, murmelte ich. »Mama Mia.« Sie mag es, wenn ich sie so nenne. Ich tätschelte ihr den Rücken, wie ich es mir bei ihr abgeschaut hatte. Knochiges Rückgrat, scharfkantige Schulterblätter. Wir sollten dringend beide ein bisschen zulegen.

»Und, ja. Bitte«, sagte sie und löste sich. »Du darfst mir gern die Nägel machen. Und Make-up auch. Das ganze Programm.«

Gut, dass sie meine Gedanken nicht lesen kann. Was passiert nach dem Tod? Ich bin das Kind hier! Du bist diejenige, die mich gemacht hat! Wenn Kinder sich so gegen einen wandten, verzichtete ich lieber darauf, selbst Mutter zu werden. Aber wenn ich welche hätte, dann bekäme ich die Hormone gleich mitgeliefert, und dann wäre ich wie meine Mutter.

2

Sam Morse war erst vor Kurzem seine Zahnspange losgeworden, und seine Zähne sahen blitzblank, geradezu unbenutzt aus, als probiere er sie das allererste Mal aus. Ich bin eins fünfundsiebzig und damit eines der größten Mädchen in der Zehnten, doch er überragte mich um mindestens fünf Zentimeter. Seine Pickel beschränkten sich auf den Bereich um die Nase herum, und wegen seiner hohen Wangenknochen waren seine Augen leicht nach oben gedrückt, sodass es aussah, als würde er ständig lachen, obwohl er das gar nicht tat. Er war nervös, hatte die Hände tief in den Hosentaschen vergraben. Wir standen beide wie hypnotisiert da. Seit der sechsten Klasse hatte ich nur noch selten Kontakt mit Sam. Er war immer so schüchtern gewesen. Wir, Fiona, Vicky und ich, hatten ihn zwar nie schlecht behandelt, fanden ihn aber schlicht nicht sonderlich aufregend, deshalb vergaßen wir manchmal, dass er überhaupt da war. Doch nun stand ich mit meiner Baskenmütze auf seiner Veranda und starrte auf seine Zähne. Mir war hundeelend. Hätte ich doch bloß Haare!

Es gibt da etwas, das ich in Situationen wie dieser immer tue, schon seit ich klein war: Ich stelle mir vor, ich würde mich in eine dicke Decke oder einen Mantel hüllen, die alles rings um mich herum dämpfen. Dann male ich mir aus, jemand blicke wohlwollend auf mich herab, jemand, der gar nicht da ist und es streng genommen auch nie war, aber deswegen in meiner Fantasie umso realer ist. Und auf einmal kann ich schwierige Aufgaben lösen, kann Dinge tun, die ich mir sonst nicht zugetraut hätte.

Ich starrte Sam aus meinem unsichtbaren Umhang heraus an. »Ich bin wegen der Kampagne hier.«

»Weiß ich.«

»Das war die Idee von Miss Sedge.«

»Weiß ich.«

Er schlurfte mit schlenkernden Armen in seinen Sneakers vor mir die Treppe hinauf und drehte sich auf der obersten Stufe um.

»Willst du eine Coke? Sprite? Oder einen Preiselbeersaft?« Ich zögerte. »Wodka Tonic?«, fragte er und präsentierte seine nagelneuen Zähne mit einem Lächeln.

»Eine Sprite, bitte.« Ich tat so, als würde ich mich umsehen. »Schönes Haus«, sagte ich, obwohl ich Häuser mit unterschiedlichen Wohnebenen eigentlich nicht leiden kann. Sie erinnern mich immer an Puppenhäuser, denen die gesamte Vorderfront fehlt, sodass jeder reingucken kann.

»Gehört meinem Dad. Er ist bei der Arbeit.«

»Da hast du es ja gut erwischt.« Ich hatte Sams Vater einmal kennengelernt, als die ganze Familie noch in einem anderen Haus gewohnt hatte. Vor der Scheidung. Groß, gesprächig und nett, das ist das Einzige, woran ich mich erinnere.

Sam trat zum Kühlschrank, während ich mich an die Frühstückstheke setzte. Auf dem Tresen stand ein Laptop, auf dem eine Webseite geöffnet war: *Tar Sands Action FAQ*, daneben lagen ein Bücherstapel und eine DVD. Bedeutete das, dass er mich so schnell wie möglich abfertigen und dann loswerden wollte?

Das Haus von Sams Dad war eines dieser aufgestockten Wohnhäuser, bei denen vom ursprünglichen Gebäude praktisch nichts mehr zu erkennen war, und die Küche hatte noch nicht mal eine Tür. Jeder konnte uns von der Treppe oder durch die großen, ein halbes Stockwerk tiefer angesetzten Fenster sehen. Mein Blick schweifte ununterbrochen umher in der Erwartung, dass jeden Moment eine ältere Ausgabe von Sam zur Tür hereingestürmt kam, um zu sehen, was sein Sprössling da trieb.

Sam stand mit gesenktem Kopf in der Ecke. Sein glänzender Haarschopf war so dicht, dass er bequem für uns beide gereicht hätte. Seine Hagerkeit und die lose auf den Hüften sitzenden Jeans legten den Verdacht nahe, dass er ein bisschen zu schnell in die Höhe geschossen war.

In der Vierten hatte er mich häufiger zu Hause besucht. Dann hatten wir Fotos von Sternenkonstellationen aus der *National Geographic* ausgeschnitten und Löcher in die Seiten gemacht, um Leuchtkastenplanetarien daraus zu basteln. Damals war er noch ein sichelfüßiges Jüngelchen mit raspelkurzem Haar gewesen. Wir waren mit den Rädern zum neu erschlossenen Bauabschnitt am Sligo Creek gefahren; der Fluss war trockengelegt worden, damit dort Häuser gebaut werden konnten, doch das Wasser drückte trotzdem aus den Gräben. Wir kehrten mit Gläsern voller Kaulquappen nach Hause zurück. Einigen wuchsen sogar schwarze Beinchen, aber bis zum Frosch schaffte es keine. Sam meinte, sie könnten sich nicht richtig entwickeln, weil wir sie aus ihrem natürlichen Lebensraum herausgerissen hätten. Ich erwiderte, ich könnte mir nicht vorstellen, dass eine stinkende Pfütze auf einer Baustelle ein sonderlich natürlicher Lebensraum sei, woraufhin Sam argumentierte, es sei jedenfalls natürlicher als ein Plastikeimer.

Obwohl er mir den Rücken zukehrte, wusste ich, dass er die Stirn runzelte. In der Vierten hatte ich sein Dauerstirnrunzeln immer sehr gemocht, weil ich dachte, es bedeute, dass er etwas von mir brauchte.

Das Zischen eines Getränkedosenverschlusses.

Noch nicht umdrehen …

Noch ein Zischen.

Ich nahm meine Baskenmütze ab. Als Sam sich, ein Glas in jeder Hand, zu mir umdrehte, saß ich da, meine Glatze unübersehbar.

Bei meinem Anblick können sich die Leute ein Blinzeln nicht verkneifen, so wie wenn man ihnen ein Kissen ins Gesicht wirft. Deshalb war ich auf seine geschockte Miene vorbereitet. Ich hatte vorgehabt, eine gewisse Befriedigung daraus zu ziehen. Womit ich nicht gerechnet hatte, war der neutral-sachliche Ausdruck, der sofort danach folgte und der sagte: *Das ist ja mal interessant.* Aber auch: *Es ist, wie es ist.* Und: *Ist doch alles halb so wild.* Vielleicht sehen so Leute mit einem Hang zu Naturwissenschaften drein. Miss Sedges Miene ist ganz ähnlich, das ist mir aufgefallen. Wenn man davon ausgeht, dass alles, was man sieht, mehr oder weniger natürlich und normal ist, gibt es keine großen Überraschungen mehr, ganz egal, was man vor der Nase hat. Auf Sams Miene zeichnete sich noch etwas anderes ab: Wie bei einem kleinen Kind, wenn es etwas Ungewöhnlichem gegenübersteht, das zwar durchaus seine Neugier weckt, es dann aber auch bald rausgehen und spielen will.

»Ein Bier?« Er hielt mir eine Flasche hin, sichtlich stolz, dass er mir ungefragt etwas Stärkeres präsentieren konnte.

»Klar.« Schweigend hockten wir da und nippten an unseren Getränken. Ich kann Bier nicht ausstehen.

Es war an mir, das Wort zu ergreifen. »Miss Sedge unterrichtet mich zu Hause. Selbst zwischen den Chemos bringt es nichts, wenn ich zur Schule ginge.« Er nickte. »Ich bin viel zu müde und könnte mir etwas einfangen.« Wieder nickte er. »Wahrscheinlich sollte ich nicht mal hier sein.« Noch ein Nicken. Gepaart mit einem leicht alarmierten Blick. »Außerdem warte ich gerade darauf, dass der nächste Chemozyklus anfängt, und dann werde ich sowieso nicht lernen oder irgendetwas anderes machen können.« Ich strapazierte Sams Nickbereitschaft ganz gehörig.

»Willst du drüber reden?«, fragte er. »Oder lieber nicht? Ist schon okay, wenn du nicht willst.«

»Manchmal ja«, antwortete ich. »Manchmal nein.«

»Und wie soll ich dann wissen, was du gerade willst?«

»Ich poste es auf Facebook. ›Ich würde jetzt gern über meinen Krebs sprechen. Bitte Termin vereinbaren.‹«

Es gefiel mir, wie er die Augen zusammenkniff, wenn er lachte, und dass er gefragt hatte, als wäre es meine Entscheidung. Als könnte ich das rein theoretisch jederzeit tun. Als gäbe es massenhaft Gelegenheiten dazu. Vermutlich würden wir uns ja häufiger sehen, wenn wir zusammen an der Kampagne arbeiteten.

»Sie kann echt witzig sein«, meinte er nach einem Moment.

»Wer?«

»Miss Sedge.«

»Ach so. Ja. Manchmal sogar mit Absicht. Außerdem ist sie nicht nachtragend, weil sie nie ein Wort über den ganzen Unsinn verliert, den wir mit ihr gemacht haben. Als Vicky und ich in der Neunten angefangen haben, ständig abwechselnd zu husten. Oder die Karikaturen von ihr, die wir an die Tafel gemalt haben. Einmal hat sie uns vor der Bibliothek erwischt, als wir gerade ihr Hinken nachgeäfft haben.« Im ersten Moment hatte sie wie ein Hundewelpe ausgesehen, dessen Herrchen droht, ihm eins mit der Zeitung überzubraten, aber dann hatte sie das typisch finstere Lehrergesicht aufgesetzt und gemeint, wir sollten schleunigst in unsere Klassenzimmer verschwinden, sonst bekämen wir mächtigen Ärger.

Ich denke nicht gerne daran zurück, auch heute nicht. Vor

allem jetzt gerade nicht. Ich griff nach einem der Bücher und las den Titel laut vor. »*Das Leben, wie wir es kennen. Varianten der globalen Katastrophe*. Na ja, das ist immer noch besser als die globale Erderwärmung.« Ich ignorierte die Frage, die Sam mir zu der armen, drangsalierten Miss Sedge stellen wollte. »Am meisten hasse ich diese Wörter. *Erwärmung* ist so ein kuscheliges Wort. Wer würde sie sich nicht wünschen? Die *Keystone Pipeline*. Wie kann etwas, das ›Grundpfeiler‹ heißt, gefährlich sein? Oder *Alberta Sands*. Das hört sich doch nach einem Strandausflug mit deiner Lieblingstante und nicht nach einer Lagerstätte für Öl- oder Teersand an.«

Vielleicht lag es am Bier, aber hier, in Sams Gegenwart und der Luft, die so ungehindert um die kahle Glühbirne meines Schädels herumwehen konnte, wusste ich erst, was über meine Lippen kam, wenn ich die Worte hörte.

»Na ja, vielleicht machen die das ja mit Absicht«, meinte Sam.

»Was?«

»Dass sie so nett klingende Namen benutzen.«

»Das bezweifle ich. Ich meine, Alberta war doch schon vorher da. Ich meine ja nur, dass es nicht gerade hilfreich ist.«

»Stimmt«, sagte Sam. »Das ist Teil der Selbstdarstellungsstrategie. Die Rohstoffindustrie hat es voll drauf.«

»Woher weißt du das alles? Selbstdarstellungsstrategie. Rohstoffindustrie.« Seine Ernsthaftigkeit, die Tatsache, dass er Dinge wusste, von denen ich keine Ahnung hatte, setzten mir ziemlich zu.

»Hauptsächlich von meinem Dad«, gestand er.

»Was ich nicht kapiere, ist, ob denn die Leute, die diese Pipeline bauen, keine Angst um die Erde haben. Schließlich leben sie doch genauso hier wie wir.«

»Das ist eines der größten Mysterien meines Lebens«, sagte

Sam so steif und ernst, dass ich grinsen musste. Als er es mitbekam, begann sein eines Auge zu zucken, und er redete sich so richtig in Fahrt. »Ich meine, dass es die Leute nicht sehr interessiert, was mit der Erde geschieht. Aber vielleicht ertragen sie auch die Wahrheit nicht unbegrenzt. Nein. Ich glaube, in erster Linie geht es ums Geld. Die Konzerne machen Milliardengewinne, wenn die Pipeline gebaut wird. Aber es ist *unsere* Zukunft …« Er hatte auf sich und mich gezeigt, hielt aber inne, und für den Bruchteil einer Sekunde sah ich den Gedanken dahinter aufblitzen – *Hat sie überhaupt eine?* –, ehe er fortfuhr. »Wenn wir, also du und ich, eine Zukunft haben wollen, müssen wir uns von den fossilen Brennstoffen verabschieden. So einfach ist das.«

Er redete noch weiter, vom Anthropozän, vom Pakt mit dem Teufel und von der Erderwärmung um zwei Grad. Ich sah ihm an, wie sehr er für die Wissenschaft brannte, die Details, die Begriffe. Was er sagte, entsprach den Tatsachen, und ich könnte die Bücher und Artikel lesen, die Miss Sedge mir gegeben hatte, und sogar versuchen, wie sie es ausgedrückt hatte, all das zu einem Teil meines Weltbilds werden zu lassen. Aber Sam irrte sich. Einfach war es überhaupt nicht. Nicht mal ansatzweise.

Tagsüber konnte ich mit ruhiger, entspannter Neugier über Supereruptionen und Methanrülpsen nachdenken, aber gleichzeitig schien etwas in einem anderen Teil meines Gehirns heimlich vor sich hinzugären, weil sich die von den Tatsachen heraufbeschworenen Bilder nachts verflüchtigten, bis ich wie erstarrt im Bett lag, während mein ganzer Körper vor Angst pulsierte. Allerdings konnte ich mir nicht erklären, weshalb es mich so in Aufregung versetzte, es mir vorzustellen. Vor allem die Tsunamis. Die Art, wie sich die Wellen aufbauten, unbemerkt in den Tiefen des Ozeans, wohingegen sich ihre Macht erst entlud, wenn sie das Ufer erreichten. Während der Meeresboden flacher wurde, schwollen die Wellen immer weiter an und gewannen an Wucht, bis sie gegen das Ufer schlugen, Gebäude und die panisch fliehenden Menschen mit sich rissen, die nach ihrer eigenen Einschätzung so unendlich wichtig waren, während sie für die Wellen nichts als winzige Staubpartikel darstellten. Wieder und wieder sah ich all die Bilder im Dunkel vor mir, spürte jede einzelne Woge, die an Macht gewann, wie ein Geschöpf, das schlimme, erbarmungslose Gedanken hegte, doch andererseits nichts anderes tat als das, was ihm sein Instinkt befahl, was es nicht ändern konnte und immer wieder tun würde, und zwar so lange, bis es ausgelöscht war.

»Also …« All das konnte ich Sam natürlich nicht auf die Nase binden. »Was machen wir jetzt?«

»Hier, sieh dir das mal an.«

Er drehte den Laptop in meine Richtung. Gemeinsam blickten wir auf den Bildschirm, sorgsam darauf bedacht, uns nicht zu berühren. Ich hätte eine Ewigkeit so verharren können, die Hitze spüren, die von seiner Schulter ausging, während er die Seite herunterscrollte und mir von der Kampagne und dem geplanten Marsch von Georgetown zum Weißen Haus erzählte. Ziel dieses von Schülern organisierten Protestmarsches war es, den Präsidenten zu zwingen, sich an sein Versprechen zu halten, den Bau der Pipeline noch einmal zu überdenken.

»Hier steht, die Teilnehmer müssen mindestens achtzehn Jahre alt sein«, sagte ich.

»Das ist nur wegen des zivilen Ungehorsams.« Eine Hand um die Arbeitsplatte gelegt, begann Sam auf dem Barhocker zu kippeln. »Das ist das Beste dran. Aber wir können Geld sammeln. Und das Ganze publik machen. Wir können am Marsch teilnehmen. Die haben eine offizielle Erlaubnis, sich den ganzen

Nachmittag auf dem Bürgersteig vor dem Weißen Haus aufhalten zu dürfen.«

»Wusstest du, wie sie ihn nennen? Den Teil des Bürgersteigs direkt vor dem Weißen Haus?« Ich las den Namen vom Bildschirm ab. »Die Postkartenzone.«

»Wenn du dich dort hinsetzt und dich weigerst aufzustehen, können sie dich anzeigen oder sogar festnehmen. Deshalb dürfen Minderjährige nicht mitmachen.«

»Aber solange man sich in der Postkartenzone aufhält, verstößt man doch nicht gegen die Vorschriften.«

»Selbstdarstellungsmanagement«, erwiderte Sam.

»Mir ist es egal, ob ich festgenommen werde.«

»Na ja ...« Er kippelte immer noch auf seinem Barhocker, um mit seinen akrobatischen Fähigkeiten Eindruck zu schinden, aber sein Blick verriet Zweifel. War er etwa um mein Wohl besorgt?

»Früher hätte es mir vielleicht etwas ausgemacht.«

»Lieber nicht«, meinte er. »Ich würde gern mal festgenommen werden. Aber wir müssen uns trotzdem an die Vorgaben halten, um die Kampagne nicht zu gefährden.« Mit der freien Hand nahm er die Bierflasche und hob sie an die Lippen. Ich sah, wie sein Adamsapfel unter der glatten Haut seiner Gurgel auf und ab hüpfte. Er strich sich über den Hals, als hätte er Angst, ich hätte einen Pickel oder so was entdeckt, den ich anstarrte. Ich grinste, als wäre mir etwas Witziges in den Sinn gekommen, das nur ich verstand. Der Alkohol war in meine Arme und Beine geströmt, weshalb sie sich ganz warm und biegsam anfühlten.

»Ich überlege gerade«, meinte ich verträumt, »wie die Postkartenzone aussehen würde, wenn das Weiße Haus unter Wasser wäre.«

Die Füße seines Barhockers knallten laut, als sie wieder

nach vorn auf den Boden trafen. Sam schlug mit der flachen Hand auf den Küchentresen und sprang auf.

»Was ist los?«

Sam fuhr herum und riss die Arme hoch. Ich sah die Muskelstränge in seinem Nacken, den Hosenboden seiner Jeans, der über seinem Hintern abstand, und für einen kurzen Moment die aufwendige Vorderseite, ehe er sich wieder hinsetzte und mich anstrahlte.

»Das ist eine Wahnsinnsidee! Wir können Postkarten vom Weißen Haus unter Wasser machen und sie verkaufen.«

Die Freude auf seinem Gesicht war ein unvergesslicher Anblick. Es war, als würde der Viertklässler-Planetarium-Sam mit den kurzen Haaren mich antippen und sagen: »Na, weißt du noch, wer ich bin?« In diesem Moment traf ich eine Entscheidung. Ich würde eine Möglichkeit finden, es zu tun. Nicht sofort, aber bald. Damit ich wusste, wie es war. Tatsache ist doch: Bei mir drängt die Zeit mehr als bei irgendjemandem sonst. In diesem Moment legte Sam Morse in seiner Begeisterung seine Hand auf meinen Arm, direkt über dem Handgelenk. Er nahm sie zwar sofort wieder weg, rückte seinen Hocker gerade und trat unter irgendeinem Vorwand an die Spüle, doch es war, als hätten an der Stelle die Funken auf meinem Arm gesprüht, dafür gesorgt, dass mein Arm nie wieder derselbe sein würde. In dem Augenblick wusste ich, dass es nicht bloß darum ging, meine Neugier zu befriedigen. Nein, ich wollte mit jemandem zusammen sein, der mich im Gegensatz zu meiner Familie nicht lieben musste, sondern es freiwillig tat. Und sei es nur einen Tag lang.

Fiona kam über eine Stunde zu spät. Sie stürmte herein und ließ sich in meinen Sitzsack plumpsen. Mit ihren leuchtend blauen Augen und dem hellblonden Haar sah sie wie ein drittklassiger, vom Glück verlassener Engel aus.

»Die Sedge hat mich zwischen der vierten und fünften erwischt. Es gab kein Entkommen.«

»Wo ist Vicky?«

»Liegt mit Fieber zu Hause im Bett. Über 39 Grad. In Sozialkunde hatte sie solche Halsschmerzen, dass sie fast durchgedreht ist.«

»Sie sollte mal eine Chemo ausprobieren.« Eigentlich brauchte ich nicht auf dem Bett zu liegen, tat es aber trotzdem. Glatzenkönigin mit Kissen im Rücken. »Alle sollten das mal tun.«

»Ich hab sie zur Schulschwester gebracht. Rate mal, wer unbedingt mitkommen musste, nur damit sie nicht in Französisch bleiben musste? Und rate mal, wer die Schwester weichgeklopft hat, dass sie bleiben darf und folglich *nicht* auf den Fluren unterwegs war, als es geläutet hat?«

»Natalie Flynn?«

»Diese elende Speichelleckerin.« Fiona stach sich ihren Zeigefinger ins Schlüsselbein. »Doch wer bitte schön hat Vicky auf die Krankenstation gebracht? Wer bitte schön ist ihre beste Freundin, außer dir? Wer kennt sämtliche Symptome von Hirnhautentzündung? Hallo? Ich habe mich nicht entschuldigen lassen, weil ich dachte, ich schaffe es noch rechtzeitig zur Stillbeschäftigung. Auf dem Weg bin ich nur ganz kurz stehen geblieben, um meine Nachrichten auf dem Handy zu checken, und musste prompt nachsitzen.«

»Echt Pech«, meinte ich, obwohl ich weiß, dass Fiona gerne alles auf den letzten Drücker erledigt. Gelegentlich nachsitzen zu müssen, ist meiner Ansicht nach der Preis, den man eben dafür zahlt, und keine Riesenungerechtigkeit vor dem Herrn.

»Was für eine dämliche Schnepfe.« Sie fuchtelte mit ihrer Hand mit den abgekauten Fingernägeln herum. »Abscheulich.«

»Nervtötend vielleicht, aber nicht abscheulich.«

Fiona verschränkte die Arme. »Du selber fandest sie doch auch immer abscheulich.«

»Darf man seine Meinung nicht auch mal ändern?«, fragte ich zuckersüß und blickte auf meine Hand, mit der ich Cloud streichelte, die sich auf meinem Bein niedergelassen hatte.

Insgeheim habe ich angefangen, Miss Sedge zu mögen. Seit November unterrichtet sie mich zu Hause. Als ich erfuhr, dass sie die Nachhilfe übernehmen würde, hielt ich das zunächst für einen schlechten Scherz und sträubte mich mit Händen und Füßen dagegen, aber meine Mutter blieb hart. Sie besteht immer darauf, wie wichtig es für das eigene Wohlbefinden und den Charakter (von der ganzen Welt einmal ganz zu schweigen) ist, den »Tatsachen ins Auge zu sehen«, wohingegen ich lieber mal wegsehe, aber in dem Fall hatte Mom tatsächlich recht: Miss Sedge ist völlig anders als in der Schule, wo sie keinerlei Humor zeigt und jeden nachsitzen lässt, der nicht bei drei auf dem Baum ist. Sie versteht nicht, dass ihre Autorität lediglich auf der Tatsache fußt, dass sie Lehrerin ist und einem bestimmte Dinge aufs Auge drücken kann, was auf der Highschool nicht sonderlich viel wert ist. Sitzt sie allerdings bei uns am Küchentisch, behandelt sie mich überhaupt nicht wie eine Schülerin oder nicht einmal wie einen Teenager und schon gar nicht wie einen kranken, sondern wie einen ganz normalen Menschen, mit dem man sich gerne unterhält. Sollte ich sie noch besser kennenlernen, würde sie womöglich sogar Ratschläge von mir annehmen, schließlich kenne ich mich bestens damit aus, wie es auf einer Highschool so zugeht.

»Hast du meine Nachricht gekriegt?«, fragte ich, um das Thema zu wechseln.

Eine von Fionas wirklich tollen Eigenschaften ist, dass sie nie lange sauer sein kann. »Ich hab sie gerade gelesen, als die Sedge mich erwischt hat. Ich kann froh sein, dass sie mein Handy nicht konfisziert hat.« Begriffe wie »konfisziert« würde man Fiona mit ihrem etwas wilden Aussehen gar nicht zutrauen. Sie rappelte sich in dem Sitzsack auf und zog übertrieben die Brauen hoch. »Also, *Sam Morse …*?«

Ich kannte sämtliche Varianten von Fionas Quietschen, vom vernichtenden bis hin zum zutiefst ehrfürchtigen. Ich wollte sie nicht hängen lassen, und außerdem log man seine beste Freundin nicht an, fand ich. Allerdings hatte eine gewisse Coolness von mir Besitz ergriffen, deshalb beschloss ich, ihr nur einen Teil der Wahrheit zu erzählen und auch hierbei noch so zu tun, als wäre es mir total peinlich.

»Ich bin zu ihm nach Hause gegangen«, sagte ich. »Ich wusste gar nicht, dass seine Eltern getrennt sind.«

»Und …?«

»Wir haben über die Keystone Pipeline gesprochen.«

»Was ist das denn?«

»Eine Pipeline, durch die Erdöl aus Kanada gepumpt und an die Golfküste transportiert wird. Es gibt da eine Kampagne, um das zu stoppen. Miss Sedge meinte, ich solle vielleicht mitmachen, und Sam kennt sich damit aus.« Ich bemühte mich um eine bescheidene Miene. »Er ist echt nett. Und irgendwie süß.«

Fionas Brauen schossen hoch und wieder herunter.

»Nur die Ruhe. Es ist nichts passiert.«

»Gar nichts?«

»Wird es aber vielleicht bald.«

»Woher willst du das wissen?«

»Er hat meinen Arm berührt.« Nach der Croissant-Nachricht klang das echt erbärmlich. Typisch. Gerade wenn man lügen will, ertappt man sich dabei, dass man doch mit der Wahrheit herausrückt.

»Hammer.« Sie ließ sich in den Sitzsack zurückfallen. Fiona

hatte mit knapp fünfzehn ihre Periode bekommen, trotzdem sah sie immer noch aus wie eine hagere Grundschülerin ohne weibliche Kurven und hatte so magere Handgelenke, dass sie zusätzliche Löcher in ihre Uhrbänder stanzen musste. »Aber Sam Morse?«, ätzte sie. »Bist du sicher, dass du keinen Besseren findest? Als ich das letzte Mal hingesehen habe, war er ein noch nerdiger Zwerg mit Zahnspange.«

»Nerdig ist er immer noch, aber ohne die Spange. Und gewachsen ist er auch. Er steht total auf seine neuen Zähne und lächelt viel häufiger.« Mit jedem Satz hatte ich mehr das Gefühl, als stünden Sam und ich tatsächlich in engem Kontakt. »Seine Mutter wohnt in Alexandria. Er weiß echt superviel über die Erde und will eines Tages Wissenschaftler werden.« Letzteres hatte ich frei erfunden.

Fionas Miene erhellte sich. »Darf ich es Vicky erzählen?«

»Nein!« Vicky hatte mit vierzehneinhalb schon ihren ersten Freund gehabt, einen Linebacker, der nach Belmont gegangen war, und jetzt war sie mit einem Typen zusammen, den sie im Torelli's aufgegabelt hatte. Vicky würde mir nur Löcher in den Bauch fragen, wenn sie davon erfuhr.

Fiona starrte mich durchdringend an.

»Was ist?« Ich lachte, ehe ich mich um eine ernste Miene bemühte. »Was denn?«

»Und du bist sicher, dass nichts passiert ist?«

»Ich würde es Vicky nur lieber selbst erzählen, das ist alles.«

»Okay«, sagte Fiona.

»Wenn etwas Konkretes passiert.«

»Schon gut.«

»Was meinst du damit?« Früher hätte sie es nicht auf sich beruhen lassen.

»Wie du willst.« Ich sah einen vorsichtigen Ausdruck in ihren Augen, als sie sich wieder in den Sitzsack sinken ließ.

»Und wenn ich dir verraten würde, dass er mich geküsst hat?«

»Was? Raus damit! Wo?«

Ich überlegte kurz – Anatomie oder Architektur? »Auf dem Fenstersitz im Haus seines Vaters.«

Da war er wieder, dieser Blick, als wäre eine Sicherheitsschranke heruntergegangen. »Aber Maddy!«

»Was denn?«

»Ich weiß auch nicht.« Sie schlug die Beine übereinander und wippte mit dem Fuß, während sie auf ihrem Daumennagel herumkaute. »Bist du sicher, dass er auch nett ist?«

Nun war es an mir, sie anzustarren. »Was soll das denn heißen? Dass kein netter Typ, der einigermaßen bei Verstand ist, mich jemals wollen würde?«

»Sei nicht albern!« Das Lächeln, das sie mir zuwarf, war nicht ganz aufrichtig. »Du bist doch viel wertvoller als wir alle zusammen, du dumme Nuss!«

»Deiner Meinung nach kriege ich also bestenfalls einen Langweiler?«

»Ich meine nur …« Sie schlug ihre Kinderstimme an. »Ich bin deine allerallerbeste Freundin.«

Das gute Gefühl, Sams Namen laut auszusprechen und irgendwelche Details über ihn zu erfinden, war schlagartig verflogen. Ebenso wie die Coolness, die ich gerade noch empfunden hatte. Ihr Tonfall war schuld. Er sagte mir ganz klar, dass ich, obwohl ich in punkto Periode, Stil oder Entwicklung im Allgemeinen weiter war als sie, obwohl wir als beste Freundinnen seit der Grundschule alles Mögliche erlebt und durchgemacht hatten und obwohl sie mich mindestens dreimal pro Woche zu Hause besuchen kam, mittlerweile einer anderen Kategorie angehörte. Man musste mich mit Samthandschuhen anfassen. Diese Erkenntnis löste ein Gefühl so tiefer Leere und

Einsamkeit in mir aus, dass ich ernsthaft zweifelte, ob ich mich jemals wieder über etwas würde freuen können.

»Vergiss es einfach, ich rede nur Müll«, wiegelte Fiona ab. »Ich bin doch bloß neidisch. Mach einfach. Versprich es mir, dass du es tust.«

»Meine Güte, Fiona!«

Ich stand so schnell auf, dass schwarze Punkte vor meinen Augen tanzten. Sie sprang ebenfalls auf und fing mich auf, während ich mich auf die Bettkante sinken und den Kopf zwischen die Beine hängen ließ, damit die Punkte verschwanden. Aus dem Augenwinkel sah ich Cloud, die mitten auf der Tagesdecke stand, als erwarte sie Anweisungen. Fiona tat so, als wäre sie lediglich aufgestanden, um meine kleine Katze zu streicheln.

»Armes Mädchen …« Sie strich ihr über den Rücken, von den Ohren bis zur Schwanzspitze, zog mit beiden Daumen ihr Fell nach hinten, bis Clouds Gesicht wie das eines riesenäugigen Gnoms aussah. »Du Armes. Weißt du nicht mehr, wo dein Platz ist?«, säuselte sie.

3

»Noch ein kleiner Schluck?«, fragte Grandma und schob mir den Strohhalm zwischen die Lippen. Ihre Stimme klang ähnlich wie die meiner Mutter, nur etwas modulierter, voller. Ich trank, ohne die Augen aufzuschlagen. Gingerale. Eigentlich eine Chemo-Allzweckwaffe, die gegen die Übelkeit helfen soll, aber gerade hatte das Zeug genau den gegenteiligen Effekt. Ich trank es trotzdem, weil der Geschmack auch etwas Tröstliches hatte. Ich hasse Krankenhäuser, bin aber leider darauf angewiesen, muss die Chemie, die in meine Adern gepumpt wird, als Freund betrachten, dabei werde ich in Wahrheit vergiftet.

Ich schlug die Augen auf, blickte in das faltige Gesicht meiner Großmutter, das von bauschigen hellbraunen Locken umrahmt war. Sie ist immer an meiner Seite, wenn ich zur Chemo muss, war auch da, als ich aus dem Krankenhaus entlassen wurde. Ich wusste, dass sie vor ihrem Besuch noch beim Friseur war, um sich das Haar schneiden und eine Dauerwelle machen zu lassen – allein die Tatsache trieb mir die Tränen ins Gesicht. Wann immer es mir richtig dreckig geht, ist Grandma der Mensch, den ich am liebsten um mich habe. Ich weiß, dass sie es ebenso verabscheut wie alle anderen, was ich mir zumuten muss, und häufig bemerke ich denselben hilflosen Blick an ihr wie an meiner Mutter, aber sie ist nicht ganz so dicht am Geschehen dran, außerdem hat sie Grandpa und Gott als Stütze.

Es ist ein seltsames Gefühl, wenn die Leute einen ganz aus der Nähe betrachten. Unsere Köpfe, Grandmas fluffiger und mein kahler, waren so dicht beisammen, doch was sich innen drin abspielte, könnte nicht unterschiedlicher sein. Aber vielleicht auch nicht. Wir würden es nie herausfinden. Ich schloss die Augen. Licht ist keine gute Idee. Ihre Gegenwart hingegen sehr wohl. Ich glaube zu wissen, warum: Wenn sie sieht, wie ich würgend über der Schüssel hänge und danach völlig fertig in die Kissen zurückfalle, stöhne, weil meine Mundhöhle sich so wund anfühlt, dass ich weinen muss, gelingt es ihr, mich in einem größeren Kontext zu sehen. Die Vorstellung, dass es diesen Kontext gibt, gefällt mir, und Grandma schafft es, ihn zu erzeugen, selbst wenn es nur das wissenschaftlich höchst zweifelhafte Bild ist, dass Leidende in den Händen Gottes liegen und sanft gewiegt werden.

»Grandma?«

Ihre kühle Hand legte sich auf meine Stirn.

»Ja, Mäuschen?«

So hat sie mich schon immer genannt. Die Chemo lässt mich wieder zum Baby werden. Ich hielt die Augen geschlossen. Das musste ich sowieso tun, um die Frage stellen zu können. »Hast du eigentlich schon immer an Gott geglaubt?«

Es muss traurig für meine Großmutter sein, inmitten von Heiden, von Ungläubigen zu leben. Bestimmt konnte sie ihr Glück kaum fassen, so etwas gefragt zu werden, doch sie antwortete nicht sofort, sondern nahm lediglich ihre Hand weg.

»Nein, nicht immer«, sagte sie schließlich. »Nicht aufrichtig.«

Ich war platt. »Und wann hast du dann damit angefangen?«

»Als deine Mutter zur Welt kam.«

»Wieso das?«

»Soll ich es dir wirklich erzählen?«

»Na ja, klar ... ich habe dich schließlich gefragt, oder?«

Grandma warf mir einen ihrer typischen Blicke zu. Für sie ist Ironie die niedrigste Form des Humors.

»Ja, bitte«, sagte ich artig und lauschte, als sie zu sprechen anfing.

»Deine Mutter war mein erstes Kind. Dein Großvater und ich hatten uns immer ein Baby gewünscht und waren außer uns vor Freude, als ich endlich schwanger wurde. Die Schwangerschaft verlief ganz normal, mit der üblichen Morgenübelkeit und so weiter. Aber sobald die Wehen einsetzten, wussten wir, dass etwas nicht stimmte. Sie fingen an, hörten aber wieder auf. So ging es einen ganzen Tag und noch länger. Dem Baby ging es nicht gut. Irgendwann konnten sie den Herzschlag nicht mehr hören. Es war schrecklich, ich war außer mir vor Angst. Und dann setzten die Blutungen ein. Es stellte sich heraus, dass deine Mutter die Schnur ... die Nabelschnur, meine ich ...«

»Grandma, ich weiß, welche Schnur.«

»Natürlich.« Ich hörte an ihrer Stimme, dass sie lächelte. »Jedenfalls hatte sich die Nabelschnur dreimal um ihren Hals gewickelt. Sie wäre beinahe gestorben. Und ich, ehrlich gesagt, auch. Aufgrund der Hämorraghie ... das ist eine starke Blutung ...«

»Ich weiß!«

»Sie haben mich sofort in den OP gebracht. Da hatte ich schon das Bewusstsein verloren. Und währenddessen hatte ich dieses unglaubliche Erlebnis. Diese ... Begegnung.« Sie hielt inne.

»Was für ein Erlebnis?«

Sie schien zu zögern. »Ich weiß nicht, ob ich es erklären kann. Aber jedenfalls hatte ich dieses Erlebnis.« Sie presste die Lippen aufeinander. Nicht gerade ein Lächeln. »Es war, als befände ich mich nicht länger in meinem Körper, sondern würde über mir schweben und auf mich und die Köpfe der Ärzte und Schwester herabblicken. Die Details sind nicht so wichtig, aber als ich zugesehen habe, wie sie um mein Leben und das des Babys kämpften, war da diese … Präsenz ist nicht das richtige Wort dafür. Dieses Wesen? Nein, das trifft es auch nicht genau. Jedenfalls war dieses Etwas bei mir, das durch und durch gütig und großzügig war und wollte, dass ich auch daran teilhabe.«

»Wahrscheinlich hast du geträumt.«

Sie lächelte und sah mir in die Augen. »Kann sein. Als ich wieder zu mir kam, war da kein Baby, und ich bekam schreckliche Angst, daher habe ich angefangen, zu Gott zu sprechen. Wir kamen überein, dass ich ihm mein Leben widmen würde, wenn ich und mein Baby am Leben blieben.«

»Aber woher wusstest du überhaupt, dass da jemand ist, mit dem du reden konntest?«

»Er hat zuerst das Wort an mich gerichtet.«

Ich schlug die Augen auf. Grandma saß in ihrer gelben Strickjacke und dem vergessenen Glas Gingerale in der Hand an meiner Bettkante und erzählte ihre Geschichte der gegenüberliegenden Wand, an der all meine Snarky-Puppy-Poster hingen.

»Es ist schwer zu beschreiben«, fuhr sie fort. »Wir haben ja nicht so geredet, wie man es normalerweise tut. Sondern eher mental. Psychisch.«

»Nach psycho klingt es jedenfalls.«

Sie lächelte. »Spirituell. Aber dieses Wort verwendet deine Generation nicht mehr.«

»Die Psyche«, sagte ich, »bedeutet ja erst mal geistig. Und der Geist ist Teil des Gehirns.«

»Hmm«, sagte Grandma.

»Wenn also das Gehirn nicht mehr funktioniert, tut es der Geist auch nicht. Dann ist Feierabend.«

»Deshalb bezeichnen wir es auch als spirituell.«

»Und Spiritualität findet nicht im Gehirn statt? Wo denn dann?«

Schweigen. »Machst du dir Gedanken um all diese Dinge, Maddy?«

»Manchmal«, antwortete ich knapp.

»Natürlich«, gab Grandma zurück, als wäre es das Normalste auf der Welt. »Maddy, denkst du, dass alles um uns herum …« Sie deutete mit ihrer knorrigen Hand um sich, auf die lavendelblau gestrichenen Wände, den Pillsbury-Penisfleck an der Decke, meine Frisierkommode mit der offenen Schublade, den Schmuckständer in Form eines Ballkleids und den Muji-Kerzen, von denen eine nach Kaminfeuer duftete, auf meine blaue Fleecedecke, auf der Cloud sich so eng zusammengerollt hatte, dass bloß ein Fellknäuel zu erkennen war, auf all die Fixpunkte meines Lebens, die ich unter keinen Umständen missen wollte. »Glaubst du, alles rings um uns herum ist längst klar, ganz zu schweigen von der Frage, woher wir kommen, wohin wir gehen, was uns ausmacht?«

»Jemand muss es doch wissen.«

»Aber woher?«

»Hast du noch nie etwas von Wissenschaft gehört?«

Grandma presste die Lippen zusammen, schien jedoch zu dem Schluss zu gelangen, dass sie sich nicht aufregen wollte. Wenn man Krebs hat, kann man sich jede Menge der lausigsten Form von Humor leisten.

»Die Wissenschaft ist eine sehr mächtige Art, die Welt zu verstehen. Man sollte sie nie unterschätzen. Aber da ist noch mehr.«

»Woher weißt du das?«

»Tue ich nicht«, sagte sie nach einer langen Pause in einer Stimme, die Verlegenheit, Resignation oder auch nur Sachlichkeit ausdrücken sollte.

»Super«, murmelte ich und wandte den Kopf.

»Willst du mich irgendwann mal in die Kirche begleiten, Maddy? Dein Großvater und ich würden uns sehr darüber freuen. Weißt du noch, wie du immer zur Sonntagsschule gegangen bist, als du noch klein warst? In unserer alten Kirche?«

Natürlich erinnerte ich mich. An Grahamkekse und Orangenlimo im Keller. Feuerwehrautos aus Holz. Landkarten in unmöglichen Farben. Eine Frau, deren Hals so fett war, dass er praktisch nahtlos in ihre Schultern überging. Sie wollte, dass wir uns im Kreis auf den Boden um eine brennende Kerze setzten, während sie mit unnatürlich sanfter Stimme mit uns redete und uns Bilder zeigte, die sie in ihren molligen Händen hielt. Das einzig Spannende im Raum war die Kerze, auf deren Flackern ich mich die ganze Zeit konzentrierte. »So, jetzt ist es an der Zeit, das Licht zu wechseln«, sagte sie immer am Schluss, und ich dachte jedes Mal, sie würde »die Glühbirne wechseln« sagen. Stattdessen sagte sie »das Licht wechseln«, griff mit übertrieben langsamen Bewegungen nach dem Kerzenlöscher und hielt den metallenen Hut über die Flamme, woraufhin sich Dunkelheit über den Raum senkte. Und wenn sie ihn wieder anhob, war unser hübsches, warmes Kerzenlicht weg. Dieses »das Licht wechseln« ärgerte mich jedes Mal aufs Neue, weil sie sich ernsthaft einbildete, sie könnte uns für blöd verkaufen und uns glauben machen, sie würde das Licht bloß wechseln, während sie es in Wahrheit ausmachte.

»Danke, Grandma, aber ich werde nicht aus purer Verzweiflung anfangen, an Gott zu glauben.«

»Du meinst, so wie ich bei der Geburt deiner Mutter?«

»Nein, das habe ich nicht gemeint«, protestierte ich empört, obwohl ich natürlich genau das damit hatte sagen wollen.

»Bist du denn manchmal verzweifelt, Maddy?«, fragte

Grandma nach einer Weile beiläufig, als wollte sie sich erkundigen, ob ich Hunger hätte.

Ich schloss die Augen. »Eigentlich nicht.« Die Übelkeit setzte wieder ein, und ich spürte ein schmerzhaftes Prickeln in den Füßen. »Kennt Mom eigentlich die Geschichte von ihrer Geburt?«

»Natürlich. Ich habe ihr alles erzählt. Aber sie sieht das Ganze nicht unbedingt so wie ich.«

»Mom hat für solche Sachen nicht viel übrig. Sie würde nie ihre Meinung ändern, ganz egal, was passiert. Obwohl ihr eigenes Baby schwer krank ist.«

Grandma lachte. »Deine Mutter hatte schon immer ihren eigenen Kopf, schon als kleines Mädchen. Sie ist sehr stark, deine Mutter. Ich habe ihren Mut immer bewundert. Du bist auch stark.«

»Ich bin aber nicht mit allem einverstanden, was Mom sagt.«

»Natürlich nicht. Aber es ist ganz normal, dass du so sein willst wie sie.«

»Na ja, sie ist nicht mit denselben Ansichten wie du aufgewachsen …«

Das war ein Punkt, dem sie nichts entgegensetzen konnte. Einen Moment lang schwieg sie. »Du hast einen scharfen Verstand, Maddy«, sagte sie schließlich. »Das ist sehr gut. Erlege dir bei den wirklich wichtigen Dingen keine Grenzen durch das auf, was du bereits weißt. Das ist alles, was ich sage. Es gibt grundsätzlich immer noch mehr, als wir denken, egal in welchem Punkt.«

Sind alle alten Leute so kryptisch? *Mehr, als wir denken?* Das hörte sich irgendwie gut an, aber mir war klar, dass das nicht genügte. Und ich wusste, dass es Zeit war, das Gespräch zu beenden. Nicht nur, weil ich völlig erschöpft war und schlafen musste. In mir war dieses winzige Geschöpf, das unbedingt seine Nase hinaus in die Welt strecken, das gesehen und gestreichelt werden wollte, doch wenn irgendjemand versuchte, es herauszulocken, zog es sich sofort wieder zurück, rollte sich zusammen und ließ sich nicht mehr blicken. Ich schloss die Augen und tat so, als würde ich schlafen. Nach einem Moment hörte ich, wie meine Großmutter aufstand und auf Zehenspitzen das Zimmer verließ.

»Um es kurz zu machen«, sagte ich am Samstagabend beim Essen, »ich gehe morgen in die Kirche.« Drei Wochen waren seit der Chemo vergangen, ich war immer noch schwach, aber eindeutig auf dem aufsteigenden Ast … oder zumindest auf Bodenlevel mit Luft nach oben. Normalerweise warten die Ärzte ab, bis ich mich halbwegs stabilisiert habe, bevor sie mich in die nächste Runde und damit ein weiteres Mal auf die Planken schicken.

»So?« Meine Mutter sah auf.

»Mit Grandma.«

»Nimmst du die U-Bahn?«

»Ist das das Einzige, was dich interessiert? Mit welchem Verkehrsmittel ich hinkomme?«

Sie lachte. »Was soll ich denn deiner Meinung nach fragen?«

»Wie wär's damit: Wieso gehst du morgen mit Grandma in die Kirche?«

»Also gut. Wieso?«

»Sie hat mich eingeladen.«

»Wie schön für sie.«

»Außerdem kommt dieser Cellist, der Brahms spielt.«

»Was denn von Brahms?«, erkundigte sich Robin vom Kopf des Tischs, wo er sitzt, um allen klarzumachen, dass ihm das Kopfende gebührt. Robin ist fanatischer Klassikfan. Mit zweiunddreißig hat er sich selbst Klavierspielen beigebracht, was ziemlich beeindruckend ist. Er hat nie gelernt, Noten zu lesen, weil sein Gehirn schon viel zu festgefahren war, und musste folglich alles auswendig lernen. Ich dagegen habe bereits mit acht Klavierstunden bekommen und kann hervorragend Noten lesen. Oder zumindest konnte ich es.

»Keine Ahnung.« Ich drückte meine Fischpastete ein bisschen auf dem Teller auseinander, damit es aussah, als hätte ich sie halb gegessen. »Um Viertel nach holen sie mich ab.«

»Hast du keinen Hunger, Maddy?«, fragte meine Mutter.

»Nicht besonders. Willst du nicht, dass ich gehe?«

Sie warf mir einen gespielt verärgerten Blick zu.

»Morgen ist Palmsonntag«, fügte ich hinzu.

»War das nicht der Tag, an dem er auf dem Esel durch die Stadt geritten ist?«

»Du bist die Expertin, schließlich warst du jede Woche in der Sonntagsschule.«

»Bis zur neunten Klasse«, wandte meine Mutter ein.

»Da hast du dich vom Glauben abgewandt?«, fragte ich.

»Da habe ich angefangen, mir meine eigenen Gedanken zu machen.«

»War Grandma sauer, weil du nicht mehr in die Kirche gehen wolltest?«

»Sie war klug genug, mich nicht zu zwingen.«

»Willst du mitkommen? Wir könnten doch alle gehen«, meinte ich.

Meine Mutter setzte ihr nachsichtiges »Alles auf der Welt hat seine Berechtigung«-Lächeln auf.

»Nicht morgen.«

»Wieso nicht?«

»Geh du nur und genieße den Tag mit deinen Großeltern. Das wird ihnen gefallen.«

Ich wandte mich Robin zu. »Willst du mitkommen?« Ich

klimperte mit den Wimpern. »Die Familie, die zusammen betet, bleibt auch zusammen.«

Er warf meiner Mutter einen Blick zu, während er den Rest Avocado mit Tomaten und Mozzarella auf seinen Teller häufte. »Sie hat wieder mal Autoaufkleber gelesen.«

»Ich liebe Salat«, sagte ich. »Salat ist das Einzige, was ich essen könnte …«

»Oh, entschuldige. Bedien dich. Willst du Dressing? Knoblauchbrot?« Als mir alles angeboten worden war, außer dem, was ich haben wollte, sagte Robin in diesem gedämpften Tonfall, den er immer anschlägt, wenn er mich hängen lässt: »Du weißt doch, dass ich es mit der Kirche nicht so habe. Außerdem muss ich arbeiten. Leider.«

»Danke für die Unterstützung.«

Wieder tauschten sie einen Blick. Meine Mutter trank ihren Wein aus.

»Wenn es das Klaviertrio in C-Dur ist und du nicht weinen musst, ist dir auch nicht mehr zu helfen.«

4

Wie üblich fuhr Grandpa. Ich stieg ein, schlug die Tür zu und rief meiner Mutter ein »Auf Wiedersehen!« zu. Sie stand auf der Veranda und winkte auf eine dramatische Art, die mir verriet, dass sie es bereute, mich Gott ganz allein gegenüberzutreten zu lassen. Grandpa schenkte mir sein übliches Beinahe-Lächeln, das immer dann auf seinem Gesicht erscheint, wenn er sich um eine neutrale Miene bemüht. Früher habe ich ihn immer gefragt: »Wieso lächelst du denn, Grandpa?«, woraufhin er erwiderte: »Tue ich doch gar nicht.« Das ist so eine Art Running Gag zwischen uns. Nun, da ich älter bin, erkenne ich es als die Miene eines gutmütigen Menschen, der gerne Verbindlichkeit signalisieren will, während er nichts von sich preisgibt.

Als ich noch klein war und sie in ihre alte Kirche begleitet habe, trug Grandma geblümte Röcke und hohe Schuhe. Aber das ist lange her, und inzwischen hat sie sich modisch weiterentwickelt, zumindest auf ihre Art. Heute trug sie eine schwarze Jacke mit Aztekenmuster, eine petrolfarbene Bluse und eine Kette mit länglichen Anhängern, die wie silberne Fingerknochen aussahen. Sie warf mir einen Luftkuss zu.

»Hallo, Schatz. Hübsche Mütze.«

»Sieh nur, wir passen farblich zusammen«, sagte ich beim Einsteigen. Ich besitze eine Auswahl an Mützen und diese, eine Strickbaskenmütze mit kleiner Krempe, hatte zufällig dieselbe Farbe wie Grandmas Bluse, was irgendwie cool war. In erster

Linie war ich aber froh, dass es kühl genug war, um überhaupt eine tragen zu können, weil ich keine Lust hatte, mehr Blicke oder Fragen zu provozieren als unbedingt nötig.

Ich stützte den Kopf auf die Hand und sah aus dem Fenster auf die Feuerwache, dann die Bücherei, wo ich mir vor einer Million Jahren immer meine Bücher ausgeliehen habe, schließlich das lavendelfarbene Haus mit den gelben Verzierungen neben dem orangefarbenen mit den weißen, die einander im graugrünen und ziegelroten Einheitsbrei Gesellschaft leisten. Nicht dass Exzentriker in Takoma Park etwas zu befürchten hätten – es ist immerhin das Viertel von Washington auf dieser Seite des Autobahnrings mit den meisten noch erhaltenen historischen Gebäuden. Trotzdem habe ich mich immer gefragt, wer wohl in diesen beiden Häusern wohnt. Vielleicht klingle ich ja eines Tages ohne meine Mütze auf dem Kopf und schaue, was passiert.

Was ist das nur mit Männern und Autos? Frauen fahren zwar genauso gut wie die Männer, aber sobald ein Mann da ist, sitzt er hinterm Steuer, wohingegen sie an den Kreuzungen doppelt und dreifach überprüft, dass bloß kein Auto von links oder rechts kommt. Grandma schien es nicht zu stören. Sie hatte ihr eigenes Beinahe-Lächeln im Gesicht, das völlig anders aussah als Grandpas. Ihres sagte: Tief im Innern ist die Welt grundanständig, und ich möchte gern meinen Beitrag dazu leisten. Sie summte. Vielleicht freute sie sich, dass heute Palmsonntag war. Vielleicht auch, weil ich im Auto saß. Immerhin bin ich ihre einzige Enkelin und wurde nach ihr benannt, Madeleine Rose.

»Grandma«, sagte ich und setzte mich auf. »Macht es dir etwas aus, wenn ich dich Rose nenne?«

Lächelnd drehte sie sich auf dem Sitz um. Die Gläser ihrer randlosen Brille funkelten. »Wenn du willst.« Das Tolle an meiner Großmutter ist, dass sie mich allen Ernstes unterhaltsam findet. »Wie kommst du darauf?«

»Oh«, antworte ich leichthin, »ich bin einfach nur kein Baby mehr.«

»Das ist allerdings wahr.«

»Außerdem ist das mein zweiter Name, deshalb sollte ich ihn auch benutzen können.«

»Auch das stimmt.« Sie wandte sich wieder nach vorn um.

»Und was ist mit mir?«, schaltete sich Grandpa ein, blähte die Nasenflügel und sah mich im Rückspiegel an.

»Du nennst sie doch schon Rose.«

»Haha. Sehr witzig.«

»Du kannst doch nach wie vor Grandpa bleiben, wenn du das meinst.«

»Solange ich nicht zu kurz komme.«

»Keine Sorge.« Ich tätschelte ihm über die Rückenlehne hinweg die Schulter. »Das ist so ein Mädelsding. Stimmt's, Rose?«

»Absolut! Oh, sieh nur, Maddy! Ein Reh. Sogar zwei!« Ich sah zu, wie die beiden Tiere mit den seltsam geformten Leibern über die Straße rannten und gleich darauf auf der anderen Seite im Wald verschwanden.

»Holla!«, rief Grandpa. »Der Buick da vorn musste mächtig in die Eisen steigen. Die Tiere verursachen immer wieder Verkehrsunfälle.«

»Kannst du dir vorstellen, dass die Leute sie abknallen?«, fragte Grandma. »Ich werde nie verstehen, wie jemand auf die Idee kommt, so wunderschöne Tiere zu töten.«

»Und was ist, wenn du Hunger leidest?«, fragte ich.

»Das ist etwas anderes.«

Vor dem U-Bahnhof hatte sich ein Stau gebildet, sodass wir nur mühsam vorwärtskamen. Bei der ersten sich bietenden Gelegenheit fuhr Grandpa von der vierspurigen Straße ab.

»Wenn ich eines nicht ausstehen kann, dann ist es Stau«, sagte er.

»HashtagErsteWeltProbleme«, konterte ich.

»Was?«

»Egal.«

Ein paar Häuserblocks weiter hielt er am Straßenrand an, stieg aus und beugte sich so weit durch mein Fenster herein, dass ich die blauen Venen auf seiner Stirn erkennen konnte. »Deine Grandma kocht einen fürchterlichen Kaffee. Der zieht dir echt die Socken aus«, flüsterte er halblaut.

»Wieso machst du ihn dann nicht selbst?«

Er zog eine Grimasse und tat so, als würde er mir die Nase aus dem Gesicht pflücken. Ich sah zu, wie er, beide Hände tief in den Hosentaschen vergraben, hochgewachsen und leicht arthritisch in den Knien, zu einem Coffeeshop hinüberging. Sein Haar wirkte so fedrig, als könnte eine Brise es jederzeit erfassen und wegwehen. Mir war nicht wohl dabei, ihn so von hinten zu beobachten, deshalb richtete ich den Blick auf das Dim-Sum-Restaurant an der Ecke, wo Mom und ich früher sonntags gern zum Brunch gegangen sind. Es hatte sich bereits eine Schlange gebildet, die auf den Gehsteig und um den Häuserblock reichte. Ich begann, die Leute zu zählen, um nicht länger an Grandpas Hinterkopf denken zu müssen. Oder an meine Grandma, die immer noch auf dem Beifahrersitz vor sich hin summte, pausenlos am Gurt ihrer Handtasche herumfingerte und ein Herz für schöne Tiere hatte. Eigentlich sollte es ein Naturgesetz geben, nach dem alle Familienmitglieder zur selben Zeit sterben, damit keiner zurückzubleiben braucht.

Bis sechsundzwanzig und fast zur Straßenecke war ich gekommen, als sich zwei der Wartenden unvermittelt voneinander lösten, die bis dahin heftig geknutscht hatten. Robin hatte den Arm um Moms Schultern gelegt – sie war so klein, dass er sich einbilden konnte, ein hochgewachsener Mann zu sein. Was für eine Überraschung, sie hier zu sehen. Sie hatte den Kopf gesenkt und lachte sich über irgendetwas kaputt.

Geh nur und verbringe einen Tag mit deinen Großeltern! Leider muss ich arbeiten. Und dann dieses dramatische Winken von der Veranda!

Ich wollte den Blick abwenden, schaffte es aber nicht. Meine Mutter hielt seinen ausgestreckten Arm mit beiden Händen und schien sich nicht im Mindesten daran zu stören, dass sie warten mussten. Ganz offensichtlich waren sie klammheimlich aufgebrochen, kaum dass ich das Haus verlassen hatte. Sie hatten den ganzen Vormittag und die Hälfte des Nachmittags für sich – jemand, der großzügig war, würde es ihnen nicht krummnehmen. Ein großzügiger Mensch wäre dankbar, dass sie Robin an ihrer Seite hatte. Wohingegen jemand, der unfairerweise vom Universum aufs Abstellgleis geschoben worden war, auf die Idee kommen könnte, dass er gerade einen kurzen Blick in die Zukunft erhascht hatte, in der jeder tat, wonach ihm gerade der Sinn stand, und in der es für meinesgleichen nicht einmal mehr Luft zum Atmen oder etwas gab, womit ich sie hätte atmen können. Oder derjenige könnte vielleicht sogar auf den Gedanken kommen, dass der gut gelaunte Robin verschwinden und mir meine Mutter für mich lassen möge, ich, die sie zuerst gehabt hatte, die einzig und allein ihr gehörte und die sie viel mehr brauchte als er.

In diesem Moment stieg Grandpa etwas Lustiges leise vor sich hin murmelnd wieder in den Wagen. Obwohl er gerade erst über Grandmas Kaffee hergezogen hatte, lachte sie und hielt seinen Becher, damit er nicht überschwappen konnte, während ich auf dem Rücksitz saß und kaum meine eigenen Hände sehen konnte, ganz zu schweigen von den anderen

Autos, als er sich wieder in den Verkehr einfädelte und in Richtung Kirche fuhr.

»Na, das nenne ich mal eine Kirche, Rose.« Ich zeigte auf das imposante Greystone-Gebäude an der Ecke, wobei sich der Arm meiner Großmutter ebenfalls hob. Wir waren Arm in Arm die 10th Street hinuntergegangen, weil sie sich so gern unterhakte, einem den Rücken streichelte oder die Hand auf die Schulter legte, wenn sie mit einem sprach. Als ich krank geworden war, hatte sie das zum festen Bestandteil ihrer Kommunikation mit mir gemacht. Mom sagt, das liege daran, dass sie ihre eigene Mutter bereits mit zehn verloren hätte. Ich dagegen erkläre es mir lieber so, dass sie mich nun mal gern anfasst.

»Nein, das ist die katholische Kirche. Unsere ist dort drüben«, erklärte sie feierlich. »Die First Congregational.« Das Gebäude, auf das sie ihren Blick richtete, sah wie das exakte Gegenteil einer Kirche aus – es war ein blauer Glaskasten, der auf einem Betonpodest ruhte. An den Ecken verliefen die viereckigen Glasplatten spitz zusammen, und die Wolken spiegelten sich in den Scheiben und schienen mit den realen am Himmel in völlig absurden Winkeln zu kollidieren.

»Wow«, stieß ich hervor, »sehr modern, Rose.« Das Gebäude gab ein violettes Schimmern ab, das mir das Gefühl gab, beobachtet zu werden, so wie diese Sonnenbrillen, deren Träger einen durch die Gläser genau erkennen kann, wohingegen man selbst nur sein eigenes Gesicht darin sieht. Ich konnte mir nur schwer vorstellen, dass ich in diesem Bau etwas finden würde, wofür sich das Kommen gelohnt hatte.

»Die Kirche ist in den beiden unteren Stockwerken untergebracht«, erklärte Grandma. »Der obere Teil besteht aus fremdvermieteten Büros.«

»Ihr habt sie vermietet?«

»Die Kirche. So überlebt man heutzutage. Das war die Grundidee, als wir die Kirche gebaut haben.«

»Du hast die Kirche gebaut?«

Sie warf mir einen ihrer gespielt verachtungsvollen Blicke zu.

»Also ist der Betonklotz die Kirche, und das bunte Glas sind die Büros?«, hakte ich nach. »Müsste es nicht umgekehrt sein?«

»Du warst immer schon eine Blitzmerkerin«, sagte sie.

»Früher waren wir … stilvoller untergebracht«, warf Grandpa ein, der neben mir herging, uneingehakt. »Die erste Kirche hatte einen richtigen Glockenturm.«

»Und wann war das?«

»1868.«

»Also hast du sie nie mit eigenen Augen gesehen?«

»Haha«, lachte er. »Ich bin zwar alt, aber nicht so alt. Das ist jetzt unsere dritte. Wir reichen bis zum Bürgerkrieg zurück.«

»Ehrlich?«

»Früher fanden die Gottesdienste im Capitol statt.«

»Wieso das denn?«

Ich löcherte meinen Großvater gern mit Fragen, weil er ein Faible für Informationen hat. Grandma ist glücklich, wenn sie sich bei einem unterhaken darf, Grandpa, wenn er einem Fakten näherbringen oder neue Erkenntnisse gewinnen kann.

»Der erste Pfarrer war der Hausgeistliche des Repräsentantenhauses. Und wusstest du, dass unsere Kirche auch Schulen für befreite Sklaven gebaut hat?«

Kaum hatten wir die Kirche betreten, steuerte ich auf schnellstem Weg die Damentoilette an, spritzte mir Wasser ins Gesicht, zog den Concealer heraus und verteilte das Zeug flächendeckend. Augen, rot gerändert und mit grauen Schatten darunter. Ausgehungert und gehetzt. Volle Lippen. Ein Hals wie ein Grashalm. Mützen konnten das Fehlen der Haare nicht kaschieren. Bekamen Leute, die in die Kirche gingen, schnell Angst? Ein Auge auf die Tür gerichtet, zog ich meine Mütze herunter. *Schockierend*, erklärte ich lautlos der Schaufensterpuppe, die mich aus dem Spiegel ansah. *Find dich damit ab.*

Ich setzte die Mütze wieder auf und berührte die beiden Vögel an den Ohrringen, die meine Mutter mir zum Geburtstag geschenkt hat. Kreolen mit einem Silberzweig, auf dem ein Vogel saß, obwohl es aus der Entfernung wie ein Blatt aussah. Erst aus der Nähe erkannte man den Knubbel als Vogel. Die beiden Winzlinge gaben mir neuen Mut. *Du siehst gut aus*, sagte die Person in meinem Kopf mit ihrem ganz eigenen Akzent. *Du machst das schon.* Und siehe da, schlagartig fühlte ich mich besser. In der Lage, mich mit fröhlichem Gleichmut einem Raum voll wildfremder Leute zu stellen.

Ich trat hinaus und stürzte mich ins Getümmel, bahnte mir lächelnd und ziellos einen Weg durch die herumstehenden Erwachsenen, Kinder und eine Handvoll Teenager in meinem Alter. Eine Dame reichte mir ein Programm und irgendeinen Stängel.

»Oh, da bist du ja, Maddy!«, rief Großmutter ein wenig besorgt.

»Wie ich sehe, haben alle ihre Palmzweige bekommen.«

»Wedel«, korrigierte Grandpa.

»Ich gebe zu, dass ich mich geirrt habe.« Ich verdrehte die Augen. »Bis zum Beweis des Gegenteils.«

»Schlaubergerin.« Grinsend stupste Großvater mich am Arm. Ich schob ihn mit dem Ellbogen weg.

»Die sind alle aus ethisch einwandfreier Pflanzung.« Grandma sah mir tief in die Augen und hakte sich neuerlich bei mir unter. Nach einer Minute entzog ich mich und tat so, als würde ich in meiner Tasche etwas suchen. Ich würde ihr nicht sagen, dass ich Mom und Robin vor dem Dim Sum gesehen hatte. Es gab jede Menge andere Anlässe zum Heulen.

Mit unseren Wedeln in der Hand betraten wir den Altarraum, der genauso kahl und schmucklos war wie der Eingangsbereich. Erstaunt sah ich mich um. Konnte man es mit der Bescheidenheit eigentlich auch übertreiben? Kein Teppich. Kein Buntglas. Keinerlei Farben, bis auf einen Wandteppich mit dem Meer und dem Himmel hinter der Bühne, wo ein Klavier und mehrere Notenständer standen. Statt der üblichen Kirchenbänke gab es Stühle, dazu ein paar hölzerne Sitzränge an einer Wand. Meine Großeltern steuerten zielsicher auf die zweite Reihe zu, offensichtlich ihrem Stammplatz, da die anderen Kirchgänger Sitze frei gelassen hatten und sie begrüßten.

Immer wieder warf Grandma mir einen Blick zu und schien zu überlegen, ob sie mich vorstellen sollte, doch ich vertiefte mich mit einem verstohlenen Lächeln in mein Programmheft, also ließ sie mich in Ruhe. Das Titelfoto zeigte das Motiv eines Wandteppichs: Jesus, die Umstehenden, sogar die Kinder und Esel hatten alle diesen typisch bekümmerten Blick, wie man ihn auch auf den Gesichtern Neugeborener sieht. Sollte dies nicht ein Freudentag sein? Der Tag des Triumphs? Hätte man nicht etwas Heitereres nehmen können? Ringsum schienen die Leute recht guter Dinge zu sein, obwohl einige gesundheitlich nicht gerade auf der Höhe waren. Ich zählte drei Rollstühle, eine ganze Reihe an Gehstöcken und fünf Gäste mit Hörgeräten, darunter auch ein kleines Mädchen mit tief in den Höhlen liegenden Augen und einem erdnussförmigen Kopf. Sie schlug Räder im Gang, bis ihr Vater sie aufforderte, damit aufzuhören. Vielleicht hatten sie alle ja irgendwelche Probleme, selbst wenn man es nicht sehen konnte, und waren genau deshalb hier.

Die Glocke läutete.

Lob und Ehre sei dir,
Erlöser und König!

Grandma erhob sich, also tat ich es ihr nach, las die Texte der Kirchenlieder mit und sah zu, wie die Geistlichen zum Podest hinaufschritten. Sie trugen bodenlange schwarze, mit lila Satin gefütterte Kutten, was in einem so hochmodernen Gebäude und einer Kirchengemeinde, die Schulen für befreite Sklaven baute, recht ungewöhnlich anmutete. Offenbar wünschten sich die Leute bis heute, dass die Pfarrer besonders aussahen, und wollten auch gern glauben, dass sie es tatsächlich *waren*, selbst wenn die Rednerpulte bewusst so positioniert waren, dass sie sich auf derselben Höhe befanden wie die Stuhlreihen. Zeremonien sind trotz allem wichtig. Was unterscheidet sonst eine Kirche von einem stinknormalen Raum voller Leute?

Stille senkte sich über den Raum, als der Aufruf zum Gebet erfolgte. Köpfe wurden gesenkt, dann erfüllten leise, demütige Stimmen den Raum. Es war, als wäre ich mitten in einer Theateraufführung. Ich schloss die Augen und versuchte, einen ganz besonderen Teil in meinem Geist zu öffnen.

Wir bekennen.
Wir bekennen, unwürdig zu sein,
unser Wort gebrochen und nur an unser eigen Wohl gedacht zu haben,
uns von Neid, Ungnade und Eifersucht leiten gelassen zu haben.
Wir bekennen, unwürdig zu sein.
Wir bekennen.

Die Worte mündeten in das stille Gebet, das eigentlich nicht wirklich still war, weil die Leute sich räusperten, mit den Füßen scharrten, obwohl sie eigentlich ruhig sein sollten. Es war genauso wie in der Schule. Ich riskierte einen verstohlenen Blick auf meine Hände. Mein Nagellack blätterte ab. Hässliche lila Lackfetzen. Weiße Halbmonde. Das Herz schwarz. Ich konnte das hier nicht. Nichts sprach zu mir. Ich sah zur Seite. Grandpas Augen waren geschlossen, seine Brauen über dem Rand seiner Brillengläser leicht hochgezogen, wohingegen auf Grandmas Zügen ein verträumtes Lächeln lag. Eilig schloss ich die Augen wieder, weil ich sie nicht so sehen wollte. Es war peinlich. So, wie wenn man ins Badezimmer kommt, während gerade jemand auf der Toilette sitzt. Was auch immer sie taten – es sollte nicht vor den Augen aller geschehen.

»Möge der Friede mit euch sein.«

»Und mit dir.«

Ganz egal, wo Sie sich gerade auf Ihrem Lebensweg befinden, stand in dem Heftchen auf meinem Schoß, *sind Sie uns herzlich willkommen. In schweren und in frohen Zeiten. Und vergessen Sie nicht, Ihr Parkticket abstempeln zu lassen.*

In den ernstesten Situationen neigten meine Mutter und ich dazu, von akuten Heiterkeitsanfällen heimgesucht zu werden. Ich brauchte sie. Jetzt. Gefährlich bebende Schultern, ungläubig aufgerissene Augen, die meinem Blick nicht begegnen durften, denn falls doch, gäbe es kein Halten mehr. Als ich aufsah, hatte sich die Atmosphäre verändert. Die Leute hüstelten, rutschten auf ihren Stühlen herum. Ein Junge in Shorts und Baseballmütze trug den Klingelbeutel herum, unterdessen hatten auf der Bühne am Altar drei schwarz gekleidete Musiker Platz genommen.

Ich saß dicht genug an der Bühne, um zu sehen, wie der Pianist seine Partitur geraderückte und die Ärmel hochzog. Er wirkte etwas hektisch, sah dauernd die Frau an, die ihm die Seiten umblätterte, und bearbeitete die Pedale ohne Sinn und Verstand. Der Klarinettist, ein junger Mann mit einem Helm aus blonden Haaren, drehte sein Instrument, um in die Löcher zu pusten. Die Cellistin zog ihren Bogen durch ein weiches Tuch, das sie auf den Boden legte, noch mit dem Harz daran. Eigentlich würde man einer Cellistin nicht zutrauen, dass sie eine leuchtend rosa Strähne in ihrem Pony hatte. Sie zupfte an den Saiten, drückte hier routiniert, zog dort an etwas, legte die Hand auf das polierte Holz. Keiner außer mir schien die zärtliche und doch zweckmäßige Aufmerksamkeit zu bemerken, die die drei ihren Instrumenten zuteilwerden ließen, wenn sie sich unbeobachtet glaubten.

War ich verpflichtet zu weinen? Ich las im Programm nach, ob wir rein zufällig Robins C-Dur Trio zu hören bekämen. Nein, es war eine Auswahl aus dem ersten und dritten Satz des a-Moll. Alles war bereit, die Instrumente gestimmt. Der Klingelbeutel wurden weggeräumt. Die Pfarrer hatten auf ihren Stühlen in der ersten Reihe Platz genommen, wobei der Stoff ihrer schwarzen Kutten über den Rand hing. Alle warteten. Finger wurden bewegt. Die Bogenhand wölbte sich über das Bogenende.

Sie begannen ganz ruhig. Die Cellistin hob zu einer Interpretation an, der Pianist und der Klarinettist lauschten, griffen sie auf, gingen darauf ein, gaben sie zurück. Schon bald spielten sie mit Leib und Seele, bewegten sich zu den Klängen, die den Raum erfüllten. Der Pianist zog die Schultern ein, löste widerstrebend die Finger von den Tasten, dann richtete er sich auf und wandte den Kopf zur Seite, während seine Hände wie von allein über die Tastatur hinwegflogen. Der Klarinettist blies die Wangen auf und ließ die Schultern zucken, sodass es schon fast komisch wirkte, während die Musik immer weiter anschwoll. Irgendwann löste sich seine Hand von seinem Instrument, als wollte er dirigieren. Ich beugte mich gespannt vor. Aber … nein, doch nicht. Auch gut. Er wischte seine Hand an der Hose ab und legte sie gerade noch rechtzeitig wieder um die Klarinette. Die Melodie kreiselte, sprang zwischen den Instrumenten hin und her, wallte auf und beruhigte sich wieder. Nur um sofort wieder aufzubranden. Die arme Seitenumblätterin tat mir aufrichtig leid. Sie blieb hölzern und steif stehen, während die Musiker sich voll und ganz der Musik ergaben. Der Pianist würdigte sie keines Blickes mehr, sondern war restlos in seiner eigenen Welt abgetaucht. Die beiden anderen hingegen tauschten immer wieder Blicke. Einmal, zweimal. Schon bald waren die Cellistin und ihr Bogen zu einer leidenschaftlichen Einheit verschmolzen. Ihr schwarzes Haar an den Seiten flog hin und her, während die rosa Ponysträhne nahezu unbeweglich blieb. Sie hielt den hölzernen Hals des Cellos fest umfangen, während sich die Saiten unter den dramatischen Vibrationen bogen. Die Melodie trieb dahin, sammelte sich, schwoll neuerlich an und wieder ab. Das Ende schien nahe. Es folgte eine Passage des Klarinettisten, mit der er voller Verzweiflung kämpfte, ihrer Herr zu werden versuchte, ehe er aufgab und den Klängen ergeben folgte, wobei er den Rücken durchdrückte, um sich der Musik noch mehr zu öffnen, und beinahe von seinem Stuhl gehoben wurde. Erst in der letzten Minute fand er zurück auf seinen Platz. Der Pianist endete mit einer Reihe so schmissiger Akkorde, dass seine Finger regelrecht von den Tasten zurückschnellten. Die Cellistin senkte den Kopf.

Wieso darf man eigentlich in einer Kirche nicht klatschen? Die Leute stießen lediglich den Atem aus und scharrten mit den Füßen. Ich fühlte mit den armen Musikern. All das durchzumachen und dann so wenig zurückzubekommen … Am liebsten wäre ich aufgesprungen, zu ihnen nach oben gelaufen, hätte ihnen gehuldigt. Stattdessen saß ich in der fast schwindligen, nachhallenden Stille. Hatte ich jemals zuvor Musik gelauscht? Selbst gespielt? Die Pfarrerin trat zum Pult und bedankte sich in unser aller Namen bei ihnen und dem musikalischen Leiter, der dieses Konzert erst ermöglicht hatte, ehe die drei Musiker die Stufen seitlich an der Bühne hinabgingen.

Ich wandte mich meiner Großmutter zu, die mir ein Lächeln schenkte, ihre Hand auf meine legte und lautlos »Waren die nicht toll?« mit den Lippen formte. Mein Großvater hatte die Brille abgenommen und studierte das Programm. Musik war noch nie sein Ding gewesen. Auch gut. Ich war also allein damit. Das war mir egal. Ich fühlte mich nicht allein. Ganz im Gegenteil.

Vom Rest des Gottesdienstes bekam ich nicht viel mit. Ich sah der Pfarrerin zu, registrierte, wie sich ihre Miene veränderte, während sie sprach, ohne dass die Worte zu mir durchdrangen. Beim letzten Lied unternahm ich nicht einmal den Versuch mitzusingen. Stattdessen dachte ich an Robin und meine Mutter, wie sie vor dem Dim Sum knutschten. Die unleidige Person aus dem Wagen kam mir wie jemand vor, den ich früher mal gekannt hatte, zu der ich aber keine gemeinsame Wellenlänge mehr finden konnte. Stattdessen dachte ich an die Tasten, die Saiten, an die Art der Musiker, ihre Instrumente zu behandeln, als wären sie ihr zweiter Körper.

Als die Pfarrerin mit gesenktem Kopf und ausgestrecktem Arm den Segen sprach, musste ich wieder an die Konzentration denken, mit der die Musiker ihren Auftritt absolviert hatten. Sie praktizierten eine andere Art der Privatsphäre. Es ist zwar etwas absolut Privates, hatten sie uns wortlos zu verstehen gegeben, aber wir erleben es trotzdem alle gemeinsam. Wir müssen euch unbedingt etwas erzählen, wieder und wieder, müssen euch davon überzeugen, dass all diese traurigen, hoffnungslosen Dinge, die wir erzählen, wahr sind, obwohl wir wissen, dass ihr sie ebenso wenig versteht wie wir.

Ich ließ meinen Palmwedel auf dem Stuhl liegen und ging

voran, den Gang entlang. Und was ist wahr? Eine Wahrheit lag auf der Hand: Dass die Musik sich jederzeit von den Instrumenten lösen und ein Eigenleben entwickeln kann.

Das Mädchen mit dem Erdnusskopf war direkt vor uns, zappelte in den Armen ihres Vaters, der sie trug, und starrte mich aus ihren kleinen, seltsam geformten Augen an. »Hey«, rief sie, als wäre ich kilometerweit entfernt. »Was ist mit dir?«

Meine Großmutter nahm mich beim Ellbogen und wollte mich wegbugsieren, doch ich lächelte. Das erste aufrichtige Lächeln an diesem Tag. Sollten mich doch alle anstarren oder vorgeben, sie würden es nicht tun. Es war egal. Vollkommen egal.

Als ich nach Hause kam, lag meine Mutter auf dem Sofa und las. Ihr Kopf war so weit vorgebeugt, dass ich die Sehnen in ihrem Nacken erkennen konnte. Tiefer Frieden lag in ihrem Blick, als sie mich ansah. So ist ein Sonntag, wenn das kranke Kind für eine Weile aus dem Haus ist. Ich ließ mich neben sie fallen, legte die Beine über ihren Schoß und wackelte auffordernd mit den Zehen, damit sie sie massierte. Die Kirche sei hammermäßig gewesen, meinte ich.

»Was war denn so hammermäßig daran?«

»Alles.«

»Alles?«

»Die Musik war unglaublich. Nicht von dieser Welt.«

Sie lächelte und knetete meine Zehen. Da war es wieder, dieses Mutter-Gen. Was mich glücklich machte, machte sie glücklich, selbst wenn es gegen ihre atheistischen Prinzipien verstieß.

»Fußgewölbe«, sagte ich, woraufhin sie geistesabwesend gehorchte. »Knöchel«, bellte ich, als sie Anstalten machte, wieder nach ihrem Buch zu greifen. Der Druck ihrer Hände gab mir das Gefühl, dass wenigstens jetzt gerade, in diesem Moment, alles so war, wie es sein sollte. Zu weinen wäre eine enorme Erlösung gewesen. Wegen meines Kummers auf dem Weg zur Kirche. Wegen Brahms und den drei Musikern. Wegen der Hände meiner Mutter, die meine Füße bearbeiteten, und dem Wohlwollen, das mich durchströmte, als wäre mein Körper genauso zu etwas nutze wie jeder andere. Stattdessen schloss ich die Augen und schwor dem Universum, ab sofort der Mensch zu sein, der anderen zu jedem Zeitpunkt nur das Beste wünschte, vor allem meiner Mutter, die all das hier nicht verdiente.

Als Robin hereinkam, erzählte ich ihm, das a-Moll Trio sei gespielt worden.

»Das kenne ich«, sagte er, setzte sich uns gegenüber hin, machte sich dadurch selbst zum Außenstehenden. »Ein ungewöhnliches Stück. Klarinette und Cello. Er hat es während seines letzten Lebensjahrs geschrieben. Es klingt, als wären die Instrumente ineinander verliebt, heißt es.«

»Ich fand es toll.«

»Und wirst du noch mal hingehen?«, fragte Mom.

»O ja. Wahrscheinlich werde ich sogar wiedergeboren.«

»In dieser Kirche nicht.«

»Ach so? Und was ist, wenn ich es trotzdem vorhabe?«

»Die machen das aber nicht. Dennoch bin sicher, deine Großeltern haben sich gefreut, dich dabeizuhaben.«

»Sie waren begeistert«, sagte ich. »Geradezu außer sich vor Freude. Und ich würde gern noch mehr von Brahms hören.«

»Ich habe die CD hier«, meinte Robin. »HashtagSagEinfach-DasZauberwort.«

»Ehrlich gesagt, wäre mir live lieber.«

Danach ging ich ab und zu mal in die Kirche, um meine Mutter aus dem Konzept zu bringen und meine Großmutter glücklich zu machen. Ich gewöhnte mich an die Kirchgemeinde und sie sich an mich, allerdings konnte ich mich nie für die Gebete erwärmen, vor allem die stillen nicht. Dann schloss ich jedes Mal die Augen und hing meinen Gedanken nach, bis die Musiker ihren Auftritt hatten, falls es einen gab. Zu Hause stellten Robin und ich unseren eigenen Konzertplan auf, wobei für mich an oberster Stelle stand, dass wir die Musiker aus der Nähe sehen konnten. Damit schieden das Kennedy Center und andere große Konzertsäle aus, weil wir uns niemals Plätze in einer der ersten Reihen hätten leisten können. Stattdessen besuchten wir Kammerkonzerte in Museen und Bibliotheken. Wir hörten Beethoven in der Phillips Collection, wo die Eintrittskarten für Mitglieder nur die Hälfte kosteten, und französische Werke aus dem 15. Jahrhundert in der Shakespeare Library. Im Kreeger Museum besuchten wir ein Konzert des Pacific String Quartet mit dem Requiem, das Mendelssohn für seine Schwester geschrieben hatte, im Renwick lauschten wir Bach- und Haydn-Quartetten, gefolgt von den Haydn gewidmeten Quartetten Mozarts.

Manchmal gingen Robin und ich alleine hin, manchmal waren wir auch zu dritt. Und immer saß ich ganz vorn und sah zu, wie die Musiker sich und ihre Instrumente vorbereiteten, bevor es losging. Es war, als würde man zum schönsten Teil eines Buchs gelangen: Auf keinen Fall sollte mir jemand in die Quere kommen. Voller Stolz, dass wir seine Leidenschaft teilten und uns seiner Erfahrenheit beugten, verschränkte Robin neben mir die Arme und rückte seine Brille gerade. Wenn meine Mutter dabei war, ließ sie den Blick umherschweifen auf der Suche nach bekannten Gesichtern. Manchmal drückte sie auch mein Knie und flüsterte: »Ist es nicht einfach toll hier?« Sie hatten keine Ahnung, dass ich nur wegen des Alleinseins herkam. Anfangs waren sie noch da, doch irgendwann musste ich sie gemeinsam mit dem restlichen Publikum ausblenden, bis ich ebenso gut an einem langen Steg hätte sitzen und auf ein stilles Gewässer blicken können, ganz allein, während ich darauf wartete, dass sich die Musik gleichsam von den Instrumenten ablöste, davonschwebte, aus der Zeit, aus dem Hier und Jetzt.

EVE

2

»Wer ist Maddy?« Diese Frage stellen sich alle Eltern, und zwar nicht nur bei der Geburt ihres Kindes, sondern fortan wieder und wieder. Woher kam sie? Wie war sie entstanden? Aber natürlich war es nicht das, was Norma wissen wollte. Sie blickte auf den See hinaus, die Augen mit der Hand gegen die Sonne abgeschirmt.

»Meine Tochter«, antwortete ich schnell aus Angst, ich könnte sie wieder verlieren. »Maddy ist völlig verrückt nach Nagellack.«

»Ich hätte so gern eine Tochter«, sagte Norma wehmütig. »Bei uns dreht sich immer alles nur um PlayStation und G.I. Joe. Tanner amüsiert sich bestens, und ich stehe im Abseits.«

»Sie haben vielleicht schon mitbekommen, dass Robin nicht Maddys Vater ist.«

»Nicht?« Sie sah mich an. Es lag auf der Hand, dass sie das erste Mal davon hörte.

»Maddy ist ohne Vater aufgewachsen.«

»Aber sie hat doch einen Stiefvater.«

»Wir sind erst seit drei Jahren zusammen. Ich kann nur staunen, wie gut sie sich verstehen … vor allem, wenn man bedenkt, wie spät er in ihr Leben getreten ist.«

»Meiner Erfahrung nach finden Kinder sich mit jeder neuen Situation zurecht. Für sie ist Veränderung etwas ganz Normales.« Ich sah Norma an, wie groß ihr Bedürfnis war, etwas Positives zu sagen.

»Früher hat sie ihn immer vermisst«, fuhr ich fort.

»Wen?«

»Ihren leiblichen Vater. Er war bereits weg, als sie zur Welt kam.«

Meine Erinnerung an die Zeit mit Antonio ist so klar, als wäre es gestern gewesen. Kein einziges Detail ist verblasst, vielmehr haben die Jahre ihnen höchstens noch Schärfe verliehen. Als wir uns kennenlernten, machte ich gerade meinen Abschluss in Museumswissenschaften an der George Washington University, und Antonio arbeitete an seiner Promotion in Neurobiologie. Er stammte aus Nordspanien. Woher seine Familie genau kam, war nicht ganz klar, aber er hatte die typisch baskische Statur und die etwas helleren Haare und Hautfarbe, obwohl er in einem Bergdorf etwas weiter östlich zur Welt gekommen war. Antonio sprach vier Sprachen, hatte aber nie ernsthaft vorgehabt, in den USA Wurzeln zu schlagen, sondern lediglich die Qualität unseres höheren Bildungssystems und die Gelegenheit genutzt, sein Englisch zu verbessern. Vermutlich leitete er heute ein Forscherteam irgendwo in Spanien oder irgendeinem anderen europäischen Land.

»Oh«, meinte Norma. »Wie traurig … heute fast an der Tagesordnung, aber trotzdem traurig.« Sie sah mir in die Augen, um sicherzugehen, dass sie das Richtige gesagt hatte.

War »traurig« das richtige Wort dafür? Wir kannten uns anderthalb Jahre, als er sein Rigorosum mit Pauken und Trompeten bestand. An diesem Abend feierten wir mit Tapas, die wir mit viel Rotwein hinunterspülten, bis wir ins Bett fielen, berauscht von der bestanden Prüfung und voneinander, und obwohl das Kondompäckchen auf dem Nachttisch lag, griff keiner danach. So entstand Maddy.

Als ich Antonio mit an Freude grenzender Ungläubigkeit die Neuigkeit erzählte, strich er mit seinem Daumen ganz langsam über meinen Arm und sagte verwundert: »Aber, Ee-vie …« Er hatte eine hinreißende Art, die Vokale meines Namens in die Länge zu ziehen. »Ich will doch nicht durch einen Zufall Vater werden. Das kann ich sicher sagen.«

Wir saßen auf dem Sofa in meiner Wohnung, hatten beide die Arme auf der Lehne ausgestreckt. Er war neunundzwanzig, ich sechsundzwanzig. Sein Tonfall machte mir Angst. Schnippisch erinnerte ich ihn daran, dass wir in einem Alter waren, in dem andere Paare bereits Kind Nummer zwei oder gar drei bekamen.

»Das weiß ich«, blaffte er. In Antonios Familie war es so gewesen. »Aber ich will nicht, dass es bei mir genauso abläuft.«

Wir redeten, ich weinte, wir schliefen, am nächsten Morgen redeten wir weiter. Tagelang redeten wir. Auf alles, was ich zu sagen hatte – dass er doch hierbleiben und seine Forschungsarbeit in den USA fortsetzen könnte, dass wir nach Spanien ziehen könnten, dass unsere Eltern bestimmt außer sich vor Glück wären, wenn sie sich erst einmal an den Gedanken gewöhnt hätten, dass wir beide es zulassen müssten, dass ich mit der Schwangerschaft seinem Leben doch kein Ende setzen wollte –, bekam ich dieselbe Antwort: »Das weiß ich, und vielleicht hast du auch recht. Aber ich will trotzdem nicht Vater werden.« In Variationen wie: »Ich stehe noch am Anfang meiner Karriere, deshalb will ich nicht Vater werden« oder »Ich will hier nicht sesshaft und Vater werden«. Es war, als wäre der Antonio, den ich kannte, durch einen Automaten ersetzt worden. Der Akzent, den ich so sinnlich und charmant gefunden hatte, wurde nun zum Schutzschild, ein Mittel, um seine Andersartigkeit zu verteidigen und mich auf Armeslänge von sich zu halten. Hölzern und erschöpft betete er mir ständig dieselbe Leier vor, immer wieder, wobei er sich mit jeder Wiederholung weiter von mir distanzierte. Hätte er geschwankt, geweint, selbst

Vorschläge gemacht, wie wir mit der Situation umgehen sollten, hätte ich womöglich anders empfunden, hätte mich vielleicht sogar überreden lassen, auf die Schwangerschaft zu verzichten, um eines Tages Eltern zu werden, wenn der Zeitpunkt für uns passte. Doch je häufiger dieses »Ich will nicht Vater werden« über seine Lippen kam, desto trotziger wurde ich und spürte umso beharrlicher das Leben, das in mir wuchs.

»Überhaupt nie?«, fragte ich am letzten Morgen, während ich an seinem Küchentisch saß. »Möchtest du niemals ein Kind haben? Nie?«

Sein Schweigen gab mir die Antwort, die ich brauchte.

»In Wahrheit willst du bloß kein Kind mit mir haben.«

Ich wartete darauf, dass er mich berührte, mir widersprach, dann stand ich auf, kippte meinen Kaffee ins Spülbecken, verließ sein Apartment und begann mein Leben mit Maddy.

Norma wartete. Ihr Blick, der auf meinem Gesicht ruhte, fühlte sich wie eine Verstärkung der wärmenden Sonnenstrahlen an, trotzdem war ich fest entschlossen, möglichst knapp zu antworten und sie bei der Stange zu halten, indem ich meine Geschichte mit der ihren verknüpfte. Schließlich hat das Interesse einer Frau am Kind einer anderen ihre Grenzen.

»Hätte Tanner hinter Ihnen gestanden, wenn Sie ungewollt schwanger geworden wären?«

»Ja!«, antwortete sie. Dann: »Dazu kam es nie«, ehe sie eilig, aus dem typisch weiblichen Instinkt heraus, die Dinge herunterzuspielen, hinzufügte: »Obwohl es durchaus hätte passieren können.«

Ihr ironischer Unterton war ein deutliches Zeichen, dass Tanner ihr den letzten Nerv rauben konnte, wenngleich auf eine Art, die einem die Tränen der Rührung in die Augen trieb.

Wie Robin, nur wahrscheinlich attraktiver. Es bestand kein Zweifel, dass er gerade so viele Unzulänglichkeiten hatte, um ihn liebenswert zu machen und ausreichend Stoff für die selbstironischen Anekdoten zu liefern, die eine Frauenfreundschaft perfekt untermauerten.

»Natürlich hätte er das getan. Vor allem als Südstaatler, was er mit diesem Namen zweifellos ist.« Normas Lachen verriet mir, dass ich ins Schwarze getroffen hatte und sie keinerlei Probleme mit ihrer Herkunft hatten.

»Antonio, Maddys Vater, stand gerade am Beginn seiner Karriere. Er war Wissenschaftler. Sehr ehrgeizig. Und er wollte kein Baby.«

»Aber Sie haben sie trotzdem bekommen.«

»Genau.«

»War es schwer?«

»Heute kann ich mir nicht vorstellen, sie *nicht* bekommen zu haben.«

»Wenn sie erst mal da sind, sind sie da«, meinte Norma. »Stehen Sie noch in Kontakt?«

Ich starrte sie an. »Mit wem?«

»Dem Vater.«

»Nein.« Ich lehnte mich in den Stuhl zurück. »Maddy wollte ihn immer eines Tages ausfindig machen, um zu sehen, woher sie ihr Haar und ihre Augen hat.«

»Meinen Sie, sie tut es?«

»Wer weiß. Gene sind nicht alles. Bei Maddys Geburt hatte ich das Gefühl, sie schon zu kennen.«

»Wie süß«, meinte Norma.

»Ich habe in den Spiegel gesehen und hatte ihre Gesichtszüge vor mir statt meiner eigenen. Oder mit meinen vermischt. Ging es Ihnen genauso?«

»Ja. Absolut«, sagte sie.

»Ehrlich? Und wie genau war es bei Ihnen?« Ich wollte nicht, dass sie mir allzu schnell zustimmte.

»Na ja, einmal habe ich nach meiner eigenen Fontanelle getastet.«

In diesen ersten Tagen erfüllten mich die weichen Spalten im Schädel des Babys, die nötig waren, damit sein Gehirn ungehindert wachsen konnte, stets mit Staunen und Angst. Ich konnte das Gewebe unter der dünnen Membran pulsieren sehen und erinnere mich, dass ich meinen eigenen Kopf nach einer Fontanelle abgetastet habe, obwohl ich natürlich wusste, dass sie sich mit zwei Jahren von allein schließt. Genau über solche Dinge tauscht man sich normalerweise mit dem Vater des Kindes aus.

»Das habe ich auch getan«, räumte ich ein wenig widerstrebend ein, weil ich einen Moment lang nicht sicher war, ob ich Norma das gleiche Erlebnis wirklich zugestehen wollte.

»Sie hätten sehen müssen, wie wir Luke aus der Klinik nach Hause gebracht haben! Tanner hat sich nicht getraut, schneller als fünf Meilen pro Stunde zu fahren. Ich konnte nicht fassen, dass wir das Baby einer solchen Gefahr aussetzten. Die anderen Autos waren doch bloß ein paar Zentimeter von seinem Kopf weg. Bei Benjamin haben wir es schon viel lockerer genommen.«

»Ich hätte gern noch ein zweites Kind«, sagte ich nach einem Moment. »Hat sich Ihr jüngerer Sohn zwischen Sie und Luke gedrängt?«

Sie dachte kurz nach. »In gewisser Weise, ja. Benjamins erstes Lebensjahr war … das Schwerste, was ich je erlebt habe. Das ist völlig unmöglich, dachte ich die ganze Zeit. Wie um alles in der Welt soll jemand so was hinkriegen? Ihnen beiden meine gesamte Aufmerksamkeit schenken und jedem die, die er gerade braucht? Luke und ich hatten ja unsere ganz eigene

Beziehung zueinander entwickelt. Ich hatte das Gefühl, ihn zu verraten. Tanner hatte keine Ahnung, was ich durchgemacht habe.«

»Bei uns war das nie so, weil Maddy nur mir allein gehört hat und ich ihr.«

Am anderen Ufer bewegte sich etwas. Schweigend sahen wir zu, wie ein Kanu den See überquerte. Trotz der Entfernung waren die langen Züge bei einem Kanu im Unterschied zu den kurzen, raschen Paddelbewegungen bei einem Kajak klar zu erkennen. Das Kanu blieb eine ganze Weile am Nordufer und zog seine Kreise, ehe es in aller Ruhe zurückglitt, nahezu ohne die Oberfläche zu kräuseln.

Maddys Geburt hatte mein Leben in *davor* und *danach* unterteilt, eine Linie, von der ich mir nicht vorstellen konnte, dass sie je ein zweites Mal gezogen werden könnte. Der Name? Als Kind hatte ich die Madeline-Bücher auswendig gekannt – *Madeline in London, Madelines Rettung, Madeline und der böse Bube*. Ich liebte die Zeichnungen und die fröhlichen Waisen bei Miss Clavel, die den Mädchen in ihrer Obhut allerlei Abenteuer erlaubte, sie aber jeden Abend in Zweierreihen antreten ließ. Der Name Madeleine hatte eine gewisse Ernsthaftigkeit an sich, klang zugleich aber auch ein wenig verspielt, vor allem die Kurzform davon, die ich schnell nach ihrer Geburt übernahm.

Als Maddy vier Monate alt war, sah sie nicht länger wie ein Geschöpf aus einer anderen Welt aus, das versuchte, seinen Platz in der unseren zu finden. Sie war ein neugieriges, aufgewecktes und meist friedliches und gut gelauntes Baby. In der ersten Zeit waren mir meine Eltern eine enorme Stütze. In diesem Frühjahr verbrachten wir viel Zeit im Haus am See, und ich beschloss, über den Memorial Day allein mit Maddy herzukommen. Inzwischen war das Haus auf die Bedürfnisse eines

Kleinkinds eingerichtet, und einer der Nachbarn war Arzt im Ruhestand, den ich jederzeit im Notfall anrufen konnte.

Mit Maddy allein hier zu sein, fühlte sich nicht im Mindesten einsam an. Am ersten Morgen ging ich mit ihr auf dem Arm durchs Haus und zeigte ihr noch einmal alle Zimmer. Wir traten auf die Terrasse, sahen zum See hinüber, der durch die Bäume blitzte, spähten zusammen in das Loch des hölzernen Vogelhäuschens, das mein Vater im Keller gebastelt und ans Geländer gehängt hatte. Eigentlich hatte ich nicht damit gerechnet, etwas zu sehen, da es bestimmt schon ein oder zwei Jahre leer geblieben und die Brutzeit vorüber war. Doch es herrschte reges Treiben. Eilig zogen wir uns zurück und beobachteten durch die gläserne Schiebetür das Kommen und Gehen. Sobald die Mutter davonflatterte – eine Sumpfschwalbe, wenn der kleine Kopf und Schnabel mich nicht täuschten –, rannten wir mit einer Taschenlampe bewaffnet hinaus, um einen Blick auf die Eier zu werfen. Ich hielt Maddy so, dass sie sie durch das Loch in dem fedrigen Nest sehen konnte.

Am zweiten Tag schlüpften die Jungen. Die beiden ausgewachsenen Tiere, einer leuchtend blau, der andere grün, verschwanden abwechselnd durch das kleine Loch, um ihre Brut zu füttern, und flogen sofort herbei, sobald wir auch nur in die Nähe des Häuschens kamen. Ansonsten schienen sie sich nicht daran zu stören, wenn wir die Vorgänge vom Weg aus oder durchs Fenster beobachteten. Ab und zu, wenn beide Elterntiere nicht in der Nähe waren, schlich ich mit der Taschenlampe hinaus und leuchtete in das Häuschen auf die nackten, rosafarbenen Vögelchen mit riesigen Schnäbeln, die mich für ihre Mutter hielten und prompt nach Futter zu betteln begannen.

Als ich meinen Eltern am Telefon davon erzählte, freuten sie sich, dass alles so gut lief. Ich meinte, sie sollten sich keine

Sorgen machen. Mutter geworden zu sein, bedeutete, dass ich schlagartig einen komplexen, perfekt funktionierenden Körper und Verstand besaß, von dem ich bis zu diesem Moment nicht gewusst hatte, dass er überhaupt existierte. Ich war nicht allein, und alles war unter Kontrolle.

Ich sang Maddy vor, zog ihr Sommereinteiler an und hielt sie ins Wasser, wo sie begeistert mit den Beinchen strampelte. Für eine Weile verdrängte ich, wie eingeschränkt Maddy ja noch mit ihrer Wahrnehmung war. Noch war der schimmernde See für sie ein abstraktes Gebilde, daher blieb er auch für mich eher undefiniert. Wenn sie einschlief, die Lippen noch glänzend von meiner Milch, spürte ich, wie jemand, halb Bewunderer, halb Beschützer, über mein Baby und mich wachte, ebenso wie über die Seeschwalbeneltern, die in dem Loch verschwanden, um das zu tun, wofür die Natur sie geschaffen hatte.

Am sechsten Tag wachte ich morgens spät auf, weil Maddy mich in der Nacht wach gehalten hatte. Ich ließ sie schlafen, setzte Kaffee auf und ging im Morgenmantel auf die Terrasse, um nach der Vogelfamilie zu sehen. Der See glitzerte zwischen den Bäumen. Alles war still. Die Vogelkinder schliefen offenbar ebenfalls noch. Die Morgensonne schien hinter dem Haus hervor, daher brauchte ich keine Taschenlampe. Ich beugte mich vor und spähte durch das Loch. Sämtliches Licht und Luft schienen aus dem Vogelhäuschen gewichen zu sein, und darin lag, kaum merklich zuckend und zusammengerollt, sodass sie den gesamten Raum für sich einnahm, eine dicke schwarze Rattenschlange.

MADDY

5

Mein Großvater war derjenige, der mit der Idee ankam. Oder vielleicht war es auch meine eigene. Fest steht, dass er es als Erster ausgesprochen hat, aber erst nachdem ich ihn darauf gebracht hatte. Wir waren in den Meridian Hill Park gegangen, dem idealsten Ort in der Nähe ihres Hauses für eine Gassirunde mit Barney, ihrem Golden Retriever. Den Hügel zu erklimmen wäre zu anstrengend für mich gewesen, daher fuhren wir zum oberen Parkeingang und blieben im flachen Teil. Ungeduldig zerrte Barney an der Leine. Aber zuerst mussten wir zum Kaskadenbrunnen, einem aus dreizehn Stufen bestehenden Wasserfall, der von einem mit Säulen und Bögen verzierten Steinbau im italienischen Villenstil in ein großes Becken am Fuß des Hügels führt. Das Wasser läuft von einem Minibecken ins nächste, nur um am Ende mithilfe eines komplexen Pumpsystems – Grandpa hat es mir einmal erklärt – wieder nach oben gepumpt zu werden.

Heute lag die Anlage verwaist vor uns, leere Betonbecken, dem Himmel zugewandt, wie immer, wenn es Winter war. Schon seltsam, wie sehr das fließende Wasser das Flair des Ganzen beeinflusst, denn mit einem Mal schien der Apartmentkomplex am unteren Ende in all seiner Hässlichkeit förmlich den Park zu dominieren.

»Was ist denn hier los?«, fragte Grandpa stirnrunzelnd. »Eigentlich sollte das Wasser doch laufen.«

»Keine Sorge, Grandpa. Mich stört es nicht.«

»Tja, mich aber.«

Wir gingen zu einer Wiese, wo er Barney von der Leine lassen konnte, obwohl es offiziell nicht erlaubt war. »Ist das nicht verboten?«, fragte ich, als er sich bückte, um die Leine zu lösen.

»Unter der Woche ist ja keiner hier«, schnaubte er, immer noch verärgert über das fehlende Wasser, »da stört es keinen. Und du darfst deine Meinung gerne für dich behalten.« Das war eines von Grandpas Lebensmottos: die eigene Meinung immer schön für sich behalten.

Ich warf Tennisbälle für Barney, ehe wir uns nach einer Weile auf eine der Bänke setzten. Sie bestanden aus verwittertem Holz, wobei jede von ihnen irgendwo ein nagelneues Brett hatte, das wie ein schiefer Zahn herausstach. Barney lief wie ein Besessener herum und versuchte, die Flugbahn des Balls zu verfolgen, indem er ruckartig den Kopf hin und her riss. Er fing die Bälle lieber direkt aus der Luft, statt sie im Gras aufzuheben, aber in letzter Zeit schnappte er meist daneben, und der Ball flog an ihm vorbei, was ihm allerdings nichts auszumachen schien, weil sich auf der Suche garantiert irgendetwas lecker Stinkendes fand.

»Hast du jemals die ›Cat and Dog Diaries‹ gelesen?«, fragte ich.

»Nein, was ist das?«

»Das ist was aus dem Internet. Die Katze schreibt: ›Ein neuer Tag im Gefängnis. Meine Wärter geben mir Gehacktes und irgendwelche Knabberdinger, während sie sich wie die Könige köstlichstes Fleisch einverleiben.‹ Der Hund hingegen schreibt: ›Aufwachen. Das mag ich am liebsten! Fressen im Napf. Das mag ich am liebsten! Gassigehen im Regen. Das mag ich am liebsten!‹ Verstehst du, was ich meine?«

»Ich denke schon.«

»Bällchen fangen mit Arthritis in den Hüftgelenken. Das mag ich am liebsten!«

Barney trabte mit seinem leicht schiefen Gang zurück zu uns, den Tennisball seitlich in den nassen, schlaffen Maulfalten, so wie Retriever Vögel apportieren. Nach einem Umweg, um seine Beute ein paar Leuten anzubieten, die Frisbee spielten, ließ er die Bälle vor uns auf den Boden fallen und strahlte wie ein Bekloppter. Zwölf Jahre alt und immer noch putzmunter.

Mein Großvater beugte sich vor und kraulte mit beiden Händen seinen Hals. »Wem sagst du das«, säuselte er und blickte ihm tief in die Triefaugen. »Wem sagst du das?«

Ich hob einen der Bälle auf und schleuderte ihn mit angewiderter Miene weg. »›Ein schlonziger, ekliger Tennisball. Die mag ich am liebsten!‹« Barney schoss davon, ohne einen Gedanken an sein Alter zu verschwenden.

»Und sie versucht, ihren Besitzer zum Stolpern zu bringen«, sagte ich.

»Wer?«

»Die Katze in ihrem Tagebuch. ›Morgen versuche ich es noch mal, dann aber auf der obersten Stufe.‹«

»Ganz schön extrem, meinst du nicht?«, fragte Grandpa milde. »Würde deine Katze dasselbe auch mit dir tun?«

»Natürlich nicht. Cloud liiiiebt mich!«

»Tja, dann.«

»Aber sie ist ja noch ein Katzenkind.«

»Dann wart's ab, bis sie ins Teenageralter kommt. Ab dann ist Vorsicht geboten.« Mein Großvater lachte und legte mir die Hand auf den Kopf. Ich spürte ihr Gewicht durch meine Baseballmütze.

»Grandpa?«

»Ja.«

»Wie würdest du dich fühlen, wenn du wüsstest, dass dich jemand nicht will?«

»Mich nicht will?«

»Wenn jemand oder etwas Nein zu dir sagt.«

Er musterte mich eingehend. Dann sagte er vorsichtig: »Sprichst du von deiner Krankheit, Maddy?«

»Natürlich. Wovon denn sonst?«

Er wandte den Kopf und schien sich plötzlich sehr für die Schokoriegelverpackungen und Zeitungsschnipsel auf dem Boden zu interessieren. »Ich wünschte, die würden sich ein bisschen mehr um die Anlage hier kümmern.«

Ich ließ die Beine baumeln und wartete. Barney, der auch diesen Ball nicht aus der Luft gefangen hatte, zog schnuppernd enge Kreise im Gebüsch.

»Das ist ein sehr subjektives Gefühl, Maddy«, meinte Grandpa schließlich. »Ich verstehe, dass du so empfindest, aber es entspricht nicht unbedingt den Tatsachen. Solche Dinge muss man von der wissenschaftlichen Seite aufgreifen.«

»Fakten!«, höhnte ich. »Fakt ist, da ist *irgendetwas* im Universum oder Multiversum, oder wie auch immer man es nennen will, das mich nicht will.«

»Schatz …«

»*Feierabend mit Maddy*, sagt es. In dem Punkt kannst du mir nicht widersprechen. Zu dir sagt es nicht Nein, oder? Noch nicht mal zu Barney.«

»Also, in dem Punkt kann ich dir sehr wohl widersprechen«, begann mein Großvater, doch ich unterbrach ihn, bevor mich der Mut verlassen konnte.

»Weißt du, was ich glaube? Dass es alles mit meinem Vater angefangen hat.«

Grandpa legte sich eine Hand hinters Ohr. »Wie bitte?«

»Ich glaube, daher kam das Ganze. Ursprünglich.«

Er hatte mich genau verstanden, denn er hakte nicht nach, sondern sah zu einem Paar hinüber, das sich ein Stück rechts neben uns zum Picknicken niedergelassen hatte. Das Mädchen lag da, den Kopf auf der Brust ihres Freunds, auf dessen Gesicht ein aufgeschlagenes Buch lag, allerdings schlief er nicht, sondern strich ihr mit den Fingern unablässig durchs Haar.

»Weißt du, was ich meine?«, bohrte ich nach.

Grandpa hatte die Lippen zusammengepresst, und um seine Augen lag ein verkniffener Zug. So sieht er immer aus, wenn eine Situation ihn überfordert. Ich wette, er wünschte sich sehnlichst, Grandma möge aus dem Gebüsch treten und das Ruder übernehmen. Meine Mutter beantwortet immer all meine Fragen, weil ihr Ehrlichkeit wichtig ist, und sie versucht, das Richtige zu tun. Ich weiß, dass mein Vater Spanier ist, Antonio heißt, als Wissenschaftler arbeitet und dieselbe Größe, Augen- und Haarfarbe hat wie ich, beziehungsweise ich wie er. Nachdem Mom herausgefunden hatte, dass sie schwanger war, trennten sie sich, und sie sah ihn nie wieder. Sie hatten nie geplant, gemeinsam Kinder zu haben, außerdem musste er wegen eines plötzlichen Todesfalls in der Familie nach Spanien zurückkehren.

Mir dämmerte, dass ich nicht weiterkommen würde, wenn ich um den heißen Brei herumredete. »Mich interessiert, wie ein Vater sein eigenes Kind nicht großziehen wollen kann.«

»Als Vater würde ich ihn nicht bezeichnen«, meinte Grandpa schließlich widerstrebend. »Für mich ist ein Vater ein Mann, *der* sein Kind großzieht.«

»Wie soll ich ihn dann bezeichnen? Als Samenspender?«

»Ich würde ihn als jungen Mann bezeichnen, der sich die Hörner abstoßen musste und einen Fehler gemacht hat. Er hatte zu wenig Fantasie oder auch Willenskraft …«

»Er musste nach Spanien zurück.«

Mein Großvater sah mich an, als höre er das zum allerersten Mal. »Wie auch immer, jedenfalls hat er sich nicht gegen *dich* entschieden, denn du warst zu der Zeit noch gar nicht auf der Welt. Stattdessen hat er sich gegen eine abstrakte Idee entschieden. Was er vielleicht seitdem bitter bereut. Das wissen wir nicht.«

»Trotzdem«, wandte ich ein. »Tatsache ist, dass er mich nicht wollte. Als abstrakte Idee. Und jetzt stellt sich heraus, dass das Universum mich auch nicht will. Dem kannst du nicht widersprechen.«

Aber Grandpa gab nicht auf, sondern hob zu einer seiner Ausführungen über die evolutionäre Veränderung und Variation an, über die Notwendigkeit genetischer Unfälle, um den Fortbestand der Spezies auf lange Sicht zu gewährleisten.

»Ich werde also krank, damit alle anderen gesund sein können?«

»Das will ich damit nicht behaupten, sondern sage nur, dass es nichts Persönliches ist. Da draußen ist keiner, der Maddy aus purer Gemeinheit eine Krankheit aufhalst. Vielmehr ist es eben der Lauf der Natur. Schicksal. Manche leiden unter Diabetes, andere haben ein schwaches Herz. Und andere bekommen Krebs.«

Diese Erklärung hatte er mir bereits in anderen Formen gegeben. Ich konnte mich nie entscheiden, was ich davon halten sollte, deshalb ließ ich ihn einfach immer weiter referieren. Ich wusste, dass er es tröstlich meinte, und wollte es auch so empfinden, doch die Vorstellung, dass niemand die Verantwortung für meinen Krebs trug – weder ich noch meine Mutter, noch die Ärzte, ja noch nicht einmal Gott, sofern er tatsächlich existiert, gegen die Naturgesetze aber schlicht und einfach nicht ankommt –, war extrem beängstigend. Mir wäre die Variante lieber, bei der irgendwo jemand wäre, der die Entscheidungen traf, selbst wenn dieser Jemand aus purer Grausam-, Boshaftig-, Gleichgültig- oder Herzlosigkeit beschloss, mir Schaden zuzufügen. Was sollte das Ganze sonst? Wer trug die Verantwortung?

»Ja, ja, das weiß ich alles.« Es war sinnlos, sich die ganze Leier noch einmal anzuhören.

Wieder richtete mein Großvater seine Aufmerksamkeit auf den abfallverseuchten Rasen. Seine Nasenflügel waren leicht gebläht, allerdings konnte ich nicht sagen, warum: aus Erleichterung, Gedankenverlorenheit oder aus Verärgerung, weil die Sauberkeit im Park so sträflich vernachlässigt wurde. Erste rosarote Einbuchtungen zeigten sich in seinem Haar und verkündeten, dass die Glatze nicht mehr fern war.

»Hättest du deine Tochter einfach im Stich gelassen, Grandpa?«

Stumm schüttelte er den Kopf.

»Und wenn doch, würdest du wissen wollen, ob sie existiert oder nicht? Würdest du sie kennenlernen wollen? Oder würdest du eher denken ›Ach, mit mir hat das alles ja sowieso nichts zu tun‹?«

Barney war ein weiteres Mal mit seinem vollgeschlabberten Ball zurückgekehrt. Keiner von uns machte Anstalten, ihn aufzuheben. Wieder und wieder versuchte er, ihn uns in die Hand zu drücken, ehe er es aufgab und sich zu unseren Füßen niederließ.

»Lass mich überlegen«, meinte Großvater, als hilfloser Versuch, Zeit zu schinden.

»Männer sollten doch eine Ahnung haben, wie andere Männer denken, oder nicht?«

Er legte den Arm über die Rückenlehne der Bank. »Wohl schon.« Er schlug die Beine übereinander. »Wohl schon.« Er schlug sie andersherum übereinander.

Gerade als ich die Frage wiederholen wollte, sagte er, den

Blick auf die Fenster des Apartmentkomplexes am Parkende gerichtet: »Wieso findest du es nicht heraus?«

»Was herausfinden?«

»Was er sich dabei gedacht hat.«

»Wer?«, hakte ich argwöhnisch nach.

»Dein leiblicher Vater.«

»Antonio, meinst du?«

»Er schien ein netter junger Mann zu sein.«

Ich starrte Grandpa an, bis ihm nichts anderes übrig blieb, als mich ebenfalls anzusehen. »Du *kanntest* ihn?«

»Wir sind ihm ein paarmal begegnet. Deine Mutter hat ihn mitgebracht.«

»Du willst damit sagen, dass du meinen Vater kanntest?«

»Ich kann nicht behaupten, dass wir ihn wirklich *kannten*«, wiegelte er eilig ab. »Wir haben ihn lediglich ein paarmal getroffen.«

»Grandma auch?«

»Natürlich.«

»Aber wieso hast du es nie erwähnt?«

Mein Großvater legte seine gespreizten Hände auf die Knie, beugte sich vor und zog die Schultern bis zu den Ohren hoch. Dies schien das allererste Mal zu sein, dass er diese Gedanken laut aussprach.

»Ich nehme an, weil deine Mutter die ganze Angelegenheit begraben hatte. Er hat seine Entscheidung getroffen, und sie musste dasselbe tun. Es war nicht leicht für sie. Um ihr Leben in die Hand zu nehmen und sich eine Existenz aufzubauen, musste sie sich überlegen, ob er für sie existiert. Oder so etwas in der Art. Und wir haben uns entsprechend verhalten.«

»Und was ist mit mir?«, fragte ich mit hoher Kinderstimme. »Hat jemand mal an mich gedacht?«

»Das haben wir. Die ganze Zeit.«

»Wie konntest du das, schließlich war ich doch bloß eine Idee?«

»Sei nicht so streng mit ihr, Maddy. Deine Mutter hat ihre Sache ganz ausgezeichnet gemacht. Sie hat es dir gesagt.«

»Die nackten Fakten, ja. Ich habe immer gesagt, dass ich mich auf die Suche nach ihm machen werde, sobald ich achtzehn bin.«

»Und wie alt bist du jetzt?« Als wüsste er das nicht ganz genau.

»Sechzehn und einen Monat.«

Er sah mich lange an.

»Sechzehn und einen Monat und krebskrank«, fügte ich hinzu.

»Wieso tust du es dann nicht jetzt?«

Ich runzelte die Stirn. Das war die Art Unterhaltung, wie man sie sonst nur im Traum führt. »Könnte ich das denn?«

»Du fragst mich das?« Großvater lächelte. »Ich dachte, du gehörst zur Internetgeneration.«

»Na ja, rein technisch könnte ich es natürlich versuchen, aber wegen Mom und so …«

Er schwieg eine Weile. »Deine Mutter hat genug eigene Sorgen. Es würde das Ganze nur wieder hochkochen lassen.« Wieder Pause. »Wenn sie es wüsste.«

In der Mitte des Parks fand gerade eine im wahrsten Wortsinn ausgedehnte Yoga-Session statt. Zwei Männer in Shorts – es war gerade mal April – wanden und verdrehten sich so langsam, dass man die Bewegung kaum mitbekam, und boten ihre Leiber dem Himmel dar. In diesem Moment wandte mein Großvater plötzlich den Kopf.

»Hör zu, Maddy.« Obwohl er ein eigentlich entspannter, umgänglicher Mensch war, konnte er jederzeit in den Befehlsmodus umschalten. »Das ist jetzt sehr wichtig.« Er hob seinen knorrigen Zeigefinger. »Sechzehn Jahre sind eine lange Zeit. Du musst auf alles vorbereitet sein. Auf absolut alles. Er könnte auch nicht antworten. Oder sehr unfreundlich reagieren.«

»Alles klar«, sagte ich.

»Er könnte sogar tot sein.«

Ich hielt seinem Blick stand. »Ja, schon gut.«

»Er könnte auch Familie haben und nichts mit dir zu tun haben wollen.«

»Grandpa«, sagte ich ernst, »überleg doch mal. Was habe ich schon zu verlieren?«

»Eine ganze Menge.« Er lehnte sich zurück.

»Du warst doch derjenige, der vorgeschlagen hat, ich solle nach ihm suchen.«

»Möglicherweise musst du deine Vorstellung von ihm revidieren.«

»Sag bloß«, schnaubte ich. »Ich müsste mich von einer Vorstellung verabschieden? Das ist ja mal was ganz Neues.«

Inzwischen glitzerten Tränen in seinen Augen – ein Anblick, den ich definitiv nicht ertrug. Ich nahm seinen Arm und schlug einen ermutigenden Tonfall an. »Aber vielleicht geht es ja auch gut aus. Das wäre doch immerhin möglich, oder? Und dann wäre es das alles wert gewesen, oder nicht?«

»Stimmt«, antwortete er. »Das wäre es wohl.«

Die Stille wog mit jeder Sekunde schwerer zwischen uns. Barney, der den Stimmungsumschwung spürte, drückte mir den Ball in die Hand. Ich holte aus und schleuderte ihn beherzt weg.

»Der war gut«, meinte Grandpa wohlwollend. »Du wirfst nicht wie ein Mädchen.«

»He!«

»Tut mir leid.«

»Das sollte es auch. Sieh nur, er hat ihn gefangen.« Ich überhäufte Barney begeistert mit Lob, das er gnädig entgegennahm, obwohl er in Wahrheit längst vergessen hatte, was er gerade zustande gebracht hatte.

Wie auf ein Stichwort standen Grandpa und ich auf, und er nahm die Leine. »Siehst du?«, sagte er sichtlich befriedigt, »ein kleiner Gesetzesverstoß hat noch keinem geschadet.«

Auf dem Rückweg gingen wir zwischen den winterlich blassen Sträuchern entlang und an der Serenity-Statue vorbei, die auf einem niedrigen Hocker sitzt und auf die Sixteenth Street hinausblickt. Als ich noch klein war, hatte ich immer Angst vor ihr, und sie verfolgte mich sogar in meinen Träumen. Später war ich fasziniert von ihrer Versehrtheit und besuchte sie, wann immer ich in den Park kam. Selbst heute noch näherte ich mich ihr grundsätzlich von der rechten Seite mit der vollständigen Hand, statt von ihrer Linken, von der nur noch ein Stumpf übrig ist. Grandpa hatte mir erzählt, früher hätte der Meridian Hill Park als ganz üble und gefährliche Gegend gegolten, und im Zuge irgendeines Anfalls schwersten Vandalismus hätte jemand ihr die Hand abgetrennt.

Ich trat vor sie, wobei ich mich wie gewohnt innerlich gegen ihren Anblick wappnete, ehe ich den Kopf hob, denn ihr fehlte nicht nur die Hand, sondern auch ihr gesamtes Gesicht war verschwunden. Die Augen waren lediglich leere Höhlen, und wo Augen und die Nase sein sollten, befand sich nichts als verwitterter Stein. Es war eine Schande, denn man konnte sehen, dass sie einst eine Schönheit gewesen war, und ihr in der Taille gerafftes Kleid mit dem weiten Rock, dessen Falten zwischen ihren Knien zusammenflossen, hatte bis heute nichts von seinem Reiz verloren. Ihre zerstörten Züge verliehen ihrer Miene etwas Erstauntes, gleichzeitig vermittelten ihre nackten, nebeneinander platzierten Füße eine Aura der Stärke und des Stolzes, als wüsste sie nicht, dass sie nicht länger intakt war, oder hätte beschlossen, es schlicht nicht zur Kenntnis zu nehmen.

»Wusstest du, dass dieselbe Statue auch in Barcelona steht?«, fragte Grandpa und zog Barney zurück, der Anstalten machte, am Sockel das Bein zu heben, während ich mich auf den Rand setzte.

»Und ihr fehlen auch das Gesicht und die Hand?«

»Nein, Dummchen. Es ist nur dieselbe Statue, vom selben Bildhauer. Ich glaube, einem Spanier. Sie wurde 1900 bei der Weltausstellung in Paris gekauft, und soweit bekannt ist, hat der Künstler sie nach dem Vorbild von Isadora Duncan geschaffen.

»Wieso bist du nur so faktenverrückt, Grandpa?«

»Bin ich das?« Er schien sich zu freuen, dass es jemandem aufgefallen war. »Vermutlich, weil die Dinge interessanter werden, je mehr man darüber weiß.«

»Aber Vorschriften magst du nicht.«

»Nicht wenn sie darauf angelegt sind, uns im Zaum zu halten. Oder zeigen sollen, wer der Boss ist.«

»Um Leute daran zu hindern, Statuen kaputt zu machen, meinst du?«

Er lachte. »Nein, mich stören nur die kleinlichen Vorschriften und dieser übersteigerte Diensteifer.«

»Und was ist mit den Regeln in der Musik?«

»Das ist doch etwas völlig anderes. Dasselbe gilt für die Sprache. Regeln befähigen uns, mehr auszudrücken. Mit Gesten und Grunzlauten kämen wir wahrscheinlich nicht sonderlich weit, stimmt's? Aber inzwischen reden wir eher von ganzen Systemen.«

Der Blick meines Großvaters schweift stets in die Ferne, wenn er etwas im Sinn hat und versucht, es in seine Einzelteile zu zerlegen. »Und dann gibt es auch noch die familiären Regeln.«

Er nahm seine Brille ab und polierte sie. Seine Augen sahen ganz alt und nackt aus. Hat er die Einzelteile eines Problems erst einmal zerlegt und in der richtigen Reihenfolge vor sich aufgereiht wie die Waggons eines Spielzeugzugs, kann er die Lok losfahren lassen.

»Sie könnten lauten: Habt keine Geheimnisse voreinander. Oder: Gebt nicht zu viel preis. Verstehst du, was ich meine? Regeln können immer gebrochen werden. Fakten hingegen …« Er beugte sich vor und untersuchte einen Moosfleck auf dem Knie der Statue. »Fakten lassen sich nicht verbiegen. Sie kann man nicht missachten. Sondern sie sind, was sie sind.«

»Grandpa?« Allein der Gedanke ließ mein Herz flattern, als wäre etwas in meiner Brust gefangen und versuche zu entkommen. »Denkst du wirklich, wir sollten meinen sogenannten Vater suchen?«

Mein Großvater streckte die Hand aus, zog mich auf die Füße und nahm meinen Arm, so wie Grandma es immer tut, nur dass sein Bedürfnis nach der Berührung nicht ganz so ausgeprägt ist wie ihres. Wir kehrten Serenity den Rücken zu und folgten Barney den Bürgersteig entlang zum Wagen.

»Ja«, sagte er. »Trotz aller Vorbehalte bin ich dafür.«

»Wieso lächelst du?«

»Tue ich gar nicht«, behauptete er.

Aber das stimmte nicht. Und wir wussten es beide.

Zwei Tage später fragte ich meinen Großvater so leise, dass man mich über das Sofa hinweg kaum hören konnte, ob er sich noch an Antonios Dissertationsthema erinnern könne. Wir waren allein, meine Mutter und Grandma standen in der Küche. Er warf einen Blick über die Schulter und hob die Hände, als wollte er sagen: Halt mich da raus. Meine Wangen wurden heiß. Es war doch seine Idee gewesen!

Mein Großvater schob die Hände in die Hosentasche und ließ die Schlüssel und Münzen klirren. Ich sah ihm an, dass er mich eigentlich ermutigen, sich aber gleichzeitig nicht zum Komplizen machen wollte. Aber was genau war das Problem? Wenn er die Maus nicht eigenhändig anklickte, war er nicht schuld, wenn es später zur Katastrophe kam? Familienangelegenheiten waren Frauenangelegenheiten? Weder Eve noch Rose konnte er es sagen, deshalb hätte er am besten auf dieser Parkbank den Mund gehalten? Er bearbeitete die Münzen in seiner Tasche mit beachtlicher Energie.

Ich wartete ab, bis er mich ansah, statt durch mich hindurch geradewegs auf seine Zwickmühle zu starren. Dann setzte ich eine so verletzte Miene auf, dass er mich an sich zog, sein kratziges Kinn auf meinen kahlen Kopf legte und mich festhielt. Wieso tun mir eigentlich die Leute immer leid, wenn sie Mist gebaut haben? Die Krankheit machte mich starrsinnig. Eigentlich wollte ich ihn am liebsten zu einer Entschuldigung zwingen, aber dann dachte ich: Vielleicht war dies seine ungelenke Art, mir zu sagen, dass ich eine Suche wie diese schon alleine hinkriegen musste.

Wir redeten nicht weiter darüber. Ich ging früh ins Bett und träumte von einen Schwarm Krähen, die vom Boden aufstiegen und deren Körper sich in Buchstaben verwandelten, als sie den Horizont überflogen. Schon bald flatterten kleine Buchstaben am weißen Himmel umher, ohne sich je zu konkreten Worten zu formen.

Am nächsten Tag fuhr ich gleich dem Frühstück den Computer hoch. Auf meinem Unterwasserbildschirmschoner gab es zwar Meerespflanzen und Seepferdchen, aber seltsamerweise keine Fische. Erst jetzt dämmerte mir, dass ich noch nicht einmal Antonios Nachnamen kannte. Hätte ich geglaubt, dass er irgendwo in den Unterlagen meiner Mutter stünde, hätte ich sie womöglich durchsucht, aber dafür war jetzt keine Zeit, außerdem bezweifelte ich, dass ich fündig werden würde.

Ich wusste, dass er Wissenschaftler war und damals gerade seinen Doktor gemacht hatte, also musste ich sechzehn beziehungsweise siebzehn Jahre abziehen: 1994. Ich rief die Graduierungsverzeichnisse der Georgetown University auf, doch als ich »Antonio« und »1994« ins Suchfeld eintippte, wurde ich nach dem Nachnamen und weiteren Details gefragt, außerdem kam ein Hinweis, dass die elektronische Datenbank lediglich bis 1998 zurückreichte.

Also noch mal von vorn. Ich tippte »Antonio spanischer Wissenschaftler« in Google ein und klickte auf »Bilder«. Eine große Anzahl an Fotos erschien. Antonios bis zum Abwinken. Mehr Antonios, als ich je brauchen würde. Ich klickte, zoomte, als wäre ich auf einer Shoppingtour. Wie sah ein spanischer Wissenschaftler in den Vierzigern aus? Vorstehende Schneidezähne und eine steife Körperhaltung? Würde er mit verschränkten Händen vor einem gesprenkelten Hintergrund posieren wie auf einem Schulfoto? Ein kleiner Spitzbart oder ein Vollbart? Unsicherer Blick? Bürstenhaarschnitt? Selbstzufriedenes Gesicht? Hager? Oder feiste Hängebacken? Mir schwirrte der Kopf von all den Antonios, die so konkret vor meinen Augen und doch so fremd waren. Schließlich klickte ich auf einen in der fünften Reihe. Er hatte 2007 seinen Doktor gemacht, also zehn Jahre zu spät, außerdem an einer Uni in Grenada. Postdoktorale Forschung an der Universität von Monash. Wo um alles in der Welt war Monash? Ich gab eine Suche ein. Auf die Art lernte ich wenigstens ein bisschen Geografie.

Ich schloss das Foto von Antonio aus der fünften Reihe wieder, ebenso wie all die anderen Antonios, die vielleicht mein Vater waren oder auch nicht, ließ sie in meinem Laptop, wo sie in ihrer lautlosen Halbexistenz verharrten, und überlegte, wie es jetzt weitergehen sollte.

Miss Sedge zufolge sind die Partikel, aus denen die greifbare Welt besteht, nicht wirklich greifbar, sondern lediglich Tendenzen. Man kann ein Elektron nicht sichtbar machen und davon ausgehen, dass es zu einem bestimmten Zeitpunkt hier und nicht dort ist. Das versteht keiner, nicht mal die Wissenschaftler. Sie sind genauso verwirrt wie alle anderen auch und vertreten die Ansicht, dass die Welt eher eine Art Kunstwerk ist. Na ja, Letzteres habe ich erfunden. Wahrscheinlich denken Wissenschaftler das überhaupt nicht, sondern glauben, dass wir schlicht und ergreifend noch nicht alle Geheimnisse gelüftet haben.

Mir gefiel die Vorstellung von einer ruhelosen, geheimnisvollen Welt innerhalb der normalen Welt. Aber eines verstand ich nicht: Bei all dieser Unsicherheit ist es doch eine Tatsache, dass ein Buch, ein Baum oder ein anderer, aus Atomen bestehender Gegenstand stets an einem bestimmten Ort ist und an keinem anderen. Also ist es doch egal, wenn sich die Partikel seltsam verhalten, oder? In der realen Welt gibt es weder Magie noch Flexibilität. Mein Haus steht doch nicht in der einen Woche in der Plum Street und nächste Woche in der Crestwood. Man kommt morgens nicht herunter und stellt fest, dass die Möbel über Nacht umgestellt wurden oder die Zahl der weißen Blutkörperchen sich wieder normalisiert hat.

Mit dem Beginn der Suche nach meinem Vater schien sich seine Tendenz, tatsächlich zu existieren, zu vergrößern. Doch als ich am nächsten Tag meinen Laptop am Schreibtisch aufklappte, geisterte das Wort in meinem Kopf herum, ohne dass ich es laut aussprach, und meine Finger verharrten zögernd über der Tastatur. Vater, Vater, Vater, Vater. Was um alles auf der Welt bedeutete dieses Wort? Vater, Vater, Vater … Unversehens war es zur harmlosen Dauergeräuschkulisse geworden, wie das stete Tropfen eines Wasserhahns oder das Summen von Insekten. Es hatte etwas Befriedigendes, meinen Vater zu einem Insektensummen zu machen, ließ aber zugleich den Drang in mir schwinden, ihn zu finden.

Außerdem fing am Montag die nächste Chemo an, und schon jetzt quälte mich dieses Gefühl, weit weg zu sein, das mich immer dann überfiel, wenn ich wusste, dass ich bald wieder mit Gift verseucht werden würde, um geheilt zu werden. Weit weg von Mama, von Cloud, von jedem, der mir am Herzen lag, selbst von den Gegenständen in meinem Zimmer. Nach der Kirche kamen meine Großeltern vorbei, und meine Mutter kochte mein Wunschessen, Hackbraten mit scharfer Soße, weil es eine ganze Weile dauern würde, bis ich wieder normal essen konnte. Diese Rituale verliehen der bevorstehenden Chemo beinahe eine feierliche Qualität wie Weihnachten, nur ohne Lichter, Geschenke und die Fröhlichkeit.

Wie üblich fand meine Mutter keine Ruhe. Sie saß mit untergeschlagenen Beinen neben mir auf dem Sofa und winkte mich herüber, weil sie mir den Rücken streicheln wollte, was eher ihrer eigenen Beruhigung diente als meiner. Robin verbarrikadierte sich im Musikzimmer und spielte Klavier. Als ich in der Diele Grandma über den Weg lief, legte sie mir prüfend die Hand auf die Stirn, als hätte ich bereits Fieber. Später saß ich vor dem Fernseher, als Grandpa sich schwer neben mich sinken ließ. Eine Weile starrte er auf den Bildschirm, wobei er pausenlos mit dem Fuß wippte und so tat, als würde er *Pop Star Idol* ansehen. Ich ignorierte ihn. Schließlich lehnte er sich herüber und flüsterte in bester Agentenmanier: »Und wie läuft die Suche?«

Ich wandte mich ihm langsam zu und sah ihn strafend an. »Ich dachte, du wolltest nichts damit zu tun haben!«, sagte ich, wobei ich ein Höchstmaß an Verachtung in meine Stimme legte, obwohl ich bereits anfing, ihm zu verzeihen, weil ich einem verlegenen Lächeln einfach nicht widerstehen konnte.

Er legte einen Finger an die Lippen und fuhr mit diesem lustigen Flüstern fort: »Ich erinnere mich nicht mehr an das Thema seiner Dissertation. Aber ich weiß, dass er Neurowissenschaftler ist.«

»Gehirn, stimmt's?«, flüsterte ich zurück.

»Stimmt.«

»Aber bei den Alumni der Georgetown finde ich ihn nicht.«

Grandpa zog die Brauen hoch. »Er war nicht an der Georgetown, sondern an der George Washington.«

Ich stieß einen Jubelschrei aus und klatschte mit ihm ab, obwohl ich wusste, dass er versuchen würde, mir feierlich die Hand zu schütteln. Er hat das mit dem Abklatschen noch nie richtig hingekriegt, deshalb ist der Handschlag einer unserer Running Gags.

Grandma, mit frischer Chemo-Dauerwelle, erschien im Türrahmen und lächelte breit. »Was ist denn hier los?«

»Geheimnisse, Rose. Sehr geheime Geheimnisse«, antwortete ich. »Frag lieber nicht.«

Ich lief nach oben, zog die Vorhänge zu, obwohl es mitten am Nachmittag war. Die George Washington University pflegte ihre Ehemaligen-Verzeichnisse wesentlich sorgfältiger. Innerhalb kürzester Zeit hatte ich einen Antonio Jorge Romero aufgestöbert, der 1994 die Doktorwürde in Neurochemie erlangt hatte. Ich überprüfte, ob es noch einen zweiten Antonio dieses Jahrgangs mit einem Doktor in Naturwissenschaften gab, fand aber nichts, checkte ein zweites Mal, ebenfalls nichts.

Ich klappte den Laptop zu, trat ans Fenster und hob den Vorhang an. Meine Mutter hatte ihn aus einem Stoff aus der

Restekiste bei Macy's genäht. Wenn wie jetzt die Sonne schien, schimmerte der Stoff in strahlendem Weiß, und die aufgedruckten Noten sahen wie eine Reihe Vögel aus, die auf einer Telefonleitung saßen.

Ich klappte den Laptop wieder auf und tippte »Antonio Jorge Romero Neurowissenschaft« in Google ein. Ein dunkelhaariger, gebräunter Mann mit eindringlichen Augen lächelte mir entgegen. Es gab nur diesen einen. Er lehrte am Londoner University College. Mit ein paar Klicks fand ich den Ort und den Jahrgang seines Abschlusses auf der Uni-Seite.

Ich trat zur Frisierkommode, grinste in den Spiegel und verdrehte die Augen, während mein neu entdeckter Vater in der Ecke meines Zimmers verharrte. Grimassen. Tragik. Hohn. Für wen hältst du dich überhaupt? Weshalb sollte es irgendwen interessieren?

Zurück am Schreibtisch stellte ich fest, dass der Monitor schwarz geworden war. Hektisch tippte ich auf das Pad ein, bis sich sein Gesicht wieder materialisierte, immer noch lächelnd, wenn auch nicht für mich. Inzwischen konnte ich zwar wieder atmen, aber dieses Foto konnte ich trotzdem nicht ansehen, beim besten Willen nicht. Ich bräuchte eine dieser Schutzbrillen, wie man sie aufsetzt, wenn man sich eine Sonnenfinsternis ansieht. Kurze Seitenblicke, das war die einzige Art, wie ich das Gesicht meines Vaters wahrnehmen konnte.

Warme Augen.

Lächeln mit geschlossenem Mund.

War das sein herzliches Lächeln?

Hatte er ein Problem mit den Zähnen?

Natürliches Lächeln. Ein bisschen zurückhaltend vielleicht.

Die Brauen leicht hochgezogen. Amüsiert? Arrogant?

Rötlich braunes Haar wie ich. Vereinzeltes Grau hier und da, wie Mom.

Ich beugte mich vor. Je näher ich seinem Gesicht kam, umso mehr wichen seine Augen zurück.

Ich schloss die Seite mit dem Foto und trommelte mit den Nägeln auf den Schreibtisch ein.

¡Coraje! – Mut!

Ich öffnete Outlook und schrieb eine Mail.

Speicherte sie im Entwürfe-Ordner.

Klappte den Laptop zu.

Starrte auf den silbernen angebissenen Apfel.

Starrte auf meine Armbeuge, wo bald die Injektionsnadel stecken würde.

Klappte den Laptop wieder auf.

Öffnete den Entwürfe-Ordner.

Starrte auf die Worte, sodass sie vor meinen Augen verschwammen.

Gerade Nähte.

Vögel bis zum Abwinken.

¡Coraje!

¡Coraje!

Senden.

Lieber Antonio Jorge Romero,

Sie kennen mich nicht. Mein Name ist Maddy. Ich habe Ihre Mailadresse im Internet gefunden. Es hat eine ganze Weile gedauert, bis ich sie gefunden hatte. Ich will gleich auf den Punkt kommen: Sie haben 1994 an der George Washington University Ihren Abschluss gemacht. Kannten Sie damals eine Eve Wakefield? Falls Sie und Eve damals ein Paar waren, wissen Sie bestimmt, was jetzt gleich kommt. Vielleicht wollen Sie sich lieber setzen. Sie ist meine Mutter. Ich bin sechzehn Jahre und einen Monat alt. Mir ist klar, dass das ein ziemlicher Schock für Sie sein muss. Aber keine Angst. Ich will nichts von Ihnen, sondern mich nur mal melden, und hoffe, Sie tun dasselbe. Eigentlich wollte ich mit meiner Suche warten, bis ich achtzehn bin, aber aus Gründen, auf die ich jetzt nicht näher eingehen möchte, habe ich mich entschlossen, mich jetzt schon an Sie zu wenden. Ich hoffe sehr, es ist kein allzu großer Schock für Sie und dass Sie zurückschreiben. Danke, dass Sie diese Mail gelesen haben – falls Sie bis zum Ende dabeigeblieben sind.

Madeline Rose Wakefield
(Maddy)

P. S. Mom weiß nicht, dass ich an Sie schreibe.

P. S. 2 Sollten Sie nicht antworten, stehe ich vielleicht eines Tages vor Ihrer Tür.

P. S. 3 War nur Spaß!

6

Bevor das alles passierte, habe ich praktisch nie ein Krankenhaus von innen gesehen, jetzt hingegen war es gewissermaßen mein zweites Zuhause, ob es mir nun gefiel oder nicht. Der Geschenkeladen, die Mitarbeiterin am Empfang, die mich »Zuckerschnute« nannte, ebenso die Frau mit der Brille, die ihren Wagen vor dem Meldebereich der ambulanten Patienten vorbeischob, und auch der Putzmann in seinem blauen Hemd, der auf einer Matte kniend die Fußbodenleisten schrubbte. Mich zog es automatisch zu den Leuten, die rein zufällig hier waren, weil sie nichts mit den Vorgängen zu tun hatten, die über Leben oder Tod entschieden, sondern sich ihren einfachen Arbeiten widmeten, hingebungsvoll, ganz egal, was auch passierte.

Wir setzten uns auf die orangefarbenen Stühle in der Kinderambulanz.

»Okay, Maddy?«

»Okay.«

»Wir schaffen das.«

»Klar.«

»In ein, zwei Wochen bist du wieder topfit.«

Ich hielt den Arm meiner Mutter fest und legte den Kopf an ihre Schulter, als wäre ich ein erschöpftes, kleines Mädchen, woraufhin sie mich an sich zog und mir einen Kuss auf die Baseballkappe drückte, was genau das war, was ich wollte, weil ich ein schlechtes Gewissen wegen meiner Suche nach meinem Vater hatte. Besonders mies fühlte ich mich, wenn wir allein waren, Stille herrschte und es eine Menge Zeit totzuschlagen gab.

Sie hielt mich einen Moment lang fest, dann löste sie sich und schlug ihr Buch auf. Der Unterschied zwischen meiner Mutter und mir ist, dass sie lesen kann, obwohl sie sich Sorgen macht, ich aber nicht. Ihr Pixie-Cut wuchs allmählich heraus. Mit mehr grauen Haaren als vorher. Wegen mir. Sie musste sich den Pony ständig beim Umblättern aus der Stirn streichen, damit er ihr nicht ins Gesicht fiel, und im Nacken hing ihr Haar ein wenig zottelig herunter. Was ich überhaupt nicht gut fand. Ich war nicht scharf auf eine Mutter mit Zottelhaaren. So ein kurzer Seitenblick kann eigentlich eine ganze Menge enthüllen: Eine Mutter, die las. Neben ihrer kranken Tochter. Eine Mutter, die neben ihrer kranken Tochter las, die tags zuvor eine E-Mail an ihren Vater geschrieben hatte, der nicht Teil der Familie war. Ein Geheimnis hat massive Auswirkungen auf einen Menschen, und nicht nur, wenn man ihm auf die Schliche kommt. Sondern es passiert auch eine ganze Menge im eigenen Kopf. Ein Geheimnis ist eine köstliche Last, die das gesamte Denken mit Beschlag belegt, sodass man gar nicht glauben kann, andere Leute würden dahinterkommen, wie beispielsweise meine Mutter, die neben mir saß, das Gewicht auf ihrem Stuhl verlagerte, sich mit der Zunge über die Zähne fuhr und die Stirn beim Lesen runzelte, während sie ab und zu mein Knie drückte. Man will sein Geheimnis zeigen, damit prahlen und es gleichzeitig ganz für sich allein haben. Hätte ich diesen Scherz nicht machen sollen, dass ich vor Antonios Tür auftauche, wenn er nicht antwortet? Man sollte mit niemandem herumblödeln, den man nicht kennt! Wahrscheinlich antwortete er ohnehin nicht. Wieso sollte er auch? Ich musste mich auf alles gefasst machen, wie Grandpa gesagt hatte.

Ich fuhr zusammen, als meine Mutter die übergeschlagenen

Beine löste und ihr Lesezeichen ins Buch legte. Ich war mit den Gedanken bei Antonio gewesen, während sie ganz andere Dinge im Kopf hatte, und keine von uns wusste, was die andere gerade beschäftigte. Sie stand auf und lächelte mir zu, woraufhin ich zurücklächelte, nur dass mein Lächeln aufgesetzt war. Die Lippen fest aufeinandergepresst, sah sie mir tief in die Augen, doch was früher ein Zeichen für Humor und Solidarität zwischen uns gewesen war, signalisierte inzwischen nur noch Erschöpfung und kaum verhohlene Angst. Vielleicht stand es auch dafür, dass sie ein Geheimnis erraten hatte. Womöglich hatte sie mittels genetischer Telepathie herausgefunden, dass ich Antonio geschrieben hatte, und fragte sich nun, wie sie die Sprache darauf bringen oder ob sie lieber abwarten sollte, bis ich von allein damit herausrückte. Meine Mutter mischt sich nicht gern in anderer Leute Angelegenheiten ein. Ich riss Tweetie-mäßig die Augen auf und blinzelte sie an. Los, Mom, frag mich.

Meine Mutter streckte sich nur und holte sich noch einen Kaffee. Das ist ihr einziges Laster, dem sie einfach nicht abschwören will. Sie sagt, das sei ihr tägliches Vergnügen, außerdem müsse man das gesamte Bild sehen – wenn man in allen anderen Aspekten geradezu bilderbuchhaft lebe, könne so eine Bagatelle ja wohl kaum schaden, oder?

Über den kahlen Schädel des kleinen Jungen verliefen breite Schneisen aus Metallklammern, flankiert von zornig roter Haut. Schon seltsam, dass meine eigene Kopfhaut so weiß war, während seine einen noch dunkleren Braunton aufwies als sein Gesicht. Seine Augen lagen tief in den Höhlen. Das einzig Babyhafte waren seine prallen Bäckchen. Seine Mutter blätterte das *People*-Magazin durch. Der Junge schlenkerte mit den Beinen und grinste mich an, weil er meine Aufmerksamkeit erregen wollte.

Ich stierte geradeaus, weil ich anderen Kindern prinzipiell nicht in die Augen sah. Mein Kopf war eine runde Kugel, die weder Signale aussandte noch welche empfing.

Ich tat so, als würde ich das vierteilige Bild namens *Jeden Tag beginnt das Leben neu* an der Wand betrachten ... als würde ich es nicht längst in- und auswendig kennen. Im Lauf der Monate hatte ich mehr als genug Gelegenheit gehabt, die Krankenhauskunst, wenn man sie so nennen wollte, zu studieren. Auf diesem Bild klammerten sich schielende Mädchen an Schaukelketten fest, die krumm und schief waren ... nicht etwa aus einem besonderen Grund, sondern weil der Schöpfer des Bilds schlicht nicht zeichnen konnte. Es sei denn, es stammte von einem Kind, dann wäre es etwas anderes. Aber das bezweifelte ich. Die einzelnen Tafeln stellten die Jahreszeiten dar, was definitiv die abgedroschene Idee eines Erwachsenen sein musste. Jedes Mädchen fing in einer Jahreszeit an zu schaukeln und streckte die Füße über den Tafelrand in die nächste Jahreszeit, mit Ausnahme der Herbsttafel, auf der die Schaukel leer im Schlamm lag. Wie kommt jemand auf die Schnapsidee, eine leere Schaukel zu zeichnen? Das letzte Mädchen schwang ihre gelben Stiefel in einen violetten Winter, was nur eines bewies – super! –, nämlich, dass der sogenannte Künstler den Farbfächer zurate gezogen hatte.

»Gefällt dir das Bild?« Die Stimme des Jungen war heiser wie die eines Greises.

»Nicht besonders.«

»Wieso nicht?«

»Sieh dir bloß mal die Hände an! Wie Fäustlinge. Und wie krumm und schief die Ketten sind. Das könnte ich tausendmal besser.«

»Ich find's schön«, sagte er. »Wie alt bist du?«

»Sechzehn.«

»Ich bin neun. Wie heißt du?«

»Maddy«, antwortete ich widerstrebend.

»Ist das ein richtiger Name?«

»Logo. Wie heißt du?«

»Torrence.«

»Und das soll ein richtiger Name sein, ja?«

Er zog die Schultern hoch und verbarg sein Grinsen hinter seinen Fäusten. Bei Kindern in diesem Alter sind die Zähne zu groß für den Mund. Seine Mutter sah auf. »Ich hab ein Medulloblastom«, erklärte Torrence. Seine Mutter widmete sich wieder ihrer Zeitschrift.

»Hoffentlich geht's dir bald besser.«

»Vorher konnte ich nicht gehen. Aber jetzt kriege ich Chemo. Kriegst du auch Chemo?«

Ich nickte knapp.

»Und was hast du?« Der Junge fragte mit einer typisch kindlichen Beharrlichkeit, die man ihm nicht krummnehmen konnte. Normalerweise tauschte ich mich nicht über die Details meiner Krankheit aus, schon gar nicht mit neunjährigen Jungs.

»Blutkrebs.«

»Und kann man das operieren?«

»Nicht so wirklich«, antwortete ich. »Hast du Geschwister?«

Torrence wandte den Kopf. »Das ist meine Schwester.«

Deshalb wirkte sie so jung. Und so gelangweilt. »Ich bin Einzelkind«, sagte ich, um seiner Frage vorzugreifen, als meine Mutter mit einem frischen Becher Kaffee für sich und einer heißen Schokolade mit einem Berg Schlagsahne oben drauf zurückkehrte, an dem ich nippte, um ihr eine Freude zu machen.

Seine Schwester und meine Mutter begrüßten einander mit einem zurückhaltenden Lächeln und wandten sich dann beide wieder ihrer Lektüre zu.

»Was ist denn das?« Ich deutete auf ein lilafarbenes Plastikband um Torrence' Handgelenk, das nicht nach Krankenhausbändchen aussah.

»Team Summer.«

»Heißt so deine Baseballmannschaft?«

Er sah mich prüfend an, ob ich einen Scherz gemacht hatte.

»Oder ein Sommerlager, in das du in den Ferien gehst?«

Er grinste, fassungslos, wie ich so auf dem Schlauch stehen konnte. »Summer hat es gegründet.«

»Oh.«

»Ich mochte Summer echt gern. Sie ist gestorben.«

»Oh.«

»Sie hat mir ein Tablet geschenkt. Damit ich Angry Birds spielen kann. Kennst du das?«, fragte er argwöhnisch.

»Das ist ein Spiel, bei dem die Vögel die Schweine töten, die ihre Eier stehlen wollen.«

Torrence umklammerte die Stuhlkante und schaukelte wieder mit den Beinen, während er mich aus seinen tief liegenden Augen ansah. »Darf ich dir was schenken?«

»Wie meinst du das?«

»So funktioniert es. Man lernt ein anderes Kind kennen, das sich etwas wünscht. Was wünschst du dir?«

»Gar nichts«, antwortete ich.

Er warf mir einen Blick zu, der an Verachtung grenzte. »Aber irgendetwas musst du dir doch wünschen.«

Eine ordentliche Zahl weißer Blutkörperchen? Einen Vater? Eine Zukunft?

»Torrence«, warnte seine Schwester. »Du weißt doch, dass es eine Überraschung sein muss.«

Grinsend senkte Torrence den Kopf und ließ die Beine wieder baumeln. Wenig später wurde er hineingerufen. Dann war ich an der Reihe. Carla, eine meiner Lieblingsschwestern, hatte Dienst. Als sie mich sah, stieß sie einen Freudenschrei aus, als wäre ich ihr lange vermisster Geliebter, und drückte mich fest an sich. Sie hatte einen blonden Pferdeschwanz und warme Augen hinter ihren Brillengläsern. Obwohl ich es besser wusste und Carlas Umarmung mir die Tränen in die Augen trieb, war es einen Moment lang, als könnte alles wieder gut werden, nur weil sie diejenige war, die mich an die Infusion anschloss. Mom hielt meine Hand, drückte mir die Schulter und tauschte Frauenlächeln mit Carla, während sie mich anschloss, das Ventil aufdrehte und mit geübtem Auge den Infusionsbeutel checkte.

Diesmal würde ich an Torrence denken, an die Metallschneisen auf seinem Kopf, seine großen Kinderzähne und die tief in den Höhlen liegenden Augen. Als ich neun war, konnte ich immerhin noch ein sorgloses Leben führen, weil ich nicht wusste, was passieren würde. Ich dachte an seine Hände, hinter denen er sein Lächeln verbarg, daran, dass er mir unbedingt Dinge erzählen, mir etwas schenken wollte. Weil Carla ihren Job so gut beherrschte und mich so gern mochte, spürte ich die Nadel kaum, als sie sie in den Port schob, der sich unter meiner Haut wölbte. Das war nicht ich, sondern ein anderes Mädchen, in dessen Adern nun die Chemikalien flossen.

Als wir gingen, dachte ich wieder an Torrence, obwohl weit und breit nichts von ihm zu sehen war. Vielleicht musste er nach der Chemo im Krankenhaus bleiben? Bei mir war es nicht nötig, aber bei manchen Kindern ging es nicht anders. Wie üblich kamen wir an dem Buntglasfenster mit den Gänseblümchen und dem Löwenzahn vorbei, dann an den gerahmten Fotos von Stränden, Brücken und Pfauen. Ich ging etwas langsamer und tat so, als würde ich sie mir ansehen. Meine Mutter ließ mich gewähren. Nach Hause zu gehen ist jedes Mal schwer, weil es lediglich eine Zeitfrage ist. Das Mädchen verschwindet, an ihre Stelle tritt das Monsterbaby. Ich fragte mich, ob Torrence' Mutter sich wohl auch um ihn kümmerte, wenn es ihm schlecht ging, oder ob er eine Großmutter hatte, denn seine Schwester war meiner Meinung nach nicht gerade geeignet für die Aufgabe. Sie würde bloß dasitzen, Kaugummi kauen und auf den Moment warten, wenn sie endlich gehen durfte. Vielleicht hatte Torrence ja auch gar keine Mutter. So etwas kam vor.

Ich nahm Moms Arm. Sie hielt meine Hand fest, während wir weitergingen. Antonio kam mir wieder in den Sinn. Ich verdrängte den Gedanken. Er gehörte nicht zum Krankenhaus, nicht zu diesem Teil meines Lebens. Ich wollte ihn nicht hierhaben. Nur gut, dass ich meiner Mutter nichts gesagt hatte. Gemeinsam gingen wir den Korridor um den Innenhof mit den bemalten Holzskulpturen entlang, die man aus allen Winkeln betrachten konnte. Eine hatte käferartig geformte Arme und Beine, eine andere einen Kopf wie ein Riesenkürbis mit einem Hut, auf dem eine schwarze, wie Finger geformte Feder in die Höhe ragte. Die dritte Skulptur, die offenbar mit einem Ziegelstein eins übergebraten bekommen hatte, hielt sich mit beiden Händen den Kopf. Ihre Augen waren fest zusammengekniffen, und sie lachte. Wann immer ich hier vorbeikam, wollte ich ihnen zurufen: Soll das witzig sein? Oder die Leute beruhigen? Heute war es ihre hässliche Albernheit, die mich auf Höhe der Ziegelsteinskulptur stehen bleiben ließ. Obwohl der Schädel des Typs eingebeult war, lachte er triumphierend, als wollte er sagen: Ihr könnt noch so auf mich eindreschen, zerstören könnt ihr mich aber trotzdem nicht! Der Anblick ließ mich beinahe auflachen. Aber nur beinahe.

Bislang war die Behandlung schlimmer als alle, die ich bisher durchgestanden hatte. Mein Port entzündete sich, deshalb musste ich noch einmal ins Krankenhaus, um eine Infusion mit einem Antibiotikum zu bekommen. Als ich wieder zu Hause war, rannte ich alle zwei Stunden aufs Klo. Die Geschwüre in meiner Mundhöhle brannten wie verrückt, deshalb konnte ich nur zerdrückte Bananen und Smoothies zu mir nehmen, die mir meine Mutter mit dem Löffel verabreichte. Ich legte mich bäuchlings auf den Teppich, um nicht mein Bett irgendwann zu hassen, und dann ertrug ich nicht einmal mehr Cloud in meiner Nähe, sondern schob sie weg, wenn sie versuchte, sich auf mich zu setzen. Allerdings bekam ich ein schlechtes Gewissen und lockte sie wieder her, aber sie hatte die Nase voll von mir.

Meine Mutter kniete sich neben mich auf den Teppich. Ihre Hände lagen auf meinem Rücken, ihre Singsangstimme schwebte durch den Raum. »Baby. Mein armes, armes Baby.« So hatte sie mich auch schon genannt, bevor ich krank geworden war.

»Das will ich sein«, murmelte ich in die Teppichfasern.

»Was?«

»Ein Baby.«

Sie rieb mir den Rücken. »Na ja, das warst du früher und kannst es jetzt wieder sein. Was auch immer du brauchst.«

»Ich meinte damit keines, das immer nur heult.«

»Das hast du von mir.« Ich hörte das Lächeln in ihrer Stimme. »Und ich habe es von deiner Grandma. Das liegt in der Familie.«

»Ich meinte, ein richtiges. Die Leute wollen sich um es kümmern, weil es so süß und so fett ist.«

»Du bist jedenfalls nicht fett.« Langsam fuhr sie mit der Hand mein Rückgrat entlang und spreizte dabei die Finger, so wie sie es früher immer gemacht hatte, damit ich einschlief. Die Geste ließ mich erschaudern. »Du bist nicht süß. Sondern wunderschön.«

Die Blindheit einer Mutter!

Sie vergrub das Gesicht an meinem Hals und flüsterte: »Leute wie wir sollten weinen. Was würden wir denn sonst tun, wenn nicht das?«

»Na gut«, meinte ich, »aber wieso müssen ausgerechnet wir diejenigen sein?«

Darauf konnte sie nichts erwidern. Stattdessen bedeckte sie mich mit Küssen und verließ mit irgendeiner Ausrede das Zimmer, damit *sie* nicht anfing zu heulen und dadurch ihr Argument entkräftete, dass Leute wie wir weinen durften, ohne sich dafür schämen zu müssen.

Allmählich erholte ich mich, bis ich mich eines Tages im Bett aufsetzte und mich vielleicht nicht gerade so fühlte, als könnte ich Bäume ausreißen, aber auch nicht ganz übel. Antonio fiel mir wieder ein. Das Herz rutschte mir in die Hose. Stimmt ja! Kaum hatte mir meine Mutter das Mittagessen auf dem Tablett gebracht und war wieder nach unten gegangen, fuhr ich den Laptop hoch und scrollte durch die bocklangweiligen Mails der letzten Tage. Draußen nieselte es. Trotzdem war es, als falle ein breiter Lichtstrahl auf den Bildschirm. Antonio Jorge Romero. Da war er – eine Adresszeile, die geduldig in meinem Eingangsordner wartete. Drei Wochen! Vielleicht dachte er ja, ich hätte das Interesse verloren. Oder dass ich die Mail gelöscht hatte. Mit einem kurzen Blick in den Spiegel und einem zweiten in Richtung Tür, während mein Herz klopfte, weil ich plötzlich wieder ans Universum und seine Fähigkeiten glauben wollte, klickte ich auf den Namen meines Vaters.

Liebe Maddy,

natürlich war ich sehr überrascht über deine Nachricht. Es ist nicht leicht, sich darüber klar zu werden, was ich darauf sagen soll und wie. Deshalb hat meine Antwort eine Weile gedauert. Es stimmt, dass deine Mutter und ich 1994 ein Paar waren. Ich habe Amerika im Sommer nach meiner Promotion verlassen. Wahrscheinlich weißt du, dass Eve und ich seitdem keinen Kontakt mehr hatten. Deine Mutter ist ein ganz wunderbarer Mensch. Ich habe die letzten Jahre sehr oft an sie gedacht. Mehr kann ich im Augenblick leider nicht sagen. Aber danke für deine Zeilen.

Antonio

O mein Gott! Wow! Als ich Ihren Namen gesehen habe, konnte ich es zuerst nicht glauben!!! Auch ich habe eine ganze Weile mit meiner Antwort gebraucht, weil ich nicht hier war. Die meisten Mädchen meines Alters sind ständig auf Facebook, aber ich benutze nach wie vor E-Mails, so wie alte Leute (nicht dass Sie alt wären). Ich finde Mails persönlicher und will nicht, dass jeder weiß, was so bei mir los ist. Ich hoffe, es ist okay für Sie, wenn ich noch einmal schreibe. Ich bin nicht sicher, wie ich Sie nennen soll. Anbei schicke ich auch ein Foto von mir. Es ist eines meiner Lieblingsfotos. Vicky hat es letzten Sommer im Park gemacht. Links bin ich, rechts ist Fiona. Wie Sie sehen, bin ich viel größer, auch als meine Mutter. Ich bin in der zehnten Klasse, spiele Klavier (zumindest habe ich es früher getan) und liebe klassische Musik. Robin, der Freund meiner Mutter, kennt sich unglaublich gut mit klassischer Musik aus. Wir gehen auf Konzerte, meistens Kammermusik. Auch das ist etwas, womit die meisten in meinem Alter nichts anfangen können, aber Fiona sagt, ich sei nicht wie die meisten in meinem Alter, und ich werte das mal als etwas Positives ... dass ich individuell bin oder so was. Es fühlt sich echt komisch an, Ihnen zu schreiben. Manchmal frage ich mich sogar, ob ich Sie nicht bloß erfunden habe! Es ist schwer zu erklären. Mein Großvater ist der Einzige, der weiß, dass ich versucht habe, Sie ausfindig zu machen. Er meinte, dass ich vielleicht nie eine Antwort von Ihnen bekäme und auf alles gefasst sein müsste. Aber offenbar habe ich ja Glück gehabt ... Bitte schreiben Sie mir. Wenn Sie Lust haben.

Maddy

7

Ich hatte niemandem von Antonio erzählt, nicht mal Grandpa. Abgesehen von seinem Lebenslauf und dem Foto war seine Mail das Einzige, was ich von ihm hatte. Ziemlich schräg, was? Ich druckte unsere Korrespondenz aus, damit ich wenigstens irgendetwas von ihm bei mir hatte, und schob die Blätter in einer Hülle hinter mein Bett – das war der einzige Teil meines Zimmers, wo nie einer hinkam. Dort unten lagerten jede Menge Sachen, teilweise unter einer dicken Staubschicht. Ein Zauberstab, der anfangs noch leuchten konnte, eine Doodles-Puppe, eine Collage, die ich in der dritten Klasse gebastelt hatte, ein Plastiktagebuch, dessen Schloss man öffnete, indem man eine Melodie auf das Tastenfeld eingab, ein Buch mit dem Titel *Sexwise* und jede Menge anderer Dinge, die ich nicht sehen konnte. Wenn ich etwas zwischen Bettgestell und Wand gleiten ließ, brauchte ich später eine Taschenlampe und eine Grillzange, um es wieder herauszufischen. Die Ecken all der vergessenen Schätze dort unten waren schon vergilbt und mit einer pelzigen Schicht überzogen, so wie die Gegenstände, die man durch die Bullaugen sehen konnte, als man die Titanic fand. Ich war gerade dabei, mal so richtig auszumisten, als ich krank wurde, und die Krankheit fraß meine gesamte Zeit auf, deshalb ließ ich alles, wie es war, gemeinsam mit der Grillzange und der Plastikhülle, in die ich die weiteren Mails geben würde, wenn sie kamen. Falls.

Als ich das nächste Mal Sam besuchte, traf ich seinen Vater.

Was für ein Zufall! Zwei Begegnungen mit Vätern innerhalb einer einzigen Woche. Eigentlich war ich Mr. Morse vor tausend Jahren schon einmal begegnet, allerdings konnte ich nicht behaupten, ihn wirklich kennengelernt zu haben. Deshalb zählt es. Vielleicht ist es so eine Riesensache, seinen Vater zu finden, dass automatisch auch andere Väter angezogen werden, wie von einem Magneten.

Sam und ich saßen über seinem Laptop, als die Haustür aufgeschlossen wurde und schwere Schritte auf der Treppe ertönten. Ich zuckte zusammen, obwohl wir nichts taten, was die Reaktion gerechtfertigt hätte. Mr Morse war stämmiger als Sam, auf eine wettergegerbte Art gutaussehend, mit demselben breiten freundlichen Gesicht und halb zusammengekniffenen Augen, die den Eindruck vermittelten, er sei tief in Gedanken versunken oder amüsiere sich über irgendetwas. Seine Gesellschaft war, als befände man sich im Schutz eines großen, ausladenden Baums. Er schüttelte mir die Hand, als fände er jede Woche fremde Mädchen in seiner Küche vor, und sagte: »Du machst bestimmt gerade eine sehr schwere Zeit durch.«

»Dad!«

»Entschuldigung«, sagte Sams Vater. »Hab ich was Falsches gesagt?« Er musterte mich prüfend, als suche er nach Anzeichen, dass er ins Fettnäpfchen getreten war. »Ich bringe meinen Sohn ständig in Verlegenheit.« Er verpasste Sam einen Schlag auf den Rücken. »Aber das muss so sein. Das steht in der Jobbeschreibung.«

Schnaubend schüttelte Sam seine Hand ab. »Tu dasselbe wie deine Haare, Dad. Mach dich dünn.«

Sein Vater grinste ihn an und lächelte mir zu. Ich hoffte, dass er hinter mein dünnes Lächeln blicken und mir eine detailliertere Frage nach der schweren Zeit stellen würde, die ich gerade durchmachte, aber er tat es nicht. Weshalb auch? Ich verschränkte die Arme, als wäre mir plötzlich kalt, und zupfte Fusseln von meinem Pulli.

Mr. Morse hängte sein Jackett über einen Stuhl und lockerte seine Krawatte. Sein Prozess sei vertagt worden, meinte er, deshalb sei er so früh zu Hause. Er stellte mir ein paar höfliche Fragen über meine Mutter, wo wir wohnten und solche Dinge, und dann unterhielten wir uns über die Kampagne. Er stand breitbeinig wie ein Sheriff im Wilden Westen da und machte kreisförmige Gesten, um seine Argumente darzulegen. Und von denen gab es viele. Sam verdrehte hinter seinem Rücken die Augen, fügte jedoch zu allem, was er sagte, noch etwas hinzu. Ich sah ihm an, dass er insgeheim sehr stolz auf seinen Dad war. Jeder konnte sehen, dass die beiden sehr viel Zeit miteinander verbracht hatten – falsch. Ich korrigiere mich: Der Vater hatte Zeit mit seinem Sohn verbracht, denn wir Kinder sind schließlich gezwungen, an einem bestimmten Ort zu sein, und haben deshalb keine Wahl. Sams Vater hatte sich bewusst dafür entschieden, zu Hause zu sein, deshalb konnte er nun seinem Sohn auf diese aufgesetzt beherzte Weise auf den Rücken klopfen und ihn zwingen, sich der Berührung mit finsterer Miene zu entziehen. Das war ein Vater wie aus dem Bilderbuch.

Nachdem Mr. Morse seinen Anzug gegen Jeanshemd und Cordhose getauscht hatte, fuhr er zum Baumarkt, um neue Glühbirnen und im Büromarkt Druckerpapier und -patronen zu besorgen – er kündigte dieses Vorhaben explizit an, woraufhin Sam nur neuerlich die Augen verdrehte.

»Dein Vater ist echt nett.« Aus irgendeinem Grund hielten Sam und ich uns immer in der Küche auf, statt ins Wohnzimmer zu gehen. Wenn wir nicht gerade über dem Laptop hingen, stand Sam am liebsten mit dem Rücken gegen die Arbeitsplatte gelehnt, so wie jetzt.

»Mein Vater nervt.«

»Ja, klar.«

Verlegenes Lächeln. »Manchmal zumindest.«

»Was ist mit deinen Eltern passiert? Ich frage nur. Du brauchst nicht zu antworten, wenn du nicht willst.«

»Sie haben sich getrennt. Da war ich zehn. Meine Schwester ging schon aufs College.«

»Und wieso haben sie sich getrennt?«

Er zuckte mit den Achseln. »Keine Ahnung. Unheilbare Zerrüttung? Ich habe mir immer den Kopfhörer aufgesetzt, wenn sie sich in den Haaren hatten. Offenbar war mein Vater nicht spannend genug für sie. Heute ist sie mit einem spannenderen Typen zusammen.« Er sah mein Gesicht. »Keine Angst, meine Eltern verstehen sich gut. Damals wollte ich unbedingt, dass sie sich wieder versöhnen, und habe alles Mögliche versucht.«

»Zum Beispiel?«

»Na ja, ich habe mir das Bein gebrochen, als ich vom Verandadach gesprungen bin.«

»Sag jetzt nicht, du hast das mit Absicht getan!«

Er grinste. »Eigentlich nicht. Aber immerhin waren sie für eine Weile jedes Wochenende wieder zusammen. Dann, im Sommer nach der siebten Klasse, bin ich mit Freddy Cook aus dem Sommerlager abgehauen. Wir sind den ganzen Abend im Wald herumgelaufen, bis sie uns gefunden haben. Wir haben behauptet, wir hätten nur mal ausprobieren wollen, ob wir da draußen überleben würden, was mir meine Eltern logischerweise nicht abgekauft haben. Danach sind wir zu einem Familientherapeuten gegangen.«

Ich nickte, ein klein wenig überheblich, weil wir so etwas nie gebraucht hatten – bis mir wieder einfiel, dass man ja nur zur Familientherapie ging, wenn man eine Familie hatte.

»Dieser Typ … George hieß er.« Sam zog das Kinn an die

Brust und brummte: »›Nun, Sam, wie geht es dir damit, Sam? Deine Mutter liebt deinen Vater nicht mehr, und du kannst deine Freunde nicht mehr zum Übernachten einladen, weil du an zwei Orten wohnen wirst, von denen sich keiner mehr wie dein richtiges Zuhause anfühlen wird. Fällt dir dazu irgendetwas ein, das du uns gern erzählen möchtest?‹« Ich lachte und Sam auch. »Aber George war echt okay«, meinte er dann. »Ehrlich gesagt konnte ich ihn gut leiden. Ach ja, war deine Mutter eigentlich schon immer allein?«

»Sie ist nicht allein. Robin ist doch da. Er ist wie ein Stiefvater für mich. Ich mag Robin total gern.« Das war ein klein wenig übertrieben, aber Jungs sind ja nicht so empfänglich für Zwischentöne. »Meinen richtigen Vater habe ich nie kennengelernt, wenn du das meinst«, sagte ich nach einer kleinen Weile.

»Oh.« Sam sah mich an. »Na ja. Ich mochte deine Mutter jedenfalls. Sie ist echt witzig. Erinnerst du dich an das Spiel, das wir damals gespielt haben? Als sie uns in Handtücher eingerollt hat? Am Ende sind wir aus unseren Kokons oder was es war geschlüpft, sind zu ihr gelaufen und haben ihr auf die Schulter getippt, und sie hat sich umgedreht und überrascht getan, und dann sind wir wie Schmetterlinge durchs Zimmer geflattert.«

»Nachdem du weggezogen bist, haben wir uns nicht mehr so häufig gesehen.« Ich stand auf, streckte mich und setzte mich wieder hin. Jetzt war nicht der richtige Zeitpunkt, um in Erinnerungen zu schwelgen. Merkte er nicht, dass ich ihm etwas Wichtiges zu sagen hatte? Los, rein ins kalte Wasser.

»Weißt du was, Sam?«

»Nein, was denn?«

»Das wirst du mir nie glauben.«

»Versuch's doch.«

Ich lächelte. »Ich habe diese Woche meinen richtigen Vater gefunden.«

Ich konnte es ihm nicht verdenken, dass er das für einen Scherz hielt. »In tausend Jahren nicht!« Er starrte mich an, wartete nur darauf, in Gelächter auszubrechen, sobald ich das Zeichen dazu gab.

Ich erzählte ihm von der Suche, von Großvaters Sinneswandel, meiner Mail und Antonios Antwort. Sam lauschte wortlos, gegen die Arbeitsplatte gelehnt, die Arme verschränkt. Durchaus möglich, dass er mir noch nie so viel Aufmerksamkeit geschenkt hat. Vielleicht war es schlicht exotisch, den eigenen Vater nicht zu kennen und ihn dann online aufzuspüren.

»Er ist Wissenschaftler und manchmal sogar in den Nachrichten«, erklärte ich. Schrieben Wissenschaftler nicht Artikel für Zeitschriften? Na also, das waren doch Nachrichten.

»Was für ein Wissenschaftler?«

»In London. Er erforscht das Gehirn.«

»Also ist er Neurowissenschaftler.« Sam nickte wissend und musterte mich neugierig. »Geht dir immer alles so am Arsch vorbei?«

»Nein! Ich finde es bloß komisch.« Ich wusste nicht, wie ich Sam erklären sollte, wie es für mich war, ihn gemeinsam mit seinem Vater zu sehen, und wie es war, Antonio in meinem Computer zu wissen. Ich wollte ihm so gern erzählen, dass ich lieber jeden Vater anstelle von dem genommen hätte, den ich hatte … wirklich jeden, einen der soff, der von mir aus uralt war oder geschieden oder zu streng, solange er nur real war.

»Und was willst du jetzt tun?«, fragte Sam. »Ihn treffen?«

»Ihn treffen!«, echote ich. »Ich habe ihn erst am Sonntag aufgestöbert. Meine Mutter weiß es noch nicht mal. Und mein Großvater auch nicht. Du bist der Einzige.«

Er schwieg. »Ernsthaft?«

»Ernsthaft.«

Mein Eingeständnis hatte eine seltsame Wirkung auf Sam.

Ohne sich von der Arbeitsplatte wegzubewegen, warf er mir Blicke zu, dankbar und verwirrt zugleich, als hätte ich ihm gerade ein Riesenüberraschungsgeschenk gemacht. Der Hocker, auf dem ich saß, war eines dieser Retro-Dinger mit dickem rotem Vinylpolster, auf denen man sich um die eigene Achse drehen konnte. Ich stieß mich mit einem Fuß ab und begann, mich langsam zu drehen, sah den Edelstahlkühlschrank vorbeifliegen … auf dem kein einziger Magnet klebte … das Fenster über der Spüle mit dem Garten dahinter … der Herd, über dem Pfannen in sämtlichen Formen und Größen hingen … jeden Moment musste ich an ihm vorbeikommen, Sam, dem ich von Antonio erzählt hatte.

In diesem Moment passierten zwei Dinge gleichzeitig: Der Küchentresen kam in Sicht, jedoch ohne Sam, was nur bedeuten konnte, dass er gegangen war und ich ihn nie wiedersehen würde. Und dann war Sam auf einmal hinter mir, erschien wie aus dem Nichts, groß, ganz nahe. Drehte mich zu sich um. Ich legte den Kopf in den Nacken und schloss die Augen. Doch niemand küsste mich. Stattdessen spürte ich, wie mich etwas umfing, das sich eher wie Flügel anfühlte und nicht wie Arme. Mein Gesicht wurde gegen seinen Hals gepresst. Auch wenn es ungelenk sein mochte, war ich Sam so nahe, dass ich seine Körperwärme spürte und mir sein Grasgeruch in die Nase stieg, und es fühlte sich so unfassbar gut an. Schnell! Tu doch was! Mit einem verzweifelten Auflachen löste ich mich von ihm.

Er ließ die Arme sinken und starrte mich schockiert an. »Was ist denn so lustig?«

»Gar nichts!«

Er trat zum Kühlschrank, riss die Tür auf und spähte stirnrunzelnd in das erhellte Innere. Der Abstand beschwor ein Gefühl der Einsamkeit in mir herauf. Wieso wollte er mich nicht küssen? Hatte ihn der Mut verlassen? Hatte er Angst, meine Krankheit sei ansteckend?

Ich stand auf und trat neben ihn, berührte seinen Arm, der steif an der Kühlschranktür lag.

»Es ist überhaupt nichts lustig, Sam.«

Er schüttelte meine Hand ab, wenn auch etwas sanfter als bei seinem Vater. »Hast du Hunger?«

»Eigentlich nicht. Außerdem muss ich sowieso nach Hause.«

»Klar.«

»Ich habe nicht wegen dir gelacht.«

»Klar.«

»Eher wegen mir selbst.«

»Brauchst du nicht«, meinte er steif.

Ich riskierte ein leises Lachen, hatte aber Angst, ihn noch mal anzufassen. »Freunde?«

Ein aufgesetztes Lächeln war alles, was ich für meine Bemühungen bekam.

Maddy,

was Facebook angeht, bin ich ganz deiner Meinung. Meine Kinder sind noch zu klein dafür, aber meine Frau lacht mich aus, weil ich keinen Account habe. Beruflich nutze ich den Computer sehr oft, aber das ist etwas anderes. Danke für das Foto. Es ist sehr schön. Das Ganze ist seltsam für mich. Sehr sogar. Mein Foto findest du auf der Seite der Londoner Uni. Ich bin Neurowissenschaftler und untersuche chemische Reaktionen des Gehirns und Nervensystems, und ich betreue Doktoranden bei ihren Forschungen. Übrigens halte ich es für besser, wenn deine Mutter weiß, dass wir in Kontakt stehen. Findest du nicht auch? Wirst du es ihr sagen? Wenn du willst, kannst du mir auch ihre Mailadresse schicken, dann schreibe ich ihr selbst. Ich freue mich, dass sie einen Partner hat. Hast du noch Geschwister?

Antonio (natürlich darfst du Antonio zu mir sagen)

Hi Antonio,

ich weiß, dass Mom grundsätzlich nichts dagegen hätte, dass wir in Kontakt stehen, aber ich glaube, im Augenblick sollte ich es ihr lieber nicht sagen. Das Problem ist, dass eine ihrer besten Freundinnen Krebs hat und sie gerade sehr gestresst und beschäftigt ist. Deshalb halte ich es für klüger, wenn sie sich nicht über noch etwas Sorgen zu machen braucht (nicht dass sie das unbedingt tun würde, aber du verstehst schon, was ich meine). Ich bin

Einzelkind und habe eine kleine Ragdoll-Katze namens Cloud. Ich wünschte, ich hätte einen Bruder oder eine Schwester, am allerliebsten wäre mir ein Zwilling. Dann hättest du gleich zwei Überraschungen, statt nur einer …! Aber hauptsächlich, weil es dann noch jemanden wie mich auf der Erde gäbe. Und wenn einer von uns verloren ginge, hätte Mom noch einen in Reserve. Ist nur Spaß. Ich habe zwei Cousins, Denny und Jack, aber das ist nicht dasselbe. Sie wohnen in Kalifornien, wir in Takoma Park, Maryland (nicht in Takoma Park, D.C., was das totale Drecksloch ist). Meine Großeltern wohnen in der Corcoran Street. Manchmal wünschte ich, Teil einer Großfamilie zu sein. Aber eigentlich mag ich meine Familie wie sie ist. Wie viele Kinder hast du?

Maddy

Hallo Maddy,

das mit der Freundin deiner Mutter tut mir sehr leid. Das muss sehr schwer für sie sein. Ich mache mir nur Sorgen, Eve könnte sich ausgeschlossen fühlen, wenn sie herausfindet, dass wir uns schreiben. Vielleicht wäre sie dann immer noch wütend auf mich, was nicht gerade hilfreich wäre.

Antonio

Hi Antonio,

ich überlege es mir. Aber sie macht sich wirklich sehr große Sorgen um ihre Freundin, was eine ganz andere Hausnummer als unsere Mails ist. Zumindest glaube ich das. Außerdem bin ich ja diejenige, die sich mit ihr herumschlagen muss, wenn sie gestresst ist. ☺ Mom klingt eigentlich nie wütend, wenn sie über dich spricht. Was allerdings nicht sonderlich oft vorkommt. Eher noch, als ich noch klein war.

Maddy

P. S. Estudio español en la escuela.

8

In der Woche nach Sams katastrophalem Nichtkuss schickte ich ihm eine Nachricht, dass ich mich nicht wohlfühlte und deshalb nicht kommen konnte. Er antwortete nur mit »okay« was noch schlimmer als überhaupt keine Antwort war. Zwei geschlagene Tage lang zog ich mich weder an, noch verließ ich mein Zimmer. Ich musste Mom ausreden, Dr. Osterley anzurufen. Ich mochte schwer krank sein, trotzdem sollte sie respektieren, dass ich ein Teenager mit den üblichen hormonellen Schwankungen war. Sie solle ihr Buch über das Gehirn von Jugendlichen zurate ziehen und glaube wohl, nur weil ich Krebs hätte, sei mein Gefühlsleben Gemeinschaftseigentum, warf ich ihr an den Kopf. Daraufhin machte sie einen Rückzieher, und ich konnte ungehindert in meinem Zimmer weiter vor mich hin brüten. Was, zugegebenermaßen, auch nicht gerade der blanke Spaß war.

In einem Anfall angestauter Frustration zog ich das Skizzenbuch heraus, das sie mir geschenkt hatte, und zeichnete mein Shirt, das an der Rückenlehne des Stuhls hing – achtlose Striche ohne jede Hingabe und Herzblut, damit jeder, der es sich später ansah, sofort wusste, was für ein Schwachsinn es war. Mit dem Herzen war ich in Sams Küche. Zwanghaft und sinnloserweise ging ich wieder und wieder durch, wer was gesagt und wohin gestellt hatte, ließ die Stuhldrehszene noch einmal vor meinem geistigen Auge ablaufen, um den Moment zu löschen, an dem ich die Augen geschlossen hatte, in der

Erwartung, dass gleich etwas passieren würde. Und mein Lachen.

Dann gewann das, was ich tat, die Oberhand über meine Gedanken. Mein Stift kratzte in der Stille über das Papier. Meine Gedanken verschwammen. Meine gesamte Aufmerksamkeit wurde von den Falten meines Shirts absorbiert, die weich von den Schulternähten herabfielen. Es galt, ihren Schwung herauszuarbeiten, die Furchen dazwischen zu vertiefen, damit jede einzelne ihre ganz eigene Form bekam. In der Mitte verlief ein langes Dreieck. Eine Röhre. Ein Kanu, das kräuselnd seine Bahnen zog. Am unteren Saum vereinten sich die Falten, was ich darzustellen versuchte, indem ich zweimal mit dem Stift darüberging. Ich legte den Kopf schief. Zu dick? Zu dunkel am unteren Rand? Ich radierte die Linie weg und zog sie ein bisschen zarter nach, verglich noch einmal und schattierte alles, damit man kaum zu sagen vermochte, wo genau sie heller wurden. Schließlich trat ich einen Schritt zurück. Da war es: ein zweites Shirt in einer zweiten, silbrigen Welt, scheinbar neu geschaffen, in Wahrheit aber die ganze Zeit da gewesen.

Ich lief nach unten, um die Zeichnung meiner Mutter zu zeigen, wobei ich in einen langsameren, majestätischeren Gang verfiel, bevor ich ihr Arbeitszimmer betrat. Sie lächelte, auch wenn sie dabei eher mir ins Gesicht blickte als auf das Bild.

»Es tut mir leid, Mom.« Ich trat zu ihr, ganz nahe, damit sie mich umarmte.

»Was denn?«

»Nur so. Tut mir leid.«

Am nächsten Tag zeichnete ich Cloud, wie sie zusammengerollt auf meinem Bett lag, aber sie ruinierte alles, indem sie sich umdrehte. Also zeichnete ich sie in der neuen Position, bis sie sich erneut umdrehte und ich noch mal von vorn anfangen musste. Nach zahllosen Versuchen gab ich es auf, rieb ihr das Bäuchlein und dachte an ihre winzigen Organe darin, perfekt sortiert und geordnet.

Noch ein Shirt zeichnen? Nein. Lieber etwas Lebendiges, das stillhielt. Ich hob meine linke Hand, den Zeigefinger nach oben, die restlichen Finger zur Faust geballt, während ich mit der Rechten zu zeichnen begann. Die Hand der Serenity-Statue musste genauso ausgesehen haben, bevor sie abgebrochen wurde. Eine elegante Haltung. Grauenvolle Skizze! Ich kritzelte darüber. Vielleicht waren Shirts das Einzige, was ich hinbekam. Ich stand auf und trat ans andere Ende des Raums. Als ich wieder zurückging, fiel mein Blick auf mein Spiegelbild, das aus der Ecke des Spiegels linste und nach mir Ausschau hielt. In der Ecke?, flüsterte es. Kleider, die in deinem Schrank hängen? Untersteh dich, dich selbst zu zeichnen. Untersteh dich! Viel zu schwierig, flüsterte jemand anderes. Zu traurig.

Ich zog den Stuhl vor den Spiegel und machte mich an die Arbeit, bevor ich es mir selbst ausreden konnte. Wie zuvor schweiften meine Gedanken ab, nur dass es diesmal nicht Sam war, an den ich dachte, sondern an Antonio. Sein Lächeln auf dem Foto. So freundlich wie auch seine Mails, ohne dass er jedoch viel von sich preisgab. Antonios zwei Jungs, die in den Schatten rangelten. Antonio, wie er seine nächste Mail formulierte. Was, wenn Antonio mich jetzt sehen könnte, ein Mädchen mit Glatze und Kreolen, das ein Mädchen mit Glatze und Kreolen zeichnete? Wenn er mich sehen könnte, wüsste er, was los war. Das wollte ich aber nicht, und nicht nur, weil ich es meiner Mutter noch nicht gesagt hatte. Ich wollte es einfach nicht.

Wie bereits zuvor, verlagerte sich meine Aufmerksamkeit, dominierte der stete Wechsel aus Hochsehen und Vergleichen ganz allmählich meine Gedanken und ließ keinen Raum für anderes. Meine Mutter hatte die nervige Angewohnheit, recht zu haben. Zeichnen entspannte, sorgte dafür, dass man nur über eines nachdachte: Die Dinge sind, wie sie sind. Das Licht fällt, wie es fällt. Die Form meiner Stirn ist, wie sie ist. Mr. Yam sagt, der Trick beim Zeichnen von Porträts liege darin, so zu tun, als sei es gar kein Gesicht, das man gerade zeichnet, sondern ein Objekt wie jedes andere auch. Und der zweite Trick bestehe darin, das große Ganze und zugleich selbst die winzigsten Details vor Augen zu haben und zwischen ihnen hin und her zu springen. Sobald ich erst einmal damit angefangen hatte, fiel mir wieder ein, dass ich beides immer gut hinbekommen hatte.

Als ich diesmal meiner Mutter das Porträt zeigte, schüttelte sie langsam den Kopf und blinzelte hastig – was sie sah, war vermutlich ihr Kind ohne Haare, in einem Spiegel gefangen. Wir saßen auf der Couch. Ich spürte, wie etwas zwischen uns geschah, ausgelöst durch meine Zeichnung.

»Ist es so schlecht, Mom?«

»Die Zeichnung ist ganz hervorragend, Maddy. Außergewöhnlich gut sogar. Du siehst …«

»Was?«, drängte ich. »Wie sehe ich aus?«

»Flehend und … trotzig. Eine Mischung aus beidem«, antwortete sie, ohne den Blick von der Zeichnung zu lösen.

»Wie meinst du das?«

»Flehend im Sinne von: Bitte hilf mir. Trotzig im Sinne von: Leg dich bloß nicht mit mir an.«

»Also, streitlustig?«

»Ich denke ja.«

»Und ist das gut?«

»In deinem Fall schon. Das hattest du schon immer.«

»Und die andere Seite?«

Ihre Augen wurden glasig. »Die ist nur verständlich.« Sie küsste mich auf die Stirn und bemühte sich um einen unbeschwerten Tonfall, während sie sich mit aller Kraft an mich klammerte. »Absolut und vollkommen verständlich.«

Zurück in meinem Zimmer, studierte ich die Zeichnung und gelangte zu dem Entschluss, dass meine Stirn und meine Augen »Hilf mir« sagten, wohingegen mein Kinn warnte, es sich lieber nicht mit mir zu verscherzen. Es gefiel mir, dass diese Eigenschaften aus der Zeichnung sprachen, ohne dass ich sie explizit hineingelegt hatte … und dass andere Leute sie erkennen konnten. Fest stand, dass die Zeichnung gelungen war. Ich tat so, als blicke Antonio mir über die Schulter. Seine Kinder können bestimmt nicht so gut zeichnen, jede Wette. Seine *anderen* Kinder.

Maddy,

Glückwunsch, dass du Spanisch lernst. Ich stamme aus einem kleinen Bergdorf in Nordspanien. Vor elf Jahren bin ich nach London gezogen und habe eine Forschungsstelle an der Uni angenommen. Hier habe ich auch meine Frau Erica kennengelernt.
Sie ist Britin, und so bin ich eher unbeabsichtigt in London hängen geblieben. Vieles im Leben passiert ohne das eigene Zutun! Wir haben zwei Söhne. Oscar wird bald sieben, Daniel ist vier.
Ich weiß nicht, was deine Mutter dir über mich erzählt hat. Ich habe die letzten Tage darüber nachgedacht und bin zu dem Entschluss gelangt, dass wir lieber aufhören sollten, uns zu schreiben, bis du dich entschlossen hast, ob du deiner Mutter davon erzählen willst oder nicht.

Saludos,
Antonio

Antonio,
hast du vor, deiner Familie von mir zu erzählen?
Maddy

Inzwischen kamen Vicky und Fiona mich nur noch zweimal pro Woche besuchen statt wie bisher jeden Tag. Fiona hatte Theater-AG, Vicky jede Menge Hausaufgaben … zumindest behauptete sie das. Wenn ich es allerdings richtig sah, hatten ihre Hausaufgaben einen Namen: Wade. Der Marimba-Klingelton ihres Handys ertönte. »Das ist Billy. Soll ich rangehen? Er hat sich gestern Abend mit Carina Butler getroffen.«

»Mach schon«, meinte Fiona. Billy Quinn ein Junge, den wir alle total gern mochten. Er war ein dürrer Kerl mit etwas kurzen Beinen und traurigem Gesicht. Eigentlich war er ein Mädchen und wir seine großen Schwestern.

Vicky genoss es, anderen Ratschläge zu erteilen. »… sag ihr einfach, ihr schwellender Körper bringe deinen Schwellkörper zum Schwellen.« Sie riss den Mund zu einem lautlosen Schrei auf. »War nur Spaß, Billy. Echt!«

»Stell ihn auf Lautsprecher«, meinte Fiona.

»Moment, ich schalte dich auf Lautsprecher. Ich bin gerade mit Fiona bei Maddy.« Sie hielt das Handy über das Bett.

»Wir können dir bestimmt helfen«, sagte ich. »Wie ist es gelaufen?«

»Ich glaube, sie wollte mich küssen.«

»*Wollte*?« Vicky feixte. »Dich küssen?«

»Ich hatte so das Gefühl.«

»Und wie kam das Gefühl?«

»Sie stand ziemlich dicht vor mir.«

»Habt ihr Händchen gehalten?«

»Nein.«

»Billy!«, riefen wir wie aus einem Mund.

»Na ja, unsere Hände haben sich berührt …«

Drei weit zum stummem Schrei aufgerissene Münder.

»Du kannst sie ja nächstes Mal küssen«, meinte ich.

»Hast du Wade gleich beim ersten Date geknutscht, Vic?«

»Natürlich nicht. Man muss doch die Spannung fürs nächste Mal halten«, antwortete Vicky.

»Aber wie?«

»Leg ihr die Hand leicht auf die Wange und beug dich vor«, sagte Fiona.

»Vorbeugen …«

»Umarm sie«, warf Vicky ein. »Dann sind eure Gesichter ganz nahe. Wenn sie dir signalisiert, dass es okay ist, küsst du sie.«

»Okay, das mache ich«, sagte Billy. »Danke, Mädels.«

»Vielleicht findet sie ja auch, dass du zu lahmarschig bist und nimmt das Ruder selbst in die Hand.«

»Ach, du Scheiße …«

»Nein, Billy, das ist gut!«

»Das zeigt, dass du ein Gentleman bist.«

»Mädchen stehen auf so was.«

Wir legten auf und schwärmten noch eine Weile davon, wie süß Billy war und wie sehr wir ihn mochten, dann erkundigte sich Fiona nach Sam.

»Dem geht's super«, log ich. »Wir arbeiten immer noch an diesem Protestmarsch.«

Vicky, die inzwischen an meine Frisierkommode getreten war und sich an einem Auge einen Lidstrich gezogen hatte, drehte sich um. »Ich finde es super, dass du das alles machst. Ehrlich. Aber darf ich mal ganz ehrlich mit dir sein? So richtig packen tut mich das nicht.«

»Du willst dich also nicht mit dem Ende der Welt beschäftigen, wie wir sie kennen?«

»Sie macht das doch bloß, um mit Sam zusammen zu sein«, warf Fiona vom Sitzsack aus ein.

Ich konnte es nicht leiden, wenn über mich geredet wurde, als wäre ich nicht anwesend. »Nicht nur deswegen.«

Den Eyeliner zwischen ihren langen Fingern, sah Vicky mich einen Moment lang an. »Nimm zum Beispiel einen Asteroiden«, sagte sie dann, drehte sie sich wieder zum Spiegel und zog die Brauen hoch, um mit dem zweiten Auge anzufangen. »Es besteht eine hundertprozentige Chance, dass die Erde von einem Asteroiden getroffen wird. Hundert Prozent. Früher oder später. Rumms. Finito. Wieso sitzen wir also da und machen uns einen Kopf? Wir können doch sowieso nirgendwo anders hingehen. Dasselbe gilt fürs Klima. Also können wir es genauso gut krachen lassen. Finde ich.«

»Willst du etwa, dass deine Kinder in einer Wüste aufwachsen müssen?«

»Welche Kinder?«, fragte Vicky, den Blick auf den Spiegel gerichtet. »Ich will keine langweiligen Blagen, sondern mich amüsieren.«

»Also, ich will jedenfalls Kinder«, verkündete Fiona.

»Ich auch«, meinte ich. »Und sie sollen Eisbären und Bäume sehen können.«

»Finde ich auch«, bestätigte Fiona.

»Dann macht doch.« Vickys Haar lag wie eine schwarze Stola um ihre Schultern. Mit Frisuren kannten Italienerinnen sich aus, dagegen konnten Fiona mit ihrer Zuckerwatte auf dem Kopf oder ich mit meinen kastanienbraunen Wellen – als ich noch welche hatte – schlicht einpacken. Was Haare anging, hätten wir ebenso gut unterschiedlichen Spezies angehören können.

Früher dachte ich immer, Vicky sei so, weil ihre Eltern Kohle hatten und sie gut aussah, aber neuerdings begriff ich, dass es etwas mit ihrem Charakter zu tun hatte. Schon in der ersten Klasse hatte sie die Gabe besessen, Leute zu überzeugen. Vicky hörte zu, selbst wenn sie es aus einer gewissen Berechnung heraus tat. Das Ganze lief so ab: Die Leute stellen anderen Fragen und hören sich ihre Antworten an, dann fragen sie noch mal nach, ehe sie die Sprache wieder auf sich lenken. Es funktionierte. Vicky war witzig und hübsch und auf eine etwas vage, unkonzentrierte Art nett. Sie verbreitete nie miese Laune, alle wollten in ihrer Nähe sein.

»Wann triffst du dich mit Wade?«, fragte Fiona.

»Er holt mich um halb fünf ab. Er hat doch seinen Führerschein gemacht, schon vergessen?«

»Und deshalb lässt du uns um halb fünf im Stich? Was ist nur aus dem guten alten ›Mädels über alles‹ geworden?«

»Erst die Sisters, dann die Misters!«

Vicky schwieg beharrlich. Als ich ihr zusah, wie sie den schwarzen Lidstrich mit einem eleganten Schwung nach oben zog, konnte ich mit einem Mal die Zukunft klar und deutlich vor mir sehen: Vicky und zahllose Jungs, Abenteuer und Fehlschläge, mindestens drei oder vier Ehemänner, mit entsprechend vielen Scheidungen. Ich sah zu Fiona hinüber, ob sie denselben Gedanken hatte wie ich, doch sie war aus dem Sitzsack aufgestanden und nahm gerade den Halbmond ein.

»Diese Yoga-Pose verlängert das Rückgrat«, erklärte sie, den Blick gen Decke gerichtet.

»Was deins weiß Gott nötig hat«, bemerkte Vicky.

»He!« Fiona hatte mich immer um meine Körpergröße beneidet. Heute nicht mehr, trotzdem wünschte sie sich immer noch ein paar Zentimeter mehr. Sie löste sich aus der Pose, setzte sich im Schneidersitz auf den Boden und rieb sich die Schenkel. »Ich habe immer noch diese Wachstumsschmerzen, es passiert aber trotzdem nichts.«

»Du Armes«, sagte ich. »Aber denk dir nichts. Klein ist das neue Groß.«

Auch ihre Zukunft konnte ich klar und deutlich vor mir

sehen: Fiona würde zierlich und süß bleiben, einen Stall voller schrulliger Kinder haben und zu ihrem Mann stehen, ganz egal, was passierte. Alle beide würden Mittel und Wege finden, ihre Wünsche in Erfüllung gehen zu lassen, jede auf ihre Art, dabei spielte es keinerlei Rolle, ob es morgen, nächstes Jahr oder vielleicht auch überhaupt nicht passierte. Ihre Zukunft war eine endlose Ebene, so weitläufig und diffus, dass sie ihr Ende nicht sehen konnten.

»Übrigens, nur damit ihr es wisst«, sagte ich. »Da läuft nichts zwischen mir und Sam.«

»Ich sehe jedenfalls, dass er nichts Aufregendes auf Facebook postet«, bemerkte Vicky. »Bloß irgendwelchen Kram über Eisberge und Spendenaufrufe.«

»Woher weißt du das denn?«

»Wenn du ihn schon nicht stalkst, wir tun es! Nur um zu sehen, ob er dich verarscht. Und glaub mir, hinter dem sind ein paar echt scharfe Mädels her.«

»Sam Morse?« Fiona durchquerte den Raum und bückte sich. »Netter Typ, aber nicht unbedingt ...«

»Für mich kein Problem«, sagte ich. »Wir sind Freunde.«

»Freunde«, wiederholte Vicky angewidert.

Fiona kam mit meinem Skizzenbuch in der Hand wieder hoch. »Hey, was ist denn das? Sag bloß nicht, du hast das gezeichnet?«

»Okay, ich sag es nicht.«

»O mein Gott! Das sieht genauso aus wie du! Genauso! Maddy, du bist eine echte Künstlerin. Hab ich recht, Vic?«

Vicky wandte sich um. Inzwischen saß der Lidstrich an beiden Augen. »Wahnsinn«, meinte sie bewundernd. »Ich könnte so was nie. Nicht in einer Million Jahren.« Leute, die ihr eigenes Wohl im Sinn haben, können andere problemlos loben.

»Du hast es doch nie versucht«, gab ich großzügig zurück.

Fiona blätterte durch die Seiten, bis sie zu den halb fertigen Skizzen von Cloud kam. »Das ist echt cool.«

»Findest du?«

»Sieh doch nur. Kneif mal abwechselnd ein Auge zu. Es sieht aus, als würde sie sich bewegen. So, als wäre sie lebendig. Fast.«

EVE

3

Norma zog ihren Pferdeschwanz straffer, und ich glaubte zu erkennen, wie sie ein leichter Schauder überlief. Ich hatte ihr die Geschichte von der Schlange erzählt, ohne dass ich das wirklich vorgehabt hatte. Es war mir einfach so herausgerutscht.

»Als Maddy groß genug war, habe ich es ihr erzählt.«

»Und wie hat sie reagiert?«

»Ach, selbst als Kind hatte Maddy eine Schwäche für … Grusel, wenn man es so bezeichnen will. Von irgendwelchen grässlichen Dingen lässt sie sich nicht abschrecken. Ich schätze, sie wollte wissen, was da draußen vor sich ging.«

»Und ist sie immer noch so?«

Ich legte die Finger aneinander. »Allerdings.«

»Meine sind richtige Angsthasen«, meinte Norma. »Vielleicht werden sie ja ein bisschen tougher, wenn sie erst mal ins Teenageralter kommen. In der Phase schauen sie doch Horrorfilme an, stehen auf Blut und all das eklige Zeug, oder?«

»Kann schon sein«, antwortete ich. »Seltsam, aber ich habe seit Jahren nicht mehr an diese Schlange gedacht.«

Ich konnte Normas Schweigen nicht recht deuten, deshalb zeigte ich auf die Entenfamilie, die wie jeden Tag von der Halbinsel zu dem umgestürzten Baum in der Nähe unseres Hauses schwamm, scheinbar völlig ruhig, doch unter Wasser paddelten sie um ihr Leben.

»Bildet man es sich nur ein, oder hört man die Enten tatsächlich schwimmen?«, fragte ich Norma.

Die Enten glitten in ihrer gewohnten Formation vorbei – drei Küken in der Mitte, vorn und hinten je ein ausgewachsenes Tier. Mit mechanischer, flotter Zuversicht schwammen sie dahin, als wäre der Schutz der Jungen allein dadurch gewährleistet, dass jeder seine vorgegebene Position einnahm und die Reihenfolge stimmte. Wir sahen ihnen hinterher, bis sie nacheinander durch die Lücke zwischen den Ästen verschwanden, wo sie sich häuslich einrichten und riesige kalkige Kothaufen hinterlassen konnten. Ob man sie nun schwimmen hörte oder nicht, machte eigentlich keinen allzu großen Unterschied. Inzwischen war ich zu dem Schluss gelangt, dass das menschliche Gehirn mit der Fantasie genauso umging wie mit allem anderen auch, nach dem Motto: Was ich mir vorstelle, ist auch Realität.

Norma verfolgte die schwimmenden Enten mit derselben Konzentration, wie sie auch ihr Kajak an den Steg gelenkt hatte. »Ich glaube nicht, dass ich sie hören kann«, meinte sie mit schief gelegtem Kopf.

Für jemanden, der Norma hieß, war das eine recht kryptische Antwort, fand ich. Ihr Name gehört zu der Sorte, der ich nie viel abgewinnen konnte. Er klingt zwar opernhaft, trotzdem assoziiere ich immer langweilige oder selbstgefällige Damen mittleren Alters damit.

»Ich glaube, das liegt an unserer Erfahrung. Wir wissen, dass Bewegung Unruhe auslöst und Unruhe Geräusche verursacht. Wenn sie also zu weit weg sind, als dass wir sie hören können, erfindet unser Gehirn einfach das Geräusch von paddelnden Enten.«

Norma nickte auf eine ermutigende Art, die mich argwöhnisch machte. Wieso war sie so lange geblieben und hatte sich meinen Unsinn über Schlangen und Vogelküken angehört? Sie verschränkte die Finger und streckte die Arme mit den Handflächen nach außen vor – eine Geste, die häufig von einem Gähnen begleitet wurde. Jeden Moment würde sie aufstehen, sich entschuldigen, ebenso ungelenk wieder in ihr Kajak steigen, wie sie herausgeklettert war, und über den See in ihr Leben zurückgleiten.

Der Steg bebte leicht. Augenblicke später stand Robin neben uns und dem festgemachten Boot. Ich atmete auf, als hätte mich jemand unter Wasser gedrückt und endlich losgelassen. Jetzt konnte er ja übernehmen.

»Ich muss los«, sagte Norma und stand auf.

»Nein, nein, nein!«, protestierte er. »Ich wollte nicht stören, sondern bin nur hergekommen, um Sie zu begrüßen.« Er sah mit einem leichten Lächeln von einer zur anderen, versuchte, die Stimmung auszuloten. »Sie wohnen am anderen Ufer, ja?«

»Das ist Norma.«

Ich behalte grundsätzlich meine Arme an den Seiten, wenn ich jemandem vorgestellt werde, wohingegen Norma und Robin einander ganz lässig und unbeschwert die Hände schüttelten. Wir standen da, als wäre es eine Alltäglichkeit. Dank Robins italienischen Vorfahren väterlicherseits wurde er sehr schnell braun, was seinem eher schmalen Körperbau eine sinnliche Note verlieh. Norma dagegen besaß eine stämmige, grobknochige Statur und eine Haut, die unter den Sommersprossen förmlich von innen heraus zu leuchten schien.

»Sie bauen den Dachstuhl aus, sagt Eve?«

Er präsentierte seine farbverschmierten Handflächen.

»Du hast dich verletzt.« Ich strich über seinen Fingerknöchel und machte keine Anstalten, meine Hand wieder zu lösen. Ich hatte immer geglaubt, ich sei die Einzige, die Robins Schüchternheit bemerkte, aber vielleicht war sie auch für andere sichtbar.

Geistesabwesend knibbelte er an dem Kratzer. »Ich fürchte, vor mir liegt noch eine Menge Arbeit.«

»Bei Renovierungen ist mein Mann ein unverbesserlicher Optimist«, sagte Norma. »Meiner Erfahrung nach fährt man am besten, wenn man die geschätzte Zeit mit vier multipliziert.«

»Da ist was dran.« Er lachte. »Aber wir schaffen das schon. Schauen Sie doch bei Gelegenheit mal vorbei.« Die beiden waren sich sehr sympathisch. Das gab mir ein gutes Gefühl. Robin hätte also nichts gegen eine neue Freundin am anderen Seeufer einzuwenden.

»Und Sie müssen uns besuchen kommen«, sagte Norma und kniete sich hin, um ihr Kajak loszubinden. »Ich kann es kaum erwarten, neue Leute kennenzulernen.«

Gemeinsam sahen wir zu, wie sie in ihr Kajak kletterte, das prompt heftig zu schwanken begann. Robin hielt die Leine, während sie ihre Beine in Position brachte, dann stieß sie sich mit dem Paddel ab und hob es grüßend, wie jemand, der der felsenfesten Überzeugung war, dass die Welt ein wunderbarer Ort war und wir alle von Glück sagen konnten, hier leben zu dürfen.

MADDY

Maddy,

entschuldige, dass ich so lange nichts von mir habe hören lassen, aber ich hatte viel um die Ohren und brauchte etwas Zeit zum Nachdenken. Die Situation ist für uns alle ziemlich kompliziert, findest du nicht auch? Wenn du mir nach wie vor schreiben willst, bin ich einverstanden. Weißt du schon, was du mal machen willst, wenn du erwachsen bist? Älter, meine ich, denn eigentlich wirkst du schon sehr erwachsen! Ich werde versuchen, alle deine Fragen zu beantworten.

Antonio

Antonio,

Englisch und Kunst sind meine Lieblingsfächer. Eigentlich mag ich auch Naturwissenschaften, aber hauptsächlich, weil ich die tollste Lehrerin überhaupt habe, Miss Sedge. Außerdem interessiere ich mich sehr für die Umwelt. Ich habe vor, im Oktober an einem Protestmarsch gegen die Keystone Pipeline teilzunehmen. Was ich beruflich machen will, weiß ich noch nicht. Letztes Jahr gab es eine Art Orientierungsberatung in der Schule. Das hat mir echt Angst gemacht. Woher sollen wir wissen, was wir später mal machen wollen? Ich habe sogar eine ganze Menge Fragen. Wie groß bist du? Was sind deine Hobbys? Wie sind meine Grandma, mein Grandpa, Onkel, Tanten, Cousins und Cousinen in Spanien so? Und wie sind Oscar und Daniel? Was genau erforschst du denn im Gehirn? Und wie läuft das ab, in einem Labor oder durch

Untersuchungen? Hast du Der Mann, der seine Frau mit einem Hut verwechselte *gelesen?*

Maddy

Liebe Maddy,

als Wissenschaftler mache ich mir sehr große Sorgen darüber, was wir der Erde gerade antun. Deshalb ist es umso wichtiger, dass junge Leute sich engagieren. Es ist euer Planet, den wir zerstören und auf dem ihr euer ganzes restliches Leben verbringen müsst. Ich bin ein guter Wissenschaftler, aber ein grauenvoller Künstler! Ich lese gern, hauptsächlich Sachbücher, Biografien und über geschichtliche Themen. Ich spiele Gitarre, das ist das einzig Künstlerische, was ich mache, und liebe klassische Gitarre und Folk. Ich bin knapp über zwei Meter groß. Oliver Sacks hat es sich zur Aufgabe gemacht, mit seinen Beobachtungen über dysfunktionale Gehirne Erkenntnisse über das normal funktionierende Gehirn zu gewinnen. Er hat fantastische Arbeit geleistet, meine hingegen ist für die Allgemeinheit nicht so spannend. Ich bin Teil eines Forscherteams, das mehr über die Vorgänge im Gehirn und das Nervensystem auf der zellulären und der chemischen Ebene herauszufinden versucht. Deshalb findet unsere Arbeit im Labor statt. Heutzutage lastet ein enormer Druck auf unseren Kindern. Genieße das Leben, stell dich darauf ein, später einmal hart arbeiten zu müssen, lass dich von deiner Neugier leiten, dann brauchst du dir um deine Zukunft keine Sorgen zu machen. Apropos Arbeit – ich muss los.

Antonio

9

Eines der besten Dinge am Kranksein war Miss Sedge. Auch jetzt noch erfasste mich ein Anflug von Stolz, wenn ich die Tür aufmachte und eine Autoritätsperson wie ein Lehrer, noch dazu vom Format einer Miss Sedge, vor mir stand. Sie trug ihren Regenmantel und die Schuhe, deren eine Sohle dicker war als die andere, und hatte eine Stofftasche in der Hand. Wie üblich hatte sie die Stirn leicht in Falten gelegt. In Naturwissenschaften hatte ich die schlechtesten Noten, deshalb schickte mir die Schule jemanden für die Nachhilfe, seit ich meine Diagnose bekommen hatte. Inzwischen fragte ich mich ernsthaft, ob es sinnvoll war, weiterzumachen, doch Miss Sedge schien einfach nicht zu wissen, wann sie aufhören sollte. Oder es lag daran, dass sie mich mochte. Außerdem nahm die Protestkampagne sowieso einen guten Teil unserer gemeinsamen Zeit in Anspruch.

Ich ließ sie vor mir her nach unten ins Fernsehzimmer gehen. Miss Sedge hatte gelernt, ihr krankes Bein so geschickt über die Stufen zu manövrieren, dass ich ihr Hinken gar nicht mehr bemerkte, ebenso ihre etwas nasale Stimme. All das war ein Teil von ihr, so wie ihr hellbraunes Haar.

»Wusstest du, dass wir mit dem Verkauf eurer Karten schon fast vierhundert Dollar eingenommen haben?«, fragte sie, nahm ihren Laptop heraus und holte das Foto vom Weißen Haus unter Wasser auf den Schirm, das Sam und ich mittels Photoshop zurechtgebastelt hatten. *Ansichtskartenzone* nannten wir unser

Werk. »Es ist ein tolles Bild. Witzig und aufrüttelnd zugleich. Wir verwenden es definitiv auch auf den Postern. Und für die PR am Protesttag.«

»Es war meine Idee«, erinnerte ich sie, obwohl Sam mir bereits Anerkennung für die Karte gezollt hatte.

»Ich weiß. Du bist ein Genie. Ihr beide. Aber jetzt brauchen wir noch etwas anderes. Irgendeine Methode, um so viele Leute wie möglich auf den Marsch aufmerksam zu machen.«

Ich hatte es so eingefädelt, dass Miss Sedge als Erste eintraf, damit sie und ich bereits tief ins Gespräch versunken wären, wenn Sam auftauchte, und er damit auf dem Abstellgleis stünde. Er sollte kapieren, dass ich jemand war, den man besser nicht unterschätzen sollte, selbst wenn ich keine Ahnung hatte, was ich tun sollte, wenn ein Junge mich aus heiterem Himmel an sich zog und dann vergaß, mich zu küssen.

»Wie wär's mit einem Heißluftballon? Oder einem Kopf, der mit Luft vollgepumpt wird und dann platzt?«

Miss Sedge versuchte nie, uns Honig ums Maul zu schmieren. So schwierig es sein mochte, ihr Schweigen zu ertragen, wusste man doch stets, woran man bei ihr war. Ich zuckte zusammen, als es an der Tür läutete, doch sie tat so, als hätte sie es nicht gemerkt. Ich hörte Sam in der Diele mit meiner Mutter reden und wie sie ihn hinunterschickte, doch obwohl ich beschlossen hatte, nicht in seine Richtung zu sehen, entwickelten meine Augen eine Art Eigenleben. In diesem Moment kam er herein. Er trug eine graue Beaniemütze und wirkte noch größer als sonst, was nicht zuletzt an der niedrigen Deckenhöhe lag. Er ließ seinen Rucksack von der Schulter gleiten und nahm in aller Ruhe seine Sachen heraus. Ich wertete es als gutes Zeichen, dass er mir nicht in die Augen sah. Laptop. Notizbuch. Ausdrucke. Ich gelangte zu dem Schluss, dass er die Mütze als Zeichen seiner Solidarität mit mir trug. Miss Sedge erklärte ihm, was wir taten. Er setzte sich zu uns, fuhr seinen Laptop hoch und öffnete ein leeres Dokument, als hätten wir die ganze Zeit nur darauf gewartet, dass er um die Ecke kam und unseren Tag rettete.

»Also, dann lasst uns brainstormen«, sagte er.

»Brainstormen darf man nicht mehr sagen«, wandte ich ein.

»Nicht?«

»Das ist eine Beleidigung für Epileptiker.«

»Ha!«, rief Miss Sedge, »wäre ich Epileptikerin, wäre ich beleidigt, weil mich jemand so bevormundet.«

Miss Sedge war keine Frau, für die Korrektheit hoch im Kurs stand, weder politische noch sonst eine. Woran lag das? War ihre eigene Erkrankung womöglich der Grund, dass sie allein die Vorstellung von Korrektheit ablehnte? Nun ja, sie überwachte die Vorgänge in den Pausen auf den Fluren mit übertriebener Strenge, aber das lag nur daran, dass sie es sich mit der Schulleitung nicht verscherzen wollte, meinte Sam. Dass sie bei der letzten Protestaktion verhaftet worden war, hatte denen überhaupt nicht geschmeckt.

»Ist das überhaupt legal?«, fragte ich.

»Was?«

»Minderjährige zu Aktivismus und zivilem Ungehorsam anstacheln?«, meinte Sam.

»Ist es legal, Dinge zu tun, durch die der Planet zerstört wird, auf dem wir alle leben? Ist es legal, die Luft zu verpesten? Und die Polarkappen zum Schmelzen zu bringen?«

»Legal vermutlich schon …«, begann Sam.

»Wen interessiert es schon, ob es legal ist?«, unterbrach ich schnaubend. »Es ist nicht richtig. Deswegen brauchen wir andere Gesetze.«

Miss Sedge stieß ein kehliges Lachen aus. »Ganz genau. Den Teil mit dem zivilen Ungehorsam musst du auslassen, aber du kannst trotzdem am Protestmarsch teilnehmen und bei der Organisation helfen. Ihr jungen Leute solltet für eure Rechte kämpfen, schließlich ist es eure Welt, die bedroht ist.« Sie hielt kurz inne, ehe sie überflüssigerweise hinzufügte: »Ich habe vor, lieber den Schuldienst freiwillig zu quittieren, als mich feuern zu lassen.« Ihre Gabe, Fragen zu beantworten, ohne eine konkrete Antwort zu geben, war wirklich bewundernswert

»Also, brainstormen wir«, meinte Sam.

Er warf das Stichwort Fotomontage ein, ich brachte einen Comic ins Spiel, er schlug einen Song vor. Sam sah die ganze Zeit Miss Sedge an und bedachte mich lediglich ab und an mit einem Seitenblick. Sie war jünger, als sie mir am Anfang vorgekommen war, kaum älter als meine Mutter. Würde ich mit ihr tauschen wollen? Im Fernsehzimmer einer meiner Highschool-Schülerinnen sitzen und über mein Lieblingsthema plaudern? Jemand sein, für den Sam nichts als ein gewöhnlicher Sechzehnjähriger war?

Mom kam herunter und brachte Coke für uns und einen Kaffee für Miss Sedge, verschwand jedoch gleich wieder nach oben. Sie respektiert die Privatsphäre anderer Leute. Außerdem nahm ihr das Protestprojekt etwas von der Last auf den Schultern, das sah ich ihr deutlich an. Ständig ein krankes Kind um sich zu haben, war nicht gerade ein Zuckerschlecken. Sam und ich gingen die Liste durch und gelangten zu dem Entschluss, die Idee mit der heißen Luft nicht konkret in die Tat umzusetzen, sondern lieber angedeutet zu lassen.

»Weniger ist mehr«, meinte Sam seufzend.

Wir kamen nicht vorwärts. Miss Sedge lehnte sich auf ihrem Stuhl zurück und nippte an ihrem Kaffee. Wenn sie die Stirn runzelte, wirkte ihre Miene sehr streng, obwohl sie in Wahrheit nur angestrengt nachdachte. Hätte man mir vor einem

Jahr gesagt, dass ich sie attraktiv, wenn auch nicht im Sinne von klassisch hübsch, finden würde, hätte ich es nicht geglaubt. Aber was soll ich schon sagen? Bei den Warzenschweinen findet auch das eine die Schnauze eines Artgenossen hübscher als die eines anderen, aus Gründen, die ein Mensch niemals nachvollziehen kann. Wobei ich Miss Sedge natürlich nicht mit einem Warzenschwein vergleichen möchte. Aber vor einem Jahr hätte ich vermutlich vieles nicht geglaubt.

»Habt ihr schon mal von dem Wissenschaftler gehört, der herausgefunden hat, weshalb die Dinosaurier ausgestorben sind?«, fragte sie. Wir schüttelten die Köpfe. »Es gab da so eine geheimnisvolle Schicht in der geologischen Abfolge, einen Erdquerschnitt, den sie irgendwo im Südwesten erforscht haben, in Arizona oder so. Man wusste zwar, dass sie dem Zeitalter der Dinosaurier zugeordnet war, aber keiner konnte genau sagen, was sie zu bedeuten hatte. Ich erinnere mich nicht an den Namen, aber dieser Geologe hat sich über Monate den Kopf zerbrochen und sich allerlei Erklärungen überlegt. Die meisten waren absurd, reine Fantastereien. Rückblickend betrachtet seien sie so abseitig gewesen, dass er sie nicht einmal offen aussprechen wollte. Beispielsweise brachte er die Theorie auf, dass die Dinosaurier ausgelöscht wurden, weil ein Asteroid auf die Erde niederging. Und heute geht man davon aus, dass genau das passiert ist.«

»Witzig«, sagte ich. »Meine Freundin Vicky hat gerade über Asteroiden gesprochen. Stimmt es, dass uns auch bald einer treffen wird?«

»Irgendwann in den nächsten zwei Jahrtausenden. Vielleicht trifft er uns, vielleicht geht er auch knapp daneben. Niemand weiß es.«

War das jetzt eine Unterrichtsstunde in Geologie? Ich warf Sam einen Blick zu. Wir nickten beide kaum merklich. Es war schön, hier mit ihm zusammen zu sein, direkt vor Miss Sedges Nase. Sie nahm ihre Brille ab, polierte die Gläser und setzte sie wieder auf.

»Ich will damit sagen, dass die meisten echten wissenschaftlichen Durchbrüche das Resultat von abseitigen Denkansätzen sind.«

»Über den Tellerrand blicken«, meinte Sam.

»Wenn man es so klischeehaft ausdrücken will, ja.«

»Schönwetterdenken?«

»Firmenklischeesprache.«

»Wie würden Sie es denn dann nennen?«, fragte ich. Sam tat mir leid, obwohl ich Miss Sedge in punkto Klischeehaftigkeit recht geben musste.

»Wissenschaftliches Denken. Künstlerisches Denken. Oder die Tatsache, dass manche Menschen alle ihre Talente und Fertigkeiten nutzen, darunter jene, die sie nicht kontrollieren können. Wenn man auf Anhieb jede Antwort akzeptiert, bekommt man immer nur das, was man schon kennt. Geht man hingegen andere, weniger gerade Wege, gelangt man womöglich zu einem Ergebnis, das man nicht schon längst kennt.«

»Und was sollen wir jetzt tun?« Sam passte dieses Rätselraten überhaupt nicht.

»Was geht euch beiden in letzter Zeit so im Kopf herum?«, fragte Miss Sedge, an uns beide gewandt, obwohl ich das Gefühl hatte, dass sie in Wahrheit nur mich meinte. »Was denkt ihr, wenn ihr morgens aufwacht? Was ist euch wirklich wichtig?«

Sam beugte sich vor, schien es kaum erwarten zu können, etwas zu sagen.

Miss Sedge lächelte. »Und erzählt mir nichts, wovon ihr glaubt, dass ich es hören will.«

Sam rutschte tiefer auf seinem Stuhl. Das war meine Chance. Ich konnte angeben, ohne dass es jemand merkte. Im Namen der Wissenschaft ist alles möglich! »Ich bin gleich wieder da.« Kurz darauf kehrte ich mit meinem Skizzenbuch zurück und reichte es ihnen ohne eine weitere Erklärung. Wortlos blätterte Miss Sedge die Seiten durch. Zuerst hielt sie es auf Armeslänge von sich, dann nahm sie ihre Brille ab, um die Zeichnungen aus der Nähe zu betrachten, das Shirt, die fünf unvollständigen Katzenbabys, die Porträts von mir selbst, halb Mädchen, halb Gespenst im ovalen Spiegel. Seit Montag hatte ich noch fünf weitere Zeichnungen angefertigt, mit Kopfbedeckung, ohne Kopfbedeckung und mit unterschiedlichen Gesichtsausdrücken von schmollend über wütend bis zu neutral. Sam, der über ihre Schulter spähte, stieß einen Pfiff aus und sah mich an.

Schließlich legte Miss Sedge das Skizzenbuch hin und sah mir so tief in die Augen, bis ich mir wie der Gelähmte vor dem Tempel in Jerusalem vorkam.

»Die sind richtig gut«, sagte sie. »Aber das weißt du selbst, oder? Was willst du damit machen?«

»Damit machen?«

Miss Sedge blickte an mir vorbei. »Ich habe eine Idee. Setzt euch.« Sie aktivierte ihren Laptop und tippte etwas in Google ein. Scrollte, klickte ein Youtube-Video an. Ein Bild erschien. Sam und ich beugten uns vor, wobei sich unsere Arme beinahe berührten.

Am Anfang des Videos waren Wellen zu sehen, die gegen ein Ufer schlugen. Das Wasser, der Sand und der Himmel bestanden aus Kohlestiftlinien, die in Bewegung versetzt worden waren. Ruckelige Wogen schwappten ans Ufer, wichen zurück, spülten zurück, halb gezeichnet, halb ausradiert. Ein Hund erschien. Zwei Hunde. Eine Kuh. Kinder liefen herum. Streichelten die Hunde. Dann die Kuh. Dann liefen sie weg. Die Tiere legten sich ins seichte Wasser. Die Wellen kamen und gingen wieder. Vögel zogen am Himmel vorüber. Die Hunde und die

Kuh standen nicht auf und gingen davon, sondern schmolzen weg, bis nur noch ein heller Fleck von ihnen übrig war. Keine Menschen, keine Kinder, keine Tiere befanden sich im Sand, keine Vögel waren am Himmel zu sehen. Die Wellen kamen und gingen weiter. Erstarrten. Wir blickten auf das weiße »Play«-Dreieck. Ich klickte es an, und wir sahen uns das Video noch einmal von vorn an.

»Er hat das alles aus Zeichnungen gemacht, stimmt's?«, meinte Sam, als das Video erneut geendet hatte.

»Unglaublich«, sagte ich.

»Es ist bloß ein bisschen ruckelig. Hätte er die Bilder nicht besser ineinander verblenden können? Damit es ein bisschen glatter wirkt?«

»Nein!« Ich gab Sam einen Klaps auf den Arm. Er machte keine Anstalten, ihn wegzuziehen. »Ich finde es toll, wie sich alles bewegt, auch die Dinge, die sich eigentlich nicht bewegen sollten.«

»Kann schon sein«, sagte er.

»Hast du gesehen, wie alles eine Art Schatten um sich hat, ein Überbleibsel der letzten Zeichnung, die er ausradiert hat? Jedes Motiv sieht aus, als wäre es aus Fehlern entstanden.«

Miss Sedge sagte kein Wort, sondern saß nur da, den Kaffeebecher zwischen beiden Händen, als hätte sie eine halbe Ewigkeit lang ein Spielzeug aufgezogen und hätte nun ihre helle Freude daran, ihm dabei zuzusehen, wie es tanzte. Ich hatte keine Ahnung gehabt, dass sie etwas von Kunst verstand. Jetzt lächelte sie und entblößte dabei ihre Zähne, die wirkten, als wären sie ein wenig zu groß für ihren Mund.

»Genau das kannst du mit deinen Zeichnungen machen, Maddy. Sie animieren.«

10

Von Mr. Yam, unserem Kunstlehrer, erfuhr Sam, welche Software wir brauchten, und installierte sie auf meinem Laptop. Sein Vater kaufte uns ein Stativ, auf dem wir die Kamera montierten. Wir stellten sie in meinem Zimmer auf, wo wir ungestört waren, und spielten anhand von Übungszeichnungen, auf denen ich Teile ausradiert oder mit Deckweiß überpinselt hatte, mit der Bildfrequenz und der Auflösung herum. Nur einzelne Teile auszuradieren, war das Ziel, so wie in dem Video, das Miss Sedge uns gezeigt hatte. Allerdings entpuppte es sich, wie so oft im Leben, als schwieriger, als es den Anschein hatte.

Das Problem war das Motiv selbst. Sam und ich diskutierten wochenlang darüber. »Bist du sicher, dass du selbst das Motiv sein willst?«, fragte Sam mich ein ums andere Mal.

»Es war meine Idee, schon vergessen?«

»Aber ist das nicht zu … privat?«

»Je privater, desto besser.«

»Wenn du meinst.«

Dann, am nächsten Tag: »Bist du sicher, dass du dich selbst zeichnen willst?« Er bohrte so lange herum, bis ich die Nase voll hatte und ihm sagte, er solle mich in Ruhe lassen. Die Leute glauben immer, man wolle nicht darüber nachdenken, wenn einem etwas Schlimmes im Leben passiert, dabei vergessen sie, dass man sowieso nichts anderes tut. Zu zeichnen gestattete mir, über meine katastrophale Situation nachzudenken und gleichzeitig etwas aus ihr zu machen. Zwar versuchte ich, genau das Sam zu erklären, allerdings war ich nicht sicher, ob er es wirklich kapierte. Wieso sollte er auch?

Ich hatte mir überlegt, ob das Video vielleicht zeigen könnte, wie ich immer mehr Haare verlor. Sam war dagegen.

»Wieso denn nicht? Findest du es schlimm, dass ich eine Glatze habe?«

»Das ist zu offensichtlich.«

»Was, wenn es nicht Haare wären?«, meinte ich. »Wir könnten ja Bäume und Tiere nehmen, die von der Flut fortgespült werden. Das wäre doch cool.«

Auch dieser Vorschlag überzeugte ihn nicht, aber immerhin kam er mit ein paar Alternativen rüber. »Wie wäre es, wenn du Stück für Stück von menschlichen Behausungen begraben werden würdest, vom Anthropozän bis heute? Zuerst Höhlen, dann Lehmhütten, dann Städte, und dann wird alles weggespült?« Sam machte Fotos von mir, wie mein Kopf und mein Gesicht von einem Tuch bedeckt waren, das langsam immer weiter abgewickelt wurde. Mittlerweile hatten wir das Gefühl, keinen Schritt weiterzukommen, Miss Sedge wollten wir aber auch nicht fragen.

»Was ist unser erster Gedanke, wenn wir morgens aufwachen?«, meinte Sam. »Das hat sie doch gefragt.«

Offen gestanden, wollte ich Sam nicht auf die Nase binden, welcher mein erster Gedanke beim Aufwachen war. Morgens war es am schlimmsten. Es war, als hätte mein Verstand die ganze Nacht auf Hochtouren gearbeitet, mein Leben aus sämtlichen Blickwinkeln beleuchtet, ohne dass jemand zur Stelle gewesen wäre, der etwas Tröstendes sagte oder für mich eingestanden wäre, und wenn ich vollends wach wurde, präsentierte mir mein Verstand die Rückschlüsse daraus, noch bevor ich Gelegenheit hatte, einen wirklich klaren Gedanken zu fassen. Um diese Tageszeit waren die Rückschlüsse grundsätzlich herzzerreißend traurig, zumindest aber beängstigend oder trostlos. Und wer wollte schon Tieftrauriges, Beängstigendes oder Trostloses hören?

»Woran denkst *du* denn beim Aufwachen?«, fragte ich Sam.

Er wollte es mir nicht verraten.

Rein durch Zufall kam ich eines Tages auf eine Idee. Sofern man an Zufälle glaubte. Wir waren bei meinen Großeltern und machten einen Spaziergang zum Meridian Hill Park. Auf dem Weg blieb ich ein paarmal stehen und gab vor, einen Strauch zu inspizieren oder die nicht existierende Aussicht auf die Sixteenth Street zu bewundern, doch als wir endlich den Park erreichten, war ich völlig außer Atem. Wieso gab es auf dieser Seite des Parks eigentlich keine Bänke? Irgendwann hakte sich Sam bei mir unter. Arm in Arm kamen wir zur Serenity-Statue, wo ich mich dankbar auf den Sockel hocken, mich mit beiden Händen auf den Knien abstützen und Atem schöpfen konnte. Sam war so damit beschäftigt, sich nach meinem Befinden zu erkundigen und sich um mich zu kümmern, dass er die Statue anfangs gar nicht bemerkte.

»Wow!«, rief er, als er sie sah, zog sofort seine Kamera heraus und machte sich daran, aus sämtlichen Winkeln Fotos des beschädigten Gesichts zu schießen.

»Warst du ernsthaft noch nie hier? Du siehst die Statue heute das erste Mal?« Ich wollte unbedingt meine Ansprüche an ihr geltend machen, sichergehen, dass er nicht vergaß, wer sie entdeckt hatte.

»Nicht dass ich mich erinnern könnte«, antwortete er, trat zurück und machte noch ein paar Aufnahmen. »Ich stehe echt auf so was. Letztes Jahr war ich regelrecht besessen von abblätternder Farbe.«

»Nichts Neues«, sagte ich.

Er starrte mich feindselig an. »Das ist mir egal, ob es etwas Neues ist oder nicht. Ich tu's, okay?«

Ich hob beschwichtigend die Hände und dachte mir: Wieso tue ich das? Wieso mache ich ihn genau dann runter, wenn es besonders gut zwischen uns läuft?

»Tut mir leid.« Er lächelte verunsichert. »Weißt du, wieso sie so aussieht?«

»Vandalismus, schätze ich. So sieht sie schon aus, seit ich klein war. Die Parkverwaltung kommt offenbar nicht dazu, sie instand zu setzen.«

»Ich hoffe, es bleibt auch so«, meinte Sam.

Wenig später musste ich wieder in Behandlung, deshalb lag alles erst mal auf Eis. Grandma war bei mir, Grandpa erkundigte sich leise vor der Tür, wie es nun weiterginge, und meine Mutter wich mir Tag und Nacht nicht von der Seite. Doch in Wahrheit war Zeichnen das Einzige, das mir wirklich half. Kaum konnte ich wieder aufrecht sitzen, musste ich anfangen, konnte es nicht erwarten, mein schlimmstes Ich zu Papier zu bringen, an den lausigsten Tagen, mit verquollenen, blutunterlaufenen Augen, beängstigend, verängstigt und hoffnungslos. Ich selbst war eigentlich nicht hoffnungslos, aber *sie*.

Ich studierte Sams Foto von Serenitys Gesicht und hielt auch sie in meinem Skizzenbuch fest, was mir insgeheim Vergnügen bereitete. Was hatte das zu bedeuten? Ich wollte nicht, dass sie zerbröckelte. Aber genau das hatte sie getan. Sie war zerbröckelt, und nun, da sie durch etwas versehrt worden war, worum sie nicht gebeten hatte und wogegen sie sich nicht wehren konnte, wollte ich, dass sie ganz ungeniert und vor aller Augen zerfiel … sodass jeder es sehen konnte.

Ich fertigte eine Zeichnung nach der anderen an, von mir selbst und dann von dem ausgehöhlten Gesicht der Statue, wohl wissend, dass ich sie Mom nicht würde zeigen können. Oder doch? Ich würde einfach weitermachen und sehen, was passierte. Das war neuerdings mein Motto: Immer weitermachen und sehen, was passiert. Ich rief Sam an, um ihm zu erzählen, dass ich eine Wahnsinnsidee für unseren Animationsfilm hätte. Wir verabredeten uns nach der Schule bei ihm zu Hause. Allerdings passierte noch etwas anderes an diesem Tag, weshalb ich ihm von meiner Idee nichts erzählte und das Projekt neuerlich auf Eis gelegt werden musste.

Hallo Antonio,

hier bin ich wieder! Wie geht es dir? Freuen sich deine Jungs schon, dass endlich Sommer ist? Ist es in London immer regnerisch und kühl? Ich glaube, das würde ich nicht aushalten. Ich liebe warmes Wetter. Allerdings wird es in D.C. zu heiß, und alle bleiben in ihren Häusern und schalten die AC an. Haha, AC in D.C.

Maddy

Hi Maddy,

wird auch langsam Zeit, dass es wärmer wird. Im Vergleich zu Spanien oder auch Teilen der USA ist das Londoner Klima nicht gerade der Knaller. Einem englischen Sommer kann man nicht trauen, sondern muss immer eine Jacke dabeihaben. Wegen des Wetters zieht jedenfalls keiner hierher. Ich vermisse die Hitze meines Heimatlands, aber inzwischen habe ich mich daran gewöhnt. Ich hoffe, du hattest schöne Ferien? In den amerikanischen Schulen sieht man es wohl ein bisschen entspannter, wenn Kinder während des Schuljahrs Ferien machen, wohingegen es hier beinahe ein Verbrechen wäre.

Antonio

Lieber Antonio,

schreibst du deine Mails immer von der Arbeit aus? Deine Forschung klingt ja wahnsinnig spannend. Versuchst du auch andere Dinge zu erforschen, zum Beispiel wieso Musik etwas so Emotionales ist, obwohl es in Wahrheit doch nur Schallwellen sind, die auf unsere Ohren treffen? Oder was passiert, wenn man stirbt? Oder ist das etwa nicht möglich??!! Du hast meine Frage zu deiner (meiner) Familie nicht beantwortet. Außerdem habe ich dir auch nicht geschrieben, was du über Mom wissen wolltest.

Maddy

11

Auf dem Weg zu Sam regnete es so heftig, dass es sich anfühlte, als laufe man durch einen Wasserfall. Ich war nass bis auf die Knochen, als ich auf seiner Veranda stand, allerdings verbesserte der Regen auch meine Laune. So wie alles, was irgendwie außer der Reihe war. Sam gab mir ein graues T-Shirt und Trainingsshorts von sich, die ich mit ins Badezimmer nahm, wo ich mich aus meinen nassen Sachen schälte und abtrocknete und mich dabei aus dem Augenwinkel im Spiegel beobachtete.

Ich wäre die perfekte Kandidatin für eine Anatomie-Lehrstunde. Meine Schüsselbeine ragten so weit heraus, dass sie Schatten warfen. Die meisten Mädchen würden alles darum geben, so dünn zu sein. Was ja völlig daneben ist. Ich musste zugeben, dass ich, gemessen an den Umständen, ganz okay aussah, vor allem wenn ich mich seitwärts hinstellte, damit man die Wölbung meines Ports nicht sehen konnte. Langer Hals, nicht ganz menschlich geformter Kopf. Ägyptische Göttin. Von der Seite war es besser. Eine Hand in die vorgeschobene Hüfte gestützt. Fiona meinte, ich würde wie Cara Delevingne aussehen, nur ohne die Brauen. Ob Sam wusste, wer das war? Interessierte es ihn überhaupt? Ansicht von vorn. Port-Beule deutlich sichtbar. Kerzengerade hervorstehende Brustwarzen. Taille und Bauch eingefallen, wie ein seltsamer kleiner Flunsch. Wer hatte sich so was als Teil des menschlichen Körpers ausgedacht? Wenigstens einen Vorteil hatte die Chemo: Ein Brazilian war überflüssig! Was, wie Vicky mir erzählt hatte, fürchterlich wehtat, aber all die Jungs erwarteten nun mal Kahlschlag in den südlichen Gefilden.

Sam Morse?

Ja, Sir.

Würden Sie bitte aufstehen und an unserem Modell die Clavicula zeigen?

Kein Problem. Hier ist sie. Sie wird auch als Schlüsselbein bezeichnet.

Sie können das Modell ruhig anfassen.

Das Schlüsselbein reicht von der Schulter bis knapp vor den Hals … hier …

Und das andere?

Das andere sieht genauso aus, nur verläuft es auf der anderen Körperseite. Hier …

Sehr gut, Sam. Können Sie uns nun noch den Beckengürtel zeigen? Schnell. Dem Modell wird schon kalt.

Also, hier vorn befinden sich die Hüftknochen, der Beckengürtel verläuft rings herum bis zur Rückseite des Körpers und ist etwa hier mit der Wirbelsäule verbunden, wo man sieht, wie …

»Geht es dir gut, Maddy?« Seine zögerliche Stimme drang durch die Badezimmertür. »Du bist doch nicht ohnmächtig geworden oder so was?«

»Nein, nein, alles bestens«, rief ich. In Wahrheit fühlte ich mich tatsächlich schwach, allein weil ich mir vorstellte, dass mich jemand zumindest beinahe berührte. Ich nahm seine Sachen vom Toilettendeckel. »Bin gleich da!«

Wie lange war ich schon hier drinnen? Das T-Shirt roch nach Waschmittel, darunter hing Sams grasiger Duft. Trotz Gummizug waren mir die Shorts viel zu weit, sodass sie jederzeit herunterrutschen könnten. Und trockene Unterwäsche, die ich hätte anziehen können, war auch nicht in Sicht. Na gut, *que sera sera*. Ich riss mir die Shorts herunter, wusch mich mit einem Zipfel meines nassen T-Shirts, dann schlüpfte ich wieder hinein, wobei ich mit einem Hüsteln und finsteren Grimassen versuchte, mein Kichern in Schach zu halten. Diesmal wurde nicht gelacht. Auf keinen Fall.

Sam stand in der Küche an seinem gewohnten Platz mit dem Rücken zur Arbeitsplatte, die Hände in der Hüfte, um im Notfall schnell flüchten zu können. Er rührte sich nicht von der Stelle, als ich hereinkam. Ich blieb mitten in der Küche stehen, um ihm einen ungehinderten Blick auf mich zu gewähren – ich genoss es nicht nur, seine Sachen zu tragen, sondern auch, dass er mich darin sah. Ich spürte einen Luftzug in den Shorts, wo sonst keine Frischluft hinkam. Auf seinem Gesicht lag ein angedeutetes Lächeln, das würdevoll und sehr maskulin wirkte. Doch als ich ihm nun gegenüberstand, war mein Überschwang verflogen, und mit einem Mal fiel es mir nicht länger schwer, eine neutrale, wenn nicht sogar leicht überhebliche Miene zu wahren. Wer sagte eigentlich, dass ich Lust hatte, ihn zu küssen? Diese Umarmung von neulich war doch nur ein Zeichen seiner Solidarität im Hinblick auf Väter gewesen.

»Ich hatte da eine Idee für die Animation«, sagte ich ein wenig zögerlich. Wollte ich nun, da ich hier vor ihm stand, splitternackt unter seinen Sachen, ernsthaft über traurige Kahlschädel und zerbröckelnde Gesichter reden? »Aber wir müssen es ja nicht jetzt besprechen.«

»Okay«, sagte Sam bloß und trat an den Kühlschrank. Da er wusste, dass ich kein Bier mochte, mischte er meines mit Limonade. »In England nennt man das Shandy.«

»Ich werde Antonio danach fragen.«

Als wir ausgetrunken hatten, stand Sam auf und holte uns

ein frisches, wobei er mein Glas ein wenig länger festhielt als unbedingt nötig. In diesem Moment sah ich das Puckern einer Ader an seinem Hals und wie sich der Ausdruck in seinen Augen veränderte. Mit einem Mal war ich ziemlich sicher, dass wir heute nicht mehr viel arbeiten würden. Als ich von der Toilette zurückkam, blieb ich am Hocker hängen und geriet ins Stolpern. Sam fing mich auf und verhinderte, dass ich zu Boden fiel. Jemandes Herz schlug heftig, vielleicht seines, vielleicht auch mein eigenes. Dies war der Moment, in dem er hätte mich loslassen und ich mich hätte entwinden können. Stattdessen, als wäre plötzlich ein unsichtbarer Knoten geplatzt, umschlangen wir einander wie aufs Stichwort und küssten uns. Im ersten Moment war ich schockiert über unsere gierigen, fischartigen Bewegungen, doch dann wollte ich gar nicht mehr aufhören. Was seltsam war, weil ich noch nie einen Jungen geküsst hatte, trotzdem wusste ich instinktiv, was ich zu tun hatte.

Als ich mich kurz löste, um ihm in die Augen zu sehen, musste ich lachen, als ich sah, wie er zwischen Stolz und Scheu hin- und hergerissen war. Doch diesmal war das Lachen ganz anders, bezog uns beide ein, die Ungeheuerlichkeit dessen, was wir gerade taten. Diesmal war ich sicher, dass er es mir nicht krummnahm. Sams Hände lagen auf meinem Rücken, und er zog mich so fest an sich, dass ich die Wölbung unter seiner Jeans spüren konnte, während ich das Gefühl hatte, mich einem riesigen Abgrund zu nähern. Deshalb blieb mir nichts anderes übrig, als ihn wieder zu küssen. Das Universum wollte mich vielleicht nicht, aber Sam tat es, daran bestand kein Zweifel.

Er wollte mich den Korridor entlangmanövrieren, was ich natürlich längst geahnt hatte. Ich hatte mich von ihm gelöst, unsere Finger ineinander verschlungen und uns so hingedreht, dass ich diejenige war, die ihn vorwärtsschob. Das Küssen verlieh mir Mut. Ich fühlte mich frei. Trotz seiner Trance war Sam immerhin noch so klar bei Verstand, dass er auf seine Uhr sah.

»Wann kommt dein Vater nach Hause?«, flüsterte ich und verstärkte den Druck meiner Finger.

»Spät. Ist mir egal. Dir?«

Mir war es keineswegs egal, aber das konnte ich natürlich nicht zugeben, sondern nur darauf hoffen, dass Sam sich mit den Arbeitszeiten seines Vaters gut genug auskannte. Wir standen vor der Tür zu seinem Zimmer. Vielleicht hatte er das hier ja nicht geplant? Hatte das Schicksal nicht herausfordern wollen, indem er Vorkehrungen traf, wie zum Beispiel sein Zimmer zu desinfizieren? Folglich roch es nach Käsefüßen und vergammelten Äpfeln. Halb zugezogene Vorhänge schufen ein kastanienbraunes Zwielicht. An der hinteren Wand stand ein ungemachtes Einzelbett. Er legte sich halb auf mich, zog mir das T-Shirt über den Kopf und murmelte etwas Unverständliches, als er sah, dass ich keinen BH trug – irgendein einsilbiges Wort, das er nuschelnd wieder und wieder von sich gab, ehe er sich über mich beugte und mich in einer Art küsste, wie ich noch nie zuvor geküsst worden war. »Was?«, fragte ich. »Was?« Aber in Wahrheit hatte ich den Punkt längst überschritten, an dem ich noch eine Antwort brauchte.

Als er den Kopf hob, begegneten sich unsere Blicke. Es war unglaublich schwer, und wir schafften es nicht lange, den Blickkontakt zu halten, doch für mich war dies der alles entscheidende Moment – der Moment, in dem sich alles fügte … unsere nackte Haut, der Schock, als seine Lippen meine Brüste streiften, das Gefühl, dass ich mich vom Bett abhob und gleichzeitig zu fallen schien. Sam sah mich an, als könnte er mich nicht recht einordnen. Eigentlich sollte ich jetzt meine Hand ausstrecken, seinen Reißverschluss herunterziehen. Aus Angst, es könnte nicht schnell genug gehen, streifte er sich eilig Jeans und Unterhose über die Beine, riss sich die Socken und sein Shirt herunter und kniete sich vor mich. Seine Züge verzerrten sich, als ihm bewusst wurde, dass er splitternackt war, ich ihn ungehindert betrachten konnte. Er war muskulöser, als es in Klamotten den Anschein hatte. Sein Ding ragte aus dem Nest aus Haaren in die Höhe. Ich hatte schon vorher Erektionen gesehen, im Internet und in diesem Aufklärungsbuch von meiner Mutter, deshalb war ich im Groben damit vertraut. Trotzdem. Es war schlichtweg krass, einen Penis in natura zu sehen, als Teil des Körpers von jemandem, der seine Stifte abkaute und mathematische Gleichungen lösen konnte.

Er kauerte neben mich und gab bibbernde Laute von sich, als friere er ganz schrecklich, um seine Verlegenheit zu kaschieren. Seine Haut fühlte sich glühend heiß an meinem Bein an. »Brauchen wir ein … du weißt schon?«, flüsterte er mir ins Ohr. Ich schüttelte den Kopf. Das war wohl der letzte Vorteil einer Krebserkrankung, der mir je in den Sinn gekommen wäre. Der Gedanke ließ mich innehalten: Hatten meine Mutter und Antonio tatsächlich vergessen, ein Kondom zu benutzen, oder hatten sie sich mich insgeheim doch gewünscht? Hier waren wir, Sam und ich. Keine Konsequenzen. Keine Gefahr. Nichts konnte passieren, deshalb würde auch nichts ungeschehen gemacht werden müssen. Das war die Erlaubnis zum Weitermachen aus den abscheulichsten Gründen.

Ich bewegte mich ein wenig, sodass wir uns nicht länger berührten, und er erstarrte, reagierte auf die kleinste meiner Regungen. Einen langen, qualvollen Moment verharrten wir so, ich mit angezogenen Knien, Sam sorgsam darauf bedacht, mir nicht zu nahe zu kommen und sich gleichzeitig zu bedecken, was nicht ganz einfach in dem schmalen Bett war, unsere Blicke angstvoll auf den anderen gerichtet. Dann streckte er sein

Bein aus, berührte mich, und ich dachte: Wieso eigentlich nicht? Wieso nicht tun, was ich tun will? Ich wollte doch die Hand nach Sam und all den neu entdeckten Teilen seines Körpers ausstrecken, und Sekunden später sah ich die blanke Freude auf seinem Gesicht aufflackern – ein Grund mehr, weiterzumachen, trotz allem. Oder vielleicht gerade deswegen.

Später lagen wir unter der Decke. Mein Kopf ruhte an Sams Schulter, was ziemlich unbequem war, außerdem musste ich mir den Nacken verrenken, um ihn ansehen zu können, aber ich sagte nichts, weil alle Paare in Filmen nach dem Sex so dalagen. Außerdem spürte ich, wie stolz er war, mich so im Arm halten zu können. Er strahlte regelrecht, trotz aller Schrumpeligkeit. Als hätte er gerade einen Sechser im Lotto gewonnen. Olympisches Gold.

Auch ich war stolz, wenn auch aus anderen Gründen. Ich hatte es getan. Vielleicht nur Bronze statt Gold, aber immerhin hatte ich es erlebt. Wie konnte ich nicht glücklich darüber sein?

Er rieb seine Wange an meinem kahlen Schädel. Nun, da er ihn berühren durfte, schien er ihn sogar gut zu finden. Zumindest dachte ich das. Irgendwann hielt er ihn sogar mit beiden Händen umfangen. Das war ein weiterer magischer Moment an diesem Nachmittag neben der Tatsache, dass er versuchte, an mir herumzumachen. Er gab ein bisschen zu schnell auf, aber vielleicht nur, weil es sich so gut anfühlte, dass ich die Nerven verlor und zusammenzuckte, als wollte ich sagen »He, was glaubst du, wieso man so was *Intimbereich* nennt?«, und mich stattdessen an ihm zu schaffen machte. Er fragte dauernd, ob es wehtue, was unglaublich süß von ihm war. Es schmerzte tatsächlich, aber nicht besonders. Niemand platzte ins Zimmer. Und er schlief nicht ein.

»Wir sollten darüber reden«, meinte Sam in einem beiläufigen Ton, der mich überraschte. »Natürlich nur, wenn wir das wollen«, fügte er eilig hinzu.

»Das steht auch in dem Buch, das meine Mutter mir geschenkt hat.«

Das war vor meiner Diagnose gewesen. Natürlich hatte ich mit aufgesetzter Empörung reagiert. Erstens, weil sie mir überhaupt so etwas kaufte, und zweitens, weil sie dann auch noch mit einem verschmitzten Grinsen vorschlug, dass wir darüber redeten und uns gemeinsam die Fotos ansahen. Sie hatte genau gewusst, was ich damit machen würde: es verstecken, heimlich verschlingen und dann versuchen, hintenherum darauf zu sprechen kommen. Und dass ich es vielleicht nicht als grünes Licht werten würde, sondern eher als eine Art Solidaritätsbekundung zwischen Mama Mia und mir. Was ich auch tat. Und dabei dachte: Wow. Eklig. Faszinierend. Krass. Eines Tages, eines Tages.

»Im Lauf der Zeit sollte es besser werden«, informierte Sam mich mit feierlichem Ernst. Als ich ihn ansah, wäre ich am liebsten hochgeschnellt und hätte angefangen, ihn zu küssen, überall. Als hätte er den großen Durchblick.

»Es war super«, sagte ich und ließ mich ins Kissen sinken. Ein Stich bohrte sich in mein Herz. Der Spätnachmittag war die Tageszeit, die ich am wenigstens mochte, weil er weder das eine noch das andere war. Trübes Licht, das nicht von dieser Welt zu kommen schien. Wann? Wann sollte es für mich besser werden?

»Deine Mutter hat dir ein Buch über Sex geschenkt?«, fragte er. »So was würde meine Mutter in tausend Jahren nicht machen.«

»Was ist mit deinem Vater?«

»Wir haben geredet. Einmal, als ich zehn war und wir zelten

gegangen sind. Dann noch mal ein paar Jahre später. Das letzte Mal war vergangenes Jahr. Da ging es dann um Verhütung und sexuell übertragbare Krankheiten.«

Ich hob den Kopf und lächelte ein bisschen. »Aber die weibliche Anatomie habt ihr nicht besprochen?«

Sam wurde rot und wandte den Blick ab. »Findest du wirklich, wir sollten mit unseren Eltern über so was reden?«

»Vielleicht lieber nicht.« Ich legte mich wieder hin und küsste seinen Hals, um das Spätnachmittagstief abzuwehren.

Eigentlich sollte man annehmen, keinen Stoff zwischen sich und der Haut eines anderen Menschen zu haben, bringe einem dessen wahren Kern näher. Sollte man annehmen. Tatsache war jedoch, dass ich mich Sam beim Küssen in der Küche näher gefühlt hatte als später, als ich neben ihm lag. Ich hatte ihn in mir gehabt, zuerst seinen Mund, dann alles andere. Aber das würde ich Vicky nicht auf die Nase binden, noch nicht einmal Fiona, zumindest nicht, ohne vorher eine gewaltige Menge Shandy intus zu haben. Aber es ging nicht nur darum, etwas in mir zu haben, das zum Körper von jemand anderem gehörte. Nicht nur darum, dass es für ihn ganz offensichtlich das Allergrößte gewesen war, aber wie um alles in der Welt sollte es für mich funktionieren? Nein, die Sache war die: Wenn er die Hände neben meinem Kopf in die Matratze krallte und mir ins Ohr wimmerte, in anschwellenden Lauten, die mich an einen blinden Hund denken ließen, der versuchte, eine Klippe zu erklimmen, war es, als würde Sam sich von mir lösen, mich zurücklassen, ohne dass ich wusste, ob er jemals zurückkäme und, falls ja, wie er dann wäre. Ja, natürlich lag er jetzt neben mir und redete ganz normal mit mir. Aber fiel es ihnen nicht leichter, aufzustehen und einen allein zu lassen, wenn sie sich erst einmal in einem entleert hatten?

Sam zog mich enger an sich, küsste mich ganz langsam auf die Stirn, wie man es tun würde, wenn man jemanden liebt, es aber nicht sagen kann. Plötzlich überkam mich tiefe Sehnsucht nach meiner Mutter. Sie wartete zu Hause auf mich, trotzdem war sie weit weg. Ich barg das Gesicht an Sams Schulter, während er den Kopf so behutsam gegen meinen kahlen Schädel schmiegte, ohne zu ahnen, dass ich längst nicht mehr bei ihm war. Stattdessen stand ich auf einem Felsen, der einsam aus dem Meer ragte. Furchtlos hatte ich ihn erklommen, hatte gewollt, was alle wollten, hatte getan, was die Menschen an einem sonnigen Vormittag nun einmal tun. Doch nun sah ich die schwarzen Wellen, die sich bis zum Horizont vor mir erstreckten, während hinter mir klammheimlich die Flut eingesetzt hatte und mir den Rückweg abschnitt.

12

Von der Straße aus sah unser Haus wie eine Nachbildung aus. Nicht im Miniaturformat, sondern mit denselben unebenen Steinplatten, die zur Verandatreppe mit den drei Stufen führten, spitzen Dachgauben, dem schwarzen Handlauf und der glänzenden Holztür. Alles sah genau gleich aus, dieselben Farben, alles in der korrekten Größe. Komplett. Nur ohne mich.

Meine Mutter stand mit dem Rücken zur Tür und räumte gerade die Spülmaschine aus, wobei sie einen solchen Lärm veranstaltete, dass sie mich nicht hereinkommen hörte. Summend stapelte sie Teller in den Schrank, strich sich mit einer Hand den Pony aus der Stirn, während sie sich erneut bückte. Ihre in Jeans steckenden Hüften waren viel zu schmal und mädchenhaft, um zu irgendjemandes Mutter zu gehören. Es gibt wohl kein einsameres Geräusch als das Klappern von Tellern.

»Mama?«

Sie richtete sich auf und wandte sich um, den Schneebesen in der einen Hand, ein Weinglas in der anderen, bereit, ein Lächeln aufzusetzen. »Oh, da bist du ja. Ich wollte gerade …« Sobald ich ihre Stimme hörte, konnte ich weder meinen Atem noch die Form meines Mundes kontrollieren. Meine Mutter trat auf mich zu. »Was ist denn los, Maddy? Was ist passiert?« Der Schneebesen landete auf dem Boden, das Weinglas traf auf die Kante der Arbeitsplatte und zerbarst, sodass sie nur noch den gläsernen Stiel in der Hand hielt.

»Habe ich dir Angst gemacht? Ist alles okay? Vorsicht«, sagte ich.

»Vorsicht«, antwortete sie.

Behutsam nahm ich ihr die Überreste des Glases aus der Hand, warf es in den Müll und griff nach Besen und Schaufel. Moms Tollpatschigkeit war legendär. Daher bewahrten wir stets die entsprechenden Utensilien zum Saubermachen in greifbarer Nähe auf. »Augenblick. Nicht bewegen. Ich mache das.« Der Unfall hatte mich einen Moment lang von meinem abgrundtiefen Kummer abgelenkt. Als ich mich aufrichtete, spürte ich etwas in mir abwärtsgleiten, ein winziger Erdrutsch in meinem Innern.

»Mom, du blutest ja!«

»Wirklich? Ach, halb so wild.« Sie versuchte, mir ins Gesicht zu sehen.

Mit dem Geschirrtuch tupfte ich den kleinen Blutstropfen auf Moms Handrücken ab. Sie hatte recht, der Schnitt war nicht besonders tief. Ihre Hand fühlte sich seltsam zart in meiner an, die Knochen und Venen schienen direkt unter der Haut zu liegen. Sie ließ mich das Geschirrtuch auf die Wunde pressen, bis das Blut nicht länger herausperlte.

»Was ist los?«, fragte sie noch einmal, eindringlicher, als ich schwieg. »Du warst bei Sam, ja?«

Ich senkte den Kopf und machte mich so klein, wie ich nur konnte. Doch ich konnte keinen Trost aus ihrer Gegenwart ziehen, sosehr ich es auch versuchte.

»Wir haben an dem Animationsfilm gearbeitet, und ich bin in den Regen geraten.«

»Deine Kleider sind aber gar nicht nass«, bemerkte sie.

»Wir haben sie in den Trockner gegeben.«

»Frierst du, Maddy? Ich will nicht, dass du dich erkältest.«

»Mir geht's gut.« Wieder schmiegte ich mich an sie. »Mom?«,

fragte ich mit einer Stimme, als hätten mich die Mysterien des Tages völlig ausgehebelt.

»Ja-ha?«, erwiderte sie im Singsang, als wüsste sie bereits, was gleich kommen würde.

»Wieso ist mein Vater weggegangen?«

Ich spürte, wie sie stocksteif wurde. »Wie kommst du denn darauf?« Als ich nicht antwortete, meinte sie: »Ich weiß es nicht. Zumindest nicht genau.« Ihre Arme lagen schwer auf meinen Schultern.

»Musste er nach Hause zurück?«

»Gewissermaßen.«

»Aber er hätte doch bleiben können.«

»Das dachte ich damals auch.«

»Oder zurückkommen.«

»Ja.«

»Aber wieso hat er es nicht getan?« Es war, als rufe man in einen leeren Öltank. »Wollte er denn kein Baby?«

Stille im Tank. »Ich schätze, er wollte eben keines mit mir.«

»Und wollte er dich?«

»Nein, zumindest nicht genug.«

Ein Schauder lief mir über den Rücken, so heftig, dass auch die tätschelnde Hand meiner Mutter machtlos dagegen war.

»Warst du sauer auf ihn?«

»Damals ja. Sauer und traurig.«

»Mehr sauer oder mehr traurig?«

»Halb, halb.«

»Und bist du es heute immer noch?«

»All das ist lange her, Maddy. Es ist sein Pech, dass er all die vielen Dinge nicht miterleben durfte.«

»Das hier?« Ich schob sie weg. »Das hier?« Ich machte eine ausholende Geste, die alles mit einschloss, auch mein jämmerliches, krankes Selbst.

»Dich!«, schluchzte sie. »Dich durfte er nicht miterleben.«

Ich habe keine Ahnung, was sich auf meinem Gesicht abspielte, auf dem meiner Mutter zeichneten sich jedenfalls Regungen ab, die ich noch nie zuvor gesehen hatte. Sie wollte dieses Gespräch nicht führen, doch ihr blieb nichts anderes übrig. Man musste die Fragen eines Kindes stets ehrlich beantworten, das war eines ihrer Prinzipien. Vielleicht hatte ich sie ja deshalb nie so direkt gefragt. All die Jahre wurde Antonio wie eine Art Märchengestalt behandelt, der keiner weiteren Erklärung bedurfte, weil längst besprochen war, was er getan hatte.

»Aber ich bin es.«

»Was?«

»Wütend und traurig.«

»Das weiß ich«, erwiderte sie sofort. »Natürlich bist du das, Maddy! Das weiß ich schon die ganze Zeit.«

»Aber früher war ich es nicht so sehr«, meinte ich. »Ich habe nicht darüber nachgedacht. Aber jetzt. Die ganze Zeit.«

Dies wäre der Moment gewesen, ihr alles zu erzählen, ihr eines meiner Geheimnisse anzuvertrauen, oder auch alle beide. Das wäre der logischste Schritt gewesen. Antonio war hier, gemeinsam mit uns im Zimmer, und es war an der Zeit, dasselbe auch mit Sam zu tun, wie einen verstörenden Traum, den man benannte, ihm im hellen Licht des Tages eine Form verlieh. Meine Mutter hatte wieder diesen Blick drauf, so als würde jemand sie zwingen, in grelles Licht zu blicken. Ich behielt die Nerven, schluckte die Furcht hinunter, die wie Gelächter in meiner Kehle aufstieg. War es möglich? Sollte ich es wirklich tun? Es schien, als stünde ein anderes Mädchen hier, mit diesen Gedanken im Sinn … ein Mädchen, das sich traute, einfach den Mund zu halten.

Genau in diesem Moment kam Robin herein, machte jedoch auf dem Absatz kehrt, wobei er allerdings kurz über die

Schulter sah, um sich einen Eindruck von der Lage zu verschaffen. Mit einem Blick gab meine Mutter ihm zu verstehen, dass er sich verziehen und die Küche uns überlassen sollte. Was ich dann tat, überraschte mich ebenso sehr wie alle anderen. Ich zog Robin in die Küche und stellte ihn zwischen uns, als wäre er ein Plüschbär, den ich in der Lotterie gewonnen hatte. Die Verblüffung auf ihren Gesichtern war eine echte Befriedigung ebenso wie die unbeugsame Festigkeit seines Unterarms, wobei er in Wahrheit nur so tat, als würde er sich wehren.

»Nichts läge mir ferner, als in ein Frauengespräch zu platzen«, sagte Robin.

»Tust du nicht. Oder, Mom?«

Meine Mutter wandte sich ab und trat zu der Schublade neben der Spüle, wo wir all den Krimskrams aufbewahrten, für den sich sonst kein Platz fand. »Gar nicht.« Mit gesenktem Blick begann sie, das Zeug aus der Schublade zu pfeffern – Schraubenzieher, kaputte Ohrringe, ein Magnet in Karottenform, eine Taschenlampe, der die Linse fehlte, Gummibänder, Kerzenstummel, Sicherungen und Stifte fielen kreuz und quer auf den Fußboden, als wäre dies schon immer ihre Heimat gewesen.

Wie hypnotisiert sahen Robin und ich zu, wie sie sich ein blaues Disney-Kinderpflaster auf die Wunde klebte, obwohl sie längst nicht mehr blutete, und hektisch gegen die Tränen anblinzelte, bevor sie ihr über die Wangen kullern konnten. Meine Mutter weinen zu sehen, hasste ich mit am meisten. Ich sehnte mich danach, zu ihr zu gehen und sie zurückzugewinnen. Es grenzte an ein Wunder, dass ich mich nicht vom Fleck rührte.

Und ich wäre auch stehen geblieben, hätte Robin sich nicht aus seiner Trance gelöst, um vorsichtig die Sachen vom Boden aufzuheben und ihn nach Scherben abzusuchen. Selbst wenn er Mom nicht mit beruhigenden Lauten an sich gezogen hätte, was sie mit einem resignierten Blick quittierte. Denn *ich* hatte nun jemanden an meiner Seite, zumindest fühlte es sich so an, und gemeinsam gingen wir leise herum, schlossen Fenster, verriegelten Türen und Tore, von denen ich nicht einmal gewusst hatte, dass man sie schließen und verriegeln konnte. Ganz egal, ob meine Mutter es so sah oder nicht: Tatsache war, dass sie und ich auf lange Sicht besser fuhren, wenn ich ein oder zwei Geheimnisse für mich behielt. Denn genau darauf galt es jetzt zu achten: auf die lange Sicht.

TEIL II

EVE

4

Am Abend jenes Tages, als Norma zu uns an den Steg gekommen war, zog ein Sturmtief heran. Zwar ging ich morgens nach wie vor hinunter, selbst wenn es regnete, doch sie tauchte nicht mehr auf. Drei Tage später fuhren Robin und ich nach Hause. Das Zirpen der Grillen in der Einfahrt kündigte das Ende des Sommers an. Es hätte ein x-beliebiger Augustabend meiner Kindheit sein können, an dem wir vom See in die heiße Stadt zurückkehrten. In der Corcoran Street hatten mein Bruder und ich immer ein Wettrennen veranstaltet, wer als Erster im Haus war. Robin stützte sich auf dem Lenkrad ab und gähnte herzhaft, genau wie mein Vater es früher immer getan hatte, während ich den Blick über das Haus schweifen ließ und feststellte, dass die Maßnahmen, die wir ergriffen hatten, um den Anschein zu erwecken, als wäre das Haus während unserer Abwesenheit bewohnt – die Jalousien waren unterschiedlich weit geöffnet, ein Timer ließ die Verandalampe an- und wieder ausgehen –, seine Verlassenheit nur umso deutlicher hervortreten ließ. Am liebsten wäre ich im Wagen sitzen geblieben.

Einfach hineinzugehen und das Haus mit Alltäglichkeiten zu füllen, war eine Möglichkeit, diese erstarrte Atmosphäre zu durchbrechen. Ich knallte meine Handtasche auf den Esstisch und ging die Post durch, die unsere Nachbarin Mrs. Platt zu einem ordentlichen Stapel schob, wenn sie herüberkam, um die Pflanzen zu gießen und die Katze zu füttern. Wurfsendungen.

Kontoauszüge. Eine Ansichtskarte aus Vancouver, wo mein Bruder seinen Urlaub verbrachte – seine Vorliebe für die gute alte Postkarte war rührend. Ausgelassen wie ein kleiner Junge hob Robin Cloud hoch und jodelte ihr ein »You are my sunshine« in das verdrossene Gesicht, woraufhin sie sich strampelnd befreite und davonstapfte. Als Maddy sie bekommen hatte, war sie nichts als ein Fellknäuel gewesen, nun jedoch hat sie den Gang einer erwachsenen Katze und das typisch dunkle Ragdoll-Gesicht, lediglich das üppige Flauschfell, dem sie ihren Namen verdankte, ist geblieben. Sie war Maddys Katze, und es kümmerte mich nicht, dass sie sauer auf uns war, weil wir die Katzenklappe mit Klebeband verschlossen und sie der Gnade von Mrs. Pratt überlassen hatten, die ihr während unserer Abwesenheit eine karge Trockenfutter-Gefängnisdiät aufzwang. Wichtig war, dass sie zu Hause war, wenn wir zurückkamen.

Robin lächelte mich erschöpft an. Seine Stirn war sonnenverbrannt. Bei unserer ersten Begegnung hatte er unter dem Esstisch gekauert, dessen Spiralmuster auf der Tischplatte ich gerade mit dem Finger nachzog. Ich war am Morgen meines vierzigsten Geburtstags vom Einkaufen nach Hause gekommen und hatte zwei Männer vorgefunden, die das Geschenk meiner Eltern montierten – ein Prachtstück aus Schwarznussholz. An seinen Assistenten erinnerte ich mich nicht mehr – inzwischen hatte er einen anderen –, doch ich dachte oft an jenen Robin zurück, der noch ein drahtiger Fremder gewesen war, der auf dem Rücken gelegen, die Platte in die richtige Position gerückt und von unten die Füße angeschraubt hatte, die Augen konzentriert zusammengekniffen, ohne zu merken, dass jemand ihn beobachtete, die Arme angehoben, sodass sein T-Shirt aus dem Hosenbund gerutscht war und den Blick auf seinen nackten Bauch freigab. In seiner unbeschwert-umgänglichen Art hatte er mir erzählt, er sei in den Norden Virginias gezogen, um bei einem japanischen Meistertischler in die Lehre zu gehen, und hatte sich danach selbstständig gemacht. Das Holz hatte er von einer Baustelle in der Nähe von Culpepper gerettet, wo die Bäume gefällt worden waren und eigentlich hätten verbrannt werden sollen. Die dicken Platten hatten gerade in seiner Werkstatt zum Trocknen gelagert, als Rose und Walter zu ihm gekommen waren.

»Nette Leute, Ihre Eltern. Wirklich nett.« Er war wieder auf die Füße gekommen und hatte mich neugierig gemustert, als wollte er erspüren, ob die Nettigkeit bei uns in der Familie lag.

Ein paar Wochen später hatte ich ihn wieder angerufen, damit er eine Querlatte festschraubte, die sich gelockert hatte. Wir waren mittagessen gegangen. Als er das nächste Mal in der Stadt gewesen war, hatte er sich bei mir gemeldet und war vorbeigekommen, um sicherzugehen, dass alles passte. Ich hatte ihn gebeten, Maß für ein Einbauregal im Fernsehzimmer zu nehmen. Nach dem Einbau hatte er mich für den Abend zum Essen eingeladen. Seit Jahren hatte ich keine ernsthafte Beziehung mehr gehabt, doch Maddy war allmählich größer geworden und hatte mich weniger und weniger gebraucht. Obwohl sie anfangs noch sehr zurückhaltend gewesen war, hatte sie sich im Lauf der Monate geöffnet, während Robin Teil unseres Lebens geworden war, und hatte mich förmlich gedrängt, die »Sache unter Dach und Fach« zu bringen.

»Unter Dach und Fach bringen? Was weißt du denn darüber?«

»Mehr, als du glaubst«, hatte sie düster erwidert.

Robin war sechs Jahre älter als ich, fleißig und gutmütig, mit einem nachsichtigen Lächeln, von dem ich geglaubt hatte, es sei für mich reserviert, bis ich merkte, dass auch Rezeptionistinnen, Kellnerinnen, Mechaniker und Straßenkehrer, die er mit Vorliebe in ausgiebige Gespräche über ihr Leben und ihre Lieben verstrickte, ebenfalls in den Genuss kamen. Robin hatte ein Herz für Tagelöhner und Unterbezahlte. Früher hatte er ebenfalls zu ihnen gehört, und bis heute war das Gefühl geblieben, Teil ihrer Gemeinschaft zu sein, immer nur zwei schlechte Einkommensjahre vom Ruin entfernt. Wir hatten beide ein Kind – sein dreiundzwanzigjähriger Sohn lebte in Cincinnati und stammte aus einer katastrophalen, in jungen Jahren geschlossenen Ehe. Daher bestand keinerlei Druck, weiteren Nachwuchs zu zeugen. Nachdem wir die »Sache unter Dach und Fach« gebracht hatten, fand Robin eine Werkstatt in Silver Spring und zog bei uns ein. Sieben Monate später bekam Maddy ihre Diagnose.

Die Kreise, die ich auf der seidig glatten Tischplatte zog, waren beruhigend, geradezu hypnotisch: immer enger, bis sie in einem Punkt mündeten, um dann wieder größer zu werden, dann das Ganze von vorn. Nichts an dem Tisch war symmetrisch mit Ausnahme der Dicke der Platte. Sie bestand aus zwei rotgoldenen Walnussbalken, am einen Ende einmal gerade abgesägt, am anderen zu schulterartigen Wölbungen geformt und durch integrierte Schwalbenschwanzverbindungen miteinander verschraubt. Die beiden Teile waren nicht genau parallel zueinander ausgerichtet, wodurch ein langer Riss am geraden Ende entstand, der Teil seines Designs und seines Charmes wurde. Die Maserung erinnerte an wilde Wasserstrudel. Der Tisch gehörte zu den Möbelstücken, die ich notfalls auch aus einem brennenden Haus gerettet hätte, auch wenn Maddy immer Zweifel daran hatte. Sie hat den Tisch zwar in Robins Gegenwart immer gelobt, mir aber im Vertrauen gestanden, sie fände ihn schief und unfertig.

Robin wusste, weshalb ich hier stand und die Tischplatte streichelte. Er trat zu mir und umarmte mich.

»Mach die Klimaanlage an. Ich lade solange den Wagen aus und rufe Mrs. P. an. Und danach gehen wir sofort ins Bett.«

Ich räumte die verderblichen Sachen in den Kühlschrank und zerrte meine Reisetasche die Treppe hinauf. Dann legte ich die Hand um den Knauf von Maddys Zimmertür, ging hinein, bevor ich es mir anders überlegen konnte, und setzte mich aufs Bett.

In den Monaten, in denen ich es weder ertragen hatte, mich weit vom Haus zu entfernen, noch mich mit irgendetwas zu beschäftigen, war ich immer wieder in der Tür von Maddys Zimmer stehen geblieben und hatte hineingesehen. Es ohne ihre Einladung zu betreten, hätte mir das Gefühl gegeben, ein Eindringling zu sein. Doch nun sah ich mich um, ihre Poster, ihre weiße Kommode mit dem ovalen Spiegel, die Vorhänge mit den aufgedruckten Noten und den Zottelteppich. Die Matratze gab ein wenig zu bereitwillig unter meinem Gewicht nach. Ich hatte nie in Maddys Bett schlafen können, zudem hatte mich stets ihre Uhr über der Tür gestört, die mich an eine dieser verrückten, absurd laut tickenden Dinger aus dem Fun House auf dem Rummelplatz erinnerte, mit umgekehrt angeordneten Ziffern und Zeigern, die sich rückwärtsbewegten, sodass die Schatten, die sie warfen, nicht mehr als Zeit zu erkennen waren. Jetzt schwieg sie, die Zeiger standen still. Entweder hatten die Batterien den Geist aufgegeben, oder aber meine Mutter hatte sie herausgenommen.

Vorsichtig ließ ich mich auf Maddys Dreieckskissen sinken und gestattete mir, das Zimmer aus ihren Augen zu betrachten, die Königin ihrer Welt, während ich mit einem Finger Kreise auf meinem Handgelenk beschrieb. Ich lag da und dachte darüber nach, dass ich Norma gegenüber etwas von mir preisgegeben hatte und gern im Gegenzug etwas von ihr erfahren würde, als mein Handy aus meiner Sweatshirttasche rutschte und zwischen Matratze und Wand fiel. Ich streckte die Hand aus. Eine Schachtel. Ein Buch. Pappe. Eine Art Hefter, völlig verstaubt. Ich musste lächeln. Maddy hatte meine mangelnden hausfraulichen Qualitäten geerbt. Mrs. Walsh machte das Zimmer nur oberflächlich sauber, wenn sie putzen kam. Hauptsächlich beschränkte sie sich darauf, den Fußboden zu saugen.

Eine Taschenlampe zu holen, war mir zu umständlich, deshalb kniete ich mich auf die Matratze und zog ein paar Sachen aus dem Spalt, damit ich die Hand leichter hineinschieben konnte. Ehe ich die Sachen zurücklegte, pustete ich den Staub weg und sah sie mir an, testete, wie sehr sie mich schmerzten: eine Collage, die sie in der dritten Klasse in der Schule gebastelt hatte. Ich dachte an ihr eifriges Gesicht, als sie mir das Kunstwerk verlegen überreicht hatte, und schob es dorthin zurück, wo es hingehörte. Das Aufklärungsbuch, das ich ihr geschenkt hatte. Ebenfalls zurück in sein Versteck mitsamt seinen Fakten und Erklärungen. Ich rang mir ein unverbindliches Lächeln ab. So weit, so gut. Als Nächstes kam das rosa Plastik-Tagebuch an die Reihe, das sie von Rose zu Weihnachten bekommen hatte und das sich nur mit einem vierstelligen, logischerweise längst vergessenen Zahlencode öffnen ließ.

Es war zum Schreien gewesen! In meiner Gegenwart hatte sie stets ganz betont die Zahlen eingegeben, um zu demonstrieren, dass nur sie allein Zugang dazu hatte, und dann sorgsam den Inhalt vor mir verborgen. Hatte ich mich jedoch zu bereitwillig abgewandt, hatte sie mir angeboten, mich einen Blick hineinwerfen zu lassen, und wenn ich abgelehnt hatte, war sie mir nicht von der Seite gewichen und hatte mich immer ärgerlicher und beharrlicher gedrängt, ihre privaten Schätze in Augenschein zu nehmen. Natürlich hätte sich das Schloss ohne Weiteres aufbrechen lassen, doch ich stellte befriedigt fest, dass ich keinerlei Bedürfnis hatte, das Tagebuch einer Neunjährigen zu knacken und herauszufinden, welche wunderbaren Dinge sie darin verborgen hatte. Zurück damit unters Bett. Als Letztes zog ich eine grüne Mappe mit einem Namen heraus. *Antonio.*

Ich sah mich selbst, wie ich mit der Mappe in der Hand auf dem Bett kniete. Selbst als Teenager war Maddys Handschrift noch kindlich gerundet gewesen, mit einem kleinen Kringel über dem i. Meine Hände fühlten sich ganz schwach an, fast taub, während der Gegenstand in meiner Hand zu zucken schien. Ich wollte das Deckblatt umschlagen, konnte es aber nicht. Langsam schlug ich die Mappe auf.

Lieber Antonio, las ich. *Sie kennen mich nicht ... Liebe Maddy. Als Wissenschaftler mache ich mir ernsthafte Sorgen ... Lieber Antonio. Schreibst du deine Mails immer von der Arbeit? Liebe Maddy ... natürlich war ich sehr überrascht ... Lieber Antonio, wie groß bist du? Liebe Maddy, einem englischen Sommer kann man nicht trauen ...*

Ich las alle Mails, auch wenn ich die Worte nicht vollständig erfasste, dann schlug ich die Mappe behutsam zu, schob sie wieder zwischen Wand und Matratze und versuchte, meine Miene unter Kontrolle zu bekommen. Hässliche Gefühle kochten in mir hoch, gepaart mit dem instinktiven Bedürfnis, meine wahren Emotionen zu kaschieren. Je schlimmer das Leid, umso strahlender waren mein Lächeln und melodiöser meine Stimme. Robin durchschaute diese Scharade, und für ihn habe ich lange versucht, es zu ändern. Indem ich es als Frage der Ästhetik umformulierte, wobei die eleganteste Reaktion stets proportional zum Anlass stehen sollte, schaffte ich es ab und an, mir selbst einzugestehen, dass ich war, was ich nicht sein wollte: gekränkt, wütend, beschämt, durcheinander. Ich zog die Mappe wieder heraus, verließ das Zimmer und ging die Treppe hinunter, die Mappe wie einen Schutzschild gegen meine Brust gepresst. »Robin!«

Er drehte sich auf der Klavierbank um und sah mich an. Sein sandfarbenes Haar war immer noch voll genug, dass er es nach hinten kämmen konnte, lediglich von oben war erkennbar, dass es hier und da schütter wurde. In fünf Jahren, falls wir es noch so lange schafften, würde er sich dem Rest der haarlosen Bevölkerung anschließen, allerdings würde er sein Schicksal mit mehr Würde meistern, weil er zum einen nicht eitel war und zum anderen ein ausdrucksvolles Gesicht hatte. Er las die Mails und stieß einen Pfiff aus, dann sah er auf und wartete darauf, dass ich zu ihm trat.

»Ich muss allein sein«, sagte ich. »Nachdenken.«

Nach Maddys Diagnose war unser Liebesleben weitgehend zum Erliegen gekommen. Es gab Zeiten, wenn sie mit meinen Eltern in der Kirche oder drüben bei Sam war, da schafften wir es, beschworen eine fragile Hoffnung herauf, die uns über die nächsten paar Tage brachte. Aber meistens war allein der Gedanke an Sex vollkommen absurd. Es war unerträglich, irgendetwas an mich heranzulassen, das mir Trost spenden könnte, ganz zu schweigen von etwas Stärkerem. Ich verdiente es nicht, verwöhnt zu werden, wollte nicht so etwas wie Freude empfinden.

Robin ergriff meine Hände und schwang sie hin und her. »Kannst du denn nicht nachdenken, wenn ich da bin? Ich bin mehr als nur ein hübsches Gesicht, musst du wissen.«

Ich wandte abrupt den Kopf ab.

»Du brauchst dich nicht zu verstecken, Eve.«

»Ich bin bloß ein bisschen schockiert, das ist alles. Er hat Maddy über Monate hinweg geschrieben, ohne dass ich auch nur eine Ahnung hatte.«

Robin ließ meine Hände los, streckte die Arme über dem Klavier aus und schlug die äußersten Tasten hinter seinem Rücken an. Zur Enttäuschung meiner Mutter hatte ich mit elf die Klavierstunden sausen lassen, Robin hingegen hatte sich als Erwachsener selbst das Spielen beigebracht und besaß die Entschlossenheit eines Spätzünders, der auf sein Muskelgedächtnis und seine Hingabe setzen musste. Er liebte Musik ebenso wie Holz.

Als Maddy eine Leidenschaft für klassische Musik entwickelt hatte, war Robin mit ihr ins Kammerkonzert gegangen, und manchmal hatte ich sie begleitet. Er hatte es aufgegeben, mit ihr über die Stücke zu diskutieren oder sie zu analysieren, weil sie keine Lust dazu hatte. Stattdessen wollte sie sich vorbeugen, die Hände zwischen den Knien, mit den Schultern eine Schneise schlagen, einen Ort schaffen, an dem sie ganz für sich sein konnte. Noch bevor das Konzert begann, wurde sie reglos, hielt den kahlen Kopf aufrecht und kerzengerade auf ihrem langen Schwanenhals, den Blick fest auf die Musiker geheftet, die ihre Instrumente stimmten. Wenn ich es wagte, sie anzusprechen, ermahnte sie mich, den Mund zu halten. Sie widmete sich der Musik mit einer geradezu gierigen Aufmerksamkeit, die ich lediglich aus dem Augenwinkel wahrnehmen konnte, ausgeschlossen aus ihrer Welt und krank vor Mitgefühl und Angst.

Bei diesen Konzerten klammerte ich mich an Robins Arm, da ich sonst nichts hatte, woran ich mich festhalten konnte. Sollte es tatsächlich stimmen, dass wir alle insgeheim von verrückten Gedanken, irrationalen Überzeugungen und absurden Wünschen bestimmt werden, zerrt die Angst all das gnadenlos ans Tageslicht. Robin gegenüber zeigte ich mich abwechselnd gleichgültig und vorwurfsvoll. Es war mein Kind, das in Gefahr schwebte. Mein Kind, das immer dünner und blasser wurde, mein Kind, das man mit Nadeln und Medikamenten quälte, mein Kind, das niemals erwachsen werden würde. Robins Sohn war ein reservierter, spröder junger Mann namens Vince, der als Krankenpfleger arbeitete und nicht nur keinerlei Interesse an seinem Vater zeigte, sondern auch sonst keine normalen zwischenmenschlichen Kontakte pflegte. Wann immer ich im Dunkeln dalag, kamen die Gedanken, die ich nicht zu verbannen vermochte. Eine Welt ohne Vince wäre weitaus weniger arm als eine ohne Maddy. Wieso nicht er? Die Scham über diese Gedanken distanzierte mich von Robin, der nichts getan hatte, als mir einfach nur zur Seite zu stehen, zu helfen und sich zurückzuziehen, wenn er das Gefühl hatte, dass es gerade notwendig war. Der mich aus der Ferne mit einem Blick zu beobachten schien, der sagte: Lass mich doch an dich heran. Lass mich sein, was du brauchst.

»Du weißt doch, wie der See mich immer beruhigt«, sagte ich. »Ein paar Tage für mich, dann bin ich wieder ganz die Alte.«

»Das hoffe ich sehr.«

Ich musterte ihn. »Was heißt das? ›Ja, ja, schon klar, träum weiter‹?«

»Es heißt: ›Ein paar Tage am See werden dir bestimmt guttun.‹«

Er rutschte zur Seite. Ich presste meine Wange gegen seine Schulter, die ebenso gut aus Holz hätte sein können. »Ich weiß, dass es schwer für dich ist.«

»Was?«

»Meine Art. Was passiert ist. Alles.«

Er drückte mich ein wenig grob … widerstrebend, fand ich. »Ich mache mir Sorgen, wenn du allein zum See fährst. Wieso fragst du nicht Sophie, ob sie mitkommt?«

»Sophie hat mich im Stich gelassen. Wir sind nicht mehr so eng befreundet wie früher.«

»Dann seid es eben wieder.« Das Zerwürfnis zwischen mir und Sophie war ihm schwer an die Nieren gegangen. Robin war völlig fasziniert von Frauenfreundschaften und hatte ein absolut unrealistisches Vertrauen in ihre Beständigkeit.

»Bin ich dir zu anstrengend?«, fragte ich.

»Nein. Ich sage nur, dass es nie gut ist, sich isoliert zu fühlen.«

Ich schwieg einen Moment. »Wer weiß, vielleicht ist Norma ja da«, sagte ich vorsichtig.

Er sah mich erstaunt an. »Unsere neue Nachbarin?«

»Es wäre doch nett.«

»Na ja, immerhin besser, als wenn du ganz allein bist.«

»Du wusstest nicht, worauf du dich da einlässt, Robin.«

Sein Schweigen ging mir auf die Nerven. »Das weiß ich selbst! Du doch auch nicht! Aber wir können wenigstens zusammen sein.«

Die Angst schnürte mir die Luft ab. Ein Anflug von Übelkeit stieg in mir auf. Ich küsste ihn nachdrücklich. »Wir sind zusammen! Lass uns zusammen sein.«

5

Man müsse sich erst durch eine Menge von Menschenhand erschaffener Hässlichkeit kämpfen, ehe sich einem die naturgeschaffene Schönheit von Lake Tawasentha präsentiere, heißt es. Hinter der letzten Fabrikstadt verläuft die Straße meilenweit an Getreidefeldern vorbei, die sich wie ein Teppich in die Landschaft schmiegen, lediglich durchbrochen von Wellblechhütten mit betonierten Höfen, auf denen riesige gliederfüßige Maschinen auf ihren nächsten Einsatz warten. Ab und zu kommt man an einer Scheune vorbei, geradezu bilderbuchperfekt mit rotem Anstrich, wie vom Umschlagfoto einer Broschüre des Landwirtschaftsministeriums. Aber mich dürfen Sie nicht fragen, ich bin nicht die Richtige, wenn es darum geht einzuschätzen, was real ist oder was nicht. Neuerdings ist die Außenwelt für mich abwechselnd Kulisse und Fassade, mit hervorgehobenen Details und verborgenen Nahtstellen, die jederzeit zutage treten könnten, wenn ich nur genau genug hinsehe, was ich allerdings nicht tue, da ich die Illusion weder bestätigen noch zerstören will. Jedenfalls hatte die trostlose Umgebung im Lauf der Jahre eine aufregende Qualität gewonnen, wenn auch nur dank der damit verbundenen Assoziation: Wenn sie vor dem Wagenfenster vorbeizog, war der See nicht mehr weit.

An diesem Freitagnachmittag lauschte ich Bachs zweistimmigen Inventionen. Mit ihren kantigen Formen, die sich im Wageninneren zu potenzieren schienen, war es, als finge die Zeit an, sich hier und da wieder in Bewegung zu setzen. Meine

Sporttasche lag auf dem Rücksitz, daneben eine Einkaufstasche mit Eiern, Milch und Brot. Ich sagte mir, das hier sei ein Abenteuer ohne festes Ziel. Was in gewisser Weise auch stimmte: In mir schlummerte ein Drang, wenngleich kein wirklicher Entschluss, den ich erklären könnte.

Es folgten noch mehr Getreidefelder, noch mehr still gelegte Maschinen, noch mehr Scheunen, die nicht ins Landschaftsbild zu passen schienen. Auf dem College hatte selbst eine Einöde wie diese den Eindruck von Menschlichkeit vermittelt. Ein paar Sträucher am Straßenrand, eine Handvoll Vögel in der Luft oder Tiere, die sich im Gebüsch versteckten, schon war es »das Land«, wie geschaffen für mich. Damals waren Wanderstiefel mein bevorzugtes Schuhwerk, egal für welchen Anlass. Ich verbrachte viel Zeit in der Einsamkeit einer abgelegenen Hütte und schmetterte selbst komponierte Folksongs, während ich den Appalachian Trail entlangwanderte. Doch nach kurzer Zeit ließ ich all das hinter mir, kehrte in meine Geburtsstadt zurück, wo ich seitdem lebte, und floh lediglich an den See, wenn ich dringend eine Portion Einsamkeit oder eine Atempause brauchte.

Die Fenster des Hunting Lodge Hotel waren bereits hell erleuchtet. Ein Sattelzug fuhr an mir vorbei in Richtung Osten zu den tiefer gelegenen Seen, wo Frackingbohrungen durchgeführt wurden. Bei Sonnenuntergang oder nach Einbruch der Dunkelheit wurden stets die Lkws mit ihrer Ladung losgeschickt. Der Tawasentha Lake war der am höchsten gelegene See, und bislang hatte die Anrainerversammlung sich nicht weichkochen lassen, doch die angebotene Ausgleichszahlung war gewaltig, und bei der letzten Eigentümerversammlung hatte bereits ein Viertel der Mitglieder dafür gestimmt. Soweit ich es beurteilen konnte, war es eine reine Zeitfrage, ehe Erdrutsche und verseuchtes Grundwasser auch bei uns zum Alltag gehörten.

Logischerweise wäre ich die ideale Aktivistin, inspiriert davon, wie Maddy sich dem Undenkbaren in den Weg gestellt hatte, nicht nur im Hinblick auf ihr eigenes Leben, sondern auch auf das gewaltige kollektive Undenkbare, das uns allen drohte. Mut war etwas, das man aus dem Mut anderer schöpfen konnte. Menschen konnten Fantasie entwickeln, Einzelschicksale überwinden. Wo war meine Fantasie? Mein Mut?

Am Dorfladen bog ich links ab und machte mich auf den klaustrophobisch engen Weg den Berg hinauf durch das Waldgebiet des Nationalparks, bis zur Schranke, die den Zugang zur Seestraße bildet. Der schwere, erdige Geruch nach Farn hing in der Luft. Kein anderer Farn roch so wie der, den es hier gab. Mit einem Mal war ich erfüllt von … wovon? Sehnsucht, Behaglichkeit, Versprechen, der friedfertigen Zukunft, der ich einst entgegengeblickt hatte. Die Dämmerung war hereingebrochen. Der Bungalow des Verwalters mit der schlaff herabhängenden Flagge wirkte weniger einladend als je zuvor. Ein bärtiger Mann in einem karierten Holzfällerhemd erschien auf der Veranda und kam die Treppe hinunter, um mir das Tor aufzumachen. Mit einem Mal erfassten mich all die Bedenken, die ich schon längst hätte haben sollen. Hatte ich vollständig den Verstand verloren? Mit jemandem zu reden, war doch so ziemlich das Letzte, wonach mir der Sinn stand. Wahrscheinlich war sie nicht einmal hier. Aber jetzt konnte ich schlecht kehrtmachen, deshalb fasste ich mir ein Herz und fuhr weiter. Die Verwalter hier kamen und gingen: Wer würde auch freiwillig lange in diesem für jeden sichtbaren Haus leben wollen, so dicht am See, um seinen Geruch in der Nase zu haben, aber ohne seinen Anblick genießen zu dürfen?

Ich kochte mir ein Ei und aß es auf der Terrasse, obwohl es eigentlich zu kalt dafür war, ehe ich wie üblich mit meinem

Kaffee zum Steg hinunterging, der mir wie ein Boot vorkam, dessen Leinen losgemacht waren: Heute war kein Robin hinter mir. Ich trank meinen Kaffee, sah zu, wie der Dunst sich hob und auflöste, die Wasseroberfläche unter miteinander widerstreitenden Brisen zu beben und zu kräuseln begann, während ich nach einem Lebenszeichen in dem quietschgelben Ungetüm auf der anderen Uferseite Ausschau hielt. Ich stand sogar auf, machte ein paar Dehnübungen und tiefe Kniebeugen. Ohne Fernglas konnte ich nicht sagen, ob Normas Fliegengitterverandatür offen stand und ob die Bewegung, die ich zu sehen glaubte, von Menschen oder von Tieren stammte. Eine ganze Stunde lang blieb ich auf dem Steg, dann nahm ich meine kleine Tasche und ging hinunter zu dem Weg, der um den See führte. Er war so schmal, dass er kaum für eine Person Platz bot, und schlängelte sich zwischen den Baumwurzeln hindurch, wobei die Schicht aus Fichtennadeln auf dem moosigen Boden leise knackend unter meinen Schuhen nachgab. Dieser Weg erfüllte seinen von der Anrainerversammlung des Tawasentha Lake beschlossenen Zweck: Das Ufer musste jederzeit für alle zugänglich sein.

Langsam näherte ich mich ihrem Grundstück. Ich musste zugeben, dass die Farbe des Hauses von hier würdevoller erschien als aus der Ferne und der Ockerton etwas fast Venezianisches hatte. Obwohl ich mich bemühte, keinen Lärm zu machen, erregte ich die Aufmerksamkeit eines braun gelockten Terriers, der hinter dem aufgestapelten Holz hervorgeschossen kam und steifbeinig über das umgedrehte Kajak stieg.

Wenige Augenblicke später erschien Norma, um zu sehen, was den Aufruhr vor dem Haus verursacht hatte. »Schhh! Ist schon okay, Homer, Freund, nicht Feind.« Sie sah mich überrascht an. »Oh. Hallo!«

»Tut mir leid, wenn ich störe.«

»Keine Angst, der plustert sich bloß auf. In Wahrheit ist er ein großes Baby. Stimmt's, Homer?« Sie beugte sich zu ihm hinunter und streichelte ihn, um irgendetwas zu tun. Der Cartoon-Name klang seltsam aus Normas Mund.

»Ich habe eine kleine Wanderung um den See gemacht.«

»Wie schön.« Stirnrunzelnd blickte sie gen Himmel. »Genau der richtige Tag dafür.«

Mein Blick blieb an dem Aufkleber auf der Stoßstange eines Pick-ups in der Einfahrt hängen. »Bestimmt sind Sie sehr beschäftigt.«

»Immer.« Sie richtete sich auf und zeigte ihr Zupack-Grinsen. Flecken prangten auf ihrem grauen Sweatshirt, Schlamm oder Farbe. »Immer viel zu tun.« Heute hielt ein Schildpattreif ihr Haar aus dem Gesicht. Sie wirkte souveräner und Respekt einflößender als bei unserer ersten Begegnung. »Möchten Sie auf einen Kaffee reinkommen? Sich ansehen, was wir bisher gemacht haben?«

Nun, da ich mein Ziel direkt vor Augen hatte, machte ich einen Rückzieher. »Vielleicht ein anderes Mal.«

»Sicher? Es macht keine Umstände. Die Jungs sind bei meiner Mutter. Ich will sie nicht hierhaben, wenn wir die Fußböden machen. Die Chemikalien haben es ziemlich in sich.«

Ich schirmte mit der Hand meine Augen ab und ließ den Blick über den See schweifen. Eigentlich wollte ich das Haus nicht betreten. Tanner könnte hier sein. Zwar bezweifelte ich es, weil sie so ungeniert redete, trotzdem war ich nicht scharf darauf, mich den sichtbaren Beweisen für ein glückliches, intaktes Familienleben auszusetzen.

»Wir könnten den Kaffee auch hier draußen trinken«, sagte Norma. Als ich mich zu ihr umwandte, lächelte sie so gutmütig und gastfreundlich, dass ich am liebsten etwas Gemeines gesagt hätte, nur um zu sehen, was es mit ihrem Gesicht anstellte.

»Okay.«

Ihr Steg war größer als unserer, dafür in einem deutlich schlechteren Zustand. Die Spitze des »Ts« war mit einem Seil abgesperrt, und die kalkigen Flecken auf dem Holz verrieten mir, dass die Enten es als Rastplatz verwendeten. Eigentlich wirkte der gesamte Uferstreifen ziemlich vernachlässigt. Selbst im seichten Wasser war nichts von dem feinen weißen Sand zu sehen, den mein Vater ausgelegt hatte und jedes Jahr frisch auffüllte, um das Schwimmen angenehmer zu machen. Normas Seezugang bestand aus sumpfigem Schlamm und war von allerlei Unrat, Stöcken und Blättern übersät. Allerdings konnte ich weit und breit kein Anzeichen erkennen, dass Bäume gefällt worden waren. Hatten wir uns etwa geirrt? Vielleicht hatten sie nur die Äste ordentlich gestutzt.

Norma bat mich, an einem hölzernen Picknicktisch Platz zu nehmen, und verschwand im Haus, um Kaffee zu machen. Das gab mir Gelegenheit, mich in aller Ruhe umzusehen und mich mit Homer anzufreunden, der sich mit sphinxhafter Würde zu meinen Füßen niedergelassen hatte. Von hier aus sah der See ganz anders aus. Im Gegensatz zu unserem Ausblick auf die gesamte Länge des Gewässers konnten sie lediglich das Stück zwischen ihrem Häuschen und unserem sehen, wohingegen der Rest von einer Landzunge verborgen war, die diesen Teil vom Hauptbecken des Sees abschnitt. Zwar verschaffte ihnen dieser Umstand mehr Privatsphäre, gleichzeitig aber auch eine etwas bedrückende Atmosphäre des Eingeschlossenseins, wie ich fand. Von hier aus sah unser Haus ganz anders aus, regelrecht fremd: Das abgeschrägte Dach mit dem halb fertigen Zimmer schien zwischen den Bäumen aufzuragen, vor dem Steg, direkt unterhalb der Stühle, die nur als grüne Tupfen zu erkennen waren, verlief ein heller Streifen. Inzwischen konnte ich nachvollziehen, weshalb Norma meine Armbewegungen als Hilferuf interpretiert hatte.

Sie erschien mit einem Tablett mit Kaffee und bot mir einen Schokokeks direkt aus der Schachtel an, den ich jedoch ablehnte. Wir plauderten ein wenig über das Gewitter in der Vorwoche und den darauffolgenden plötzlichen Kälteeinbruch. Die Sonne blitzte gelegentlich hinter den lockeren Wolken auf und verschwand wieder. Die Brise, die sie über den Himmel schob, spielte mit den rötlichen Kräuselhärchen über Normas Stirn, worauf sie eilig nach ihrem Haarreif griff, um sie darunter zu verstecken. Ein Wägelchen, ein Plastikschläger und mehrere Wasserspielsachen lagen auf dem Boden verstreut.

»Wie geht's den Jungs?«, fragte ich, um sicherzugehen, dass sie über eine Welt herrschte, die mit meiner eigenen nichts zu tun hatte.

»Ach, ja, es ist eben, wie es ist. Entweder Engel oder kleine Banditen. Dazwischen gibt es nichts.« Sie stöhnte. »Was würde ich nur ohne meine Mutter anfangen? Sie geht wirklich toll mit ihnen um. Besser als ich. Sie sind ein ziemlich wilder Haufen. Vor allem Ben, natürlich. Andererseits macht er Luke Feuer unterm Hintern.«

»Warum vor allem Ben?«

»Benjamin hat große Probleme«, antwortete Norma leichthin. »Habe ich das gar nicht erwähnt? Er ist Autist. Ziemlich heftig sogar.«

»O nein, das wusste ich nicht.«

Norma setzte ein routiniertes Lächeln auf, das mir zeigen sollte, dass sie alles im Griff hatte und kein Grund für Mitleid oder Verlegenheit bestand. Ich lächelte zurück, wenn auch aus anderen Gründen.

»Geht er zur Schule?«

»Wir haben es mit einer staatlichen Schule versucht, aber das klappt nicht. Zumindest im Augenblick nicht. Aber er geht an mehreren Tagen pro Woche in eine Einrichtung.«

»Das muss sehr schwer sein.«

»Es war eine Katastrophe«, sagte sie, ehe sie sich korrigierte. »Eine ziemlich abenteuerliche Reise.«

»Eine abenteuerliche Reise?« Ich konnte dieses Wort auf den Tod nicht ausstehen, weil ich es während der letzten zwei Jahre von etlichen Leuten gehört hatte, um meine Situation zu beschreiben. »Sehen Sie das so?«

»Na ja.« Norma sah mich mit zusammengekniffenen Augen an. »Besser das als Kummer und Sorgen.« Wieder setzte sie ihr sonniges Lächeln auf. »Und wie läuft's bei Ihnen? Wie geht es Maddy?«

Der Moment war gekommen, ohne dass ich ihn irgendwie herbeigeführt hatte. Wieder war ich von Normas Geradlinigkeit beeindruckt. Obwohl wir keine Freundinnen waren, zumindest noch nicht, hatte sie eine angenehme, gesunde Warmherzigkeit und Vorbehaltlosigkeit an sich. Ich hatte Freundinnen gehabt und sie wieder verloren. Was ich brauchte, war jemand Fremdes, Neues.

»Maddy hat es nicht geschafft.«

Norma nippte an ihrem Kaffee. »Mädchen ihrer Alters haben bestimmt andere Dinge zu tun. Zumindest können Robin und Sie kommen und gehen, wie Sie Lust haben.« Sie umschloss ihre Tasse mit beiden Händen und betrachtete sie, als sinniere sie darüber nach, dass ihr und Tanner diese Freiheit vermutlich niemals vergönnt sein würde.

»Nein, ich meine, dass sie es nicht geschafft hat. Sie ist gestorben.«

Abrupt hob Norma den Kopf.

»Letzten November. Sie hatte Krebs.«

Normas hellblaue Augen füllten sich mit Tränen. Es war eine Erleichterung, es laut ausgesprochen und das Päckchen damit ihr übergeben zu haben. Ein Triumph, gleichzeitig eine Schande und eine Last. Ich hatte einen harmlosen morgendlichen Kaffee in ein Drama verwandelt, eine Bekannte zum Beichtvater gemacht. Würde ich fortan auch noch Norma stützen müssen?

Sie hatte sich die Faust auf den Mund gepresst, starrte mich an, als suche sie nach einem Anzeichen dafür, dass es nur ein Scherz gewesen war. »Aber davon haben Sie gar nichts gesagt!«

»So einfach ist das ja nicht.«

»Natürlich nicht …«

Sie sah zerknirscht drein. Wieso ist es bloß so befriedigend, einen anderen Menschen völlig aus dem Konzept zu bringen, indem man ihm die eigene Tragödie aufs Auge drückt?

»Es tut mir leid«, sagte ich wahrheitsgetreu. »Sie haben selbst Kinder, deshalb muss es ein Schock sein, so etwas zu hören.«

Hatte ich diese Gedanken gerade erfunden? Oder hatte ich sie von ihren Augen und ihren angespannten Schultern abgelesen, den winzigen Veränderungen ihres Mienenspiels? Der Wunsch, alles zu erfahren. Das Bedürfnis, ihr Leben mit meinem zu vergleichen. Der Drang, den Blick abzuwenden. Das Verlangen, die Zeit zurückzudrehen, sich auf ihre eigenen Sorgen und Kümmernisse zu besinnen, gar nicht erst an jenem Morgen mit dem Kajak zu unserem Steg hinübergepaddelt zu sein, denn nun war eine Verbindung zwischen uns geschaffen worden, und als der so nette, anständige Mensch, der sie war, wusste sie natürlich nicht, wie sie sich davon abgrenzen sollte.

»Ich bin nicht verrückt, nur falls Sie sich fragen sollten.« Norma gab einen Laut von sich, trotzdem fuhr ich fort. »Eigentlich glaube ich an nichts. Sie? Aber jetzt denke ich, dass es vielleicht arrogant ist, sich da so sicher zu sein. Wer weiß, ob sie doch noch irgendwo ist? Niemand weiß das. Selbst wenn man es zu wissen glaubt. Vor allem dann.«

Norma nickte nur stumm.

»Manchmal hilft es, so zu tun, als ob. Es spricht nichts dagegen.« Dies war das erste Mal, dass ich es laut ausgesprochen hatte. Mein Gespür für richtig und falsch, das Gefühl der Verpflichtung anderen gegenüber, alles, wovon ich geglaubt hatte, es sei auf lange Sicht und in letzter Konsequenz die Wahrheit, all das war mit Maddys Tod verschwunden, das hatte ich inzwischen begriffen. Es gab keine *lange Sicht*, kein *in letzter Konsequenz*. »Als ob« war nicht nur eine Überlebensstrategie, der Versuch, all das irgendwie durchzustehen. Vielmehr war es ein Zeichen dafür, dass sich meine Beziehung zu dem, was Bedeutung ausmachte, per se von Grund auf verändert hatte.

»Es ist völlig in Ordnung, so zu tun, als ob«, sagte ich noch einmal.

»Die *Schlange*!«, sagte sie langsam, staunend.

»Seltsam, nicht?« Ich knüpfte das Band zwischen uns noch ein bisschen enger. »Ich hatte seit Jahren nicht mehr daran gedacht. Ein scheinbar willkürliches Ereignis kann einem das Gefühl geben, als wäre etwas vorherbestimmt. Ehrlich gesagt, tröstet mich die Schlange sogar ein bisschen. Sie gibt mir das Gefühl, dass ich nichts dagegen hätte unternehmen, es nicht hätte verhindern können, auch wenn ich es noch so sehr versucht hätte.«

»Ja.«

»Inzwischen kann ich auch andere Bedeutungen erkennen. Damals ging das nicht.«

»Nein.«

»Wenn das eigene Kind um sein Leben kämpft, existiert man ausschließlich im Hier und Jetzt.«

»Ja.«

Vor einem Jahr hätte ich metaphorische Resonanz als grausam und belanglos empfunden, als gemeines Spielchen, das andere auf unsere Kosten spielen. Doch nun dämmerte mir, dass es womöglich das Einzige war, das mir noch blieb, vielleicht gab es schlicht nicht mehr.

Ich ließ Norma ein paar Fragen stellen, erzählte ihr von Maddys ständiger Müdigkeit und ihrem Gewichtsverlust – Symptome, die wir als teenagertypische Aufsässigkeit und das Ergebnis von Schlafmangel, den Belastungen eines sich verändernden Körpers und eines aufreibenden Soziallebens fehlinterpretiert und darauf geschoben hatten, dass mich meine neue Beziehung zu Robin zu sehr in Anspruch nahm und ich dachte, Maddy stünde vor dem Beginn eines neuen Lebensabschnitts, ebenso wie ich selbst. Ich sprach über die falsche Einschätzung, dann die echte Diagnose, die dadurch entstandene Verzögerung, die bedeutete, dass die Krankheit bereits recht weit fortgeschritten war. Remission, Rezidiv, rasche Verschlechterung.

»Können Sie sich vorstellen, wie schwierig es ist, sich Gedanken über das Innere des Körpers des eigenen Kindes machen zu müssen?«

Norma schüttelte den Kopf.

»Es sollte unsichtbar sein und es auch bleiben.«

»Ja«, sagte Norma.

»Ein Kind sollte ein Kind sein, keine Ansammlung von organisierter Materie in einem mehr oder weniger guten Zustand.«

Ich erzählte ihr von der Musik, der Kampagne, von Sams und Maddys Entschlossenheit, so viel wie möglich in der kurzen Zeit, die ihr noch blieb, auf die Beine zu stellen. Zeit, von der niemand sagen konnte, wie viel es sein würde. Maddys Tod selbst handelte ich mit einem Satz ab. Norma hatte Maddy nicht gekannt, daher konnte sie sie nicht vermissen. Genau dafür brauchte ich Norma.

»Diese Woche ist etwas passiert.«

Norma musterte mich betroffen.

»Wollen Sie es hören? Sie können auch Nein sagen. Ehrlich. Ich habe Ihnen schon eine ganze Menge aufgehalst …«

Sie schüttelte den Kopf. Dann nickte sie.

»Erinnern Sie sich, dass ich Ihnen letztes Mal von Antonio, Maddys Vater, erzählt habe? Ich habe nichts mehr von ihm gehört, seit ich erfahren hatte, dass ich schwanger war.«

»Er hat Sie kontaktiert.«

»Nein.«

»Sie haben ihn kontaktiert.«

»Nein.«

»Was dann?«

»Maddy hat ihn kontaktiert. Ich habe diese Woche die E-Mails gefunden.«

Norma streckte die Hand aus und legte sie kurz auf meine, mit derselben Unbeschwertheit, mit der sie letzte Woche meine lackierten Nägel bewundert hatte.

»Wieso hat sie mir nichts davon erzählt?«, sagte ich. »Wieso musste sie es hinter meinem Rücken tun?«

»Das ist das Schlimmste für Sie?«, fragte Norma. »Dass sie es Ihnen nicht gesagt hat?«

Lag das nicht auf der Hand? Die Vergangenheit und Maddys Rolle darin waren ein Geheimnis, eine verschlossene Schachtel. Sie würde es sich nicht einfach anders überlegen, mir durchs ganze Haus folgen, mich anbetteln, sie aufzumachen und hineinzusehen.

»Und wie waren die Mails?«, fragte Norma.

»Keine Ahnung«, erwiderte ich mürrisch. »Ich war zu entsetzt, um sie alle zu lesen.« Was nicht ganz der Wahrheit entsprach.

Wie in Trance hatte ich auf Maddys Bett gesessen und sie alle gelesen, von Anfang bis Ende. Die Grüße, die Scherze, der vertrauliche Tonfall hier und da, ein klares Zeichen dafür, dass sich die Korrespondenz über Monate hinweg erstreckt hatte, beiderseitig, eine Beziehung.

»Und haben Sie sie dabei?«, fragte die wieder mal praktisch veranlagte Norma.

Ich sah sie gequält an. »Ja.«

»Und möchten Sie sie vielleicht jetzt lesen?«

Musste sie jeden Satz mit »Und« anfangen? Mir blieb nichts anderes übrig, als meine Tasche aufzumachen. Der Reißverschluss öffnete sich mit einem Ratschen. Homer regte sich. Norma tätschelte ihn beruhigend. Die beiden ließen mich keine Sekunde aus den Augen: Homer für den Fall, dass ich da drinnen irgendetwas Essbares versteckte, Norma – ich hatte nicht die leiseste Ahnung, weshalb sie mich beobachtete. Auch nicht, wieso ich das alles tat, oder wohin um alles in der Welt das Ganze führen sollte. Ich griff auf Navigationsinstrumente zurück, die ich womöglich nicht mehr genutzt hatte, seit ich an jenem Tag aus Antonios Apartment geflohen war.

Ich legte die grüne Mappe zwischen uns. Norma machte keine Anstalten, ihre in ihrem Schoß liegenden Hände zu bewegen. Ich zog das oberste Blatt heraus und schob es ihr zu. Am Ende lief es so ab: Ich las die Seite zuerst, reichte sie dann an sie weiter. Einige Mails bestanden bloß aus ein oder zwei Zeilen. Sie waren exakt chronologisch sortiert. Maddy mochte keine sonderlichen hausfraulichen Qualitäten gehabt haben, allerdings hatte sie die Leidenschaft ihres Großvaters geerbt, alles zu dokumentieren, zu ordnen und aufzubewahren. Entweder das, oder aber die Mails waren ihr so unendlich wichtig gewesen, dass jede eine eigene Seite bekommen hatte, mit viel Platz gewürdigt werden musste, liebevoll ausgedruckt, archiviert, sorgfältig abgeheftet, wieder und wieder gelesen und im Spalt zwischen Wand und Bett versteckt, um sie ganz nahe bei sich zu haben und in Sicherheit zu wissen, solange sie noch da war.

Wir sahen einander erst an, als wir alle Mails gelesen hatten – über sechzig Stück. Norma legte die letzte Seite mit dem Gesicht nach unten und sah mich mit glitzernden Augen an. Meine eigenen waren so staubtrocken, wie sie nur sein konnten.

»Die letzten stammen aus dem Juli. Danach lag Maddy im Krankenhaus. Ich habe keine Ahnung, ob er noch weiter geschrieben hat.«

»Sie hat ihm nicht gesagt, dass sie krank ist. Oder?«

»Nein.«

»Oh.« Norma stöhnte. »Was für eine grauenvolle Strafe.«

»Ich weiß. Wahrscheinlich denkt er, sie meldet sich wieder bei ihm, wenn sie ein bisschen älter ist.«

Norma legte die Hand auf die Blätter. »War er nett? Es hörte sich so an.«

»Absolut nett. Ich war damals völlig verrückt nach ihm.« Ich hielt inne. »Na ja, so nett kann er nicht gewesen sein, wenn er einfach seine schwangere Freundin sitzen lässt.«

»Stimmt.«

»Und nie versucht hat, mit mir Kontakt aufzunehmen.«

»Ja. Hätten Sie das denn gewollt?«

»Ich hätte ihn sofort in den Wind geschossen.« Ich lächelte. »Verzeihen ist nicht gerade meine Stärke.«

»Wusste Maddy das?«

»Was meinen Sie?«

»Ist das vielleicht der Grund, weshalb sie Ihnen nichts gesagt hat?«

»Woher soll ich das wissen?«

Norma hob beschwichtigend die Hände und blickte zum Steg.

Ich schlug einen etwas versöhnlicheren Tonfall an. »Genau das ist mein Problem. Ich kann sie nicht fragen. Ich kann noch nicht mal …«

Ein Arbeiter trat, beide Daumen in seinen Werkzeuggürtel gehakt, aus dem Haus und sah zwischen uns hin und her. »Könnte ich Sie kurz mal sprechen?«, sagte er zu Norma. »Es geht um diesen Eckschrank. Könnte sein, dass wir uns vermessen haben.«

Norma stand auf und warf mir einen entschuldigenden Blick zu. »Bin gleich wieder da.«

Während sie weg war, inspizierte ich meine Fingernägel. Ich hatte sie nicht mehr nachlackiert. Die Farbe war zu einer weiß gefleckten lila Insel in der Mitte jedes Nagels geschrumpft. Es war nicht einfach, sich auf einer Picknickbank zu entspannen. Ich rutschte herum, probierte verschiedene Positionen aus, während ich so tat, als würde ich die Aussicht genießen. Unser Haus am anderen Ufer wirkte verlassen und verschlossen. Gleich nach meiner Rückkehr würde ich Robin anrufen.

Ich hörte Norma erst, als sie fast wieder neben mir stand.

»Es gibt eine Möglichkeit, es herauszufinden«, sagte sie. »Sogar zwei.«

»Haben sie falsch gemessen?«

Sie sah mich ausdruckslos an.

»Der Schrank.«

»Ach so. Ja, haben sie. Aber man kann den Fehler beheben. Ich rufe noch nicht mal Tanner deswegen an.«

»Was herausfinden?«, fragte ich.

»Hat Maddy nicht gesagt, ihr Großvater sei der Einzige, der wisse, dass sie Kontakt zu Antonio aufgenommen hatte?«

»Stimmt.« Bislang hatte ich mir noch nicht gestattet, diese Möglichkeit in Erwägung zu ziehen.

»Und Ihr Dad hat Ihnen nicht gesagt, was los ist?«

»Nein«, antwortete ich knapp.

»Wow, Ihre Familie hat wohl einiges für Geheimnisse übrig.«

»Und was ist die zweite Möglichkeit?«

»Antonio finden«, sagte Norma.

Mit einem Schnauben rutschte ich auf der Bank nach hinten, wobei ich Homer versehentlich mit dem Fuß anstieß. Sofort stand er auf und streckte sich, im festen Glauben, dass er selbst beschlossen hatte, sich aus der Position zu erheben. Ich spürte, wie ich zu zittern begann. »Das werde ich auf keinen Fall tun. Zuerst habe ich sein Kind großgezogen, und dann fängt er an, hinter meinem Rücken mit ihr zu korrespondieren? Nein danke.«

»Aber Maddy hat ihm doch zuerst geschrieben«, erinnerte mich Norma. »Er hat versucht, sie dazu zu bringen …«

»Sind Sie etwa auf seiner Seite?«

Sie musterte mich einen Moment lang, ehe sie sanft sagte: »Na ja, mit Maddy können Sie ja nicht mehr reden, aber so erfahren Sie wenigstens seine Sicht der Dinge.«

»Das stimmt.«

Einen Moment lang schwiegen wir. Allmählich freundete ich mich mit ihrer Idee an, wenn auch aus anderen Gründen. Das Wissen, was geschehen war, und die Illusion, jemals meinen Frieden damit zu machen, waren eine Sache. Ich blickte an dem abgesperrten Steg vorbei auf das Wasser, während mir aufging, dass es die Aussicht auf etwas Primitiveres, Befriedigenderes war, das mich fesselte.

»Wissen Sie was, ich glaube, Sie haben recht«, sagte ich langsam. »Vielleicht sollte ich das tatsächlich tun. Ihn ins Bild setzen.«

6

Als ich wieder zu Hause war, setzte ich mich hin und las die Briefe so oft, wie ich wollte, und so leidenschaftslos, wie ich nur konnte. Es war nicht ganz leicht, Maddys Stimme in den Mails zu hören, die schulmädchenhaften Ausrufungszeichen, die Mischung aus Abgeklärtheit und Wehmut, mit der sie versuchte, die Gunst, ja sogar Liebe von jemandem zu erlangen, der keine Ahnung hatte, dass sie sterben würde. *O mein Gott! Wow! Als ich Ihren Namen gesehen habe, konnte ich es zuerst nicht glauben!!! Es fühlt sich echt komisch an, Ihnen zu schreiben. Manchmal frage ich mich sogar, ob ich Sie nicht bloß erfunden habe. Jungs sind völlig anders als Mädchen, so viel steht fest! Ich wünsche mir Gesellschaft, gleichzeitig will ich auch wieder allein sein. Mehr und mehr. Keine Sorge, mir geht's gut! Nicht dass ich sagen will, du wärst alt.* Am meisten trafen mich die versteckten Anspielungen auf ihre Krankheit und ihre Zukunft. Hätte sie *mir* nicht all diese Fragen stellen können? Abgesehen davon drang ihre Sehnsucht nach einem Vater förmlich aus jedem Wort. Wie sollte ich das finden? Sollte ich ein schrecklich schlechtes Gewissen haben, weil sie meinetwegen auf einen hatte verzichten müssen? All das hatte ich x-mal im Geist durchgekaut. Was passiert war, war passiert, hätte ich am liebsten gesagt. Sie war nun mal in dieser Konstellation aufgewachsen, und zumindest soweit ich es beurteilen konnte, hatte sie nicht wirklich Grund gehabt, sich zu beschweren. Trotzdem plagte mich das schlechte Gewissen.

Antonios Stimme aus den Mails zu hören, fiel mir keinen Deut leichter. *Du hast dein ganzes Leben noch vor dir … vielleicht finde ich ja noch heraus, inwiefern Mädchen anders sind … wir sind alle Tiere letztlich … eigentlich wirkst du schon sehr erwachsen.* Die Strukturiertheit seiner Zeilen und die Satzstruktur, die auf einen Nicht-Muttersprachler hindeutete, das leicht gerollte »R« und das butterweiche »B«, die ich im Geist hören konnte, waren wie ein misstönendes Schlaflied, spendeten keinen Trost, sondern beschworen vielmehr ein Gefühl des Verlusts herauf. Neurochirurgen können bei einem Eingriff bestimmte Areale im Gehirn berühren und den Patienten dazu bringen, eine längst vergangene Geburtstagsparty so detailliert zu beschreiben, als befände er sich mittendrin. In unseren Gehirnen ist alles abgespeichert und jederzeit abrufbar, wenn jemand nur die richtigen Stellen anstupst. Als ich Antonios E-Mails las, war ich schlagartig wieder dieses Mädchen – aus heutiger Perspektive war ich tatsächlich bloß ein Mädchen gewesen –, hin und weg von seiner behutsamen Art, einem Dinge zu erklären, seinem Humor, der angeborenen Autorität und jenem typischen Charme eines Nicht-Muttersprachlers. Ich war diejenige, die sich Antonio und keinen anderen als den Vater ihrer Kinder wünschte und Gift und Galle spie, weil er uns einfach hängen ließ. Er war zu einem Zeitpunkt in Maddys Leben getreten, als sie das ihre nicht länger fortführen konnte. *Wohingegen ich mir selbst genug bin.* Ja, Antonio. Dir selbst genug zu sein, das war schon immer oberstes Gebot für dich.

Je mehr Mails ich las, umso leichter fiel es mir, seinem Charme zu widerstehen. Allmählich bewunderte ich Maddys sture Weigerung, nach seiner Pfeife zu tanzen, ihren Mut, ihm ihre Krankheit vorzuenthalten. Ich konnte nachvollziehen, weshalb sie mich nicht eingeweiht hatte, dass sie in Kontakt standen. Das war ihr As im Ärmel gewesen. *Wirst du deiner*

Familie von mir erzählen? Allmählich glaubte ich, dass sie die Mails absichtlich unter ihr Bett gelegt hatte, damit ich sie fand. Trotz der betäubenden Wirkung, die die wiederholte Lektüre auf mich hatte, erfüllten mich die Briefe mit Glücksgefühlen: Handeln aus der Ferne oder Handeln nach dem Unvermeidlichen, als Entgegnung auf die Stille, das aggressive *Nichts* nach Maddys Tod. Ich beschloss, ihre Verschwiegenheit als Charakterstärke zu werten; ein Charakterzug, der ein gutes Licht auf mich und die Art warf, wie sich sie erzogen hatte.

Ein Überraschungsbesuch bei Antonio. Ihm vor dem Büro auflauern. Ihm nach Hause folgen, mitten ins Familienabendessen platzen. Tagelang aalte ich mich in den Szenarien, wohl wissend, dass es niemals dazu kommen würde. So etwas war einfach nicht mein Stil. Gleichzeitig nahm eine andere Idee in meinem Kopf allmählich Gestalt an.

Ich brachte eine ganze Woche damit zu, eine Mail zu formulieren, sie immer wieder zu verändern, neu zu schreiben, während sie im Entwürfe-Ordner verharrte. Schließlich drückte ich auf Senden, schoss sie hinaus in den Orbit der elektronischen Post in der Gewissheit, dass es völlig verkehrt war, dass ein Brief wie dieser seine Reise unter mahlendem, scharrendem Knarzen antreten sollte.

Lieber Antonio,

erinnerst du dich an mich? Ich habe kürzlich herausgefunden, dass du und Maddy zueinander Kontakt hattet. Die Tatsache, dass sie es mir vorenthalten hat, war vermutlich ein Versuch, eine gewisse Unabhängigkeit von mir zu erlangen. Aber sie hatte immer schon ihren eigenen Kopf, worauf ich natürlich stolz bin.

Anfangs war ich sehr verärgert darüber, dass du dich zu dieser Hinterhältigkeit hast hinreißen lassen. Für eine Sechzehnjährige ist es ganz normal, dass sie Geheimnisse haben möchte, nicht ganz so nachvollziehbar ist allerdings, dass sich ein erwachsener Mann auf so etwas einlässt. Hättest du ernsthaft gewollt, dass ich davon erfahre, hättest du sicherlich einen Weg gefunden, es mich wissen zu lassen, denke ich. Andererseits hast du all die Jahre nie einen Versuch unternommen, dich bei mir zu melden, deshalb ist es vermutlich keine Überraschung. Ich bin sicher, du hast deine Gründe.

Es tut mir nicht leid, dass Maddy dich aufgestöbert hat. Sie musste die fehlenden Puzzleteilchen finden, zumindest im Hinblick auf ihr Erbe, wenn man es so bezeichnen will. Ich bin froh, dass du dich immerhin überwinden konntest, so nett zu ihr zu sein, sonst hätte sie sich noch ein zweites Mal zurückgewiesen gefühlt. Immerhin das hast du ihr erspart. Soweit ich sehe, hatte Maddy ihre eigenen Gründe, weshalb sie letzten Sommer den Kontakt zu dir abgebrochen hat. Das war eine Angelegenheit zwischen dir und Maddy.

Ich schreibe dir, weil ich herausfinden wollte, ob es vielleicht ein günstiger Zeitpunkt wäre, dass wir uns sehen und reden. Dass wir durch Maddy für immer miteinander verbunden sind, liegt auf der Hand, ganz egal, wie unsere Beziehung vor all den Jahren geendet hat.

Ich plane eine Geschäftsreise nach London. Ich arbeite für die Bryce Collection, und wir können von der fortschrittlichen englischen Museumspädagogik eine Menge lernen. Außerdem war ich seit dem College-Abschluss nicht mehr in London und möchte gern die Gelegenheit nutzen, mir die Stadt anzusehen.

Ich weiß, dass du Familie hast, und möchte sie nicht erschrecken, sondern einfach nur mit dir reden, das ist alles. Ich überlasse es dir, wie wir das anstellen sollen. Wahrscheinlich komme ich Anfang Dezember.

Ich freue mich, von dir zu hören,

Eve

Am Ende war der Brief an Antonio förmlicher und länger ausgefallen, als ich beabsichtigt hatte. Und er las sich ziemlich spießig und steif, fand ich, als ich ihn ein letztes Mal überflog. War ich damals auch so gewesen? Eine steife Spießerin? Bestimmt hatte Antonio mich anders in Erinnerung behalten. Vielleicht fand er ja, dass ich mich erwachsen anhörte. Oder, überlegte ich, wobei ich mich innerlich gegen den Gedanken wappnete, die Steifheit war einer meiner Fehler in unserer Beziehung gewesen. Jedenfalls hoffte ich, dass ich den richtigen Ton getroffen hatte: klar, ohne zu viel preiszugeben, gleichzeitig offen genug, um einen Anflug von Trauer herausklingen zu lassen, und freundlich genug, um ihn nicht gleich zu vertreiben. In letzter Sekunde änderte ich »hast dir nie die Mühe gemacht, dich bei mir zu melden« in »hast du nie einen Versuch unternommen, dich bei mir zu melden«. Dass Antonio sich auf einen so kameradschaftlichen Dialog mit Maddy eingelassen hatte, ließ mich hoffen, dass er auch einem Treffen mit mir zustimmen würde. Ich hatte keine Ahnung, was ich anstellen würde, wenn er ablehnte oder nicht antwortete.

Zehn Tage später kam die Antwort. Ich hatte versucht, nicht ständig an meine Mail zu denken, und mein Laptop hatte mich angezogen und zugleich abgeschreckt. Am Ende sah ich seinen Namen in meinem Eingangspostfach, als ich meine beruflichen Mails checkte … seine Antwort war genauso klammheimlich gekommen, wie meine Mail sich auf ihre Reise zu ihm gemacht hatte.

Liebe Eve,

ich kann dir gar nicht sagen, wie oft ich darüber nachgedacht habe, dir zu schreiben, nachdem ich die USA verlassen hatte. Die genaue Zahl vermag ich nicht zu sagen … aber sie ist sehr hoch, das kann ich dir versichern!

Bestimmt kannst du dir ausmalen, was für ein Schock es war, als Maddy mir geschrieben hat. Wir haben ein paar Monate lang hin- und hergemailt, aber dann, im September, ist der Kontakt von ihrer Seite abgerissen. Ich nehme an, sie hat Zweifel bekommen. Natürlich habe ich ihre Wünsche respektiert und habe sie nicht bedrängt, es sich noch einmal zu überlegen oder sich mir zu erklären. Ich hoffe nur, ich habe sie nicht gekränkt. Sie ist eine sehr willensstarke junge Frau! Aber das weißt du ja selbst. Vielleicht wurde ihr das Ganze auch zu viel, vor allem, da sie niemanden sonst eingeweiht hat. Vielleicht redet sie ja eines Tages wieder mit mir, wenn sie erst etwas älter ist, und vielleicht können wir uns sogar sehen, wer weiß. Aber ehrlicherweise muss ich zugeben, dass es ein wunderbares Erlebnis war, Maddy kennenzulernen, selbst über diesen kurzen Zeitraum hinweg. Schätzungsweise erfährt man nicht jeden Tag, dass man ein Kind hat, von dem man nichts wusste. Und Maddy ist so ein reizendes, interessantes Mädchen. Ich kann dich nur beglückwünschen, Eve. Du hast deine Sache toll gemacht. Ehrlich.

Ich weiß nicht, weshalb Maddy sich so dagegen gesträubt hat, dir von unserer Korrespondenz zu erzählen. Sie meinte, du seiest gerade sehr gefordert, weil eine Freundin von dir schwer krank sei. Ich hoffe, das Ganze ist gut ausgegangen, und dass das der Grund dafür war. Ich habe wirklich versucht, sie zu überreden, dich einzuweihen, das musst du mir glauben, aber sie hat sich geweigert, und am Ende ist der Kontakt abgebrochen. Deine Zeilen verraten mir, dass du wütend bist. Das tut mir leid. Ich hätte mir gewünscht, du hättest einen Weg gefunden, mir von Maddys Existenz zu erzählen, damit ich es nicht auf diese Weise hätte erfahren müssen.

Natürlich müssen wir uns treffen, wenn du nach London kommst. Hat Maddy dir denn etwas über mich erzählt? Ich arbeite als Forscher und Lehrbeauftragter am University College London, bin verheiratet und habe zwei Söhne von 9 und 5 Jahren. Erica, meine Frau, ahnt nichts von diesem Teil meiner Vergangenheit, und schon gar nicht, dass ich ein Kind habe. Wie auch? Selbst ich hatte keine Ahnung. Deshalb ist das Ganze immer noch surreal für mich, wie ein Traum. Ich werde mir überlegen, wie wir ein Treffen arrangieren können. Wir können gerne solange in Kontakt bleiben, wenn du möchtest. Danke, dass du mir geschrieben hast.

Antonio

Mein Herz raste absurderweise wie verrückt, als ich Antonios Brief las, und ich kniff die Augen zusammen, als wären die Worte ein gleißend helles Licht, das mich verletzten könnte. Am Ende fühlte ich mich regelrecht schwach vor Ungläubigkeit. *Bestimmt kannst du dir ausmalen, was für ein Schock es war … das Ganze immer noch surreal für mich, wie ein Traum …*

Wie grauenvoll für dich, Antonio! Wer hätte gedacht, dass eine Schwangerschaft in der Geburt eines Kindes gipfelt!

Ich gab mich ungeniert meiner Wut hin, wenngleich ich Mitleid in mir aufkeimen spürte, als der Rhythmus seiner Worte den Antonio heraufbeschwor, den ich einst geliebt hatte. Entschlossen tilgte ich die Erinnerungsfetzen mit seiner roboterhaften Stimme, seiner verschlossenen Miene, die keinerlei Regung preisgab, nichts und niemanden an sich heranließ, und meiner letzten Erkenntnis: »Du willst nur keines mit mir.« Wie schwer war es für mich gewesen, dieses Apartment damals zu verlassen. Und in den nächsten Jahren meinen Weg ganz alleine zu gehen! Nur eine Heilige hätte am nächsten Tag das Telefon abgehoben, als er anrief, nur eine Märtyrerin ihn in seinem Bedürfnis bestärkt, sich zu rechtfertigen, Absolution zu erlangen. Ich hätte es keine Minute länger ertragen, genauso wenig wie die Richtung, in die er das Ganze jetzt lenkte. *Ich hätte mir gewünscht, du hättest einen Weg gefunden, mir von Maddys Existenz zu erzählen, damit ich es nicht auf diese Weise hätte erfahren müssen.*

Der arme Antonio, dem so schweres Unrecht zugefügt worden war! Wahrscheinlich hätte er gern einen Jahresbericht über das Kind zugeschickt bekommen, das er im Stich gelassen hatte! Schließlich zwang ich mich, alles am Tonfall und seiner Wortwahl, das mich ärgerte, zu verdrängen. Gleichzeitig begann die Vorstellung, ihm bald persönlich gegenüberzustehen, mich innerlich völlig zu absorbieren und die Beziehungen zu all den anderen Menschen rings um mich herum zu verzerren.

7

Wenn ich früher als Kind krank zu Hause geblieben war, hatte ich den ganzen Tag auf die Haustür und die langsamen, bedächtigen Schritte meines Vaters im Korridor gelauscht. Meine Mutter, die damals bei der Arbeit pausierte, um zu Hause zu bleiben, war so omnipräsent, dass sie gewissermaßen unsichtbar wurde. Bei meinem Vater lag der Fall anders: Er war eine Mischung aus Spezial-Playmobilfigur und Priester: Erst wenn er mir die Hand auf die Stirn legte, mir das Haar glatt strich und mit seiner sonoren Stimme irgendetwas Aufmunterndes sagte, erlangte mein Unwohlsein einen offiziellen Charakter.

Er ging in der Diele in die Hocke und befestigte die Leine an Barneys Halsband. Sein Haar über den geschwungenen Linien seiner Geheimratsecken war vollständig ergraut, und ich konnte die Abdrücke der Kammzinken darin sehen – ein Anblick, den ich nicht mochte. Es war Sonntagnachmittag, und die alljährliche »Blessing of the Animals«-Zeremonie in der Washington Cathedral stand bevor. Früher waren mein Bruder und ich mit unseren Eltern jedes Mal hingepilgert, um Teil des Segnungsakts zu sein. Später hatte ich Maddy ebenfalls mitgenommen, wenn auch nicht mit derselben Regelmäßigkeit und in den letzten Jahren überhaupt nicht mehr. Vermutlich konnte ich deshalb meinem Vater vorschlagen, ob wir einen Spaziergang dorthin machen wollten, nur wir beide, während meine Mutter beim Monatstreffen ihres Bücherkreises war.

»Letztes Jahr hatten sie sogar einen Leguan«, meinte er und

richtete sich mühsam auf, wobei er sich am Türknauf festhalten musste. Lachend schüttelte er meine dargebotene Hand ab. »Was es wohl dieses Mal gibt? Stabheuschrecken?« Er bückte sich erneut, um etwas vom Boden aufzuheben. »Aasgeier!«

»Raubvögel können sie ja wohl kaum zulassen!«

»›Wir haben einen solventen Käufer, der sich für Ihr Haus interessiert‹«, las er und warf den Werbeprospekt in den Papierkorb. »Die sollen mir gestohlen bleiben!«

Ich folgte meinem Vater und Barney die Treppe hinunter und hinaus auf die Corcoran Street. Als meine Eltern dieses Haus fanden, war ich noch ein Baby und die Gegend ein heruntergekommenes Viertel um den Dupont Circle gewesen, in dem es so gut wie keine Eigenheime gab. Während der Abwanderung der Mittelklasse in die Vororte waren meine Eltern beharrlich geblieben. Wegen ihrer Jobs, sagten sie. Mein Vater unterrichtete Gesellschaftskunde an einer Highschool, meine Mutter hauptsächlich Viertklässler – bei den Zehnjährigen sei ihre Grenze erreicht, meinte sie. Nach ein paar Jahren kehrte die Mittelklasse zurück, und es war eine reine Zeitfrage, ehe die ersten Heizpilze die Gehsteige säumten und ein Wochenmarkt eröffnet wurde. In den letzten zehn Jahren hatte sich der Wandel vollends vollzogen: Künstler wichen Galeristen, Einzelgeschäfte irgendwelchen großen Ketten, das Leben wurde zum »Lifestyle«. Die Fourteenth Street, während der Unruhen zweimal vollständig abgebrannt, hatte sich zu einem der beliebtesten Ausgehviertel der ganzen Stadt gewandelt. Quasi über Nacht war eine Reinigung in eine belgische Brasserie mit praktischerweise bereits vom Dampf fleckigen Decken umgebaut worden. Das Haus meiner Eltern hat sich kaum verändert – derselbe schmucklose Ziegel, die massive schwarze Holztür, der Eingang mit den Säulen, deren Verzierungen allmählich zu bröckeln begannen, wie ich erst jetzt bemerkte.

Drei Häuser weiter lockerten Latinos den Rindenmulch und gossen die Herzblattlilien vor dem Gebäude mit dem grünen Männergesicht an der Fassade. Dessen Miene war heute skeptisch, aber nicht unfreundlich, obwohl er sonst von unten und aus der Nähe betrachtet reichlich bedrohlich wirkte. Bereits seit ich denken konnte, hing die Plastik in einer Nische über einem kleinen Fenster. Sie stammte aus den Händen eines Metallbildhauers, der zu einer Zeit hergezogen war, als sie für Künstler noch bezahlbar gewesen war. Seine Stirn war stark gewölbt, sein Lächeln zwischen Schnauzer und dem restlichen Bart verborgen, und seine löchrigen Pupillen blickten verträumt und wissend auf uns herab, als wir vorbeigingen. Maddy hatte den Mann stets voller Ehrfurcht bestaunt und es sich nicht nehmen lassen, stehen zu bleiben, wann immer wir hier entlanggegangen waren. »Er ist böse auf mich, Mom«, hatte sie immer gesagt. »Heute sieht er ganz traurig aus. Er will bestimmt runter zu mir«, »Geht er eigentlich nie ins Haus?«, »Schläft er nie?«, »Weiß er, was ich denke?«

Der Wagen meiner Eltern parkte hinter der Grundschule, auf deren Spielplatz Maddy mit sechs vom Spielturm gefallen war und sich den Arm gebrochen hatte. Wir ließen Barney hinten einsteigen und fuhren die Connecticut Avenue entlang bis nach Tenleytown.

»Von hier aus ist es noch ziemlich weit«, sagte ich, worauf mein Vater argumentierte, wo der Sinn einer Gassirunde liege, wenn man keine Lust auf einen Spaziergang hätte. Der Anstieg war nicht allzu steil, dafür kontinuierlich, und er musste häufig stehen bleiben, wobei er so tat, als genieße er den Ausblick, obwohl er in Wahrheit Atem schöpfte. Die Kathedrale selbst ist zwar nicht das höchste Gebäude der Stadt, steht jedoch auf dem Mount St. Alban und besitzt zwei Türme, die den höchsten Punkt der Stadt markieren. Ich wollte die angestrengten Atemzüge meines Vaters nicht hören. Wann immer er stehen blieb, tat ich es ihm nach und gab vor, den Ausblick zu bewundern, und nahm ihm Barneys Leine ab, obwohl sein ständiges Ziehen zweifellos eine Hilfe beim Anstieg war.

Auf der Westtreppe der Kirche und auf dem Vorplatz wimmelte es nur so von Tieren – ein schwarzes Terrier-Pärchen in einem Kinderwagen, weiße und rosa Welpen, goldgelbe Welpen, braune Welpen, Beagles, Mischlinge, Retriever wie Barney, Katzen unterschiedlicher Größe und Provenienz, gewöhnliche Hauskatzen und Exoten, zitternd an ihren Leinen. Monarchfalter, Frösche und Salamander in Einmachgläsern, Körbe mit geheimnisvollen Geschöpfen, die sich darin verbargen. Kirchenmusik schwebte aus den Portalen, drang tief in mein Inneres, wo die spirituelle Sehnsucht in mir schlummerte.

Bei den in Weiß gehüllten Geistlichen handelte es sich ausschließlich um Frauen. Sie tauchten Zweige in Silberschälchen und verkündeten strahlend ihren Segen, ehe sie das heilige Wasser über die Köpfe der Tiere träufelten: Ein langes Leben und viel Gesundheit für alle.

»Dad?«, sagte ich, während mein Vater sich bückte, um eines von Barneys Ohren zu richten, das nach hinten geklappt war.

»Obwohl du stramm auf die vierzehn zugehst, würdest du dich in tausend Jahren nicht in einem Kinderwagen herumkutschieren lassen, stimmt's, alter Knabe?«

»Dad.«

Er richtete sich auf.

»Ich wollte mit dir über etwas reden, das ich in Maddys Zimmer gefunden habe.«

»Und zwar?« Er nahm die Leine in die andere Hand und sah mich an.

Ich zog den gefütterten Umschlag aus meiner Tasche und nahm Maddys erste Mail an Antonio heraus – ich hatte nur eine Mail mitgebracht, weil eher die Tatsache als der Inhalt relevant war –, die ich meinem Vater reichte. *Lieber Antonio, Sie kennen mich nicht …*

Ich wartete, während er sie las, wobei er von unten mit dem Mittelfinger gegen das Blatt tippte. »Und hat er geantwortet?«, fragte er, ohne aufzusehen.

»Etwa dreißigmal.« Erst jetzt sah er mich an, bemühte sich um eine ernste Miene. Obwohl ich vorgehabt hatte, ganz direkt und ohne Gefühlsduseleien zur Sache zu kommen, zitterte meine Stimme. »Wieso hast du mir nichts davon gesagt, Dad?«, fragte ich vorwurfsvoll.

Sein Schweigen ärgerte mich. Mein Vater ließ sich grundsätzlich zu nichts drängen. »Wir waren irgendwann mal im Park. Maddy hat damit angefangen. Sie dachte, die Tatsache, dass ihr Vater sie nicht wollte, hätte etwas damit zu tun, dass sie Krebs bekommen hat.«

»Wie bitte?«

»Natürlich war es völlig unlogisch.«

»Wie kam sie denn auf diese Idee?«

»Sie hatte diese fixe Idee, das Universum wolle sie nicht. Ich war heilfroh, dass sie es wenigstens artikulieren konnte.«

»Aber mich hat es sehr gekränkt«, wandte ich ein und blinzelte. »Wie du siehst.«

Er machte keine Anstalten, mir zu Hilfe zu kommen. »Das Problem war, dass sie ihn finden musste, solange sie noch am Leben war. Das ist doch nachvollziehbar, oder nicht? Bevor es zu spät war. Und ich habe ihr ein bisschen geholfen, das ist alles.«

Es hörte sich wie ein Tadel an, denn ich hatte nichts getan, um Maddy bei der Suche nach ihrem Vater zu unterstützen. »Aber wieso hast du mir nichts davon gesagt?«

Ich hatte gesehen, wie sich das Gesicht meines Vaters vor Freude und vor Trauer verzerrte, doch nur sehr selten vor Gewissensbissen. Nach einem Moment fing er sich und schlug einen sachlichen Tonfall an. »Du hattest doch schon genug am Hals, meinst du nicht auch? Wir haben uns solche Sorgen um dich gemacht, Eve. Deine Mutter war außer sich vor Sorge.« Er zog Barney von einem King Charles Spaniel weg und gab mir die Mail zurück, wobei er sich ununterbrochen räusperte. »Und das tun wir immer noch.«

Die Zeremonie, dieses Übermaß an warmem, quirligem Leben auf engstem Raum erschöpfte mich. Ich wünschte, die Tiere würden verschwinden. Ihr tierisches Schicksal war vorgezeichnet, dagegen konnte auch noch so viel Weihwasser nichts ausrichten. Ich wedelte mit dem Blatt Papier mit Maddys Worten darauf.

»Bist du nie auf die Idee gekommen, dass ich so etwas würde wissen wollen? Dass es viel schlimmer sein würde, wenn ich es erst später herausfände?«

Wieder gab er keine Antwort. Stattdessen ließ er den Blick an der Kirchenfassade emporwandern, deren Buntglasrosette tief zwischen den beiden Türmen lag, wie ein Auge.

»Ich nehme an, dass sie es tun musste. Für sich«, sagte er schließlich. Seine Worte schmerzten. Ich schwieg. »Sie hat dir also nichts gesagt?«, fragte er schließlich.

»Offensichtlich. Ganz offensichtlich hat sie mir nichts davon erzählt.«

»Nein.«

»Wusste Mom davon?«

»Natürlich nicht. Hätte ich es Rose erzählt, hätte ich es dir doch auch gesagt.«

»Es war also nur etwas zwischen dir und Maddy.«

Er nickte. »Sie hat mir die Mails nie gezeigt.«

»Hat sie dir erzählt, dass sie ihn gefunden hat?«

Mein Vater nickte. »Ja. Im Sommer. Aber nachdem es ihr so schlecht ging, hatte ich andere Dinge im Kopf.«

Eine Pfarrerin trat auf uns zu und wollte ihren Wedel auf Barney richten, hielt jedoch inne, als sie unsere Gesichter sah. Mein Vater legte einen Arm um mich und zog mich zu sich heran, was die Frau als ihr Stichwort wertete, ihres Amtes zu walten. Ich befreite mich aus Dads Umarmung und trat ein Stück zur Seite, stand in meinem eigenen sonnenbeschienenen Fleckchen. Ich schuldete ihnen nichts mehr, musste mich nicht länger beherrschen, weil ich sie wegen Maddy brauchte.

»Wollen wir gehen?«

Mein Vater hatte es nicht eilig. Er schob die Hände in die Hosentaschen und klimperte mit den Münzen. »Wie hat er reagiert? War er nett zu ihr?«

»Nett genug.«

»Oh, gut. Es hat ihr viel bedeutet. Mehr als ich dachte. Ich habe sie gewarnt, dass er vielleicht nichts mit ihr zu tun haben möchte. Aber sie hat sich nicht davon abbringen lassen. Sie war wütend, weil ich ihr nicht erzählt hatte, dass ich ihm schon mal begegnet war … damals.«

»Tja, Maddy wusste, was sie wollte, daran besteht kein Zweifel.«

Mein Vater rührte sich immer noch nicht vom Fleck. »Tja«, sagte er, den Blick fest auf die bronzenen Kirchenportale geheftet. »Dann war es doch gut, dass sie ihn am Ende noch gefunden hat, oder nicht?«

Ich nahm ihn am Arm. »Trotzdem hättest du es mir sagen müssen.« Mein Tonfall klang nun eher neckend als vorwurfsvoll, trotzdem ließ mein Vater sich nur widerstrebend von mir wegführen.

»Findest du, Maddy hätte es dir sagen müssen?«

Vor der U-Bahnstation reichte ich ihm die Leine zurück. Ich würde in Richtung Norden nach Takoma Park fahren, er zu Fuß zum Wagen zurückgehen.

»Bist du sicher, dass es dir gut geht, Dad? Oder soll ich lieber mitkommen?«

Er winkte ab, nahm Barney einen Pappbecher aus dem Maul und warf ihn in den Mülleimer. Eine Hand in die Hüfte gestemmt, ließ er den Blick über die Straße schweifen, auf dem Gesicht dieses ruhige, gefasste Lächeln eines Menschen, der den Großteil seines Lebens bereits hinter sich hatte. Jogger trabten an uns vorbei. Ihre Gesichter waren angespannt, der Blick ins Leere gerichtet. Hatten sich meine Eltern ein wenig gefangen? Schließlich war Maddy nicht ihre Tochter gewesen.

»Wusstest du«, sagte er, »dass die inzwischen klassische Musik in den U-Bahnhöfen spielen?«

»Wirklich?« Ich zog die Brauen hoch. »Wieso das denn?«

»Um die Gangs daran zu hindern, sich zusammenzurotten.« Mein Vater liebte diese Art von Geschichten.

»Und funktioniert es?«

»Natürlich nicht. Dann können wir uns eben über eine Generation höchst kultivierter Jugendlicher freuen.«

Er hielt mir die Wange zum Kuss hin. Tiefe Reue überkam mich. Er hatte mich stets in meinem Entschluss unterstützt, alleinerziehende Mutter zu sein, hatte Maddy geholfen, ihre Geheimnisse gewahrt. Vermutlich war ihre Beziehung zueinander lebendiger und offener gewesen, als meine es mit ihm jemals sein würde. Ich mochte Maddy keinen Vater geschenkt haben, aber dafür einen Großvater. Auch er litt.

Ich wartete darauf, dass er mir die Hand auf den Kopf legte. Stattdessen packte er meinen Unterarm und drückte ihn kurz, seine andere typische Geste der Zuneigung, ehe er sich umwandte und mit Barney davonging. Nach einem halben Block bewegte er die Finger auf dem Rücken. Er wusste ganz genau, dass ich ihm hinterhergesehen hatte.

MADDY

Hi, Antonio,

ich bin's mal wieder. Wie geht es dir? Wie läuft das Forschungsprojekt? Was erforschst du denn gerade? Das würde mich echt interessieren, auch wenn Naturwissenschaften nicht unbedingt zu meinen Lieblingsfächern gehören. Habe ich dir eigentlich erzählt, dass ich einen Freund habe? Sam heißt er. Er ist fast so groß wie du und ein echtes As in Naturwissenschaften. Er steht total auf so was. Mich interessiert eher, wie etwas funktioniert, beispielsweise, wie das Herz das Blut durch den Körper pumpt, und all die komplexen Prozesse im Hintergrund, damit das alles reibungslos funktioniert. Wusstest du, dass unser Herz 100 000-mal am Tag schlägt??? Darüber will ich noch nicht mal nachdenken!

Meine Mutter ist Atheistin so wie du. Vielleicht habt ihr euch ja deshalb so gut verstanden? Meine Großmutter ist Christin, aber keine von der fanatischen Sorte. Sie ist echt clever und sehr offen … na ja, wie offen man eben sein kann, wenn man an Gott und Gebete und all so was glaubt. Mein Grandpa geht auch zur Kirche, redet aber nie darüber. Ich weiß nicht recht, ob ich gläubig bin oder nicht. Kann man an das Leben nach dem Tod glauben, ohne an Gott zu glauben, was denkst du? Vicky ist Katholikin und geht auch in die Kirche, aber ich kann mir nicht vorstellen, dass sie mit Gott viel am Hut hat. Vielmehr tut sie eben, was italo-amerikanische Katholiken so tun, freitags Fisch essen und beim Kochen Italienisch sprechen und so. Ich wünschte, ich könnte das alles so auf die leichte Schulter nehmen. Und Fiona ist nicht der religiöse Typ, das kannst du mir glauben.

Ich finde es toll, einen Freund zu haben, gleichzeitig ist es auch ein bisschen seltsam. Erstes Mal und so. Jungs sind jedenfalls ganz anders als Mädchen, das steht schon mal fest! Manchmal weiß ich nicht so recht, was er will. Oder noch nicht mal, was ich will.

Maddy

Maddy,

ich stamme selbst aus einer katholischen Familie, und die Kirche war früher ein fester Bestandteil meines Lebens, aber erst als ich schon ein bisschen größer war, dreizehn oder vierzehn oder so, habe ich angefangen, Religion zu hinterfragen. Meine Eltern waren ganz und gar nicht einverstanden, als ich nicht mehr in die Kirche gehen wollte, vor allem meine Mutter. Sie sind sehr einfache Leute. Ich schätze, ich wollte einfach etwas demonstrieren. Sobald man die Kirche und die Religion aus der Sicht eines Wissenschaftlers betrachtet, selbst wenn man erst dreizehn ist, erscheinen sie einem weniger und weniger plausibel. Allerdings würde ich niemals etwas kategorisch ausschließen, weil ein Wissenschaftler auch immer bescheiden und bereit sein muss, sich eines Besseren belehren zu lassen. Viele Entdeckungen beruhen auf den Ideen von Wissenschaftlern, die anfangs völlig absurd erschienen. Weißt du, was ein Paradigma ist? Ein Paradigma ist eine Art Weltanschauung, die unsere Denkschemata, ja sogar unsere Wahrnehmung reguliert, also das, was wir sehen und was wir nicht sehen. Wissenschaftliche Revolutionen fügen nicht nur neue Fakten zu etwas Bestehendem hinzu, sondern können die gesamte Weltsicht verändern.

Ich hoffe, dein Freund behandelt dich gut …

Antonio

13

Es stimmte zwar, dass Sam mir bei der Animation half, allerdings war der Begriff »Hilfe« ein wenig irreführend, je nachdem, wie man ihn definierte. Er machte die Fotos von der Serenity-Statue, suchte Aufnahmen von Städten und Wäldern heraus, schaffte das Stativ herbei und leistete moralischen Beistand. Die Zeichnungen jedoch kamen allein von mir, das Konzept, die Idee dahinter. Ich legte fest, wie sie ineinanderflossen, somit konnte ich mit Recht behaupten, dass ich die Künstlerin war und Sam mein Assistent.

Die Wochen vergingen, und ich wollte eigentlich am liebsten bloß allein sein. Das Stativ stand auf meinem Schreibtisch, von wo aus Sams Kamera auf das darunter befestigte Papier ausgerichtet war. Die Zeichnungen und Fotos, die mir als Vorlage dienten, hingen an der Pinnwand. Manchmal, wenn Cloud auf dem Bett lag und mir Gesellschaft leistete und meine Mutter zwar im Haus, aber nicht unmittelbar in der Nähe war, konnte ich stundenlang weiterzeichnen, sofern ich mich wohl genug fühlte.

Jede noch so winzige Bewegung musste genau geplant werden, der Anfang, die Mitte und das Ende, und dann musste ich sämtliche Schritte dazwischen zeichnen und von jeder ein Foto machen. Zwiebelhaut nannte man dieses Prinzip – ein durchscheinendes Schema des zuvor gezeichneten Einzelbildes, das hilft, die Bewegungssequenz richtig hinzubekommen. Ich liebte diese Fachbegriffe. Zwiebelhaut. Projektfenster. Timeline. Im

Lauf der Zeit wurde ich immer besser, lernte, wie viel ich wegradieren und wo ich beim nächsten Einzelbild anfangen musste. Allein um es hinzukriegen, dass sich die Augen öffneten, waren massenhaft Einzelstadien notwendig. Sechsunddreißig Frames für wenige Bewegungssekunden!

Manches konnte auch nicht zurückgenommen und wiederholt werden. Hatte ich eine Stelle erst einmal ausradiert und eine Veränderung gezeichnet, konnte ich kein Zwischenstadium mehr einfügen. Wenn ich einen Fehler gemacht hatte oder mehrere Stadien für einen flüssigeren Übergang notwendig waren, musste ich noch mal von vorn anfangen. Bei den ersten Versuchen machte ich ein paar wirklich urkomische Fehler, beispielsweise schloss ich ein Auge vor dem anderen, so dass es aussah, als würde sie zwinkern. Ich musste auf die harte Tour lernen, dass eine kleine Veränderung *da* leider nicht ohne eine kleine Veränderung *hier* möglich war, ohne noch mal von vorn anfangen zu müssen.

Die wichtigste Erkenntnis war – und es dauerte eine ganze Weile, um mich daran zu gewöhnen –, dass man sich von der Zeichnung zugunsten der Animation verabschieden muss. Am Ende hat man etwas, das lebendig scheint, in Wahrheit jedoch nichts als eine Illusion ist. Die echte Zeichnung, die man anfassen und in der Hand halten kann, gibt es nicht mehr. Das ist doch total absurd, oder? Jedes Detail muss gezeichnet werden, als sei es das Wichtigste auf der Welt und für die Ewigkeit geschaffen, ehe man es überzeichnet und es nie wieder sehen wird, weil etwas seinen Platz einnimmt, das ohnehin erst irgendwann in der Zukunft entstehen wird und dann nur ein Trugbild ist. Wenn auch ein wunderschönes. Allein wenn ich darüber nachdachte, bekam ich schon Kopfschmerzen.

Das Gute war, dass ich machen konnte, wonach mir gerade der Sinn stand. Schneller, langsamer, Augen auf, Augen zu,

Kopf schief, Kopf gerade, und ich konnte sogar eine völlig neue Sequenz hinzufügen, wenn ich Lust hatte. Ich fühlte mich frei. Summte, sang Lieder. Und wann haben Sie Ihre Liebe zu Animationen entdeckt, Miss Wakefield? Ach, bitte sagen Sie doch Madeleine zu mir. Ehrlich gesagt, schon vor Jahren, als ich alle Zeit der Welt hatte. Hätten Sie je gedacht, dass Sie eine der berühmtesten Künstlerinnen Ihrer Generation werden würden? Niemals! Nicht in einer Million Jahren ... Hör auf! Lass das! Konzentrier dich gefälligst auf das, was du gerade tust. Sofort!

Die Schritte meiner Mutter auf der Treppe. Stille. Das bedeutete, dass sie vor der Tür stand und lauschte.

»Komm rei-hein!«, rief ich, bewusst im Singsang, um meinen Frust zu kaschieren. Wenn ich in einer Phase der Konzentration gestört wurde, war am Ende womöglich mein Daumen auf dem Foto oder die Klebebandrolle zu sehen, und es wäre ein Riesenaufwand, all die Veränderungen rückgängig zu machen.

»Arbeitest du wieder?«, fragte meine Mutter mit einem neugierigen Blick auf das Kamerastativ, ohne jedoch näher zu kommen. Sie stellte das Tablett mit ihrer neuesten Snackidee ab – Rührei auf Roggentoast, dazu ein Stück Avocado in Form einer schlafenden Katze.

»Danke, Mama.« Es versetzte mir einen Stich, als ich zusah, wie sie meine Bettdecke gerade zog, den vollen Papierkorb schnappte, um ihn zu leeren. »Danke noch mal für das Skizzenbuch. Es war eine tolle Idee. Zeichnen ist einfach das Größte.«

»Das freut mich sehr.«

Ihr Blick schweifte umher und blieb an den Fotos an der Pinnwand hängen. Zum Glück arbeitete ich gerade an der Animation für die Kampagne und nicht an Serenity oder dem Baby. Trotzdem prickelte meine Haut am ganzen Körper, so wie in einem dieser Albträume, in denen man splitternackt vor der ganzen Klasse steht.

»Mit Animation kenne ich mich ja nicht aus«, meinte sie, »aber bei der Zeichnung könnte ich dir vielleicht helfen. Nur für den Fall, dass du eine zweite Meinung brauchst. Sag einfach Bescheid.«

Der Stich wurde schärfer. »Klar, Mom.« Sie schlang von hinten die Arme um mich und gab mir einen Kuss auf den Kopf. »Geht's dir gut?«, fragte ich.

»Ja. Mir geht's gut. Und dir?«

»Gut.«

»Sag Bescheid, wenn du etwas brauchst.«

Sie schien vergleichsweise guter Dinge zu sein. Kein Zittern in der Stimme. Kein starrer Blick in zu grelles Licht. Schätzungsweise war sie froh, dass ich beschäftigt war. Schließlich war Kunst voll ihr Ding. Zwar schuf sie selbst nichts mehr viel, dafür war sie tagtäglich von Kunstwerken umgeben und erzählte anderen Leuten, was sie darüber wusste, und vermutlich hatte es auf mich abgefärbt. Von Antonio konnte ich mein Talent wohl nicht haben.

Es war bald an der Zeit für das nächste Blatt. Am Anfang war die Seite leer, langweilig. Viel spannender wurde sie erst mit all den Rissen, Flecken und Abdrücken vom vielen Zeichnen, Ausradieren, Korrigieren. Am Ende ist sie so spannend, dass man sie nicht einmal mehr verwenden kann. Dann nahm man ein neues, leeres, langweiliges Blatt.

Wo auch immer meine Mutter gerade sein mochte, in der Küche, beim Wäschewaschen oder vor ihrem Laptop in ihrem Arbeitszimmer – diese unsichtbaren Fäden zwischen uns waren immer da. Ich spürte förmlich das Ziehen. *Ich bin hier. Wenn du etwas brauchst … bitte, brauch doch etwas, damit ich es dir geben kann.* Tröstlich, aber auch schmerzhaft. Sie wusste, dass ich hier oben an meiner Animation arbeitete, würde aber nie darum bitten, einen Blick darauf werfen zu dürfen, auch wenn sie es sich noch so sehnlich wünschte. Wenn sie fragte, würde ich sie ihr vielleicht zeigen. Vielleicht würde ich es ohnehin tun, eines Tages, wenn ich sicher war, dass sie es ertragen konnte.

Antonio,

Sam behandelt mich immer gut! Er ist wahnsinnig nett und sehr loyal. Ich kann mir nicht vorstellen, dass er jemals etwas Falsches machen oder unfreundlich sein könnte. Nie im Leben. Das ist beinahe eine Charakterschwäche von ihm. War bloß ein Witz! Er denkt immer zuerst über alles nach und entscheidet dann, was er machen will. Manche Menschen dagegen handeln rein aus einem Impuls heraus. Meine Freundin Vicky ist zum Beispiel so. Daher kenne ich mich damit aus. Aber alle mögen sie und wollen sie gern um sich haben. Sam ist eher ein Einzelgänger. Na ja, vielleicht sind wir beide Einzelgänger, auf eine komische Weise. Vielleicht sind wir ja deshalb zusammen. Was ist mit dir? Bist du auch eher Einzelgänger?

Maddy

Maddy,

du und deine Fragen! Meine Jungs löchern mich mit Fragen über irgendwelche Fakten oder darüber, wie etwas funktioniert. Vielleicht erfahre ich jetzt, inwiefern Mädchen anders sind. Es könnte auch daran liegen, dass du schon etwas älter bist, fast schon erwachsen, und über die wichtigen Dinge im Leben nachdenkst … wer wir sind, woraus wir bestehen, wie wir uns verhalten. Bin ich ein Einzelgänger? Meine Arbeit verlangt, dass ich viel Zeit alleine verbringe. Aber ich bin auch Teil eines Teams. Ich liebe meine Familie wie verrückt, allerdings wäre ein bisschen mehr Zeit für mich eine feine Sache! Ehrlich gesagt, bin wahrscheinlich ich derjenige, der ein bisschen aus der Reihe tanzt. Erica ist sehr gesellig, hat gern andere um sich, redet, unterhält sich, wohingegen ich mir selbst genug bin.

Antonio

Antonio,

Miss Sedge sagt, im Hinblick auf unseren Planeten müssten wir alle unser Weltbild verändern. Wir müssten anfangen, uns Menschen lediglich als einen kleinen Teil aller Lebewesen auf der Erde zu betrachten. Ist das ein Paradigma? Glaubst du, eine wissenschaftliche Revolution könnte zutage fördern, dass es tatsächlich ein Leben nach dem Tod oder vielleicht sogar Gott gibt (wobei es ja, wie ich bereits erwähnt habe, auch durchaus ein Leben nach dem Tod ohne Gott geben könnte)? Immerhin hast du selbst gesagt, dass die lächerlichsten Ideen die tollsten Entdeckungen hervorbringen könnten. Laut Miss Sedge bekommt man, wenn man den geraden Weg geht, immer nur die Antworten, die man bereits kennt. Entscheidet man sich dagegen für den holprigeren Weg, gelangt man zu neuen Erkenntnissen. Genau das hat sie auch bei mir und Sam ausprobiert, und wir kamen auf die Wahnsinnsidee mit der Animation, auch wenn das wohl eher Kunst und keine Wissenschaft ist. Aber sie kennt sich mit beidem aus, und vielleicht funktioniert es ja trotzdem, weil es demselben Gehirn entspringt?

Gerade arbeite ich an einem Animationsfilm und war deshalb ziemlich beschäftigt. Sam hilft mir beim praktischen Teil. Eigentlich war der Film für den Protestmarsch gedacht, aber inzwischen bin ich so begeistert, dass ich ihn auch für mich mache. Es ist unglaublich, wie man aus einem Ding etwas anderes gestalten kann. Cloud hat scharfe Zähne, aber natürlich tut sie mir nicht absichtlich weh. »Sag Hallo, Cloud!« Sie winkt dir mit ihrer Pfote zu.

Maddy

14

Nachrichten unterliegen Abstufungen, von »katastrophal« über »schlecht« und »nicht ganz übel« bis zu einem vorsichtigen »ziemlich gut.« Die Untersuchungsergebnisse nach der Chemo waren nicht ganz übel. In einem Anfall von Enthusiasmus erlaubte meine Mutter mir und Sam, mit dem Nissan seines Vaters in unser Haus am See zu fahren, nur wir beide. Es war Ende Juni. Sam war schon mit fünfzehn in Begleitung seines Dads herumgekurvt, hatte den Führerschein gemacht, sobald er sechzehn geworden war, und die Prüfung auch gleich beim ersten Mal geschafft. Allerdings bestand meine Mutter darauf, dass sie erst ein paarmal bei ihm mitfahren durfte, bevor sie grünes Licht gab. Trotzdem konnte sie sich auch dann einen Vortrag über Geschwindigkeitsbegrenzungen, die Dummheit anderer Verkehrsteilnehmer und die Tendenz von Teenagern, Gefahren herunterzuspielen, nicht verkneifen. Ich verstand sie ja. Schließlich wäre es fies, mich jetzt durch einen Autounfall zu verlieren, nach allem, was sie durchgemacht hat.

»Du bist ein toller Junge«, sagte sie zu Sam am Morgen, bevor wir aufbrachen. »Aber denk daran, dass deine Frontallappen noch nicht vollständig entwickelt sind.«

»Meine was?«

»Deine Frontallappen.«

»Mit meinen Lappen ist alles in bester Ordnung!« Sam lachte ein wenig zeitverzögert. »Im Gegenteil. Die sind geradezu überdurchschnittlich weit.« Als wir noch klein gewesen waren, hatte Sam meine Mutter immer sehr gemocht, weil sie oft mit uns gespielt hatte, und auch heute noch konnte er sie deswegen gut leiden.

»Ich bezweifle keine Sekunde«, konterte Mom, »dass deine bemerkenswert überdurchschnittlich entwickelt sind. Dasselbe gilt auch für Maddy. Trotzdem seid ihr erst sechzehn. Dein Gehirn ist eine Dauerbaustelle.«

»Das Gehirn jedes Menschen ist eine Dauerbaustelle.«

»Ich habe ein Buch, wenn du mehr darüber lesen willst.«

Sam grinste mir zu. »Deine Mutter hat zu allem ein Buch.«

»Wir könnten deine Bücher doch mitnehmen, Mom. Falls wir sie brauchen.« Inzwischen bestand kein Zweifel mehr, dass Sam und ich miteinander schliefen. Meine Mutter ging erstaunlich cool damit um, allerdings war ich ziemlich sicher, dass sie Grandma nichts davon erzählt hatte. Sollten Mütter nicht aus Prinzip dagegen sein?

»Riechst du den Farn?«, fragte ich, als wir ankamen, schlug die Autotür zu und sog die würzige Tawasentha-Luft tief in meine Lunge. Wieso kamen einem eigentlich bei bestimmten Gerüchen die Tränen? »Hast du schon mal solche Farne gerochen?«

Sam stieg aus und schnupperte respektvoll. Ich war stolz darauf, den Schlüssel zum Haus am See zu haben. Das armselige Schloss an der Haustür hätte einen Einbrecher bestimmt nicht abgehalten, der ins Haus eindringen wollte, aber so etwas passierte hier nicht. Tawasentha Lake war einer der sichersten Orte im gesamten Universum. Die Tür klemmte wie üblich, und dann schlug uns die vertraute Mischung aus Gerüchen entgegen, darunter nach Mäusekot, schalem Lufterfrischer mit Zimtduft.

»Wow, echt nett hier«, bemerkte Sam, noch während wir im Vorraum standen, wo es lediglich Lichtschalter und eine Bank gab, auf die man sich setzen konnte, um sich die Stiefel auszuziehen. Trotz meines neu gewonnenen Rechts an Sams Körper machte mich sein Anblick, wie er im Hauseingang stand, lässig die Autoschlüssel in die Luft warf und geschickt wieder auffing, so verlegen, dass ich ihm nicht in die Augen sehen konnte. Das Haus war leer. Niemand würde vorbeikommen. Nichts stand uns im Wege.

»Vergiss nicht, deine Mutter anzurufen«, sagte er.

Danach zog er mich an sich. Ich vergrub das Gesicht an seinem Hals und versuchte, mich zu entspannen. Ich hatte jeden Sommer hier verbracht, seit ich denken konnte, und fühlte mich hier ebenso zu Hause wie in unserem richtigen Haus. Mein Kind-Ich spähte von draußen durchs Fenster herein und fühlte sich bei unserem Anblick, Sam und mein Teenager-Ich eng umschlungen, ein wenig ausgeschlossen. Wegen ihm löste ich mich von ihm und überhäufte ihn mit kleinen, beschwichtigenden Küssen.

Sam folgte mir zum Sicherungskasten in der Abstellkammer über dem Trockner. Ich schaltete den Strom ein und zeigte ihm die hinteren Schlafzimmer, hob mir das Wohnzimmer für den Schluss auf. Der See war so nahe, dass es den Anschein hatte, als befände er sich mitten im Raum. Sam fiel die Klappe herunter. Diesmal war ich diejenige, die ihn zu sich heranzog. Es war leichter, sich zu entspannen, wenn es andere Dinge gab, auf die man sich konzentrieren konnte.

»Sollen wir runter an den Steg gehen?«

»Könnten wir vorher noch etwas essen?«, fragte er. »Ich hab Bärenhunger.«

Wir machten uns Erdnussbuttersandwiches und aßen sie am Küchentresen.

»Was ist das?« Er wedelte mit seinem Sandwich in Richtung Dielendecke.

»Oh, das ist eine Leiter zum Herunterziehen. Sie führt auf den Dachboden.«

»Und was ist dort oben?«

»Nur alter Krempel. Eigentlich sollte es ein Spielzimmer werden, aber Mom hatte nie Zeit für den Umbau. Robin meint, er fängt bald an.«

»Du brauchst doch gar kein Spielzimmer mehr«, sagte Sam.

»Das stimmt, aber man könnte es auch für etwas anderes verwenden. Ich wollte schon immer ein Versteck in den Baumkronen haben.«

»Könnte echt super sein.«

»Ich bezweifle, dass es jemals fertig wird.«

Nach unserem Snack gingen wir zum Steg. Es war angenehm warm für einen Abend am See. Wir setzten uns auf die Stühle, und ich knibbelte an der abblätternden Farbe. »Sieh nur. Abblätternde Farbe, soweit das Auge reicht. Ich hoffe, du hast deine Kamera dabei.«

»Klaro«, meinte Sam.

Ich war froh, dass wir früh genug angekommen waren, um noch eine ganze Weile Tageslicht zu haben, und der See sich von seiner ruhigsten Seite zeigte. Sam war ungewöhnlich still.

»Glaubst du, ich wäre derselbe Mensch geworden, wenn ich nicht hier am See aufgewachsen wäre?«

»Das könntest du nur sagen, wenn du die Zeit zurückdrehen und noch mal von vorn anfangen würdest. Ich bin jedenfalls nicht an einem See groß geworden.«

»Und du hast trotzdem überlebt.« Es war seltsam, ohne meine Mutter oder meine Großeltern hier zu sein. Eigentlich sollte ich mich frei fühlen, stattdessen schien das Gewicht des Sees, der sich rosafarben in der Abenddämmerung vor uns ausbreitete, schwer auf meinen Schultern zu liegen. Manchmal war der Grat zwischen Frieden und Angst erschreckend schmal.

»Deshalb kannst du nur Vermutungen anstellen«, meinte Sam.

»Ich vermute«, sagte ich, »dass der See nach all den Jahren ein Teil von mir ist. Natürlich nicht in dem Sinne, dass du mich aufschneidest und dir das Wasser entgegensprudelt.«

»Natürlich nicht.«

Irgendwo in der Ferne, wo sich die zwei Baumreihen vereinten, driftete jemand in einem Kanu auf dem Wasser, ein dunkler Fleck, der gemächlich auf der silbrigen Platte dahintrieb. Ich wusste genau, wie sich das anfühlte. Man legte das Paddel quer über das Kanu und hörte ganz einfach auf zu steuern, die Richtung zu kontrollieren, sich zu fragen, wohin man als Nächstes fahren sollte. Sollte doch das Wasser entscheiden.

»Kannst du dir vorstellen, wie es im Winter hier ist?«

»Bestimmt der Hammer.«

»Absolut. Es ist so wunder-wunderschön. Du solltest mal die Geräusche hören, die der See macht. Es ist unglaublich! Als würde ein riesiges Flugzeug direkt unter der Oberfläche versuchen, sich umzudrehen.«

»Ist es das Eis, das knackt?«

»Nein, es ist kein Knacken. Ich glaube nicht. Ich bin nicht sicher, was es da tut. Vielleicht bewegt es sich nur. Oder versucht, sich vom Ufer zu lösen.« Mir war klar, dass ich Sam nicht klarmachen konnte, wie es sich anhörte. Man musste es selbst erleben.

»Nächsten Winter musst du herkommen.«

»Klar«, sagte Sam. Ein Vogel flog vorbei, so hoch am Himmel, dass man ihn nicht hören konnte.

»Hast du jemals so getan, als würdest du aus dem All auf dich heruntersehen?«, fragte ich.

»Manchmal, ja.«

»Oder als würdest du dich aus der Perspektive eines mikroskopisch kleinen Tieres ansehen?«

»Na ja, aus dem All betrachtet, sind wir ja bloß die Schleimschicht auf der Erde. Und für etwas so Winziges wie ein Atom oder so sind wir irrelevante Riesen.«

Wir saßen Händchen haltend auf den Stühlen, sahen zu, wie das Wasser unterschiedliche Violett- und Schwarzschattierungen annahm. »Maddy?«, meinte Sam nach einer Weile, ohne mich anzusehen.

»Was?«

»Weißt du, was als Nächstes passieren wird?«

»Du meinst, ob es mir besser geht?«

Er runzelte die Stirn. »Ich meine, wie lange dauert es, bis die Chemo wirkt? Du musst nicht darüber reden, wenn du nicht willst.«

»Woher soll ich das wissen?«

»Geben dir die Ärzte denn nicht irgendeine Prognose?«

»Sie sagen, dass man immer noch etwas anderes ausprobieren kann. Dr. Osterley ist der beste Onkologe der Welt. Ich liebe Dr. O.«

»Aber sie können dir nicht sagen, wie es weitergeht? Was als Nächstes passiert?«

»Wir müssen optimistisch sein«, sagte ich, imitierte meine Mutter.

»Das ist wohl wahr.«

»Ich glaube, nicht mal sie wissen es.«

Er wandte sich wieder dem See zu. »Ich hab nur so gedacht.« Hoch oben am Himmel erschien der Mond, allerdings vermochte er noch nicht, den Himmel zu überstrahlen. Sam wechselte häufig ohne Vorwarnung das Thema. »Wusstest du, dass alles Wasser, das wir auf der Welt haben, niemals mehr werden wird?

»Heißt …«

»Heißt, dass es Meere und Flüsse gibt, Polarkappen und all das, und nicht zu vergessen den Wasserdampf in der Luft …«

»Wasserdampf in der Luft?«

Er tat so, als würde er Rauchringe auspusten. »Der Atem besteht hauptsächlich aus Wasser. Das Interessante ist aber, dass Materie nicht zerstört werden kann. Das eine verwandelt sich einfach bloß in etwas anderes.«

»Wasser ist aber keine Materie.«

»Materie besteht nicht nur aus festen Stoffen, sondern aus Atomen und Molekülen.«

»Wenn sich die Erde also um vier Grad erwärmt und alle Bäume und Tiere sterben, gelangt das Wasser aus ihren Körpern letztlich in die Meere?«

»Das vermute ich. Und in die Luft.«

Ich dachte darüber nach. »Aber ist das nicht ein tröstlicher Gedanke? Also wenn das keine schöne Vorstellung ist, dann weiß ich auch nicht.«

»In gewisser Weise schon. Auf lange Sicht zumindest.«

Mit einem Mal sah der See völlig anders aus, so als hätten sich die Bäume verflüssigt und das Wasser sich in Stein verwandelt. Am liebsten hätte ich die harte, schimmernde Oberfläche durchbrochen. Ich stieß einen Laut aus, so wie wenn man ein Echo auslösen will. Etwas nahm mir den Ruf aus dem Mund und verwandelte ihn in einen Schrei. Alles Grauenvolle, das mir je widerfahren war, meine ganze Wut und Verzweiflung wurden von dem Schrei absorbiert, der immer weiter anschwoll wie eine stetig näher kommende Sirene, bis sie den gesamten Himmel einzunehmen schien und sogar mir selbst Angst einjagte.

»Was zum …«, stieß Sam hervor.

Mein Schrei verebbte zu einem scherzhaften Heulen.

»Entschuldige«, sagte ich fröhlich. Sollte er doch ruhig glauben, dass wir ständig wild schrien, wenn wir am See waren, aus purer Lust und Tollerei.

Er sah mich an, unsicher, ob er lachen sollte oder nicht. »Was war das denn?«

»Weißt du was, Sam? Am Ende könnte ich sogar auf dich herunterregnen. Oder in deinem Badewasser sein.«

»Maddy …!« Er versuchte, sich ein Grinsen zu verkneifen.

»Ich könnte aus deinem Wasserhahn kommen. Oder in deinem Kaffee sein. Natürlich wüsstest du es nicht. Oder vielleicht doch. Ich habe irgendwo gelesen, dass Wasser ein Gedächtnis hat. Das Gedächtnis des Wassers.«

»Homöopathie«, sagte Sam. »Meine Mutter schwört darauf. Das Gedächtnis des Wassers. Ich glaube allerdings, dass die Wirkungslosigkeit bewiesen ist. Wissenschaftlich zumindest.«

»Ehrlich?«

»Vielleicht auch nicht«, ruderte er eilig zurück. »Immerhin ist sie dadurch ihre Migräne losgeworden. Könnte aber auch der Placebo-Effekt gewesen sein. Trotzdem. Man weiß ja nie. Miss Sedge sagt, es gibt so vieles zwischen Himmel und Erde, das wir nicht verstehen. Möglich ist alles.«

Lange Zeit saßen wir schweigend da.

»Sam?«, sagte ich schließlich.

»Ja?«

»Trotzdem wäre ich gern irgendwo.«

»Sag so was nicht«, erwiderte er sofort. »Du weißt doch gar nicht, was passieren wird. Die Medizin ist mittlerweile schon so weit und kann unglaubliche Dinge bewirken. Inzwischen kann man eine Menge bewirken.« Er senkte die Stimme. »Bitte, sag so was nicht, Maddy. Bitte.«

Je mehr Sam sich echauffierte, umso ruhiger wurde ich. Vielleicht war das Maß der Angst, die man ertragen konnte, ja beschränkt, und wir wechselten uns deshalb damit ab. »Sagen wir doch einfach mal, dass es passiert. Rein theoretisch. Wäre es nicht traurig, wenn du und ich nie darüber geredet hätten?«

Ich hatte Sam noch nie so verängstigt erlebt. »Sam?« Jetzt war der richtige Zeitpunkt, ihm die Frage zu stellen. »Bitte versteh mich nicht falsch ...«

»Okay.«

»Wieso willst du mit mir zusammen sein?«

Er riss die Augen so weit auf, dass das Weiße zu sehen war. »Findest du nicht, dass wir uns gut verstehen?«

»Natürlich finde ich das. Ist doch klar!«

»Na dann.« Er machte ein Gesicht, als wollte er schmollen.

»Weil ich krank bin?«

»Nein!«

»Stehst du vielleicht auf kranke Mädchen?«

Er wirkte so gekränkt, dass ich ihn anstupste. »Spuck's einfach aus, Sam! Es macht nichts. Denk nicht zu viel nach. Du denkst immer zu viel!«

Er starrte mich an, als hätte ich irgendetwas Tiefgründiges, preisverdächtig Schlaues von mir gegeben. »Genau darum geht's doch! Ich denke einfach zu viel, es ist einfach so. Ich mag Leute, die auch denken. Die meisten in unserem Alter interessieren sich doch bloß für Sport, ihr Aussehen und dafür, dass sie möglichst viele Freunde haben. Das alles ist so trivial.«

»Und ich bin nicht trivial.«

»Nein ...« Er senkte die Stimme. »Du bist definitiv nicht trivial ...«, sagte er neckend.

»Nein?«

»Du hast Tiefgang ...« Er beugte sich herüber zwischen die Stühle und küsste mich mit einer Sehnsucht, die keinen Zweifel daran ließ, dass er mich nicht bloß wegen meines Mangels an Trivialität mochte, der im Übrigen nicht nur aus der

Tatsache resultierte, dass zufällig etwas mit meinem Blut nicht rundlief. Aber noch würde ich nicht nachgeben. Ich zwang ihn, mich anzusehen.

»Hör zu, Sam. Künftig, ja? Wenn die Behandlungen nicht anschlagen und ich nicht mehr da bin, ja?«

»Ja?«, erwiderte Sam, bereit, sich erneut mit mir anzulegen.

»Alles Gute, was dir passiert?«

»Ja?«

»Kommt von mir.«

Einen Moment lang sah er aus, als könnte er sich nicht entscheiden, ob er in Gelächter oder in Tränen ausbrechen sollte. Ein Gefühl tiefer Liebe stieg in mir auf. Eng umschlungen gingen wir zum Haus hinauf.

Anfangs war es seltsam, es im Schlafzimmer der Hütte zu tun, inmitten der Rettungswesten an der Wand, der Brettspiele und Plüschtiere, die immer noch herumlagen, weil ich mir nie die Mühe gemacht hatte, sie zu entsorgen. Wir ließen die Vorhänge offen, was dem Ganzen noch einen zusätzlichen Kitzel gab, obwohl uns sowieso keiner beobachten würde. Vielleicht lag es an der Nähe des Sees, vielleicht an unserem Gespräch auf dem Steg, vielleicht auch an dem Gefühl, in Sicherheit zu sein, obwohl uns im Grunde genommen jeder hätte sehen können, jedenfalls war es dieses Mal viel besser. Und letzten Endes auch trauriger. So was steht nicht in Büchern.

Ich rollte mich auf den Bauch. Sam lag neben mir und strich mit den Fingern an meiner Wirbelsäule entlang, während ich die Feuchte seiner Schenkel spürte, die sich an meine Beine pressten. Es stimmt, dass Männer sich beim Sex vollständig entleeren. Aber auch ich fühlte mich irgendwie leer, so als hätte ich diesen riesigen Schatten aus meinem Körper gepresst. Ich spürte Sams Finger und dachte, dass vielleicht am Ende doch noch alles gut werden würde. Freude war etwas, das ewig währte so wie der See und der Himmel. Mit dem einen Auge konnte ich durch meine Wimpern hindurch die silbrige Linie durch die Bäume erkennen. Langsam schloss ich mein Auge, öffnete es wieder. Wo würde diese Linie hingehen? Die Bäume zwischen mir und dieser Linie? Das Moos, das so tief in den Schatten verborgen lag, dass ich es nicht sehen konnte, sondern mich schlicht darauf verlassen musste, dass es da war? Was war mit all meinen Gedanken zu diesem See? Alles, was mir hier widerfahren war? Wohin würde all das gehen? Ich konnte die Antwort spüren, wie irgendein armes Geschöpf, das sich wieder und wieder im Kreis drehte, um die eigene Achse, ohne jemals innehalten und zur Ruhe kommen zu können. Nirgendwohin, lautete die Antwort. Der See wäre immer noch da. Aber mein See nicht mehr. Alles, was ich fühlte, dachte, sah, hörte, roch, war untrennbar mit mir verbunden, nur mit mir allein, und würde mich überallhin begleiten, wohin ich auch ging.

Ich zog das Laken hoch und flüsterte Sam etwas ins Ohr, um zu verhindern, dass die Traurigkeit alles überdeckte. Wenn ich es zuließ, dass sie mich erfasste, hätte ich nichts anderes mehr als diese Traurigkeit. Ich schmiegte mich an ihn. Wenn man es sich genau überlegte, war es das reinste Wunder. Hätte Miss Sedge uns nicht wegen der Kampagne zusammengespannt, wäre ich jetzt nicht hier, im Haus am See mit Sam. Ich würde nicht wissen, wie es sich anfühlte, neben diesem perfekten, warmen Körper zu liegen und seine Hand über meinen Rücken wandern zu spüren.

»Sam?«

»Was?«

»Soll ich dir mal von meinem Libellenhospital erzählen?«

Eigentlich konnte er kaum Nein sagen. Ich zwang ihn, liegen zu bleiben, mir den Rücken zu streicheln und sich alle meine Geschichten zum See anzuhören, die mir einfielen, bis ins letzte Detail: Die Miller-Kinder und ich hatten Libellen befreit, die sich in den Spinnennetzen unter dem Steg verfangen hatten. Mit der Pinzette hatten wir die klebrigen Fäden abgezupft, und wenn ihre Flügel nicht allzu schwer verletzt gewesen waren, waren sie davongesurrt. Ich erzählte, wie ich das erste Mal den See durchschwommen hatte, und zwar nicht die Breite, sondern die Länge, während Mom und Grandpa mir im Kanu gefolgt waren. Wie ich am Steg gesessen und gesungen hatte, als ein Sturm aufgezogen war. Wie ich neben der Luftwaffenbasis Heidelbeeren gepflückt hatte, ganze Schüsseln voll, die dann auf dem Küchentresen aufgereiht standen. Ich hatte die unreifen Früchte, Blätter und Zweige aussortieren müssen, die sich darunter gemischt hatten. Töpfe voll kochender Heidelbeeren, wobei sich die violetten Beeren in einen dunkellila Matsch für Grandmas Kuchen verwandelten. Als ich noch klein war, dachte ich, der Kuchen bestünde in Wahrheit aus anderen Früchten und sie würden ihn nur Blaubeerkuchen nennen, weil ich mir nicht vorstellen konnte, wie so eine Veränderung der Konsistenz möglich war. Ich erzählte ihm von den köstlichen Maiskolben, die es hier gab, von den Vogelhäuschen, die Grandpa gebaut hatte, und den kleinen Vogelküken darin, von Wanderungen durch das Tal und zum Aussichtspunkt hinauf, vom Eislaufen auf dem See und davon, wie still die Wälder im Winter waren.

»So«, sagte ich, als ich geendet hatte.

»Was so?«

»Lass uns aufstehen.«

Ich ließ Sam den Vortritt, weil ich ihn so gern beim Anziehen beobachtete. Noch war er verlegen, wenn ich ihn nackt sah, aber diesmal schien es ihn nicht zu stören, dass Teile seines Körpers vor meiner Nase herumbaumelten. Schrumpelig, in sich zusammengefallen. Violett. So ganz anders als der Rest seines Körpers. So ganz anders als das Geschöpf von gerade eben, das seine ganz eigenen Vorstellungen hatte. Obwohl ich es eigentlich nicht mochte, wenn die Vorhänge nach Einbruch der Dunkelheit offen waren, zog ich sie nicht zu. Sam hampelte ein wenig herum, schleuderte seine Unterhose in die Luft und fing sie mit dem Fuß auf. Ich lag auf der Seite und lachte. Die Sache war die: Früher einmal war ich für Sam das Mädchen gewesen, mit dem er Planetarien gebastelt oder über die Umweltzerstörung geredet hatte, das Mädchen, mit dem er einen Animationsfilm machte. Doch nach allem, was passiert war, würde er mich nicht so einfach abhaken können, denn ich würde für immer das erste Mädchen bleiben, mit dem er geschlafen hatte. So etwas vergaß man nicht.

Antonio,

wir waren bei einem Wahnsinnskonzert. Magst du Chopin? Ich habe noch mal darüber nachgedacht, wie es ist, Einzelgänger zu sein. Wenn es etwas gibt, wobei ich gern alleine bin, dann ist es beim Musikhören. Oder? Es ist kompliziert. Eigentlich wünsche ich mir Gesellschaft, gleichzeitig will ich allein sein. Immer häufiger. Aber keine Sorge, mir geht's gut! Ich sage nur, dass Musik das Unglaublichste ist, was es auf der Welt gibt. Aber bestimmt weißt du das ohnehin, wenn du Gitarre spielst. Früher habe ich Klavier gespielt, aber heute nicht mehr. In letzter Zeit höre ich eher Musik, als selbst welche zu machen. Es steht einem schließlich nicht für alles im Leben unbegrenzt Zeit zur Verfügung.

Maddy

Maddy,

Musik! Ja! Dazu gibt es eine Menge zu sagen. Ich mag klassische Musik auch sehr gerne. Brahms, Chopin, alle Romantiker, aber auch die modernen Komponisten. Oliver Sacks schreibt auch darüber. Musik hat eine tief greifende Wirkung auf uns, und so ziemlich alles, was eine tief greifende Wirkung auf uns ausübt, hat uns an irgendeinem Punkt unserer Entwicklung einen evolutionären Vorteil verschafft. Meine Forschung ist sehr spezifisch und dreht sich um die biochemischen Vorgänge im Gehirn, allerdings beleuchtet sie nicht die interessantesten Fragen rund um unsere Seele und schon gar nicht die, was passiert, wenn wir sterben! Nicht alle Wissenschaftler sind Atheisten so wie ich und haben einen so pragmatischen Zugang zu diesen Themen. Schließlich sind wir alle letztlich Tiere. So sehe ich es jedenfalls. Aber wenn du erst älter wirst, wirst du schon deine eigenen Theorien dazu entwickeln.

Antonio

Maddy,

ich bin beeindruckt, wie vielfältig du bist. Musik, Kunst, die Kampagne, ganz zu schweigen von der Schule. Wie kriegst du das alles unter einen Hut? Du musst ja jede Menge Energie haben. Ich wollte mich noch mal nach deiner Mutter erkundigen. Wie geht es ihr? Und ihrer kranken Freundin?

Antonio

Antonio,

alles auf einmal machen, das ist meine Philosophie. Ob ich ungeduldig bin? Ja, vielleicht. Moms Freundin geht es leider nicht besonders. Schwer zu sagen, was noch passiert. Aber zurück zu den Fragen, die ich dir schon vor einer Ewigkeit gestellt habe. Wieso ist Mom wütend auf dich, was meinst du? Hattest du ein bisschen Zeit, darüber nachzudenken? Ich würde es wirklich gern erfahren. Und viele andere Dinge auch.

Maddy

Maddy,

ich denke, das sollte dir deine Mutter selbst sagen. Wir haben keinen Kontakt zueinander. Das Ganze ist lange her, und jeder hatte damals seine eigene Meinung. Es ist mir wichtig, dass du weißt, wie sehr ich mich darüber freue, dass du dich bei mir gemeldet hast und ich dich auf diesem Weg ein bisschen besser kennenlernen darf. Mehr möchte ich dazu eigentlich nicht sagen, obwohl es eine Menge zu sagen gäbe! Wer weiß, vielleicht können wir uns ja eines Tages einmal treffen? Es ist leichter, schwierige Dinge persönlich zu besprechen.

Antonio

EVE

8

Inzwischen war ich dazu übergegangen, vor allen anderen zur Arbeit zu kommen, wenn Roland, der Wachmann, gerade seinen Morgenkaffee in seinem Büro im Zwischengeschoss trank. Er wusste, dass ich gern eine Runde durch das Museum drehte, bevor wir aufmachten. Ich ging durch die dunklen Räume und schaltete nacheinander die Scheinwerfer an. Das Licht vor mir schuf den Raum, den ich brauchte, erhellte die mit Teppich ausgelegte untere Galerie mit der Wandvertäfelung und dem verhüllten Klavier, die Treppe aus demselben dunklen Holz wie die Vertäfelungen, die Glasbrücke, die das Originalgebäude mit dem luftigen Teil des Museums verband.

Obwohl die Gesellschaft anderer Menschen in vielerlei Hinsicht qualvoll war, zog ich es seit Maddys Tod vor, direkt im Museum statt zu Hause zu arbeiten, allerdings blieb ich auf Distanz zu den anderen, mit Ausnahme von Claire. Die Jugendprojekte ließ ich vorübergehend ruhen, behielt jedoch meine Leitungsfunktion weiter inne, begleitete erwachsene Besucher und verbrachte viel Zeit allein in den Räumen. Seltsamerweise fühlte ich mich beinahe in die Zeit zurückversetzt, als die Kunst noch aufregend gewesen und mir unerlässlich erschienen war. Wenn ich jedoch vor meinen Lieblingsgemälden stand, waren sie wie alte Freunde, mit denen ich mich überworfen hatte, die mir etwas mitzuteilen versuchten, das sie gerade erfahren hatten, es mir aber nicht zu vermitteln vermochten.

Heute ging ich in den Wachsraum, der etwa die Größe eines Aufzugs besaß und sich in der Nähe von Renoirs »Frühstück der Ruderer« befand, dem wertvollsten Gemälde der Sammlung. Ich tastete nach dem Lichtschalter, worauf der winzige Raum zum Leben erwachte und die mit Bienenwachs bestrichenen Wände wie menschliche Haut schimmerten. Viele Besucher betraten und verließen den Raum wieder und beschwerten sich: »Da ist doch gar nichts!«

Ich stellte meinen mitgebrachten Klappstuhl ein Stück neben dem Eingang auf. Unmittelbar nach der Einrichtung des Wachsraums hatte ich ihn als bedrückend empfunden. Unter dem süßlichen Geruch nach Geburts-, Sonn- und Adventstagen hatte ich etwas Stechendes, Animalisches wahrgenommen, etwas, dem die menschliche Welt vollkommen einerlei war. Umso seltsamer war es, dass der Raum mich nun in Begeisterung versetzte, mich zweimal hinsehen ließ. Meine Wahrnehmungsgabe hatte sich in so vielfältiger Weise neu etabliert, dass ich mich häufig dabei ertappte, die Nähe von Dingen zu suchen, die mich früher abgestoßen hatten. Abgesehen davon hatte ich hier drinnen meine Ruhe und Raum, um nachzudenken.

»Hätte Maddy es dir selbst sagen sollen?«, hatte mein Vater vorsichtig gefragt, weil er genau wusste, dass das der springende Punkt war. Maddy hatte sich entschlossen, Antonio ohne mein Zutun ausfindig zu machen. Daran gab es nichts zu rütteln. Allmählich begriff ich, dass man jemanden nicht nur einmal verlieren konnte, sondern immer und immer wieder. All die Männer, die sie von mir weglockten. Sam, Antonio und, auf eine kompliziertere Art, auch mein Vater. Natürlich hatte sie den Rat und die Bestätigung von Männern gebraucht, hatte nach ihrer Liebe gegiert. Das war vollkommen verständlich. Der Lauf der Natur. Das wusste und akzeptierte ich. Zweifellos hätten wir als Erwachsene unsere Solidarität als Frauen wiederentdeckt und uns zusammen über die Unzulänglichkeiten der Männer schlappgelacht. Zweifellos hätte ich ihr eines Tages die ganze Geschichte über Antonio erzählt. Das hatte ich immer vorgehabt. Wir hatten immer geplant, ihn aufzustöbern, wenn sie achtzehn war. Pläne!

Als ich aus dem Wachsraum trat, brannten sämtliche Lichter, und Alison Ward, die Museumswächterin, die ich am wenigsten leiden konnte, hatte vor dem »Frühstück der Ruderer« Posten bezogen und probte ihre finstere Tagesmiene. Sie war mir unterstellt, und unmittelbar vor meinem Sonderurlaub wegen Maddys Tod hatte ich sie abgemahnt, weil sie in aller Öffentlichkeit einen Praktikanten lautstark zur Schnecke gemacht hatte. Seit meiner Rückkehr benahm sie sich wie ein pampiger Teenager, der sich betont um ein tadelloses Benehmen bemühte. Wann immer wir uns über den Weg liefen, warf sie mir einen hinterhältig-finsteren Blick zu, der sagte: *Sie können mich nicht feuern, nur weil ich kein freundliches Gesicht mache, oder?* Dann, letzte Woche, hatte sich ein Besucher bei einem der Museumsführer beschwert, Alison sei unverschämt gewesen. Natürlich war die Beschwerde an mich weitergeleitet worden.

Als sie mich mit dem Klappstuhl in der Hand sah, zog sie die Brauen hoch. Es war kurz vor zehn. Ich hatte länger im Wachsraum gesessen als beabsichtigt.

»Guten Morgen«, sagte ich brüsk. »Die Putztruppe meinte, im Wachsraum sei etwas verschüttet gewesen, aber niemand darf etwas anfassen.«

Ihr angedeutetes Lächeln machte mich wütend. Sie wusste genau, dass ich ganz allein im Wachsraum gesessen hatte und das eben nur eine faule Ausrede war. Außerdem wusste sie, was in meinem Leben gerade los war, so wie es alle anderen ebenfalls wussten.

Ich trat vor sie, heilfroh, dass sie saß und ich stand. Ihr bolzengerade geschnittenes Haar (selbst gestutzt, wie es aussah) schmeichelte ihrem runden, bleichen Gesicht nicht gerade. Sie fläzte in ihrem grauen Sweatshirt auf ihrem Stuhl und sah mich mit zusammengekniffenen Augen mit der Verschlagenheit einer misshandelten Katze an. Der Kontrast zwischen ihr und den gut gekleideten Menschen auf dem Gemälde hatte etwas geradezu Komisches, ganz zu schweigen von dem Kontrast zwischen ihr und Maddy, die selbst in ihren schlimmsten Tagen noch Anmut und Haltung besessen hatte.

»Und war es?«, fragte Alison mit ihrer rauen Stimme.

»War was?«

»War da drinnen tatsächlich etwas verschüttet?«

»Falls ja, haben sie es aufgewischt«, antwortete ich. »Ich muss Ihnen leider sagen, dass es eine Beschwerde über Sie gab, Alison.«

»Sagten Sie nicht gerade, die Putzleute dürften nichts in dem Raum anfassen?«

Ich ging nicht auf ihre Frage ein. »Keine offizielle, aber trotzdem. Von einem Besucher.«

»Weswegen?«

»Ein Besucher hat sich bei einem der Museumsführer beschwert, Sie hätten in einer ›extrem unhöflichen Art‹ mit ihm gesprochen. Es ging wohl um einen Matisse.«

»Die Leute wollen nicht, dass man ihnen sagt, wie sie sich verhalten sollen, auch wenn man es noch so höflich tut.«

»Und wie höflich sind Sie?«

Sie krallte die Hände um die Armlehnen ihres Stuhls. Mir fiel auf, dass sie eine ganz bestimmte Art hatte, mich anzusehen, ohne tatsächlich Blickkontakt aufzunehmen. »Wenn es keine offizielle Beschwerde war, wieso sagen Sie es mir dann? Die Leute können doch alles behaupten.«

Ich bedachte Alison mit einem, wie ich hoffte, durchdringenden Chefinnenblick. Mittlerweile hatte ich jegliches Vertrauen in meine natürliche Autorität verloren.

»Der Typ war so ein lauter Riesenkerl. Er ist einfach hingegangen und hat den Matisse mit dem Finger berührt. ›Bitte berühren Sie die Kunstwerke nicht‹, habe ich zu ihm gesagt. Darauf meinte er: ›Aber das Ding ist doch hinter Glas‹, worauf ich gesagt habe: ›Wenn Sie das Glas berühren, drückt es automatisch auf das Gemälde.‹ Er hat mich bloß finster angeguckt und noch mal hingefasst, sobald er dachte, ich würde es nicht mitkriegen. Wieso, verdammt noch mal, geht den Leuten einer ab, wenn sie Kunstwerke anfassen?«

»Wie lange arbeiten Sie schon hier, Alison?«

»Anderthalb Jahre.«

»Hatten Sie nicht vorgehabt, Ihr Masterstudium in Angriff zu nehmen?«

Sie wandte den Blick ab. »Ja, hatte ich.«

»Und was hat Sie davon abgehalten?«

Sie verzog das Gesicht. »Soll ich Ihnen sagen, wieso der Typ mich unbedingt provozieren musste?«

»Wir nehmen Besucherbeschwerden sehr ernst. Was Sie getan haben, ist ein schwerer Verstoß gegen die Vorschriften.«

»Der Typ hatte einen Rucksack bei sich. Er muss über die Feuertreppe reingeschlichen sein. Also habe ich zu ihm gesagt: ›Den dürfen Sie nicht mit hineinnehmen. Darf ich Sie bitten, ihn in der Garderobe zu lassen?‹, daraufhin hat er mich angeschnauzt: ›Sie dürfen mich bitten, aber ich lasse ihn trotzdem nicht in der Garderobe. Wissen Sie, was ich hier drin habe?‹ Und dann hat er …« Alison streckte Daumen und Zeigefinger aus. »Er hat mit dem Finger direkt auf meinen Kopf gezielt, als wollte er schießen, und hat gelacht. Was für ein Arschloch!«, zischte sie.

»Und haben Sie ihn so genannt?«

»Natürlich nicht.«

»Puh.«

»Ich habe ihn als dämlichen Bauerntrampel bezeichnet.«

Ich stöhnte. »Aber Sie können die Besucher nicht beschimpfen. Das wissen sie doch.«

»Ich kann Waffen und Typen wie den nicht ausstehen. Was hätte ich denn machen sollen? Die Polizei rufen? In diesem Bundesstaat verstößt es gegen das Gesetz, eine Waffe bei sich zu tragen.«

»Alison, in diesem Job muss man kühlen Kopf bewahren. Sie hätten Roland rufen können. Oder einen von uns, damit wir Ihnen zur Seite stehen.«

»Ich habe dem Typen gesagt, dass ich den Sicherheitsdienst rufe, daraufhin hat er geflucht und ist nach unten marschiert. Ich habe ihn wohl vertrieben, wie es aussieht. Aber jetzt kriege ich bestimmt gleich die nächste Abmahnung. Super. Werfen Sie mich ruhig raus, nur weil ich einen irren Schwachkopf daran gehindert habe ›Le silence habité des maisons‹ zu zerstören.«

»Na ja, mich hätte er bestimmt auch aus der Reserve gelockt«, sagte ich und versuchte, mir ein Lächeln zu verkneifen. Sie hatte keine Ahnung, wie sehr mir viele dieser Museumsbesucher auf die Nerven fielen. »Wie alt sind Sie, Alison?«

»Vierundzwanzig.«

Zum ersten Mal blickte sie mich unter ihrem dilettantisch gestutzten Pony hervor an. »Wie alt war Ihre Tochter?«

»Sechzehn«, antwortete ich verdattert.

»Tut mir sehr leid«, sagte sie.

»Danke.« Einen Moment lang herrschte Stille, während ich gegen meine aufsteigenden Tränen anblinzelte. »Also gut«, sagte ich schließlich brüsk. »Ich werde nicht weiter darauf herumreiten. Aber ich schlage vor, nächstes Mal atmen Sie tief durch und zählen bis zehn – nein, besser gleich bis hundert, ehe Sie selbst die Waffen auspacken und feuern.«

Wir grinsten beide.

»Ich mag das Gemälde sehr gern«, sagte Alison. »Es ist eines meiner Lieblingsbilder, und ich glaube auch zu wissen, was er uns damit sagen wollte.«

»Was uns wer sagen wollte?«

»Matisse natürlich«, blaffte sie. »Wer sonst?«

»Sie haben keine Ahnung, wie man mit einem Vorgesetzten spricht, oder?«

Sie senkte den Blick. »Haben Sie eine Ahnung, wie man sich fühlt, wenn man mitten am Tag in einem geschlossenen Raum eingesperrt ist? Wenn man allein ist, aber irgendwie auch wieder nicht? Genau darum geht es bei dem Bild.«

»Interessant«, bemerkte ich.

»Als ich hier angefangen habe, dachte ich, dass es bestimmt ganz toll wird, weil ich den ganzen Tag von Kunst umgeben bin. Aber in Wahrheit ist es bloß ein ganz normaler Job. Ich könnte genauso gut im Supermarkt arbeiten.«

Wieso tust du's dann nicht?, dachte ich. »Zu meiner Zeit konnte man als Museumsaufsicht anfangen und sich dann zum Museumspädagogen und sogar zum Kurator hocharbeiten. Man konnte sich eine berufliche Auszeit nehmen, sich weiterbilden und dann wieder einsteigen. Damals gab es sogar noch staatliche Stellen. Mein Vorgesetzter saß in einem Regierungsgebäude in Foggy Bottom. Heute ist das alles anders. Wenn man in dem Beruf Fuß fassen will, muss man mindestens einen Magisterabschluss haben. Und selbst dann …«

»Es herrscht eine unglaubliche Konkurrenz«, warf sie ein. »Vielleicht liebe ich die Kunst zu sehr. Ich will mir keinen Blödsinn über Kunst ausdenken müssen.«

»So sehen Sie das? Als Blödsinn?«

Sie musterte mich scharf. »Schreiben Sie diese Infotafeln etwa gern?«

»Manchmal.«

»Ich verstehe nur Bahnhof«, hatte Maddy einmal über eine meiner Infobroschüren gesagt. »Tut mir leid, Mom, aber ich kapiere kein einziges Wort davon.« Ich hatte sie zu so vielen Schülertagen ins Museum mitgeschleppt, dass ich ihr damit den unverstellten Blick auf die Kunst nahm. Kunst langweile sie, meinte sie. Es war eine Riesenerleichterung für mich gewesen, als sie wieder zu Stift und Papier gegriffen hatte.

»Können Sie die Leute denn nicht selbst denken lassen?«, fragte Alison.

»So wie den Kerl mit dem Rucksack?«

»Was hatte der überhaupt hier zu suchen?«

»Jeder hat doch das Recht, sich Kunst anzusehen.«

Sie schnaubte. »Jemand wie der ist doch dazu gar nicht in der Lage.«

»Da wäre ich mir nicht so sicher.«

»Ich sehe den Leuten doch tagtäglich zu. Die lesen bloß die Schilder an der Wand. Aber würden sie nicht da hängen, würden sie sich vielleicht die Zeit nehmen, die Kunst länger als ein paar Sekunden zu betrachten.« Sie verschränkte die Arme. »Eigentlich sollte jeder erst mal einen Test bestehen, bevor er hier reindarf.«

»So?« Ich lächelte. »Und was genau würden Sie mit diesem Test abfragen?«

»Allgemeine Intelligenz? Offenheit? Wie wär's mit: ›Wenn Sie sich ein Objekt aus dieser Sammlung aussuchen dürften, welches würden Sie nehmen und weshalb?‹ Und jeder, der hinschreibt: ›Weil es so gut über mein Sofa passt‹, kriegt lebenslanges Hausverbot.« Sie stieß ein heiseres Lachen aus. »Dann hätten wir das Museum ganz für uns allein.« Sie hielt kurz inne. »Ihnen wäre das doch auch recht, stimmt's?«, fügte sie süffisant hinzu.

Ich bedachte sie mit dem gespielt missbilligenden Blick, den meine Mutter sonst häufiger zum Einsatz brachte, und machte mich auf den Weg zu den Büros. Ich hatte noch nie sonderlich viel für »Frühstück der Ruderer« übrig gehabt, nun jedoch stießen mich die fedrigen Pinselstriche regelrecht ab, als ich daran vorbeiging, die zuckrigen Rosa- und Orangetöne der Frauen, die alle genau denselben Gesichtsausdruck hatten, und vor allem jene mit dem Strohhut, die ihr niedliches Hündchen küsste. Auf dem gesamten Bild war kein einziger scharfer Winkel, keine einzige klare, markante Linie zu sehen.

Der Verwaltungsbereich war eigentlich groß genug, um ihn in Einzelbüros zu unterteilen, doch das hätte gegen die Philosophie des Hauses verstoßen. Stattdessen hatte jeder von uns seinen eigenen langen Tisch. Bücherregale und Korkwände schufen Areale relativer Privatsphäre, ohne dabei die Atmosphäre von Offenheit und kollegialem Austausch zu unterbinden. Die Praktikanten, die tageweise abwechselnd arbeiteten, teilten sich einen Tisch am Fenster.

»Claire«, sagte ich und blieb neben ihrem Tisch stehen. »Ich habe eine Idee.« Um diese Uhrzeit hatten wir das Büro noch weitgehend für uns.

Claire Tivington war die pädagogische Leiterin, während ich als Assistentin die Freiheiten der Zweiten in der Hierarchie genoss.

»Mir ist langweilig.«

»Langweilig?«, wiederholte sie, ohne den Blick von ihrem Computerbildschirm zu lösen. Uns stand eine Wirtschaftsprüfung ins Haus, die sie offenbar mit Beschlag belegte.

»Ein bisschen ruhelos. Ein neues Projekt wäre toll.«

Erst jetzt sah sie mich an. Claire war lesbisch, fünfzehn Jahre älter als ich, mit einem weichen, faltigen Gesicht, einem unkomplizierten Naturell und der Neigung zu etwas zu engen und zu kurzen Hosenanzügen. Zur allgemeinen Erleichterung hatte sie beschlossen, ihr Haar nicht länger auberginefarben zu kolorieren, sondern das Grau herauswachsen zu lassen. Nach Maddys Diagnose hatte sie mir angeboten, dass ich so lange aussetzte, wie ich wollte, und einen bereits pensionierten Kollegen bezirzt, solange für mich einzuspringen. Obwohl wir stets professionelle Distanz gewahrt hatten, würde ich ihr ewig dankbar sein. Claire löste die Hand von ihrer Computermaus und faltete ihre dicklichen Hände auf dem Tisch.

»Es ist fast ein Jahr her, stimmt's?«

»Ich habe mir überlegt, ob ich nicht die England-Reise wieder in Angriff nehmen sollte.«

»Okay«, sagte sie. »Bringen Sie mir irgendwann das Konzept, dann besprechen wir Zeitpunkt und Budget.«

»Ich habe an Anfang Dezember gedacht.«

»So schnell?«

»Der Jahrestag ist Ende November.«

Claire nickte wie jemand, der sich immer auf sein Bauchgefühl verlassen konnte.

»Da drüben ist es gerade ziemlich spannend. Die überlegen ernsthaft, die Pädagogik mit dem Einkauf, der Kuratierung und der Ausstellungsstrategie zusammenzulegen …«

»Ja, ich weiß.«

»Ich würde aber jemanden brauchen, der mich begleitet«, fügte ich eilig hinzu. »Doris ist nicht mehr da. Eigentlich hätte sie das übernehmen sollen.«

»Wir sollten nichts überstürzen«, sagte Claire und sah mir in die Augen. »Der Dezember wird allerdings relativ ruhig sein.

Wir könnten vielleicht sogar einen der Praktikanten entbehren, je nachdem, wie es bei den Terminen aussieht. Melissa, vielleicht? Wir werden sehen. Jedenfalls gibt es noch eine Menge vorher zu besprechen.« Sie löste ihre Finger, und ihre Hand wanderte zu ihrer Maus zurück. »Die Finanzierung, zum Beispiel.«

Melissa war eine patente, brave Praktikantin, die gern kurze Röcke und Overknee-Stiefel trug. Sie machte Führungen und hatte angefangen, Beiträge für unsere Webseite zu schreiben, war sehr beliebt bei den Mitarbeitern und Gästen gleichermaßen. Sie hatte sich nie etwas zuschulden kommen lassen. Die Vorstellung, zwei Wochen mit ihr in London zu verbringen, war alles andere als einladend, aber dass Claire bereits ins Detail ging, war ein gutes Zeichen. Da ich Maddy verloren und Claire ein so großes Herz hatte, standen meine Chancen ziemlich gut, dass man mir meinen Wunsch erfüllen würde, sogar den ungewöhnlichen Teil davon.

»Ich habe mir überlegt, ob ich nicht Alison Ward mitnehmen sollte«, meinte ich beiläufig.

»Alison?«

»Sie hat eine schwierige Zeit hinter sich.«

»Haben Sie sich um diese Beschwerde gekümmert?«

»Ich habe vorhin mit ihr darüber geredet. Der Typ hat sie mit einer Waffe bedroht, ob Sie's glauben oder nicht. Sie hat sich entschuldigt. Wir haben alles besprochen. Dabei habe ich gemerkt, dass sie eine ganze Menge von Kunst versteht. Aber mir ist klar, dass sie keine Kandidatin ist, die einem als Allererstes in den Sinn kommt.«

»Finden Sie nicht, eine Gelegenheit wie diese sollte eher jemand bekommen, der …«

»Vorzeigbarer ist?«

»Mehr Erfahrung hat. Erfahrener, genau. Alison macht Aufsicht. Sie ist noch jung.«

»Sie will Museumswissenschaften studieren. An der John Hopkins.« Seit wann war ich so gut im Improvisieren?

»Ah. Verstehe.«

»Auf diese Art könnten wir zeigen, dass wir Mitarbeiter sämtlicher Hierarchiestufen fördern und wertschätzen.«

Claire lachte auf und warf mir einen Blick zu, der sagte: Zwei Profi-Frauen wie wir können uns den Schwachsinn ebenso gut schenken. Claire hatte eine Art an sich, andere wortlos und ungeniert zu mustern, während sie in aller Ruhe überlegte. Normalerweise versuchte ich nie, Claire über den Tisch zu ziehen. Ich sah, dass sie im Geist alles durchging, was sie über Trauerfälle und ihre Auswirkungen auf andere Menschen je gelesen hatte.

»Ich verstehe zwar nicht, wieso, aber neuerdings fühle ich mich zu jungen Frauen hingezogen. Ich halte mich gern in ihrer Gesellschaft auf, möchte sie fördern, ihnen helfen«, sagte ich schließlich.

Claire legte den Kopf schief und schenkte mir ein zutiefst bedauerndes Lächeln, das mir verriet, dass die London-Reise in Sack und Tüten war.

»Bringen Sie mir das Konzept, damit wir loslegen können«, sagte sie.

In der Eingangshalle wartete ein Grüppchen auf mich: vier Gäste, bei denen es sich allem Anschein nach um Touristen handelte, ein Amateurkünstler, zwei Rentner-Ehepaare und ein Mann im Anzug, den ich nicht recht einordnen konnte. Die Gruppe folgte mir und versammelte sich um Ben Shahns »Still Music«, das – verdienterweise – eine gesamte Wand für sich einnahm. Mr Bryce hegte eine besondere Leidenschaft für Musik, hatte wenig für »-ismen« übrig und arrangierte seine Sammlung immer wieder neu nach Themen:

Gebäude, Natur, die Farbe Rot. Ich nahm Blickkontakt zu dem Anzugträger auf, der sich prompt hinter den anderen verschanzte und sich davonstahl, als ich einen Moment nicht hinsah. Egal. Das Gemälde war wieder eloquent und voller Möglichkeiten.

Was sehen Sie?
Die Umrisse von Stühlen und Notenständern.
Sind sie vollständig?
Die Füße sind unten, die Notenhalter oben drauf.
Also ist es ein Orchester.
Aber es gibt keine Musiker.
Wirklich?
Vielleicht ist es ja nach dem Konzert.
Was sehen Sie hinter den Stühlen und den Ständern?
Farbkleckse.
Welche Farben?
Hellorange und Ocker. Rosa, Gelb, Braun.
Was für Farben sind das?
Erdfarben.
Was könnte es noch sein?
Die Farben von Haut.
Könnten das die Musiker sein?
Das sind doch bloß Farbkleckse.
Na gut, aber wo ist die Musik?
Es gibt keine Musik.
Vielleicht liegt die Musik ja im Rhythmus der Linien.
Die Wiederholung der Formen.
Formen innerhalb von Formen.
Die sich überlappen.

Um größere, komplexere Formen zu erschaffen.
Vielleicht sind Menschen ja nur Kleckse hinter der Musik.
Was bedeutet das?
Das ist eine Frage, die wir uns unwillkürlich stellen.
Kunst lädt zur Erklärung ein.
Es bedeutet das, was auch immer Sie an Bedeutung hineinlegen, egal was.
Für diese Egal-was-Interpretation bin ich nicht zu haben.
Ist Kunst so trivial, dass sie nur die Bedeutung hat, die wir in sie hineinlegen?
Was heißt das?
Kunst widersetzt sich der Erklärung.
Die Welt ist ein Mischmasch aus unseren Vorstellungen davon.
Nichts lässt sich für sich allein betrachten.
Nichts beschränkt sich auf seinen eigenen Rahmen.
Ist die Musik still im Sinne von friedlich?
Ist die Musik still im Sinne von reglos?
Wenn es ein Gemälde ist, ist es dann trotzdem Musik?

9

Früher habe ich mir in Momenten des kindlichen Triumphs stets ausgemalt, wie meine Lieblingslehrer hinter den Kulissen standen und mich anfeuerten. In ganz ähnlicher Weise war Antonio später ein unsichtbarer Begleiter gewesen, der im Museum auf meiner Schulter saß und zusah, wie ich versuchte, Leuten Wissen zu entlocken, von dem sie nicht gewusst hatten, dass sie es in sich trugen, und einsilbige Antworten als Brücke zu etwas Interessanterem und Wahrhaftigerem zu verwandeln.

Nach der Arbeit spazierte ich über ein paar Umwege zur Corcoran Street, weil ich das Bedürfnis hatte, ein wenig Zeit mit meiner Mutter zu verbringen. Früher einmal war ich mit Antonio die Straßen entlanggeschlendert, und auch jetzt schien er mich wieder zu begleiten, vorbei an den von schwerreichen Reedern um die Jahrhundertwende errichteten Bauten, die mittlerweile zu Eigentumswohnungen luxussaniert worden waren oder auch ein Militärmuseum beherbergten, vorbei an den verschiedenen Botschaften, die sich über einen gesamten Häuserblock auf der Massachusetts Avenue zogen, von denen einige, wie Maddy zu sagen pflegte, mehr wert waren als die Länder, die sie vertraten. Vorbei an dem Hotel, das berühmt für die verdeckte Ermittlung war, die den Bürgermeister letztlich zu Fall gebracht hatte. Aber selbst eine Gefängnisstrafe hatte ihm nicht ernsthaft etwas anhaben können, denn als Antonio und ich uns kennenlernten, war er gerade für eine zweite Amtszeit wiedergewählt worden.

Ich bog in die R Street ein und glaubte, plötzlich Maddys kleine Hand in meiner zu spüren. Ja genau, da war es! Das kleine Ziegelhaus mit der lila Tür. Einst eine Werkstatt, stand es zwischen zwei Stadthäusern und hatte nicht zuletzt wegen seiner pseudo-mittelalterlichen Eisenverzierungen und Gaslampen den Spitznamen »Hobbit House« bekommen. Wann immer wir daran vorbeigegangen waren, hatte Maddy mich feierlich informiert, dass sie eines Tages dort leben würde, für immer und ewig.

Ich läutete grundsätzlich, bevor ich das Haus meiner Eltern betrat. Ebenso automatisch zog ich den Schlüssel erst ein kleines Stück wieder ab, ehe ich ihn drehte, die schwere Tür aufschwang und auf die von Hundehaaren bedeckte Fußmatte trat.

»Ich bin's!«, rief ich. Ob sie wohl jemals die Tür reparieren ließen und eine neue Matte kauften? Kaffee, nasser Hund, altes Holz – die Ingredienzen von zuhause. Maddy hatte den Geruch immer geliebt, so wie alles andere hier: die dicht an dicht hängenden Fotos an den Wänden im Treppenaufgang, die Bücherstapel, die handgetöpferten Schalen auf den Regalen und die vollgestopften Säcke und Kartons auf der hinteren Veranda, die wir schon hatten, lange bevor Recycling in Mode kam. Meine eigene Kindheit und meine Erinnerung an Maddy in diesem Haus flossen ineinander. Bis heute war meine Tochter untrennbar damit verbunden. »Mom? Ich bin's?«, rief ich noch einmal, obwohl ich, inzwischen Expertin für leere Häuser, keine Antwort erwartete.

Ich war in der Küche und schrieb ihr einen Zettel, als ich ein Rascheln hörte. Meine Mutter kam langsam und wortlos die Treppe herunter. Sie trug Jeans und einen gelben Pulli mit Stickerei am Ausschnitt. Ihr Haar war platt gedrückt, als sei sie gerade erst aufgestanden. Schlagartig wurde mir bewusst, dass dieses Haus, das Paradies meiner Kindheit, mittlerweile zum Heim älterer Menschen geworden war. Bei ihrem Anblick flammten Bilder von einem Treppenlift, Gehhilfen, Pflegepersonal und einem Krankenbett auf, das mit dem reglosen Patienten darin von Zeit zu Zeit hochgefahren wurde, damit er die Aussicht durch das Panoramafenster genießen konnte. Ich sah vor mir, wie meine Eltern ihr geliebtes Heim und ihr Viertel verließen, das keine Verwendung mehr für sie hatte.

»Hallo, Schatz«, sagte sie.

»Was ist los, Mom?«

Sie wich meinem Blick aus. »Ach, es ist nur einer dieser Tage. Die haben wir doch alle mal.«

»Wo ist Dad?«

»Im Baumarkt, Material für die Hintertür holen. Es hat reingeregnet, und jetzt ist das Holz verzogen.«

»Ziemlich spät für den Baumarkt.«

»Ich glaube, er wollte einfach eine Weile aus dem Haus sein. Was für eine nette Überraschung. Bist du auf dem Heimweg von der Arbeit? Möchtest du etwas Warmes zu trinken?«

»O ja, bitte.«

Als wir mit unserem Kräutertee am Tisch saßen, fragte ich sie noch einmal, was los war, in der festen Erwartung einer lebhaften Erwiderung und damit der perfekten Gelegenheit, ihr die gute Nachricht verkünden zu können. Stattdessen füllten sich ihre Augen mit Tränen. Ich stand auf und schlang verlegen von hinten die Arme um sie, spürte die zitternden Schultern einer Frau, die mit zehn Jahren bereits ihre eigene Mutter verloren hatte.

»Was ist denn?«, fragte ich, obwohl ich bereits eine Ahnung hatte.

In meiner Mutter schlummerte eine Düsternis, der sie sich eisern verweigerte. Sie verdrängte sie, ging ihr aus dem Weg, ignorierte sie mit aller Entschlossenheit, was sich in einem fröhlichen Naturell, zwei Migräneanfällen pro Jahr und einer niedrigen Toleranzschwelle für schlechte Nachrichten manifestierte. Als mein Bruder und ich noch klein gewesen waren, hatte mein Vater bestürzende Artikel aus der Zeitung ausgeschnitten, während sie, meine Mom, brav um die Lücken im Papier herumlas: So war die Geschichte stets kolportiert worden, allerdings hatten mich in letzter Zeit Zweifel an ihrem Wahrheitsgehalt überkommen. Vielleicht war es ja auch nur eine Familienanekdote oder ein einmaliger Streich, den wir als Alltäglichkeit abgespeichert hatten. Jedenfalls war es eine grausame Ironie, die keiner sich laut auszusprechen überwinden konnte: dass ausgerechnet diejenige, die sich am meisten vor Leid fürchtete, nun ein solches Leid wie Maddys Tod durchleben musste.

»Der Blitz schlägt immer zweimal ein.«

»Was?«

Sie rang sich ein schwaches Lächeln ab. »Der Blitz schlägt immer zweimal ein.«

Es kam durchaus häufiger vor, dass meine Mutter und ich die Gedanken des anderen aussprachen. »Genau dasselbe habe ich auch gerade gedacht«, sagte ich und reichte ihr ein Taschentuch – wir trugen beide stets eines bei uns. Ich setzte mich wieder hin, um ihr Gelegenheit zu geben, sich ein wenig zu sammeln, und griff nach meinem Teebecher. Als mir der zimtige Dampf des Tees in die Nase stieg, packte mich neuerlich die blanke Angst. Weihnachten. Irgendwie mussten wir die Feiertage überstehen.

»Ich musste nur gerade an meine Mutter denken, keine Ahnung, weshalb«, sagte sie langsam.

»Ist etwas passiert?«

»Alle haben sie geliebt. Mein Vater hat sich niemals davon erholt.«

»Natürlich nicht. Das glaube ich sofort.«

»Meine Mutter durfte dich nie kennenlernen. Das ist so traurig. Sie hatte nie das Vergnügen, Großmutter zu sein.«

»Nein.«

»Nie ist so ein entsetzliches Wort, Eve. Ich hasse dieses Wort.«

»Ich auch.«

»Es ist so wunderschön, Großmutter zu sein.«

»Ja«, sagte ich. »Ich hatte mich auch schon darauf gefreut.« Meine Großmutter war ein ganzes Jahr bettlägerig gewesen und an einer Lungenerkrankung gestorben, die heute zweifellos hätte geheilt werden können. »Ich kann mir gar nicht vorstellen, wie es ist, so jung die Mutter zu verlieren. Es muss grauenvoll für dich gewesen sein. Unbeschreiblich.«

»Oh, ich hatte ja Tante Jean.« Das war ihre Standarderwiderung, wenn dieses Thema aufkam. »Tante Jean war ganz wunderbar zu mir.«

»Stimmt. Das sagtest du.« Unvermittelt sah ich Maddy als Zehnjährige in ihrem himmelblauen Gymnastikanzug und wippendem Pferdeschwanz vor mir, wie sie unbefangen Pirouetten drehte und irgendwelche Verrenkungen machte. Wenigstens dieses Schicksal war ihr erspart geblieben. Sie hatte mich bis zu ihrem Ende an ihrer Seite gehabt.

»Ich habe nie ein Kind verloren«, sagte meine Mutter. »Dich nicht. Chris nicht. Das wäre unerträglich gewesen.«

Die Luft war so dünn wie auf einem Berggipfel. »Ich habe es irgendwie ertragen.«

»Du erstaunst mich immer wieder«, sagte meine Mutter. »Wie du all das bewältigt hast. Wie du überlebt hast.« Sie hielt inne. »Es macht mich nur traurig, dass du den Trost nicht hast.«

»Welchen Trost?«

»Den Trost aus dem Glauben.«

Ich kannte diesen Satz, war daran gewöhnt, Nachsicht mit ihr zu üben. Meine Eltern waren intelligente, nicht allzu vergeistigte Christen mit Bodenhaftung, die es mir ermöglicht hatten, ihrem Glauben mit einer »Leben und leben lassen«-Haltung zu begegnen. Es hatte mich nicht gestört, dass Maddy sie als kleines Mädchen in die Kirche begleitet hatte. Ich hatte es ihr überlassen, sich selbst ein Bild von der Sprache und der Symbolik zu machen, ohne die Überzeugungen, auf denen sie fußten, in irgendeiner Form gutzuheißen oder infrage zu stellen. Der Glaube war immerhin ein Teil meiner Kindheit, und ich hätte es nicht anders haben wollen. Ich war dankbar für die tief in mir verwurzelte Gewissheit, dass es noch viel, viel mehr zwischen Himmel und Erde gibt als das, was wir sehen können. Ebenso dankbar war ich für die Tatsache, dass sich Bäume und der Himmel mit so einzigartiger Schönheit auf der Oberfläche eines großen Gewässers spiegelten. Im Verlauf dieses Albtraums von Maddys Tod hatte ich mich auf meine Mutter gestützt und mich von ihren gemurmelten Gebeten beruhigen lassen. Was zählte, waren der Tonfall und die Absicht dahinter. Wenn meine Mutter aus Gott Kraft ziehen konnte, dann hätte sie genug, um mich zu stützen. Es war mir egal. Ich konnte nicht werten, weil alles gleichermaßen absurd und unwirklich war.

»Es spielt keine Rolle«, sagte sie eilig.

Ich hörte meinen Herzschlag langsam in meinen Ohren rauschen. »Vielleicht ja doch, Mom.«

»Ich wollte damit nur sagen, ich wünschte, es gäbe etwas, das du und ich miteinander teilen können.«

»Ich weiß«, sagte ich. »Tut mir leid.« Ihre Augen glitzerten feucht, doch ich konnte mich nicht beherrschen. »Glaube woran? Sag jetzt nicht Gott. Das ist bedeutungslos. Für mich zumindest.«

Meine Mutter lächelte dünn und strich mit Daumen und Zeigefinger am Henkel ihrer Tasse entlang. »Du warst so ein neugieriges Kind, wolltest immer herausfinden, wie die Dinge von unten aussehen, was sich auf der anderen Seite verbirgt. ›Zieh die Vorhänge zurück‹, hast du immer gesagt, ›und lass die Nacht herein. Sie will zu uns.‹« Für meine Mutter waren diese Geschichten ein Beweis für meine früh entwickelte, außergewöhnliche Art, mich auszudrücken. »Eines Tages hast du Dads Mütze gefunden, die er im Regen liegen gelassen hatte. ›Sieh nur, da ist ja Daddys alter, toter Hut‹, hast du gesagt.«

»Vielleicht tritt etwas, das man an der einen Stelle verdrängt hat, an einer anderen wieder zutage«, sagte ich langsam und dachte an die sepiafarbene Gestalt in dem formlosen Kleid, dem zu Schnecken frisierten Haar und dem Gesicht mit dem rätselhaften Lächeln des frühen Todes.

Ich betrachtete das Gesicht meiner Mutter mit seinen weichen Falten und dem angedeuteten Lächeln, das sich zu verflüchtigen und ein Eigenleben zu entwickeln schien, während ihre Finger weiter mit dem Tassenhenkel spielten. Hatte ich mich mein ganzes Leben veranlasst gesehen, alles in Worte zu kleiden, was meine Mutter nicht auszusprechen vermochte? Was war mit dem Zufälligen? Dem Sinnlosen? Der Willkür der realen Welt?

»Ich kann mir gar nicht ausmalen, dass dir etwas ganz Schreckliches passiert. Das Schlimmste, was einem passieren kann – die eigene Mutter zu verlieren. Und dann vorgeben zu müssen, es sei in deinem Interesse.«

»Ich gebe doch nichts vor.«

»Dann eben zu glauben, es sei in deinem Interesse.«

Aber auch in mir spürte ich diese abwegige Logik, diese verzweifelte Suche nach einer Erklärung. Hatten wir es herausgefordert? Hatten wir dazu beigetragen? War sie uns genommen worden, weil wir sie nicht verdienten? Wenn einem einmal etwas widerfährt, wird man zu einem Menschen, dem so etwas immer wieder passiert. Am See, mit Norma, hatte ich in diese Richtung argumentiert. Die Schlange hatte sich die Vogelküken geholt! Maddys Tod war vorherbestimmt gewesen! Es spricht rein gar nichts gegen dieses »Als-ob«. Hier, in der Gegenwart meiner Mutter, behauptete ich allerdings genau das Gegenteil. Keine geheimnisvollen Muster! Kein Wunschdenken! Ich hasste es, wie der Körper einen schlichtweg im Stich ließ, die wächserne, von Blutergüssen übersäte Haut meiner wunderschönen Tochter. Genauso wie die eigennützigen Streiche, die einem der eigene Geist spielte.

Meine Mutter verfolgte immer noch die Bewegungen ihres Daumens und Zeigefingers. »Ich kann es nicht erklären, Eve. Ich weiß nicht, was er genau ist oder inwiefern er Einfluss auf alles andere in meinem Leben hat. Ich weiß nur, dass mein Glaube ein zentrales Element für mich ist. Es ist in einer Schachtel verschlossen« – sie beschrieb mit beiden Händen die Umrisse einer Schachtel, die sie vor sich auf den Tisch stellte – »und ich brauche ihn. Ganz egoistisch, nur für mich allein.«

»Dagegen kann ich nichts sagen«, erwiderte ich.

Sie sah auf und lächelte. »Auch Maddy hat Trost darin gefunden.«

Das Pochen kehrte zurück, hallte wie ein Gong in meinem Kopf wider. »Woher weißt du das? Hat sie es dir erzählt?«

»Sie ist mit uns in die Kirche gegangen.«

»Und du denkst, das bedeutet, dass auch sie zum Glauben gefunden hat?«

»Ich denke, es hat ihr irgendetwas bedeutet.«

»Natürlich hat es ihr etwas bedeutet. Sie war gern mit dir und Dad unterwegs.«

»Das freut mich sehr.«

»Aber es ging um die Musik, Mom.« Mein Blick heftete sich auf die Wölbungen und Vertiefungen ihrer Hand. Irgendwann lässt das Alter die Knochen unter der Haut hervortreten. »Maddy mochte die Musik. Ist dir aufgefallen, dass sie nur in die Kirche gegangen ist, wenn ein Konzert stattfand?«

Sie schüttelte den Kopf. Der Rest ihres Körpers war in eine unnatürliche Reglosigkeit verfallen.

»Maddy hatte ihren eigenen Kopf. Gleichzeitig wollte sie es allen recht machen und niemanden enttäuschen. Erzähl mir nicht, du wüsstest, was sie gedacht hat. Erinnerst du dich an dieses eine Mal, als sie bei euch übernachtet hat und du mit ihr über Gott gesprochen hast? Damals muss sie etwa sechs gewesen sein.«

Rose nickte vage. Sie hatte Maddy ins Bett gebracht, und von der Treppe aus hatte ich ihnen gelauscht, Maddys typisch dünner Kinderstimme und dem sonoren Alt meiner Mutter, als sie »All Through The Night« sangen, ein Schlaflied aus meiner eigenen Kindheit. Ich hatte gehört, wie Rose zu Maddy sagte, wie sehr sie sie liebhabe, ebenso wie Gott, und dass Gott über sie wache, während sie schliefe.

»Schon damals hat sie gerne mal aus der Hüfte geschossen. Erinnerst du dich? Danach bin ich zu ihr reingegangen, und sie war ungewöhnlich still. ›Mom?‹, sagte sie nach einer Weile. ›Was passiert eigentlich, wenn man Gott gar nicht mag?‹«

Stille. Die Worte hingen zwischen uns. Wie in Zeitlupe und ohne dass ein Wort über ihre Lippen kam, verzerrte sich das Gesicht meiner Mutter zu einer Maske schierer Verzweiflung. Sie rang mit sich, um ihre Beherrschung, ehe sie die Hände hob, zitternd Luft holte und in lautes Weinen ausbrach, wie ich sie noch nie weinen gehört hatte, nicht in dem ganzen Jahr von Maddys Krankheit, nicht bei ihrem Begräbnis, nicht in den kalten Monaten danach, als sie versucht hatte, für mich stark zu sein. Sie weinte immer weiter, schrie und wimmerte, als hätte sie ein heimliches Reservoir angezapft, das sich nun hemmungslos entlud, während ich ihr gegenübersaß und in einer Mischung aus Neid, Entsetzen und der düsteren Vorahnung zusah, dass auch mich gleich eine Woge des Kummers erfassen und mit sich reißen würde, so wie wenn man hilflos zusah, wie eine Naturgewalt sich Bahn brach.

Behutsam tätschelte ich ihre weichknochige Hand, bis die Schluchzer irgendwann verebbten und sie mir ihre Finger entzog, um sich die Nase zu putzen.

»Du liebe Güte«, sagte sie und blickte mich aus leeren Augen an. »Du liebe Güte, woher kam das denn auf einmal?«

»Was glaubst du denn?«

Ihr Blick bekam etwas Eindringliches. »Wie kann ein Mensch einfach so verschwinden?« Ihre Stimme war kaum mehr als ein Flüstern. »Das ergibt doch keinerlei Sinn. Ich will aber, dass es einen ergibt.« Sie blickte auf ihre Hände. »Ich weiß, dass es für gute Menschen keine Ausnahmen gibt. Das ist mir alles klar. Jeden Abend sage ich mir das, Eve, trotzdem kann ich es nicht begreifen. Es ist einfach nicht richtig! So darf es nicht sein! Wie konnte er uns das antun? Wie?«

»Schieb es auf deine Religion«, sagte ich nach einem Moment.

»Sei nicht wütend, Eve.«

Ich drückte ihre Hand. »Das bin ich nicht.« Aber vielleicht stimmte das nicht, vielleicht war ich wütend. Tief im Innern der Woge meiner eigenen Trauer – unter meinem Mitgefühl für meine Mutter für das, was sie verloren hatte, für ihr Hadern mit ihrem Glauben – tobte eine sinnlose, unreflektierte und unbesiegbare Wut, die niemals aufhören würde. Meine Trauer war frisch, die einer Mutter, die schlimmste, die man sich nur vorstellen konnte. Und ich würde untergehen, wenn ich auch noch die ihre auf meine Schultern laden müsste.

»Dem Himmel sei Dank, dass du Robin hast«, erklärte sie. »Den wunderbaren, reizenden Robin.«

»Mom, ich fahre nach London.«

»Nach London?«

»Geschäftlich.«

Sie sah mich verwirrt an. »Das hattest du doch schon einmal vor, richtig? Vor zwei Jahren?«

»Unmittelbar vor Maddys Diagnose.« Meine Mutter zuckte immer noch zusammen, wenn sie das Wort hörte. »Ich habe heute mit Claire darüber geredet, und ich denke, sie ist einverstanden.«

»Das freut mich für dich, Schatz«, sagte sie stumpf. »Wirklich spannend.«

»Es gibt noch einen anderen Grund.«

»Und zwar?«

»Ich will mich mit Antonio treffen.«

Überraschung zeichnete sich auf ihrer Miene ab. »Walter hat mir von den Mails erzählt.«

»Tatsächlich?«

»Bitte sei ihm nicht böse, Eve.«

Die beiden hatten es besprochen und waren zu einem Konsens gelangt: Ich durfte ihm nicht böse sein. In meiner Familie ging es immer nur darum, dass keiner jemals wütend auf den anderen sein sollte. Ärger hatte definitiv in der Luft gelegen, als ich verkündet hatte, mein Kind ohne seinen Vater großziehen zu wollen. Walter hatte die Lippen zu einer schmalen Linie zusammengepresst, und Rose hatte sich nicht überwinden können, mich aus ihren feuchten Augen anzusehen. Aber schon bald hatten sich beide wieder gefangen, hatten hinter mir gestanden und Maddy mehr als alles andere geliebt. Nichtsdestotrotz hatte ich mit meiner Entscheidung ihren Lebensplänen einen gehörigen Dämpfer verpasst.

»Du hast zuvor nicht gewusst, dass Maddy und Antonio in Kontakt standen?«

»Nein, ich hatte keine Ahnung. Absolut keine. Dein Vater versteht es weiß Gott, ein Geheimnis zu bewahren.«

»Maddy auch.«

»Walter meinte, er sei sehr nett zu ihr gewesen. Es war gut, dass sie sich an ihn gewandt hat. Siehst du das genauso? Dass er es nicht bloß behauptet, um sein eigenes Verhalten zu rechtfertigen?«

»Sie haben sich über Monate hinweg Mails geschrieben und kamen offenbar recht gut klar.«

»Ich hoffe nur, Maddy hat etwas für sich aus dieser Korrespondenz gezogen«, krächzte meine Mutter. »Dass ihr der Kontakt ein wenig Trost spenden konnte.«

»Oh, das hat er. Ich glaube, der Austausch mit ihm hat ihr sehr viel gegeben.«

»Antonio«, sagte meine Mutter stirnrunzelnd. »Nach all den Jahren! Hast du dir das auch wirklich gut überlegt, Eve?«

»Maddy kann ich ja nicht mehr fragen.«

»Nein.«

»Und so bekomme ich immerhin seine Version des Ganzen zu hören.«

Sie musterte mich lange Zeit, während ihre Gefühlswogen unter der lebenslangen Gewohnheit, anderen mit Rat und Tat zur Seite zu stehen, allmählich verebbten. »Ist das tatsächlich der Grund, weshalb du nach London reist, Schatz? Um dir seine Version anzuhören?«

In diesem Moment ging die Hintertür auf, es klirrte, das Hecheln des Hundes ertönte.

»Weshalb sollte ich sonst hinfahren?«

»Das weißt du am allerbesten, Eve.« Ich ließ zu, dass meine Mutter meinen Arm tätschelte, obwohl es mir keinerlei Trost spendete. Mein Vater erschien im Türrahmen, zog die Handschuhe aus und wischte sich die beschlagenen Brillengläser ab. Er stand da, mit von der Kälte geröteter Nase und ohne zu ahnen, was sich hier gerade abgespielt hatte.

MADDY

Maddy,

deine Miss Sedge scheint ja eine sehr kluge Frau zu sein. Meine Söhne sind noch keine Teenager, deshalb kann ich lediglich darauf zurückgreifen, wie ich mich gefühlt habe, als ich so alt war wie du. Eine Weltanschauung ist eine Art Paradigma, allerdings unterscheidet sie sich ein klein wenig vom wissenschaftlichen. Du hast völlig recht: Wir müssen unseren Platz auf dem Planeten mit etwas (nein, sehr viel mehr) Demut überdenken und dürfen uns nicht darauf verlassen, dass die Wissenschaft uns aus der Misere hilft, in die wir uns selbst bringen. Diese Denkweise ist gefährlich.

Was deine Frage nach dem Leben nach dem Tod betrifft, tue ich mich schwer, mir vorzustellen, dass es eines gibt. Aber natürlich könnte ich mich auch irren! Allerdings widerspricht es sämtlichen mir bekannten Tatsachen. Wir sind Tiere. Kluge Tiere, aber nichtsdestotrotz Tiere, und Tiere kommen nun mal nicht in den Himmel, richtig? Ich glaube, die Leute wollen nur gern, dass es weitergeht, weil es schwer zu akzeptieren ist, dass wir eines Tages schlicht nicht mehr da sein werden. Außerdem muss man sich nur mal ansehen, welchen Schaden die Religion angerichtet hat und es noch immer tut. So viele Kriege wurden im Namen der Religion geführt. Menschen wurden zu den schlimmsten Übeltaten verleitet, nur mit dem Versprechen einer Belohnung nach dem Tod. Und wie viele normale Menschen holen nicht das Maximum aus ihrem Leben heraus, weil sie glauben, dass noch weitere auf sie warten. Ich glaube allerdings daran, dass wir nur ein einziges Leben haben. Du besitzt einen wachen, neugierigen

Geist, was sehr wichtig ist. Aber ich würde mir an deiner Stelle im Augenblick keine allzu großen Gedanken darüber machen.

Es wäre schön, eines Tages deine Zeichnungen sehen zu dürfen, wenn du sie mir zeigen möchtest.

Antonio

Antonio,

glaubst du, dass es für uns Hoffnung gibt? Für uns Menschen, meine ich. Sam denkt, wir sind dem Untergang geweiht. Nicht sofort, aber letzten Endes schon. Auf lange Sicht warten die Asteroiden. Oder die Entropie. Oder aber wir fallen in die Sonne.

Maddy

Maddy,

dem Untergang geweiht, also, ich weiß ja nicht. Die Welt ist ein solches Wunder. Die Chance, dass ein Mensch mit exakt derselben genetischen Konstellation zur Welt kommt, ist geradezu astronomisch gering, wusstest du das? Die Erde wird überleben, ganz egal, was wir ihr antun. Wir können vielleicht nur nicht mehr hier sein, um uns an ihr zu erfreuen.

Antonio

Antonio,

entschuldige, dass ich mich so lange nicht gemeldet habe. Ich hatte die Grippe und bin kaum zum Schreiben gekommen. Jedes Baby, das zur Welt kommt, ist ein Wunder, richtig?

Maddy

15

Das Anwesen entpuppte sich als atemberaubend. Es war Robins Idee gewesen, und so machten wir uns an einem Freitag auf den Weg, um den Massen von Wochenendbesuchern zu entgehen. Die Chemo lag zweieinhalb Wochen zurück, und Mom meinte, ich hätte wieder mehr Farbe im Gesicht und meine Lebensgeister seien zurückgekehrt. Sie wollten sichergehen, dass ich Fallingwater sah und erlebte, solange ich es noch konnte. Zumindest nehme ich an, dass das der Grund für den Ausflug war. Meine Mutter war ein Riesenfan von Fallingwater, Rob kannte es nicht, und ich war nicht mehr dort gewesen, seit ich elf war. Hauptsächlich erinnerte ich mich an die grauhaarige Frau im Souvenirshop, die mir erlaubt hatte, hinter den Tresen zu kommen und ein paar Knöpfe auf der Registrierkasse zu drücken. Sie hatte sehr freundliche Augen und fast durchscheinende, heftig zitternde Hände gehabt. Zwar erinnerte ich mich an einen Wasserfall und an ein aus Betonblöcken bestehendes Haus, doch waren es definitiv die alte Dame und die Registrierkasse, die sich in mein Gehirn gebrannt hatten.

Das Besucherzentrum befand sich mitten im Wald und bestand aus roh gezimmertem Holz. Von drei Seiten verliefen Rampen nach oben, als wäre es ein wartendes Raumschiff, außerdem gab es drei Bereiche – in einem war ein Museum untergebracht, im zweiten ein Café und im dritten ein Souvenirshop, wo meine Mutter beinahe einen Briefehalter mit opulenten

Schnitzereien erstand. Eigentlich bekäme sie kaum mehr Briefe, meinte sie, woraufhin ich sagte, das sei doch gar nicht der Punkt. Das Ding sei bildschön, deshalb solle sie es nehmen. Robin ermutigte sie ebenfalls, aber dann mussten wir uns beeilen, weil die Führung anfing, und sie stellte ihn zurück. Meine Mutter kann manchmal viel zu vernünftig sein und versagt sich so vieles. Ich hielt nach der grauhaarigen Dame Ausschau, aber offenbar arbeitete sie nicht mehr hier, oder es war ihr freier Tag. Vielleicht war sie auch gestorben. Natürlich hätte sie sich ohnehin nicht mehr an mich erinnert, aber ich wäre trotzdem zu ihr gegangen und hätte ihr meinen an der Schläfe wie ein Piratentuch gebundenen Schal gezeigt. Sie war so alt und so nett gewesen, dass sie sich vielleicht dazu geäußert hätte.

»Du wirst begeistert sein«, sagte ich zu Robin, als wir die Rampe hinaufgingen, wo sich unsere Gruppe bereits sammelte.

»Bin ich jetzt schon. Wieso?«

»All das viele Holz.«

»Das Haus ist nicht aus Holz gebaut«, wandte meine Mutter ein.

»Nicht?«

»Nein, ich glaube, es ist aus Beton.«

»Aus Beton? Das klingt aber nicht so toll«, erwiderte ich.

»Wart's ab, bis du es siehst. Das Einzige, worüber ich nicht sicher bin, ist die Farbe.«

»Welche Farbe?«

»Rosa.«

»Rosa?«, wiederholte Rob. »Hätte ich das gewusst, wäre ich zu Hause geblieben.«

Wenn Frank Lloyd Wright Mister Eins-mit-der-Natur gewesen war, wieso trug unsere Fremdenführerin dann goldene Riemchensandalen und hatte zentimeterdick Wimperntusche aufgetragen? Vermutlich ist es anstrengend, einen auf Natur zu machen, deshalb sehnt man sich danach, sich aufzubrezeln, und tut so, als würde man ins Büro gehen. Sie hieß Laura, und ließ ihr Willkommenssprüchlein vom Stapel, wobei sie sich kerzengerade hielt, wie es sehr kleine Menschen oft tun, ehe wir ihr eine Treppe mit einem Geländer aus Birke hinunter und über einen Steinpfad zum Haus folgten. Ich musste Laura zugutehalten, dass sie mich und meinen Schal um den Kopf nur kurz ansah, mich dann jedoch wie alle anderen behandelte, allerdings fiel mir auf, dass sie jedes Mal wartete, bis Mom, Robin und ich zur Gruppe aufschlossen, ehe sie zur nächsten Erklärung anhob. Wir waren immer die Letzten.

Robin hatte eine sehr unverkrampfte, beruhigende Art, mir zu helfen. Er legte mir die Hand auf die Schulter, wenn der Weg abwärtsführte, oder auf den Rücken, wenn er ebenerdig war, trug meinen Klappstuhl für den Fall, dass ich mich ausruhen musste. Er stellte ihn erst diskret auf, hampelte aber dann um mich herum, als wäre ich die Königin höchstpersönlich und er mein ergebener Diener, der mich von hinten und vorn verwöhnte, was die Leute ringsum zum Lachen brachte, als würden wir ein Stück zu ihrer Belustigung aufführen, was mich ganz automatisch aus dem Zentrum der allgemeinen Aufmerksamkeit rückte. Vermutlich würde Antonio ein gutes Stück höher neben mir aufragen, stärker wäre er aber wohl nicht – Robin hatte ziemlich viel Kraft –, und wenn die Leute uns zusammen sahen, würden sie glauben, wir wären Vater und Tochter. Bestimmt. Ich hatte keine Ahnung, ob Antonio ein Vater wäre, der einem die Hand auf die Schulter legte, oder ob er überhaupt einen Ort wie Fallingwater würde besuchen wollen, ganz zu schweigen davon, mir die Treppe hinunterzuhelfen. Man wusste nie. Tatsache war, dass ich Robin sehr mochte, ihn ab und an sogar heiß und innig liebte. Es war sinnlos, sich zu wünschen, es wäre anders.

Auf der Brücke blieben wir stehen, und Robin stellte meinen Klappstuhl auf, während meine Mutter sich mit den Ellbogen auf dem Geländer aufstützte und abwechselnd das Wasser und das Haus in Augenschein nahm – eine Konstruktion aus auf verschiedenen Ebenen miteinander verschachtelten Betonschuhkartons, die gefährlich weit über das Wasser hinausragten, mit schlitzförmigen Fenstern und Kaminen aus grauem Beton. Das Ganze balancierte auf einer Plattform über einem reißenden Strom, genauer gesagt, einem zweistöckigen Wasserfall, der direkt darunter in die Tiefe fiel. Heute, da ich fünf Jahre älter war, nahm ich das Haus und die Wasserfälle sehr deutlich und klar wahr, so real, dass ich mich in fünf Jahren bestimmt an alles genau würde erinnern können, nicht nur an den Souvenirshop. Deshalb war ich hin- und hergerissen, versuchte einerseits, mir jedes einzelne Detail einzuprägen, während ich andererseits *Wieso eigentlich?* dachte. Sollte das Wasser doch weiter in die Tiefe stürzen.

»Das ist schon toll, was?«, meinte meine Mutter, als Laura ihren Vortrag über frei schwebende Plateaus, lokalen Sandstein, das Fotografierverbot im Inneren, europäischen Modernismus, tollkühne Strukturen und das auf der Rückseite befindliche Haus für Gäste und Bedienstete beendet hatte. Robin sah sich um.

»Aber eigentlich ist es nicht rosa, sondern eher orange«, sagte ich.

»Stimmt. Nicht allzu mädchenhaft«, sagte Robin.

»Hinten ist es rosafarbener«, meinte Mom. »Vom Aussichtspunkt, wo all die Fotos gemacht wurden, ist es grau. Wenn wir nicht zu müde sind, können wir später noch hingehen.«

Das war mein einziger Kritikpunkt: Es war Beton, egal ob rosa, orange oder grau. Man sollte doch annehmen, dass ein naturliebender Architekt Materialen wie Birkenstämme oder Holzschindeln verwendet hätte, irgendetwas, das nicht so schmucklos, so tot wirkte, aber nein: Beton, so weit das Auge reichte.

Als wir auf einem Mäuerchen hinter dem Teil des Hauses saßen, wo das Rosa am intensivsten war, fragte ich Laura nach der Farbe. Sie meinte, im Herbst, wenn sich das Laub verfärbte, würden sich die Gebäude perfekt in die Umgebung einpassen. Ich nickte, als wäre die Antwort zufriedenstellend, trotzdem kam es mir seltsam vor, wie man ein Haus bewohnen konnte, dessen Farbe einem die meiste Zeit des Jahres auf den Keks ging, nur damit es im Herbst gut aussah. Außerdem: Seit wann färbte sich das Laub im Herbst rosa?

Doch sobald man das Haus betrat, vergaß man all das. Das Innere wäre ohne die Beton-Schuhkartons nicht denkbar, trotzdem war es völlig unwichtig, wenn man nach draußen sah. Das war der Grund, weshalb wir hierhergekommen waren.

Das Wohnzimmer war weitläufig, und von allen Seiten fiel das Licht herein. Die Seite, die auf den Balkon direkt über dem Wasserfall hinausging, war komplett verglast. Von dem Balkon aus gingen ein paar Stufen zu einer scheinbar ins Nichts führenden Plattform über dem Wasser, was ziemlich gruselig war, da es noch nicht einmal ein Geländer gab. Die Tür war verschlossen, ansonsten hätte man morgens mit einer Tasse Kaffee hinausgehen und die Beine ins Wasser baumeln lassen können, erklärte uns Laura. Wir gingen wieder hinein und ließen uns die auf unterschiedlichen Ebenen gelegenen Schlafzimmer zeigen. Es gab keine einzige richtige Treppe im ganzen Haus, und alles war so offen gehalten, dass es nicht gerade viel Privatsphäre bot. Wo auch immer man sich gerade aufhielt, konnte man in einen anderen Teil des Hauses und auf die Außenanlagen blicken. Trotzdem gab es hier und da auch Ecken, in die man sich zurückziehen konnte, und seltsamerweise vermittelte das Wasser ringsum das Gefühl, für sich zu sein.

Ich konnte es kaum erwarten, ins Wohnzimmer zurückzukehren, und Moms Miene verriet, dass dieser Raum auch sie völlig in seinen Bann gezogen hatte. Wie in Trance wandelte sie umher, während ich auf meinem Klappstuhl wartete, weil es verboten war, sich auf irgendeines der Möbelstücke zu setzen. Meine Mutter trat zu mir, drückte den Knoten meines Schals zusammen und strich mir abwesend über den Kopf, ohne mich wirklich zu berühren. Ich wusste, dass sie sich wünschte, sich auf eines der Sofas setzen, ein Buch aus dem Regal nehmen und es auf einem roten Kissen im Schein der gelben Stehlampe lesen zu können, während in dem in den Fels eingelassenen Kamin ein Feuer prasselte, dass sie jederzeit aufstehen und nach draußen gehen könnte, wo – *tadah* – ihr privater Wasserfall in die Tiefe stürzte.

»Könntest du hier leben?«, fragte meine Mutter, an niemand Speziellen gerichtet.

Robin kehrte von seiner Entdeckungstour draußen herein, trat hinter sie und schnupperte an ihrem Haar, küsste es vielleicht sogar. »Du schon.«

»Aber du auch?«

»Keine Ahnung. So etwas habe ich noch nie gesehen.«

»Ich habe dieses Anwesen immer schon geliebt«, sagte meine Mutter. »Seit meine Eltern das erste Mal mit uns als Kinder hier waren. Es hat etwas unglaublich Friedliches.«

»Bis auf den Lärm«, wandte ich ein. »Ich würde das Rauschen bestimmt manchmal abstellen wollen. Du nicht?«

»Wahrscheinlich«, antwortete meine Mutter. »Das könnte einem langfristig auch auf die Nerven fallen, vor allem wenn man weiß, dass man es nicht ändern kann.«

Wir ließen Laura und den Rest der Gruppe zurück und gingen

langsam zum Parkplatz zurück, ohne den Aussichtspunkt besucht zu haben. Ich war müde, und wir hatten eine lange Fahrt vor uns. Außerdem hatte ich den Ausblick bereits auf jedem einzelnen Kühlschrankmagneten und Lesezeichen im Souvenirshop gesehen. Der Rückweg zum Auto war kürzer als der Hinweg. Wir plauderten über das Haus, wobei wir uns einig waren, dass das Getöse das Einzige war, was uns davon abhalten würde, das Haus zu bewohnen. Was schade war, weil alles andere perfekt war, von den Farben der Sofakissen über die Fenster überall und die Zimmer, die so groß waren, dass man darin Rad schlagen konnte, und die trotzdem Behaglichkeit verströmten, bis zum Fußboden, der dunkelbraun und glänzend wie der Fluss draußen war. Zwar sprach ich es nicht laut aus, und meine Mutter ahnte auch nichts davon, aber es gab immerhin einen Vorteil, wenn man über einem Wasserfall lebte: Man musste sich nicht jedes Mal erst unter die Dusche stellen, um ausgiebig zu weinen, ohne dass es jemand mitbekam.

16

Wenn meine Katze irgendwo hinkommt, wo sie sich nicht auskennt, macht sie erst einmal ein paar vorsichtige Schritte, dreht sich hin und her und beschnuppert ausgiebig die Tür, um den Fluchtweg festzulegen. Dann sucht sie sich den niedrigsten Unterschlupf, den sie finden kann, und bleibt dort. Keiner hat ihr das beigebracht, trotzdem weiß sie ganz genau, was sie zu tun hat, damit niemand an sie herankommt, bis sie weiß, wo sie sich befindet und was hier Sache ist. Als meine Werte im Lauf des Herbstes immer schlechter wurden, stellten sie mein Bett im Esszimmer auf, wo ich dann, gestützt von einer Million Kissen, liegen konnte – mitten im Haus und im Geschehen. Doch ich hockte auch unter dem niedrigsten Tisch, den ich finden konnte, und wartete ab.

Robin gewöhnte sich an, die Tür zum Musikzimmer offen zu lassen. Wenn ich ihn rief oder »Was war das?« krächzte, kam er mit der CD heraus und spielte sie für mich ab, als hätten wir alle Zeit der Welt. »Hör dir mal diese Überleitung an. Du bekommst rein gar nichts mit, oder? Alles ist voller Süße, bis zu diesem Es. Da fängt es an. Die Zweifel kommen. Dieses Es bricht dir das Herz …«

Ich hatte das Klaviertrio in C-Dur von Brahms bislang gemieden, weil Robin ständig davon faselte, aber an einem meiner guten Tage brachte er mich dazu, dass ich es mir anhörte, von Anfang bis zum Ende, und ich flippte völlig aus, als ich das Scherzo hörte. Es wurde regelrecht zur Obsession. Ich spielte es wieder und wieder, lauschte, wie die Geigen aufbauten, aufbauten und aufbauten, bis das Klavier alles wieder einriss … und am Ende beruhigte mich das Cello, dass die Welt ein wunderbarer Ort war und mir nichts passieren konnte, ganz egal, was geschah oder wie traurig es auch sein mochte. Es war, als würde man einen Berg hinaufgejagt werden, nur um am Ende hinunter ins Tal zu stürmen, geradewegs in die liebevollen Arme deiner Mutter, und ich war nicht zu stolz, genau das auch Robin zu erklären. Er war womöglich der Einzige, dem ich es sagen konnte.

Wie immer kamen Fiona und Vicky nach der Schule vorbei. Inzwischen übernahmen hauptsächlich sie das Reden. Vicky hatte sich von Wade getrennt und war jetzt mit Kevin Stockhaus zusammen, der schon neunzehn war und Schauspiel studierte.

»Er ist ein wunderbarer Mensch. So klug. Und noch dazu sieht er unfassbar gut aus. Wir haben *so* viele Gemeinsamkeiten.« Sie suchte ein Foto auf ihrem Handy heraus, das sie Fiona reichte, die es mir in die Hand drückte. Kevins einziger Makel war, dass er nicht gerade zu den Größten zählte, trotzdem musste ich zugeben, dass er wirklich attraktiv war. Lockenkopf, breites Lächeln, muskulöse Schultern – definitiv das Richtige für Vicky, außerdem schien er ein netter Kerl zu sein, auch wenn man das anhand eines Fotos natürlich nicht mit Gewissheit sagen konnte. Es war nicht auszuschließen, dass Vickys Herz dieses Mal am Ende gebrochen werden würde.

Mein Blick fiel auf meinen dürren, knochigen Arm, als ich ihr das Telefon zurückgab. Alle gehörten hierher, nur ich nicht. »Und lernen wir ihn auch mal kennen?«

»Aber klar. Wann immer du willst.«

»Bring ihn doch mal mit.«

»Logo«, sagte Vicky.

»Und was ist sein USP?«, wollte Fiona wissen.

»Sein Unique Selling Point ist …« Vicky senkte vertraulich die Stimme, für den Fall, dass meine Mutter in der Nähe war, »sein großer Sch…«

Fiona prustete.

»… Schlitten. Riesig, sage ich euch«, raunte Vicky, woraufhin die beiden mit weit aufgerissenen Mündern unter lautlosem Gejohle auf ihren Stühlen zusammenbrachen.

»Ich glaube, ich sterbe«, japste Fiona, als sie wieder zu Atem gekommen war.

»Ich bin schon durch«, flüsterte Vicky und wischte sich mit beiden Zeigefingern die Wimperntusche unter den Augen ab. »So was von durch.« Sie warf mir einen Blick zu. »Geht's dir gut, Maddy? Hast du das gehört?«

»Meine Ohren funktionieren immer noch.«

»Willst du einen Kaffee?«, fragte Vicky. »Ich könnte uns einen holen.«

»Nein, für mich nicht. Aber geh ruhig in die Küche und mach welchen. Mom hat nichts dagegen.«

»Ich finde deine Mutter echt toll. Sie ist so was von gechillt.«

»Findest du?«

»Meine Mutter wäre reif für die Klapse«, meinte Fiona. »Ich müsste mich um sie kümmern und nicht umgekehrt.«

»Was ist eigentlich aus Billy und Carina geworden?«

»Sie hatte es irgendwann satt, immer nur darauf zu warten, dass er den ersten Schritt macht.«

»Und jetzt hat er Lucy Wall im Auge. Ich habe ihm zwar gesagt, es hätte gerne ein paar Stufen höher auf der Intelligenzleiter sein dürfen, aber auf dem Ohr ist er leider taub.«

»All unsere guten Ratschläge … für die Katz«, meinte ich.

Vicky brüstete sich immer damit, am meisten Erfahrung von uns allen zu haben. Aber das stimmte nicht, denn ich war schon einen Schritt weiter. Aber was nützte all die Erfahrung, wenn ich nichts daraus machen konnte?

Fiona schien meine Gedanken zu lesen. »Wie geht's eigentlich Sam?«

»Ganz gut.«

»Nur ganz gut?« Ihre blauen Augen ruhten auf mir.

»Manchmal will ich ihn lieber nicht sehen.«

»Aber uns willst du immer sehen«, erklärte Vicky.

»Und du musst ja nichts tun, oder?«, warf Fiona ein. »Es reicht doch, wenn er hier sitzt und dich ansieht.«

»Ich will aber nicht, dass er dasitzt und mich ansieht!«

Es hatte eine Zeit gegeben, in der ich alles dafür getan hatte, dass Sam mich absolut einzigartig und besonders fand. Die Erste, die Beste, die Einzige. Neuerdings hatte ich jedoch immer häufiger das Bedürfnis, ihn mir vom Leib zu halten. Er würde sich daran gewöhnen müssen. Genauso wie alle anderen auch. Ich schloss die Augen. In der Dunkelheit war einiges los, sanft pulsierende Linien, ineinander verschachtelte Muster, rote Sternschnuppen. Es war wie bei Blinden, die es nicht kümmerte, ob sie die Augen offen oder geschlossen hatten. »Ich ertrage den Ausdruck auf seinem Gesicht nicht.«

Ich stellte mir vor, wie Vicky sich das dichte schwarze Haar über die Schulter schob und Fiona einen Blick zuwarf, die mit um die Knie geschlungenen Armen auf ihrem Stuhl hockte.

»Mädchen sind stärker als Jungs«, meinte Vicky schließlich.

»Meinst du?« Müde war nicht das richtige Wort, traf es nicht einmal ansatzweise. Ich war ein Ballon, aus dem sämtliche Luft entwichen war. Inzwischen hatte ich sogar Zweifel, ob ich ein Glas halten konnte. Mitte September hatte ich noch gedacht, ich könnte wenigstens den ersten Teil des Protestmarschs mitmachen, aber dann war ich wieder ins Krankenhaus gekommen, und jetzt war nicht einmal daran zu denken. »Ratet mal.«

»Was? Du heiratest?«, sagte Fiona.

Ich schlug die Augen auf. Sie hing auf ihrem Stuhl und untersuchte ihr Zuckerwattehaar auf gespaltene Spitzen.

»Du lässt dich scheiden«, warf Vicky und scrollte durch ihr Handy.

»Also? Red schon.«

»Die zeigen meine Animation beim Protestmarsch. Auf der Bühne. Die vollen zwei Minuten.«

Sie starrten mich an.

»Wow, Maddy!«

»Hat Sam das eingefädelt?«

»Miss Sedge kennt ein paar Leute. Mom hat heute Morgen die Einverständniserklärung unterschrieben. Wir sehen es uns im Fernsehen an.«

»Und worum geht's bei dieser Animation? Du hast uns nie verraten, was darin vorkommt.«

Keine von ihnen würde am Protestmarsch teilnehmen. So etwas war einfach nicht ihr Ding. »Ihr seht es ja dann. Versprecht mir, dass ihr es euch anseht, okay? Ich werde berühmt sein«, sagte ich. »Zwei Minuten lang.«

»Länger«, erwiderte Vicky im Brustton der Überzeugung.

»Das geht garantiert viral«, bestätigte Fiona. »Und dann bleibt der Ruhm für immer.«

Inzwischen häuften sich die schlechten Tage. Am Tag des Protestmarschs waren Grandma und Grandpa hier und auch Robin und Mom, doch ich konnte mich nicht auf sie konzentrieren.

»Wo ist Sam?«, fragte ich mit dieser belegten Stimme, die ich neuerdings hatte.

»Irgendwo in der Menge.«

»Ich will ihn sehen.«

»Vielleicht entdecken wir ihn ja.«

Moms Stimme verriet mir, dass das eine Lüge war. Eine weiße Lüge. Inzwischen gab es nur noch weiße Lügen. Die Menschen waren nichts als eine Ansammlung bunter Punkte in den Kluften zwischen den Gebäuden. Die Kamera schwenkte auf ein paar Gestalten auf der Bühne, dann über die Gesichter der Wartenden unter ihnen. Die riesige Leinwand auf der Bühne erwachte zum Leben.

»Seht nur«, sagte Grandma. »Jetzt geht's los, oder?«

Ich setzte mich halb auf. Meine Mutter hatte sich hinter mich aufs Bett gequetscht, schlang die Arme um mich und zog mich zu sich heran wie auf ein Sofa, in das ich mich kuscheln konnte.

»Da, jetzt«, sagte Grandpa.

»Eine Animation von Madeleine Wakefield.« Moms Stimme vibrierte in meinem Rücken, als sie die Worte ablas.

Ein Gesicht erschien, ragte über all den Leuten auf der Bühne empor.

»Wer ist das?«, fragte ich. »Wer hat das gemacht?« Mein überdimensionales Bleistift-Ich war so vertraut, jede Linie, jedes Detail, gleichzeitig war das nicht ich. Das konnte nicht sein. Jemand anders musste das gezeichnet haben, jemand, der größer, besser war als ich.

Meine Mutter tauschte einen Blick mit Robin. »Das bist du, Maddy.«

»Dein Film«, sagte Robin sanft.

»Weiß ich doch. War bloß ein Scherz. Ich weiß, wer das ist.«

Ich war im Halbschlaf gewesen, doch nun war ich hellwach. Das waren mein Kopf, meine Lippen, zu einem Lächeln verzogen, weil ich etwas wusste, das andere nicht wussten. Die Erde war auf meinem Kopf, mit all den Miniaturstädten, Bergen und Bäumen. Wie in Zeitlupe schloss ich die Augen, als würde ich in einem Traum versinken. Dieser Part war wirklich schwierig gewesen … dass sie sich zur selben Zeit schlossen.

Dann begann die Oberfläche der Erde aufzuklaffen. Das hatte ich mit Deckweiß und dann mit weißer Farbe bewerkstelligt, anfangs nur ein paar Flecken, aber es war wie bei Robins Es, der erste Keim des Zweifels. Stück um Stück wurden die Kluften immer größer, breiteten sich aus, verliefen ineinander und verschlangen dabei alles, was ihnen in die Quere kam, gleichzeitig begann mein darunterliegendes Gesicht zu zerbröckeln, und die Statue kam ins Spiel. Ich hatte die Textur nachempfunden, indem ich den Bleistift ganz fest auf das Papier aufgedrückt, in die noch feuchte Farbe hineingemalt und über die trocknenden Ränder hinweggezeichnet hatte. Lediglich meine geschlossenen Lider hatte ich von der Zerstörung ausgenommen. Sie mussten glatt sein, damit ich sie später heben konnte.

Als die ganze Erde kahl war, all die wunderschönen Wälder, Seen, Straßen und Schulen verschwunden waren, kam das Meer. Eigentlich hätte ich mehr Frames verwenden und die Sequenzen akribischer planen müssen, aber mir war die Zeit davongelaufen. Die Wellen waren zu ruckelig. Immerhin hatte ich die Gischt authentisch dargestellt, und das Wichtigste war das Wasser, das über der Erde aufstieg und alles überschwemmte. Das letzte Frame erstarrte zwölf ganze Sekunden lang: Das Gesicht blank, die Augen geschlossen, der Kopf kahl. Ein Ort, an dem niemand leben konnte.

Der Applaus setzte ein, wurde lauter, hallte durchs Esszimmer, aus dem Fernseher, drang in jede Zelle meines Herzens, ließ es auf das Doppelte anschwellen. Sie wussten es. Sie sahen es. Und nur wegen dieses Dings, das ich fabriziert hatte, stand ich im Mittelpunkt, wurde von allen gefeiert, während ich mich zugleich in mich selbst zurückzog, in jenen geheimen

Teil meines unberührbaren Ichs, wo niemand mich jemals finden würde. Eines wusste ich in diesem Moment: Selbst wenn es sinnlos war, mir Hoffnungen auf das zu machen, was ich mir wirklich wünschte, konnte ich immer noch auf etwas anderes hoffen.

Maddy,

ich habe eine ganze Weile nichts mehr von dir gehört. Ist alles o.k. bei dir in Washington?

Antonio

Hallo Maddy,

ich frage mich, ob du deiner Mutter erzählt hast, dass wir in Kontakt stehen, oder ob sie es vielleicht selbst herausgefunden hat und du deshalb nicht mehr schreibst. Ist nur eine Vermutung! Ich habe dir versprochen, alle deine Fragen zu beantworten, und das habe ich ernst gemeint, aber vielleicht habe ich die Art deiner Fragen nicht bedacht. Es tut mir leid, dass ich dir nicht im Detail von mir und deiner Mutter erzählen konnte. Aber ich werde es versuchen.

Antonio

Hi Maddy,

habe ich dich mit irgendetwas verärgert? Ich hoffe nicht. Aber falls doch, möchte ich mich von Herzen entschuldigen. Sag einfach, wenn du nicht willst, dass wir uns noch länger schreiben. Das ist absolut in Ordnung. Ich könnte es verstehen.

Alles Liebe

Antonio

Liebe Maddy,

seit acht, fast neun Wochen habe ich nichts mehr von dir gehört, deshalb kann ich nur daraus schließen, dass du mir nicht mehr schreiben möchtest. Bin ich dir mit meinem Vorschlag, dass wir uns eines Tages persönlich kennenlernen könnten, versehentlich zu nahegetreten? Natürlich wäre so ein Treffen immer deine Entscheidung. Ich werde dir nicht mehr schreiben, solange ich nichts von dir höre, aber du sollst wissen, dass du dich sehr gern immer bei mir melden kannst. Ich würde mich sehr darüber freuen.

Bis dahin wünsche ich dir alles erdenklich Gute

Antonio

EVE

10

Bei der Trauerfeier hatte ich Sam Morse und Glenda Sedge genauso wahrgenommen wie alle anderen: Ich hatte sie gesehen, gewusst, dass sie anwesend waren, aber sie hätten genauso gut aus Papier ausgeschnitten und an die Wände des Tunnels geklebt sein können, in dem ich mich befand. Nun jedoch waren sie wieder dreidimensional. Sie kamen herein, nicht länger ein vertrauter Anblick in unserem Haus, sondern eher wie ein flüchtiger Geruch oder eine durch die Luft schwebende Musiknote, lebende Erinnerungen an die Vergangenheit.

Ich führte sie ins Wohnzimmer und setzte mich ihnen gegenüber auf die Couch. Sechs Monate sind eine lange Zeit für den Körper eines knapp Achtzehnjährigen. Zuletzt hatte ich Sam im Mai gesehen, als er ein paar von Maddys Zeichnungen vorbeigebracht hatte. Seither war er im Oberkörper breiter geworden, trug sein Haar kürzer, seine Pickel waren verschwunden, und er hatte angefangen, sich zu rasieren. Maddy würde diesen beherrschten jungen Mann niemals kennenlernen. Die Welt hatte sich ohne sie ein Stückchen weitergedreht.

»Du bist gewachsen, Sam.«

»Inzwischen bin ich größer als mein Dad.«

»Ich habe nicht nur die Größe gemeint.«

Er lächelte schüchtern. »Wie geht es Ihnen?«, fragte er und blickte auf seine Hände – eine einfache Frage, auf die es nur unmögliche Antworten gab.

»Gut.«

Erleichtert blickte er auf.

»Wir alle vermissen Maddy sehr«, warf Glenda Sedge mit ihrem leichten Näseln ein, über das sich die grausamen unter ihren Schülern garantiert schamlos lustig machen. »Sehr. Die letzten Monate musste ich sehr oft an Sie denken. Ich kann mir nicht mal ansatzweise vorstellen, was Sie durchmachen. Ich habe keine Kinder.« Ihre braunen Augen suchten meinen Blick. Mit einem Blinzeln unterdrückte ich meine gewohnte Reaktion auf die unerwartete Warmherzigkeit. Auch Maddy war hin und weg von diesem schiefen, sanften Lächeln gewesen.

»Nein.«

»Maddy war eine außergewöhnliche junge Frau.«

»Ja.«

»Wie Sie ja wissen, war die Resonanz auf die Animation enorm, selbst von Menschen, die die Geschichte dahinter gar nicht kannten.«

»Der Clip ist sofort viral gegangen«, meinte Sam. »Eine ganze Woche lang war er in den TopTen bei Youtube.«

»Wusste Maddy das?«

»Ich denke schon«, antwortete er, obwohl es eher unwahrscheinlich war. Am Tag nach dem Protestmarsch war Maddy erneut ins Krankenhaus eingeliefert worden. »Wir haben es aufgezeichnet.«

»Sie hat gesehen, wie er im Zug des Marsches im Fernsehen gezeigt wurde«, sagte ich. »Es ging ihr zwar nicht gut, aber sie hat ihn gesehen. Und die Reaktion darauf.«

Zu dieser Zeit hatte Maddy bereits sehr viel geschlafen. Wir hatten die verschiedenen Nachrichten verfolgt und sie immer wieder angestupst, wenn sie eingenickt war, hatten sie auf die Menschenmassen aufmerksam gemacht, auf die tanzenden Eisberge, die Clowns mit den Gasmasken, die Aufschriften auf den Schildern und Transparenten »Ölverseuchte Böden, nein danke«, »Möge die Macht der Fakten mit euch sein« oder »Es gibt keinen Planet B«. Sie hatte immer mit demselben vagen Lächeln reagiert. Um ein Uhr hatte es eine Liveschaltung zu den Reden auf einer Bühne in der Third Street gegeben. Der letzte Sprecher hatte die Animation mit den schlichten Worten angekündigt, auf die wir uns im Vorfeld geeinigt hatten, und dann war die Leinwand im hinteren Bühnenteil hell geworden. Maddy hatte etwas gegessen, ihre Medikamente bekommen und lag mit ihrem Federgewicht an mich gelehnt im Bett. Ihre Schultern hatten so zart und zerbrechlich gewirkt, dass sie nicht aus Knochen zu bestehen schienen. Ihre tief in den Höhlen liegenden Augen waren wie gebannt auf den Fernsehbildschirm geheftet gewesen, als sie zugesehen hatte, wie sie sich selbst gemeinsam mit der Erde aufzulösen begann. Ich hatte nur Augen für Maddy gehabt, fest entschlossen, die Freude auf ihren Zügen für immer in Erinnerung behalten, als der Applaus aufgebrandet war.

»Danach ging es sehr schnell bergab«, sagte ich zu Glenda. »Der Marsch selbst ist im allgemeinen Trubel untergegangen. Aber sie hat die Animation gesehen.«

»Das freut mich«, sagte Glenda. »Dass jemand, dem nur so wenig Zeit auf dieser Welt blieb, sich nicht nur für so eine Kampagne engagiert, sondern auch noch ein so kraftvolles Video macht. Was sie erleidet, könnte auch uns drohen – so hat sie es ausgedrückt, nicht? Ich weiß nicht. Ich habe keine Worte. Der Grund, weshalb wir hier sind …«, fuhr sie sanft fort. »Wir wollten fragen, ob wir Maddys Animation noch einmal verwenden dürfen. Sie könnte genau dieselbe Durchschlagskraft haben …«

»Jetzt, wo sie tot ist, meinen Sie?«

»Wenn nicht sogar noch größere«, sagte Glenda Sedge. »Die nächste PR-Kampagne steht an. Der nächste Blog. Veranstaltungen.«

Sie hatten alle beide Mühe, mir in die Augen zu blicken, ob aus Respekt vor meinem Schweigen oder weil es ihnen auf die Nerven fiel. Sam beugte sich vor. Seine Unterarme lagen auf seinen Knien, die Hände dazwischen verschränkt. Seine maskulinen Knie und die Herrenuhr an seinem Handgelenk verliehen ihm eine neue, ungewohnte Autorität. Wo war der Neunjährige geblieben, der mit gerunzelter Stirn steif und in aller Ausgiebigkeit Konversation betrieb? Trotz allem konnte ich ihn sehen, in seinem nervösen Hüsteln und der Art, wie er mit einer knappen Kopfbewegung seine Ponyfransen aus dem Gesicht schüttelte. Hatte Sam inzwischen eine neue Freundin? Hatte er Maddy bereits in eine tragische Story aus Sex, Schicksal und Tod umgeschrieben? Eine, die eines Tages die Zärtlichkeit seiner künftigen Frau heraufbeschwören, ihn noch tiefgründiger und geheimnisvoller und anziehender für sie machen würde? Anfangs waren Fiona und Vicky noch ab und zu vorbeigekommen, um mich zu besuchen. Eines Nachmittags im September hatte ich sie am Straßenrand stehen sehen, lachend, mit einem anderen Mädchen zwischen ihnen. Ich hatte nicht angehalten. So war es nun mal. Gesunde junge Menschen, für die das Leben weiterging.

»Ich weiß nicht recht«, sagte ich.

»Maddys Testament«, meinte Glenda.

Die Hände in ihrem Schoß waren so reglos wie ihr Gesicht mit den weit auseinanderstehenden Augen, der leicht gewölbten Unterlippe und ihrer haferbreiartigen Haut. Wenn sie nicht lächelte, wirkte sie fast abweisend und schroff. Ich hatte Sam einmal sagen gehört, die Schüler seien ihre Familie. Sie würde alles für sie tun. Immerhin existierte Maddy noch für sie, allerdings war ich nicht sicher, was ich von dem halten sollte, was sie gesagt hatte. War der Film Maddys Testament? Wer hatte das Recht, das zu bestimmen? Sam konnte man keinen Vorwurf machen. Er war schlicht noch zu jung. Glenda Sedge nicht. Außerdem hatte sie einen starken Charakter. Aktivisten konnten sehr zielstrebig sein, manchmal sogar geradezu besessen von ihren Ideen. Ich wusste, dass Maddy sie sehr gemocht und großen Respekt vor ihr gehabt hatte, konnte aber nicht ausschließen, dass sie Maddy auf ihre Seite gezogen und bewusst überredet hatte, sich für die Kampagne ins Zeug zu legen. In meiner Erleichterung, dass Maddy nicht allein war, sondern Ablenkungen und ein Ziel vor Augen hatte, für das sie sich engagieren konnte, war mir dieser Gedanke damals nicht gekommen, aber vielleicht hätte ich genauer hinsehen sollen.

»Natürlich ist es einzig und allein Ihre Entscheidung«, fuhr Glenda fort. »Was Sie für richtig halten und was Maddy sich gewünscht hätte.«

Was sie sich gewünscht hätte. Ich hasste diese Formulierung. Sie war nicht mehr da, und ich konnte sie nicht fragen. »Ich weiß es nicht«, sagte ich. »Ich bin einfach unsicher und möchte es mir gern in Ruhe überlegen.«

Ich ging geradewegs in Maddys Zimmer. Seit ihrem Tod lag ihr Laptop im untersten Fach ihres Kleiderschranks. Ich stöpselte ihn ein, fuhr ihn hoch und gab das einzige Passwort ein, das ich kannte – sie hatte es mir verraten, als sie den Computer bekommen hatte und schrecklich stolz gewesen war, dass er nur ihr allein gehörte. Zumindest im Hinblick auf Passwörter war meine Tochter ein offenes Buch. Der Bildschirm erwachte zum Leben, die Ordner erschienen auf dem Desktop. Wie ich hatte Maddy es vorgezogen, alles in Sichtweite zu haben, nicht in irgendwelchen Laufwerken versteckt. Ich überflog die Dokumentennamen, öffnete die als »Animation« betitelte Datei, in der sich diverse Dokumente befanden, klickte eine mit der Bezeichnung »final final final« an und drückte den Abspielpfeil.

Maddy sah mich an. Ihre bleistiftgezeichneten Augen wirkten ruhig und gefasst, ihr Mund war zu einem angedeuteten Lächeln verzogen. Ich hatte die Animation seit dem Tag des Protestmarsches nicht mehr gesehen, doch nun spürte ich förmlich ihr Federgewicht an meiner Brust. Ich konnte mich nicht bewegen, konnte weder den Blick abwenden noch die Stopp-Taste drücken. Die Animation wackelte an den Rändern. Ihr Schädel war die Erde, balancierte auf ihrem langen Schwanenhals, die einzelnen Kontinente mit winzigen Bergen und noch winzigeren Bäumen und Städten übersät, die sich wie Kristalle an die Oberfläche klammerten. Jetzt fiel es mir wieder ein. Ganz langsam senkten sich die Lider. Auf dem Erdball-Kopf taten sich Kluften auf, wurden breiter und breiter, verschlangen immer mehr von den Bestandteilen, während sich Maddys Gesicht zeitgleich aufzulösen begann. Als alle Landschaften verschwunden waren, kam das Wasser, floss in streifigen Wellen darüber hinweg, die immer langsamer wurden, bis sie vollends zum Stillstand kamen – ein lebloser Erdball, ein zerstörtes Gesicht, geschlossene Augen.

Damals war der Anblick nur schwer zu ertragen gewesen, ebenso wie jetzt, wo ich allein in ihrem leeren Zimmer saß und zusah, wie sich Maddys animiertes Ich allmählich immer weiter verlor. Ihre Klugheit, ihr Charme, ihre kindliche Liebenswürdigkeit, all das bohrte sich tief in mein Inneres, berührte jenen Teil von mir, der sich nie wieder erholen würde. Am Tag des Protestmarsches hatte der Applaus am Ende dem Video einen triumphierenden Glanz verliehen, nun hingegen hallte dem letzten wortlosen Frame nichts als unheimliche Stille nach.

Noch bevor ich die Energie aufbrachte, die Stopptaste zu drücken, setzte sich das Video wieder in Bewegung. Gab es noch mehr? Ja. Langsam hoben sich ihre Lider. Ihr Gesicht war ganz glatt. Ihr Blick bohrte sich geradewegs in mein Herz. Maddy sah mich direkt an. Mama! Ihre Lippen bebten. Ihre Stirn legte sich in Falten. Hilf mir. Ihr Mund wurde fest, ihre Augen kalt: Verarsch mich nicht. Weitere winzige Veränderungen hier und da: Es gibt keine Hoffnung mehr. Es waren nicht viele nötig, um das Flehen zu Trotz und Verzweiflung werden zu lassen, doch jede Veränderung war umfassend. Und die meisten vollzogen sich in den Augen und um den Mund herum, bis sich der Bleistift am Ende durch das Papier bohrte und ich in ein versteinertes Gesicht ohne jede Regung und mit leeren Höhlen anstelle von Augen blickte, und selbst diese lösten sich auf, bis nur noch Leere blieb, wo sie einst gewesen war.

Genug! Eigentlich sollte ich mir so etwas gar nicht ansehen, sondern ausschalten, mich weigern, noch länger hinzusehen. Aber meine Gier überwog, ich bekam nicht genug, wollte mehr. Vor mir veränderte sich das Bild neuerlich, und ich hatte nur einen Wunsch: zu sehen, was als Nächstes kam.

Striche erschienen, glitten über die Leere hinweg, auf der Suche nach einer Form, zu der sie sich zusammenfügen konnten, anfangs langsam, fast schläfrig, dann immer schneller und entschlossener, fanden sie ihren Platz, verbanden sich zu Linien, bildeten Schatten. Während sich die Leere weiter ausdehnte. Als die Bewegung endete, war ein neuer Kopf entstanden, ein weiches Babyköpfchen, das lachte. Ich erkannte es auf Anhieb wieder, die schlitzförmigen Augen, das zahnlose Strahlen. »War das wirklich ich?«, hatte Maddy immer gefragt und das Foto wie ein Heiligtum in Händen gehalten. »Ich weiß, dass ich das bin, trotzdem kann ich es nicht glauben.«

Sie hatte ihre eigenen Babyfotos als Vorlage für die Zeichnungen verwendet. Doch je länger ich sie betrachtete, umso weniger sahen sie Maddy ähnlich. So ein Gesicht hatte ich noch nie gesehen. Es war das Gesicht eines Kindes mit einem Lachen, das man bei keinem Kind sehen sollte, triumphierend, aber ohne jede Hoffnung und mit nur einem Ziel vor Augen: endlich Erlösung zu finden. Während ich unten die Spülmaschine eingeräumt, den Müll hinausgebracht und Tabletts mit Suppentellern und Crackern herumgetragen hatte, für die sie sich zwar bedankt, die sie aber trotzdem nicht angerührt hatte, war sie hier oben gewesen und hatte all das gezeichnet. Der Anblick erfüllte mich mit Angst und Staunen. Ich erkannte meine eigene Tochter darauf nicht, wusste nicht, warum sie all das gezeichnet, ob sie gewollt hatte, dass ich die Sachen eines Tages finde oder nicht.

Als Robin nach Hause kam, spielte ich ihm noch einmal den Teil vor, der während des Protestmarschs gezeigt worden war, lehnte mich mit meinem ganzen Gewicht gegen ihn, so wie Maddy es damals mit mir getan hatte. Als jegliche Spuren der Zivilisation von der Erde fortgewischt waren, stand ich auf und sortierte alles auf dem Computerbildschirm wieder so, wie es zuvor gewesen war, mit den auf einer sich brechenden Welle aufgereihten Ordnern.

»Vielleicht dachten sie ja, ein Jahr sei eine respektvolle Zeitspanne, um zu fragen«, meinte er.

»Soll ich ihnen die Aufnahme überlassen?«

»Wieso solltest du es nicht tun?«

»Wieso sollte ich es tun?«

Das andere Ende zeigte ich ihm nicht. Stattdessen speicherte ich das Dokument auf einen USB-Stick, den ich fortan in meinem Portemonnaie bei mir trug. Wann immer ich einen Moment Zeit hatte, zu Hause oder bei der Arbeit, sah ich mir die Aufnahme noch einmal an, hielt sie an, wenn ich zu fassungslos war, ließ sie schneller oder langsamer laufen, manchmal ließ ich auch ein Bild auf dem Schirm erstarren, sah weg und gleich wieder hin, um es spontan zu betrachten. Die

Verzweiflung auf ihren Zügen war die reinste Tortur, das zerbröckelnde Gesicht erschütterte mich in meinen Grundfesten, aber wenigstens konnte ich die Bilder mittlerweile verstehen, im Gegensatz zu dem lachenden Babygesicht. Der Babykopf wollte nicht verstanden werden, und dennoch musste ich es versuchen. Ein Gedanke ließ mich nicht mehr los: Wenn Maddy die Aufnahme tatsächlich mit dem Ziel zurückgelassen hatte, dass ich sie fand, schuf dies eine groteske, aber zugleich auch beglückende Verbindung zwischen uns. Sollte sie sie hingegen nur für sich selbst geschaffen haben, würde ich damit in einer Art in ihr Privatleben eingreifen, wie ich es mir nie im Leben gestattet hätte.

11

Thanksgiving kam und ging ohne besondere Vorkommnisse so wie im Jahr zuvor. Wir planten unser großes Familienessen für den letzten Novembertag, wenn sich Maddys Tod jährte. Aber an diesem Morgen schlug die Erinnerung mit einer Macht zu, als wäre es gerade erst passiert. Ich stand erst wieder auf, als ich sicher im Dezember angekommen war.

Das Bett war sicherer Hafen und Falle zugleich. Ich lag abwechselnd auf der einen oder anderen Seite, das Gesicht zur Wand, wo mir nichts als tiefer Kummer entgegenstarrte, oder der Tür zugewandt, wo ich das Kommen und Gehen verfolgen konnte, Tabletts mit Toast und Kaffee, serviert im eigentümlichen Licht eines aufziehenden Sturms, von Menschen, die nicht Maddy waren und es auch niemals sein würden.

»Würdest du dich nicht besser fühlen, wenn du aufstehst?«, meinte Robin und streichelte mit der einen Hand mein Haar, mit der anderen mein Handgelenk. »Du brauchst ja nichts zu tun, sondern bloß herunterzukommen und fernzusehen oder so was.«

Geh dort hinüber. Zu dieser Wolke. Ich schwimme zu dir.

»Nein, danke.«

»Sicher? Du fehlst uns.«

Zieh die Vorhänge zu. Ist es Abend?

»Danke, Robin, ich komme schon klar. Ehrlich.«

Mein Vater nahm wortlos meine Hand, hielt sie.

Er weiß es nicht, Mom. Ich wollte nur, dass er mich liebhat.

Aber wieso hast du mir das nie gesagt?

»Ich bin's.« Die Matratze gab unter dem Gewicht meiner Mutter nach. »So wirst du dich nicht immer fühlen, Eve. Glaub mir.«

Ich lächelte. Für sie.

Wasser. Bitte.

Meine Mutter streichelte mir das Haar. Es war nachgewachsen. Ich würde es nie wieder abrasieren müssen. »Sophie und die Kinder sind da. Alle rufen an und denken an dich.«

»Sag ihnen Danke, aber bitte nicht heute.«

Auf Zehenspitzen schlich sie hinaus, und ich drehte mich wieder zur Wand um.

Verschont mich. Verschont mich, an irgendetwas glauben zu müssen. An die unergründlichen Wege, an unfassbares Pech, an Willkür und tragische Zufälle, an die Unendlichkeit des Lebens. Verschont mich mit dem Glauben daran, dass sich die Komplexität des Universums nicht in unsere schlichten Denkkonzepte pressen lässt, dass auch guten Menschen manchmal schlimme Dinge passieren, dass der Weg das Ziel ist, der wahre Körper uns erwartet, der Schleier zur Seite geschoben, der Mensch nur in ein anderes Zimmer geschlüpft ist. Verschont mich mit dem Glauben an die Sinnlosigkeit des Glaubens.

Verschont mich mit den Söhnen und Töchtern von Freunden, die kerngesund und putzmunter sind. Mit Bekannten, die sich vor dem Bankschalter, auf dem Gehsteig und im Supermarkt abwenden, der Erleichterung in ihren Augen, die nur ich sehen kann, der Erleichterung darüber, dass es mir und nicht ihnen passiert ist. Verschont mich mit dem Gefühl, dass die Zeit zum Stillstand gekommen ist und das Haus zu einer trägen Masse geworden ist, obwohl ich mir sehnlichst seinen Widerstand wünsche. Verschont mich mit den gequälten Lauten, die aus mir dringen, der Stille.

Verschont mich mit gleißendem Neonlicht, grünlich-blauer Düsternis. Mit Plastikschläuchen, Pflasterverpackungen, mit Beuteln voller Flüssigkeit, Apparaten, die klicken, summen, saugen oder tröpfeln, allem Spitzigen, Zusammengeklebten oder Ineinandergeschraubten, allem mit Gummisohle, Gummirädern, allem Gepolsterten, mit Palliativem, Sterilem, Zusammenklappbarem oder vorschriftsmäßig Entsorgbarem.

Und vor allem: Verschont mich mit jenem Novembermorgen, als ich mit dem Patiententablett an Maddys Bett trat und sie ihren hageren Kopf umwandte und ich »Verschont mich« in ihren Augen lesen konnte.

TEIL III

12

Während wir am Flughafen darauf warteten, dass unsere Maschine aufgerufen wurde, stellte ich Alison die üblichen Fragen, die sie mit der gewohnt widerstrebenden Monotonie beantwortete. Sie war als ältestes von drei Kindern in Baltimore aufgewachsen, ihre Mutter war Grundschullehrerin so wie meine, ihr Vater betrieb einen Schnapsladen, der allerdings pleiteging, als sie elf war.

»Die meisten aus D.C. stammen aus anderen Orten«, sagte ich. »Du und ich sind eine Ausnahme. Wir sind gewissermaßen Einheimische.«

»Ich stamme aber aus Baltimore.«

»Das ist ja praktisch dasselbe.«

Die Erinnerung an ihre Kindheit war durch die finanzielle Unsicherheit der Familie getrübt, allerdings hörte ich heraus, dass sie so etwas wie ein Wunderkind in der Highschool gewesen war und ein Stipendium fürs Mount Holyoke College bekommen hatte. Ihre Mutter hatte sie in Museen geschleppt und so ihr Interesse geweckt, »Dinge einfach nur ansehen« zu dürfen. Gleich zu Beginn ihrer College-Zeit hatte der Vater die Familie endgültig verlassen, mit dem Ergebnis, dass Alisons Abschlussnoten nicht so gut ausgefallen waren wie erhofft, außerdem gab es nur wenige Jobs für eine studierte Kunsthistorikerin.

»Praktisch jeder zweite Kellner in der Gegend hat Kunstgeschichte studiert«, sagte sie.

»Ich dachte immer Schauspiel.«

»Wie auch immer.« Es fiel ihr sichtlich schwer, mir in die Augen zu blicken. Vielleicht kam sie sich seltsam vor, weil sie sich ausnahmsweise anständig angezogen und sich das Haar zu einem Bob hatte schneiden lassen, der ihr Gesicht weicher erschienen ließ. Vielleicht dämmerte ihr auch allmählich, dass sie die nächsten zehn Tage gemeinsam mit mir in einer anderen Zeitzone verbringen würde.

»Übrigens gibt es noch einen anderen Grund, weshalb ich nach London fliege«, erklärte ich beiläufig, als wir in der Luft waren.

»Und zwar?«

»Ich treffe mich mit Maddys Vater.«

»Aha?«

»Maddy hat ihn nie kennengelernt. Er hat mich verlassen, als ich mit ihr schwanger war. Vor ihrem Tod hat sie ihn ausfindig gemacht, und die beiden haben sich Mails geschrieben.« Ich schilderte Alison, wie ich die Korrespondenz gefunden hatte.

»Aber sie hatte ja einen Stiefvater, stimmt's?«

»Zweieinhalb Jahre lang.« Aber eigentlich war das nicht der Punkt.

»Und wieso willst du dich mit ihm treffen?«, fragte Alison. »Wenn er dich damals einfach verlassen hat, ist er doch ein dämlicher Schwachmat, der unbedingt sein Ding irgendwo reinstecken musste, statt sich einfach mal einen runterzuholen …«

»Alison …!« Ich lachte.

»Mein Dad hat sich keinen Pfifferling um mich geschert. Um keinen von uns.«

»So war Antonio nicht.«

»Ich meine ja nur.« Sie löste ihren Gurt, zog einen Kaugummi heraus und bot mir einen an.

»Nein, danke.«

»Ich dachte, Robin sei nett.«

»Hast du einen Freund, Alison?«

»Hunderte.«

Ich ließ den Kopf gegen die Nackenstütze sinken, konzentrierte mich auf das Vibrieren des Flugzeugs und auf das Gefühl, für eine kurze Weile alle Verantwortung hinter mir zu lassen.

»Robin ist wirklich nett«, sagte ich und freute mich, dass mein Partner der kritischen Betrachtung dieser kratzbürstigen jungen Frau standgehalten hatte.

Alison zog die Bordzeitschrift aus der Tasche des Vordersitzes und begann, darin zu blättern. Ihre Finger mit den abgekauten Nägeln fuhren den Übersichtsplan des Flughafens von Barcelona nach. »Und wie findet er es, dass du nach London fliegst?«

»Oh, er hat nichts dagegen. Robin ist sehr verständnisvoll.«

Sie sah auf. »Macht es ihm nichts aus, dass du dich mit deinem Ex triffst?«

»Nein, Alison«, antwortete ich geduldig. »Du hast da etwas falsch verstanden. Ich fliege nicht nach London, um meine Liebesgeschichte mit Antonio neu aufleben zu lassen.«

»Wieso dann?«

Ich dachte einen Moment nach. »Um ihn zu bestrafen.« Es fühlte sich kühn an, so etwas zu sagen, verwegen.

Sie musterte mich mit zusammengekniffenen Augen. »Wow«, sagte sie und blätterte eilig weiter. »Da hast du ja einen mächtig toleranten Kerl am Start.«

»Das kannst du laut sagen.« Ich hielt kurz inne. »Robin meinte allerdings, ob es ein bisschen zu früh für mich sein könnte.«

»Und?«

»Ich muss irgendwas tun.«

»Aber er hat doch nicht etwa vor, sich mit einer anderen zu amüsieren, während du weg bist?«

»Sei nicht albern!«

Ich winkte die Stewardess heran. Während ich den Inhalt der Mini-Weinflasche in einen Pappbecher goss, musste ich zugeben, dass meine anfängliche Euphorie über die bevorstehende Geschäftsreise mit Alison ein klein wenig abflaute. Sie konnte ziemlich spröde sein. Als ich sie in mein Büro gebeten hatte, um ihr von meiner Idee zu erzählen, hatte sie sich aufs Sofa plumpsen lassen und unter allerlei Ausflüchten und Protest versucht, mir das Ganze auszureden.

»Keiner tut etwas für einen anderen, einfach so. Wieso wollen Sie ausgerechnet mich mitnehmen?«

»Bezeichnen Sie es als Trauerfallpsychose. Die meisten würden alles für so eine Geschäftsreise geben.«

»Ich bin aber nicht wie die meisten.«

»Das weiß ich.«

»Nehmen Sie doch Melissa mit. Es wäre eine tolle Chance für sie.«

»Ich werde aber nicht Melissa mitnehmen. Sie hat noch nicht mal etwas für Kunst übrig.«

»Woher wollen Sie das wissen?«

»Hat sie jemals versucht, sie gegen die Angriffe eines Wahnsinnigen zu verteidigen?«

Am Ende willigte Alison ein, und als alles eingefädelt war, die Finanzierung stand und Flüge sowie Unterbringung unter Dach und Fach waren, schien es, als sei eine Bremse gelöst, und der Zug, in dem ich saß, setzte sich langsam in Bewegung. Wenn ich schon auf diesem Planeten festsaß, bewegte ich mich zumindest eher auf Maddy zu, statt von ihr fort. Robin und ich liebten uns wieder, mitten in der Nacht oder frühmorgens, wenn wir fast noch im Halbschlaf waren. Es schmerzte mich, die Verblüffung in seinen Augen zu sehen, wenn ich die Hand nach ihm ausstreckte, die Sanftheit seiner Stimme, wenn er neben mir lag. Verriet ich mich? Wusste er, dass ich in jenem Teil von mir, der nicht bereits von Maddy mit Beschlag belegt war, Platz für jemand anderen schuf?

Meine Reisegefährtin hatte sich von mir abgewandt und die Stirn gegen die Fensterscheibe gelegt, in der sich das künstliche Licht spiegelte. Selbst im Ruhezustand verströmte Alison Missmut. Ich mochte ihre raue Stimme, ihre Weigerung, sich nett und gefällig zu zeigen, ihre Unwilligkeit, die unmittelbar unter der Oberfläche lauerte und sich jederzeit Bahn brechen konnte. Ich lehnte mich zurück und schloss die Augen, spürte, wie der Wein seine entspannende Wirkung entfaltete. Vielleicht könnte ich sogar schlafen. An Antonio verschwendete ich kaum einen Gedanken. Er war irgendwo da draußen, auf Eis gelegt, und würde erst in letzter Minute hereingeholt und aufgetaut werden.

Es war noch dunkel, als die Maschine zum Sinkflug auf Heathrow ansetzte. Erste orangefarbene Flammen schoben sich in der Ferne über den gerundeten Horizont. Hier und da blitzten Lichter durch die Wolkendecke unter uns. Ich wollte nicht landen. Es war so schön hier oben, so friedlich. Solange man in der Luft war, bekamen die Dinge eine Struktur, die sie auf dem Boden nicht hatten. Je größer die Distanz zur Welt, umso erträglicher war sie. Na ja, vielleicht nicht ganz. Schließlich machten wir sie systematisch kaputt, auch wenn sie vom Flugzeug aus noch so magisch aussehen mochte, jenem Instrument der Zerstörung, das wir alle so lange benutzen würden, bis unsere eigenen kleinen Tragödien in der großen, allumfassenden unseres Planeten untergingen.

Irgendwann drangen die Lichterpunkte Londons endgültig durch die Wolken. Beim Gedanken an die Ankunft beschleunigte sich mein Herzschlag. Vergiss die Erde. Vergiss die Höhe, die keinen Raum für Bedeutung und Schmerz lässt. In vierzigtausend Fuß Höhe ist ein Leben nun mal nicht möglich. Alison saß reglos neben mir, die Stirn gegen das Fenster gepresst, völlig hin und weg vom Ausblick. Als wir in einem weiten Bogen über der Stadt kreisten, stellte ich fest, dass die Lichtstreifen in sehr viel krummeren Linien verliefen als diejenigen, die hinter mir lagen, mit unregelmäßigen, dunklen Abgründen, die dazwischen klafften.

13

Als Treffpunkt schlug ich eine Pizzeria in einer kleinen, ruhigen Ecke hinter dem British Museum vor, auf die ich gleich am ersten Tag gestoßen war, als ich mich mit den Pädagogikkollegen getroffen hatte. Seitdem war ich mehrere Male hingegangen, um mich an sie zu gewöhnen. Ich wollte nicht auf Antonios Terrain sein, wenn wir uns sahen. Zudem sollte der Ort nicht zu exklusiv sein. Mit seinen Bogenfenstern und den grün-weißen Kacheln verströmte das Lokal die Atmosphäre eines gediegenen Restaurants, in dem man einen anständigen Wein bekam, gleichzeitig war es trotzdem immer noch eine Pizzeria.

Ich war zu früh dran und entschied mich für einen Tisch in der hinteren Ecke, von wo aus ich die Tür im Auge behalten konnte. Wände vermittelten Sicherheit, Ecken waren noch besser. Hinter mir hing eine Art Metallschild an der Wand, direkt neben einem unbeleuchteten Buntglasfenster. Über jeder Tischgruppe hingen mehrere zu Lampen umfunktionierte Milchflaschen. Bei einem Kellner mit gestreiftem Hemd und Papierhut bestellte ich ein Glas Wein. Dass ich direkt von der Arbeit kam, bot mir die perfekte Ausrede, meine blaue Seidenbluse zu tragen, was ich Antonio natürlich auch auf die Nasse binden würde, damit er sich nicht einbildete, ich hätte mich für ihn so in Schale geworfen. Ich hatte nie zu den Frauen gehört, die sich die Haare färbten, und würde es auch nie tun – jede einzelne silbrige Strähne hatte ich mir verdient. Sie verliehen mir Würde. Ich konnte nur hoffen, dass Antonio nicht mit einer Frau verheiratet war, die alles dafür tat, ihr wahres Alter zu kaschieren.

Ich saß still am Tisch, beide Hände um mein Glas gelegt. Vom Eingangsbereich führten zwei Glastüren in den Gastraum, doch die geschwungenen Jugendstilverzierungen machten es schwierig, eine Gestalt auszumachen, ohne den Eindruck zu erwecken, dass man Ausschau hielt. Es war halb sechs Uhr an einem Donnerstagabend, und außer meinem waren gerade mal drei Tische besetzt. Am mittleren saß eine Familie mit einem Baby, daneben waren zwei Männer in Anzügen in eine hitzige Diskussion verstrickt. Am Fenstertisch saß ein älteres Paar – Landsleute, ihren ausladenden Brillen, den bequemen Schuhen und den verlegenen Blicken nach zu schließen, sorgsam darauf bedacht, möglichst mit niemandem Augenkontakt herzustellen. Seit meiner Ankunft in London waren mir zwei Typen von Amerikanern aufgefallen: Die einen glaubten, ein Recht darauf zu haben, in der Stadt zu sein, weil sie es sich leisten konnten. Die anderen wussten, dass sie nicht hierhergehörten, wobei ihnen das Wissen eine geradezu herzerwärmende Schüchternheit verlieh. Dieses Pärchen und ich gehörten der zweiten Kategorie an, wobei ich fand, dass ich eine Idee waghalsiger war. Immerhin war ich auf Geschäftsreise hier und nicht im Hotel abgestiegen, sondern bei einer Kollegin untergekommen, außerdem lebte der Vater meines Kindes hier. Der Vater meines Kindes – der Begriff hatte so etwas Altmodisches.

Ich studierte das Schild an der Wand, das mich über die Dairy Supply Company aufklärte: Die Firma war gegründet worden, um den Transport qualitativ hochwertiger Milch vom Land in die Stadt und deren Vertrieb zu sichern. Der italienische Gastwirt hatte das Restaurant 1965, dem Geburtsjahr meines Bruders und drei Jahre vor meiner Geburt, gekauft. Wo war ich gewesen, als Mr. Boizot 1965 Milchkannen durch Pizzaöfen ersetzt hatte? Dort, wo Maddy war? Wo auch immer das sein mochte.

Seit Maddys Tod war ich in mancherlei Hinsicht scheuer, in anderer wiederum unerschrockener. Es gab Phasen, in denen ich noch nicht einmal einen Raum mit mehr als drei Leuten betreten konnte, oder mich das Läuten der Türglocke oder des Telefons komplett aushebelte. Und ich wählte grundsätzlich einen Platz direkt an der Wand. Gleichzeitig legte ich eine Forschheit an den Tag, die mir vollkommen neu war. Lag es daran, dass nichts auf der Welt noch eine Bedeutung für mich hatte, am allerwenigsten, was andere Leute von mir dachten? Das stimmte nicht ganz. Schließlich hatte ich am Morgen viel Zeit vor dem Badezimmerspiegel verbracht, um mich für die Begegnung mit Antonio fertig zu machen. Früher hätte ich mich niemals auf eine Reise wie diese getraut, noch dazu mit einer übellaunigen Wildfremden, oder ganz allein in einem Restaurant auf meinen einstigen Geliebten gewartet, den ich seit siebzehn Jahren nicht mehr gesehen hatte. Es hatte sich einiges verändert, so viel stand fest.

Die Tür ging auf. Zwei Frauen kamen herein und gingen zu einem Fenstertisch, ohne ihre Unterhaltung zu unterbrechen. Das Baby am Nebentisch bog sich nach hinten und schrie aus Leibeskräften. Die Mutter schnallte es in den Kinderwagen, während der Vater mit verdrossener Miene dem Kellner ein Zeichen gab, dass er die Rechnung wollte.

Bereits seit Wochen ging mir die bevorstehende Begegnung im Kopf herum, ich hatte sie im Geist durchgespielt, hatte geplant, wieder alles verworfen, Sätze formuliert, Gesichtsausdrücke geübt, auch diese wieder verworfen und noch mal von vorn angefangen, bei Konferenzen, am Abendbrottisch, in Unterhaltungen mit Kollegen, auf dem Fußgängerüberweg. Hier in London hatte ich heimlich geprobt, während ich berühmte Gemälde und Zeichnungen in meinen behandschuhten Händen gehalten hatte, stumm im Bus und laut in meinem Zimmer in Stoke Newington, wobei ich auf die stille Straße hinausgeblickt hatte, die allabendlich von den rhythmischen, tröstlichen Schreien des autistischen Mannes von gegenüber widerhallte.

Zu Beginn: eine würdevolle Begrüßung zwischen zwei Erwachsenen, die mit der Vergangenheit abgeschlossen hatten. Dann: stummes gegenseitiges Betrachten. »Ich bin neugierig, Antonio, und will unbedingt erfahren … was hast du dir dabei gedacht?« Dank meiner angeborenen Zurückhaltung, meiner Gabe, mich am Riemen zu reißen und zuzuhören, bekäme er Gelegenheit, mir zu erklären, weshalb er hinter meinem Rücken all die Monate mit Maddy in Kontakt gestanden hatte, ehe ich etwas von mir selbst preisgeben musste. Ich würde ruhig und gelassen lauschen, während er von seiner Frau und seinen Kindern erzählte, dann würde ich es ihm sagen. Während meiner Proben war ich nie über den Punkt hinausgekommen, an dem ich ihm gestand, was mit Maddy passiert war, jenen Punkt, an dem die Reue und Zerknirschung die Oberhand gewannen.

Ich sah auf meine Uhr. Noch war ich zu früh. Das Atmen fiel mir schwer, obwohl es ein natürlicher Prozess ist, aber man kann schlicht vergessen, wie es geht, so wie man vergessen kann, wie man einschläft. Fest stand, dass es besser war, es ihm persönlich zu sagen. Zu diesem Schluss war ich mittlerweile gelangt, und nun gab es kein Zurück mehr.

»Überhaupt nie?«, fragte ich am letzten Morgen, während ich an seinem Küchentisch saß. »Möchtest du niemals ein Kind haben? Nie?«

Sein Schweigen gab mir die Antwort, die ich brauchte.

»In Wahrheit willst du bloß kein Kind mit mir haben.«

Ich wartete darauf, dass er mich berührte, mir widersprach, dann stand ich auf, kippte meinen Kaffee ins Spülbecken, verließ sein Apartment und begann mein Leben mit Maddy.

Mein Triumph hatte daraus bestanden, dass ich sie allein großgezogen hatte. Nachdem er uns im Stich gelassen und beschlossen hatte, lieber seinen eigenen Plänen und Interessen nachzugehen, hatte Antonio sich genau an dem Punkt wieder in unser Leben geschlichen, als wir am wehrlosesten gewesen waren. Er konnte von Glück sagen, dass ich mich überhaupt mit ihm traf, daher hatte ich zumindest das Recht, über das Wann und Wo zu entscheiden.

Um nicht ständig zur Tür zu sehen, las ich das Schild noch einmal von oben bis unten, wobei ich mich auf die Details konzentrierte, die ich beim ersten Mal übersehen hatte: die schrecklichen Bedingungen, unter denen Kühe damals in der Stadt gehalten wurden, die schlechte Qualität und giftige Vermischung der Londoner Milch, die konische Form der Kannen. Die Kuh mit dem eisernen Schwanz …

Er stand neben mir. Unbemerkt war er an den Tisch getreten. Da stand er, ein angedeutetes Lächeln auf dem Gesicht, absorbierte alles Licht und die Luft im Raum. Ich sah ihn an, sein Gesicht, das eine unwiderstehliche Variante dessen war, welches ich so gut gekannt hatte. Er trug sein Haar kürzer, sorgfältiger geschnitten, mit grauen Strähnen, die sich in das rötliche Braun mischten. Seine Augen schienen etwas tiefer in den Höhlen zu liegen und waren von einem Kranz aus Linien und Fältchen umgeben. Ich konnte nicht sprechen. Die Präsenz dieses Antonio von heute war so surreal und verblüffend, als würde man Fotos der eigenen Eltern in ihrer Jugend ansehen, nur umgekehrt. Der Tisch stand zwischen uns. Ich zwang mich aufzustehen, wobei mich das blanke Grauen überkam. Es war, als wäre ich mitten in einem Traum gefangen, in dem ich etwas unaussprechlich Schlimmes getan hatte, das sich nicht wiedergutmachen ließ.

Man kann einem Menschen doch nicht so eine Nachricht in einer Pizzeria überbringen!

Antonio beugte sich vor, um meine Hände zu ergreifen – eine vornehme Geste, an die ich mich nur allzu gut erinnern konnte. Er senkte den Blick, nur um ihn gleich darauf abrupt zu heben, so wie Maddy es auch immer getan hatte, bevor sie mir ihr schüchternes, hübsches Lächeln schenkte. Scham ergriff mich. Scham, dass Maddy es nicht geschafft hatte, dass ich sie zur Welt gebracht und nicht hatte retten können, dass ihr Vater nun vor mir stand und ich sie ihm nicht zeigen konnte.

Als er meine Tränen sah, verscheuchte er den Kellner mit einer knappen Geste und machte Anstalten, meinen Arm zu berühren. Das Lächeln war verflogen, stattdessen war er sichtlich bestürzt über diese unvorhergesehene Wendung und unsicher, ob er mich trösten durfte, obwohl wir noch nicht einmal ein Wort der Begrüßung gewechselt hatten.

»Sie ist nicht mehr da«, sagte ich und kramte ein Taschentuch heraus, um ihn nicht ansehen zu müssen. »Maddy ist tot.«

Ich hatte Antonio noch nie vorher weinen gesehen, nicht einmal auf diese unterdrückte Art. Er räusperte sich und blinzelte gegen die Tränen an, damit ich sie nicht sah. Das Zucken ließ sein Gesicht älter und hagerer wirken, gleichzeitig so unschuldig wie das eines Jungen.

»Wann, Eve?«, fragte er schließlich. »Wann ist es passiert?«

Er lauschte schweigend, als ich ihm das Jahr von Maddys Krankheit schilderte. Ich hasste mich selbst für die Kühle, mit der ich ihm die Fakten präsentierte, schilderte, wie eines zum anderen geführt und schließlich geendet hatte. Als seine Augen erneut feucht wurden, musste ich den Blick abwenden.

»Sie hat es mir nie gesagt. Warum nicht?«

»Als sie Kontakt zu dir aufgenommen hat, war sie in Remission. Gewissermaßen. Wir hatten ein paar Monate, bevor es endgültig bergab ging.«

»Plötzlich hat sie aufgehört zu schreiben.«

»War das im September? Damals hätten wir sie fast verloren. Sie hat sich wieder erholt. Sie haben die letzten Untersuchungen gemacht und sie dann nach Hause geschickt. Sie war sehr schwach. Wir haben das Bett ins Wohnzimmer gestellt, damit sie bei uns ist.«

»Es tut mir so leid, Eve.« Uns kamen gleichzeitig die Tränen. »Ich kann es nicht glauben. Ich kann es einfach nicht glauben.«

All die Jahre von Maddys Leben schienen zwischen uns in der Luft zu schweben. »Es ist so merkwürdig«, schluchzte ich. »Findest du nicht?« Das amerikanische Paar war aufgestanden, der Mann half seiner Frau galant in den Mantel. Ich hatte solche Angst, Antonio niemals wiederzusehen. Angst, dass dies alles wäre, was wir jemals bekämen.

»Möchtest du etwas trinken?«, fragte er.

Der Kellner ließ sich nichts anmerken, als er unsere verquollenen Gesichter sah. In seinem Beruf war ihm nichts fremd. Wortlos saßen wir da, bis der Wein serviert wurde, zusammen mit einem Schälchen Oliven. Antonio schenkte ein, streckte seine langen Beine seitlich aus, eine Hand auf der Stuhllehne, während er die Finger der anderen Hand hin und her bewegte. Die Situation war zu surreal, um etwas zu sagen.

»Du bist schmaler geworden, Eve.«

»Trauer ist gut für die Figur.«

Er weigerte sich, meine Bemerkung mit einem Lächeln zu belohnen.

»Du siehst genau gleich aus, Antonio. Fast.«

»Wirklich?«

»Ich habe mir die Haare abrasiert, als Maddys Chemo anfing.«

»Dein langes Haar …«, begann er, hielt inne.

»Wir waren zwei Glatzköpfe. Aber sie hat mich gezwungen, dass ich meins wieder wachsen lasse.«

»Oh, E-vie …« Die Art, wie er die Silben trennte, verschlug mir den Atem. In dem Moment begriff ich, dass man Intimität nicht einfach eliminieren konnte.

»Ich wollte es dir persönlich sagen.«

»Ja.«

»Ich habe erst vor Kurzem herausgefunden, dass ihr euch geschrieben habt.«

»Es tut mir leid«, sagte er. »Dass du es nicht wusstest.«

»Mir auch. Kannst du dir vorstellen, wie ich mich gefühlt habe, als ich die Mails gefunden habe? Nachdem sie tot war? Ohne die Chance zu haben, mit ihr darüber zu reden?«

»Ich wollte, dass sie es dir sagt. Eine Weile habe ich ihr deswegen nicht mehr geantwortet.«

»Vielleicht warst du ja auch froh, mich außen vor zu lassen.«

»Du hast doch die Briefe gesehen«, erwiderte er. »Sie war stur.«

»Sie fand es nur fair, wenn du deiner Familie von ihr erzählt hättest. So sehe ich es.«

»Ich habe aufgehört, ihr zu schreiben«, wiederholte er stirnrunzelnd.

»Gut für dich. Und hast du deiner Familie von Maddy erzählt?«

»Noch nicht.«

»Noch nicht? Hattest du es denn vor?«

»Zuerst wollte ich dich sehen.«

»Und tust du es jetzt?«

»Ich überlege es mir.«

»Du überlegst es dir.«

»Ja.«

»Und was genau gibt es da zu überlegen?«

Er zog ein Gesicht, das mich früher zum Lachen gebracht hätte. Sich mit Humor aus einer heiklen Situation zu manövrieren, hatte er schon immer gekonnt.

»Hast du es auf eine private Beziehung mit Maddy angelegt? Nur ihr beide?«

»Nein, Eve …«

»So ist es ja auch einfacher, stimmt's? Ein junges Mädchen mit einer Fantasievorstellung von einem Vater zu beeindrucken. Weil sie ja nie einen hatte.«

Ich konnte mich noch gut erinnern, wie er das Kinn einzog, wenn er skeptisch war, an sein angedeutetes Stirnrunzeln, um seine Nachsicht zu demonstrieren. »Du bist so wütend«, sagte er ruhig. »Aber wer kann es dir verdenken? Tatsache ist«, fuhr er bedächtig fort, »dass Maddy diejenige war, die Kontakt zu mir aufgenommen hat. Sie hat die Entscheidung getroffen, worüber wir uns austauschen.«

Ich schlug einen sanfteren Tonfall an. »Um Maddys willen bin ich froh, dass sie dich kennenlernen durfte, bevor sie gestorben ist. Ehrlich. Sonst wäre ich jetzt nicht hier.«

»Tatsächlich?«, hakte Antonio ein. »Oh, ich wünschte nur, sie hätte mir geschrieben, dass sie schwer krank ist.«

»Welchen Unterschied hätte das gemacht?«

Er schwieg. »Keine Ahnung. Die Fragen, die sie mir gestellt hat!« Wieder stiegen ihm die Tränen in die Augen. »Ob ich glaube, dass es ein Leben nach dem Tod gibt! Ich habe all das für gewöhnliche Teenagerfragen gehalten. Hätte ich es gewusst, hätte ich völlig anders darauf geantwortet. Es ist so … traurig. Mir zu schreiben, aber das Allerwichtigste unerwähnt zu lassen?«

»Das Allerwichtigste?«

»So etwas Wichtiges«, erwiderte er hastig.

»Du kanntest Maddy nicht«, sagte ich.

»Ein bisschen. Nur ein kleines bisschen.«

»Maddy war sehr stolz. Sie fand es unerträglich, so krank zu sein. Dass andere Mitleid mit ihr haben, wollte sie auf keinen Fall. Sie ist völlig ausgeflippt, wenn sie das Gefühl hatte, jemand sei bloß nett zu ihr, weil sie Krebs hat.« Antonio wirkte bedrückt. »Sie hat sich immer nach einem Vater gesehnt. Dieses Gefühl lag wie ein Schatten über ihr, als sie groß wurde.«

»Eve«, sagte er eindringlich, »du weißt doch noch …«

»Sie wollte sichergehen, dass du sie nicht bemitleidest.«

Er murmelte etwas.

»Vielleicht«, fügte ich hinzu, »war es auch ihre Art abzurechnen.«

Er beugte sich so weit vor, dass ich das bernsteinfarbene Licht in seinen Maddy-grauen Augen sehen konnte. »Ich bin davon ausgegangen, dass wir alle Zeit der Welt haben, und habe nur aufgehört, ihr zu schreiben, weil ich dachte, sie hätte Zweifel bekommen. Oder ich hätte sie durch irgendetwas gekränkt. Oder sie hätte es dir erzählt, und du wärst nicht damit einverstanden gewesen. Ich hatte ja keine Ahnung, sondern konnte nur spekulieren.« Er massierte sich den Nacken und nahm einen großen Schluck Wein. »Sie war immer sehr charmant mir gegenüber, musst du wissen.«

»Du hast doch selbst Kinder.«

»Aber keine Tochter.«

»Deshalb wolltest du dir meine ausborgen.«

Er sah mich lange Zeit wortlos und mit einer Miene an, die ich nicht deuten konnte. Schließlich blickte er zur Decke. »Sind das Milchflaschen?«

»Ja, früher war hier mal eine Molkerei.«

»Wie lustig.«

Ich deutete auf das Schild hinter mir. »Das hier habe ich auswendig gelernt, während ich auf dich gewartet habe. Frag mich was.«

»Ich habe im Lauf der Jahre viel über dich nachgedacht«, sagte Antonio, ohne den Blick von den Flaschen zu lösen. »Ehrlich gesagt habe ich mir immer gedacht, dass wir uns eines Tages alle treffen. Wenn Maddy erst mal älter ist. Vergiss nicht, dass es ein Riesenschock war, als ich das erste Mal von ihr gehört habe.«

»Tatsächlich?«

»Erica hatte keine Ahnung.«

Die Beiläufigkeit, mit der er ihren Namen einfließen ließ, versetzte mir einen Stich. »Das ist etwas, was ich nicht verstehen kann«, sagte ich langsam. »Heutzutage finden die Leute einander doch ständig. Maddy wollte Kontakt zu dir aufnehmen, wenn sie achtzehn ist. Wenn ich wirklich sicher sein konnte, dass sie es auch wollte.«

Antonio starrte mich an.

»Was?«, schnauzte ich ihn an. »Du wusstest doch, dass du ein Kind hast. Du hättest uns als Erstes ausfindig machen können.« Erst jetzt wurde mir bewusst, dass ich seit Maddys Geburt insgeheim immer darauf gehofft hatte, Antonio würde uns finden.

»Aber ich dachte, du hättest es wegmachen lassen!«, krächzte er.

»*Es*?«

»Sie«, korrigierte er sich eilig.

»Niemals! Ich wollte nie eine Abtreibung!« Die Frauen am Nebentisch sahen herüber, deshalb senkte ich meine Stimme zu einem Zischen. »Das habe ich dir damals gesagt.«

Seine Züge verdüsterten sich langsam. Eine Ader an seinem

Hals pulsierte. »Ja, das weiß ich, aber du hast deine Meinung geändert.«

Ich warf ihm einen verächtlichen Blick zu.

»Zumindest hast du das gesagt. Als du gegangen bist«, fügte er hinzu.

Ich konnte nur den Kopf schütteln.

»Aber so war's, Eve!« Inzwischen war sein Gesicht seltsam verzerrt. »Ich habe dich angerufen, x-mal.«

»Einmal.«

»Oft! Ich fasse es nicht. Wie kannst du so etwas sagen? Ich habe dir Nachrichten auf dem Anrufbeantworter hinterlassen, bin bei dir vorbeigefahren, habe Zettel geschrieben.«

Ich verschränkte die Arme. »Ich hatte es satt, darüber zu reden, Antonio. Was hätte es auch gebracht? Du hast deine Haltung klargemacht.«

Er musterte mich einen Moment lang, ehe er den Blick senkte und mit leiser Stimme widerstrebend sagte: »Ich glaube, ich war in einer Art Schockstarre. Verstehst du das denn nicht? Ich war so sicher, dass ich nicht Vater werden wollte. In so einer Situation war ich vorher noch nie. Es war nicht in meinem …« – er lächelte freudlos – »Lebensplan vorgesehen, und damals gab es für mich nichts anderes, als mich an diesen Plan zu halten. Aber als du weg warst, bekam ich Angst.«

Ein Gedanke formte sich in meinem Kopf, so entsetzlich, dass ich ihn sofort verbannte.

»Wovor?«

»Dass ich dich dazu überredet haben könnte. Oder dass du es aus Trotz tust.« Wieder drohten ihm die Tränen zu kommen. Am liebsten hätte ich ihn gepackt und geschüttelt, weil er etwas für sich beanspruchte, das ihm gar nicht zustand. »Ich wusste nicht, was ich wollte. Plötzlich wollte ich es nicht mehr … es einfach so loswerden, meine ich. Aber ich wusste auch, dass es mir nicht zustand, dir etwas aufzuzwingen. Keine der beiden Lösungen.«

Antonio mochte ein Sturkopf sein, aber er war auch ein aufrichtiger, respektvoller Mensch. Deshalb hatte er Maddy nicht weiter bedrängt, als sie aufgehört hatte, ihm zu schreiben. Ich starrte auf das blinde Buntglasrechteck.

»Ich habe alles Mögliche gedacht«, fuhr er fort. »Ob ich vielleicht zu verbissen und mir meiner Sache zu sicher war. Aber am Ende musste ich es gut sein lassen. Du wolltest mich nicht mehr sehen. Was hätte ich denn tun sollen? Das war alles sehr schmerzlich.« Er hielt inne und fügte tonlos hinzu: »Ich habe dich sehr geliebt.« Ich schwieg. »Aber ich nehme an, der Teil von mir, der einfach mein Ding durchziehen wollte, ohne nach links und rechts zu sehen, hat sich am Ende nur zu gern von der Idee einer Familie verabschiedet«, sagte er dann.

Ich saß in erschüttertem Schweigen da. Was um alles in der Welt hatte ich denn damals zu Antonio gesagt?

»In Wahrheit willst du bloß kein Kind mit mir haben.« Ich wartete darauf, dass er mich berührte, mir widersprach.

Vielleicht hatte er ja die Hand nach mir ausgestreckt, versucht, mich an sich zu ziehen. Vielleicht hatte er auch etwas gesagt, das ich inzwischen vergessen hatte. Es gab keine Kopie von dem, was damals geschehen, was gesprochen worden war. Vielleicht hatte ich auch etwas anderes gesagt. Etwas Kaltes, Verzweifeltes, um ihn zu verletzen. Etwas, das ich in Wahrheit gar nicht so meinte.

»Weshalb sollte ich dein Baby bekommen wollen?«

Oder: *»Wie kommst du darauf, dass ich dein Baby behalten werde?«*

Oder: *»Ich will ein Baby, Antonio, aber nicht von dir.«*

Er nahm den Salzstreuer und drehte ihn zwischen seinen langen Fingern hin und her, kippte ihn abwechselnd auf den

Kopf und drehte ihn wieder um. Früher hatte er mir immer beide Hände aufs Gesicht gelegt und sie dann zur Seite gleiten lassen, um mich zu küssen – ein Moment voll intensiver Intimität, der Kitzel, ihm ausgesetzt zu sein. Da er mich um ein gutes Stück überragte, hatte er sich nach vorn beugen müssen. Ich hatte unseren Größenunterschied nie als Ungleichheit empfunden, sondern schlicht als Kluft, die es zu überwinden galt und die sogar noch verstärkte, was zwischen uns passierte. Salzkörner glitzerten auf der Tischplatte. Die Kippbewegung nervte mich. Ich brauchte Reglosigkeit. Ruhe zum Nachdenken. Ich musste nachdenken, gleichzeitig ertrug ich es nicht, weil ein abscheulicher Gedanke alles dominierte. Er stand mitten im Raum, riesig und tödlich, wie Gift, das durch meine Adern strömte: Ich hatte meiner Tochter ihren Vater vorenthalten. Ich hatte mich von Antonio abgewandt, mein Herz verschlossen. Wenn ich erst einmal zum Schluss gelangt bin, dass eine Grenze überschritten ist, bin ich fähig, sämtliche Brücken hinter mir abzubrechen. Im Lauf der Jahre hat meine Mutter nichts unversucht gelassen, um mir zu verdeutlichen, dass diese Unbarmherzigkeit nicht immer von Vorteil für mich ist.

Hätte können. Diese mächtige und doch so sinnlose Aussage. Ich hätte Antonios Anrufe annehmen, hätte auf seine Bedenken eingehen können. Und er hätte mir Zeit geben können, meine vorübergehende Schockstarre und Kälte zu überwinden. Hätte ich ihn überredet, wären Antonio und ich vielleicht zusammengeblieben. In diesem Fall wäre er Maddys Vater gewesen, nicht nur eine vage Idee davon. Ich konnte ihn weder ansehen noch etwas sagen. Ich hasste ihn dafür, dass ich unser Leben so leichtfertig aufs Spiel gesetzt hatte, ebenso wie für das Wissen in seinen Augen, das in Mitleid umschlug, als ich ihn endlich ansehen konnte.

»Eve«, sagte er eindringlich und legte die Finger auf mein Handgelenk. »Du musst das alles vergessen. Es ist nun mal geschehen. Wir müssen uns damit abfinden. Lass es hinter dir. Ich gebe mir selbst die Schuld.« Ich erkannte Maddys verschmitztes Lächeln in seinem wieder. »Und du darfst das gerne auch tun, wenn du willst.«

14

Die Diele war leer, als ich hereinkam. Ich schlüpfte die mit Teppich ausgelegte Treppe hinauf in mein Zimmer und rollte mich auf dem Bett zusammen. Ich sehnte mich so sehr nach Maddy. Einige Zeit war ich ihr nahe gewesen, wenn auch nur durch sein Lächeln, in dem ich das ihre sah, dank seiner Augen, durch die sie mich betrachtete. Über den elfenbeinfarben gestrichenen Möbeln hingen vereinzelte, auf unterschiedlichen Höhen angebrachte Bilder an den Wänden, und ein hellerer Fleck auf der Tapete verriet, wo die Wanduhr gehangen hatte – gleich am ersten Abend hatte ich sie heruntergenommen und in einer Schublade verstaut. Ich konnte nicht schlafen, wenn irgendwo im Raum eine Uhr tickte.

Ich drehte mich auf den Rücken, lachte laut auf, schnitt Grimassen, um nicht in Tränen auszubrechen, und fühlte mich unglaublich allein. Deckte der Begriff »Missverständnis« ab, was zwischen uns passiert war? *Ich gebe mir selbst die Schuld. Und du kannst das auch tun, wenn du willst.* Herzlichen Dank, Antonio. Die Stuckrosette mit der Deckenleuchte in der Mitte war so oft überstrichen worden, dass sich das Relief kaum mehr abhob. Es brachte neue Szenarien vor meinem geistigen Auge hervor: Die kleine Maddy und ihre Brüder hüpften um uns herum, zerrten ihren Daddy an den Händen … Teenager-Maddy und ihre Schwestern standen dicht beisammen und tuschelten, kicherten über ihre Eltern, die glücklichen Ausgestoßenen …

Ich zog mein Handy heraus und wählte Robins Nummer.

»Oh, hallo, Ducks.«

»Du klingst, als wärst du direkt um die Ecke.«

»Du auch.«

»Wo kam denn das auf einmal wieder her?«, fragte ich.

»Was?«

»Der Spitzname.«

»Von der Rubber Duck Regatta, für die Cincinnati so berühmt ist. Abgesehen von meiner Wenigkeit, natürlich.«

»Ach ja, das hatte ich vergessen. Und, was läuft?«

»Dies und das«, antwortete Robin. »Dies und das.«

»Zum Beispiel?« Ich hörte Schostakowitsch im Hintergrund. »Wie spät ist es bei dir? Vier?«

»So ungefähr. Hör mal. Dein Lieblingspart.«

Er hielt das Telefon näher an den Lautsprecher. Schon vor Maddys Lust auf Musik hatte Robin mir diese Welt eröffnet, hatte meine Affinitäten verbessert, mir beigebracht, Anmut und Schönheit in scheinbar Plumpem und Unvollständigem zu erkennen. Die Melodie fand in den Rhythmus: zwei gegen drei, drei gegen vier …

»Grandios«, sagte ich.

»Ich lerne es gerade. Willst du mal hören?« Rascheln ertönte, Scharren … dann hörte ich die Passage ein weiteres Mal, diesmal aus größerer Entfernung und auf Robins Klavier gespielt. Aus seinen Händen war es noch nicht ganz flüssig, dennoch ebenso ergreifend, wenn nicht sogar noch mehr. Es gab eine Zeit, in der ich dachte, seine Liebe zur Musik schenke ihm den Zugang zu etwas Höherem. Das alte Klavier, auf dem Maddy spielen gelernt hatte, stand im Keller, als er mit seinem eigenen eingezogen war und das Gästezimmer zum Musikzimmer umfunktioniert hatte. Es war seltsam, ihn dort zu sehen, in unserem niedlichen, funktionalen Häuschen mit den niedrigen Decken, den gewachsten Ahornböden, den Wabentüren mit den runden Knäufen, der offenen, für den Einbau großer Elektrogeräte konzipierten Küche. Von hier aus betrachtet kam mir das Haus wie eine Übergangslösung vor, die jederzeit demontiert werden konnte.

»Wow, Robin. Lernst du das für mich?«

»Könnte man so sagen.«

»Arbeitest du heute denn nicht?«

»Ich habe ein paar Anrufe erledigt«, erklärte er gut gelaunt. »Morgen fahre ich an den See.«

»Schon wieder?«

»Ja, mich hat das Ausbaufieber gepackt.«

»Dort oben muss es doch eiskalt sein.«

»So schlimm ist es nicht. Die Wärme aus dem Haus steigt ja nach oben. Außerdem habe ich einen Heißlüfter.«

Ich erzählte ein wenig von London, dem Museum, dem Wetter, von Philippas Großzügigkeit und Alisons Missmut. »Und ich habe mich mit Antonio getroffen«, sagte ich in einer der Gesprächspausen.

Sein Schweigen verriet mir, dass er nicht damit gerechnet hatte. »Wieso hast du nichts erzählt?« Leiser Groll lag in seiner Stimme, und er wartete auf meine Antwort, ehe er fortfuhr. »Hast du ihm von Maddy erzählt?«

»Er war schockiert.«

»Das hoffe ich.« Wieder wartete er. »Willst du darüber reden?«

»Und er hat geweint.«

Die Erwähnung des heftigen Gefühlsausbruchs ließ Robin neuerlich verstummen. »Kannte er denn Maddy überhaupt gut genug dafür? Oder ging es in Wahrheit nur um die Idee von ihr?«

»Beides, vermute ich«, antwortete ich. »So eine Frage stellt man niemandem aus heiterem Himmel. Es war wirklich krass, Robin. Gar nicht, wie ich erwartet hatte.«

Unausgesprochene Gedanken und Entscheidungen schwangen in unseren Worten mit.

»Und was hattest du erwartet?«

»Ich hätte nicht gedacht, dass er so sehr wie Maddy aussieht.«

Ich bin klein und schmal gebaut. Maddy war ebenfalls schlank, hatte aber eher Antonios Körperbau geerbt. Wenn sie saß, hatte sie stets ihre langen Beine auf eine Seite ausgestreckt, ebenso wie er. Im Stehen verströmten beide die Autorität hochgewachsener Menschen. Mein feines Haar liegt wie eine Mütze um meinen Kopf, wohingegen Antonios und Maddys in wilden Locken abstand. Er hatte dieselben grauen Augen wie sie, und auch die Art, wie sie sie einsetzten – den Blick nach oben gerichtet, wenn sie nachdachten, gesenkt, um mir auszuweichen, zur Seite, wenn sie etwas amüsierte oder sie verlegen waren. Seine Finger, die ständig mit etwas herumspielten, wie ein Kind. Antonio konnte in einem völlig neutralen Tonfall mit mir reden und unvermittelt den Blick auf mich richten, als wolle er sagen: »Ich sage dir das, hier und jetzt, und du musst mir zuhören.« Maddy in Reinkultur. Wenn Maddy meinen Mund geerbt hatte, stammte die Art, wie sie ihn spöttisch verziehen konnte, eindeutig von Antonio. Familien, die gemeinsam leben, gewöhnen sich an diese Ähnlichkeiten und bemerken sie wahrscheinlich nach einer Weile gar nicht mehr. Ich dagegen hatte den Blick kaum von Antonio wenden können. Als wir noch zusammen gewesen waren, hatten diese Gesichtszüge ihm allein gehört, doch nun war er eine Variante von Maddy.

»Vielleicht hatte ich einfach vergessen, wie er aussieht«, sagte ich.

»Und wie war es, ihn jetzt wiederzusehen? Für dich, meine ich.«

»Es war, als wäre sie da und doch auch wieder nicht.«

Zu seiner eigentlichen Frage konnte er mich schlecht zurücklotsen, deshalb entschied er sich für die Mitgefühlstour. »Evie …«, säuselte er, und mir fiel auf, wie gewöhnlich mein Name aus seinem Mund klang. »Es ist so tapfer von dir, dich all dem auszusetzen. Ich hoffe sehr«, fuhr er voller Inbrunst fort, »es hilft dir … damit fertigzuwerden. Sehr.«

»Ich auch. Entschuldige«, stieß ich abrupt hervor, »aber ich muss Schluss machen.« Schritte ertönten auf dem Korridor. »Jemand klopft. Ich melde mich später noch mal.«

»Tu, was du tun musst, Ducks. Aber lass dich nicht zu weit reinziehen.«

»Worein? Tue ich nicht. Viel Spaß am See. Und … Robin?«, rief ich. Plötzlich wollte ich nicht, dass er auflegte. »Sei ein freundlicher Nachbar. Ich habe den Ehemann und die Kinder noch nicht kennengelernt, aber Norma ist wirklich nett.«

»Weiß ich«, sagte er. »Ich bin ihr letzte Woche zufällig in die Arme gelaufen. Der Empfang da oben ist mies. Ich schreibe dir eine Nachricht aus dem Wagen.«

Philippa stand im Türrahmen und schenkte mir ein bezauberndes Überbisslächeln. Sie war das englische Äquivalent von Claire: stämmig, geradlinig, mit einem großen Herzen und einer sachlichen Eisernheit unter der freundlichen Oberfläche.

»Entschuldigung«, sagte ich, »ich habe mich einfach so reingeschlichen.«

Sie musterte mich. »Geht es Ihnen gut? Sie sehen aus, als hätten Sie ein Gespenst gesehen.«

»Oh, das habe ich tatsächlich.« Ich lächelte. »Es war ein langer Tag, und ich bin völlig erledigt.«

»Natürlich«, meinte sie gutmütig. »Wie sollen die Leute denn um die halbe Welt fliegen und dann funktionieren, als wäre nichts gewesen … Ich an Ihrer Stelle würde früh zu Bett gehen und mich ausschlafen.«

Andere hätten an der Stelle gesagt: »Nein, es ist nicht der Jetlag. Aber ich erzähle Ihnen gern, was passiert ist.« Und dann würden sie Philippa bitten, sich in ihren geblümten Lehnsessel zu setzen und sich ihre Intelligenz und ihr unangestrengtes Mitgefühl zunutze machen, die Tatsache, dass sie kein fester Teil meines Lebens war und auch niemals sein würde. Sie hatte drei Kinder, die ebenfalls bereits Kinder hatten, und ihren Mann verloren. Die Frau wusste, was Schmerz und Trauer bedeuteten.

»Eine anständige Mütze voll Schlaf, das ist tatsächlich genau das Richtige.« Ich konnte mich nicht aufraffen, mich jemandem anzuvertrauen.

»Möchten Sie irgendetwas? Eine Tasse Tee? Rührei auf Toast?« Ich ließ mir eine Tasse Earl Grey auf einem Tablett bringen, und sie zog ganz leise die Tür hinter sich zu, als sie ging, als würde ich bereits tief und fest schlafen.

Ich schob das Fenster hoch. Die Wärme aus dem Heizkörper mischte sich angenehm mit dem Schwall kalter Luft, der von draußen hereinkam. Nebel waberte um die Straßenlampen. Aus dem Nachbarhaus drangen rhythmische Schreie. Ich hatte den Mann noch nie gesehen und wusste nur das wenige über ihn, das Philippa mir erzählt hatte. Psychischer Schmerz? Der sich lautstark Bahn brach? Schrie Normas Sohn auch so?

Habe A. getroffen, hauptsächlich weil du mich dazu ermutigt hast, schrieb ich ihr. *Krass! Interessant. Schwierig. Vielleicht treffen wir uns noch mal. Genaueres, wenn wir uns wiedersehen.*

Ich zog mich aus, setzte mich mit der heißen Tasse Tee in den Händen aufs Bett und sog den köstlich duftenden Dampf ein. Manchmal waren die Sinneswahrnehmungen das Einzige, worauf man zählen konnte. Wer war Norma eigentlich? Eine Frau, die Gelb mochte, ein Kajak und zwei Söhne hatte, von denen einer Autist war. Sie hatte ihr Päckchen zu tragen, ich meines. Irgendetwas von Normas sommersprossiger, taktvoller Präsenz hatte mich in die Pizzeria begleitet und war auch jetzt hier bei mir. Ohne sie hätte ich mich niemals auf diese weite Reise begeben und müsste jetzt nicht mit dem leben, was ich heute Abend erfahren hatte. Ich war nicht sicher, ob ich dankbar dafür sein sollte oder nicht. Wie viel würde ich Norma von dieser Begegnung erzählen? Und wie viel Robin? Würde ich zulassen, dass alle über meine eigene Sturheit und mein Versagen Bescheid wussten? Wohl nicht. Es war meine Vergangenheit. Meine und Antonios. Sonst ging es niemanden etwas an.

Mein Telefon summte. *Wow! Gut gemacht. Und? Mehr Klarheit dadurch? Letzte Woche Stromausfall. Die Handwerker haben das Stromkabel durchgeschnitten. Endgültig mit den Nachbarn verscherzt … Seufz!*

Ich würde ihr morgen antworten. Komisch, dass ich Tanner nie kennengelernt hatte. Er schien es Norma zu überlassen, ihr neues Heim auf Vordermann zu bringen. War bei ihnen alles so, wie es sein sollte? Hatte Tanner Wichtigeres zu tun, während sie sich mit den Handwerkern herumschlug und sich um die Kinder kümmerte? Die amüsierte Zuneigung, mit der sie von ihm sprach, könnte auch eine Finte sein. Wenn Frauen eines draufhaben, dann ist es, andere auf falsche Fährten zu locken.

Ich war heilfroh, dass Norma nicht hier war, ebenso wenig wie Robin. Alison besuchte ihre Tante in Norwich, Philippa war wieder nach unten gegangen und würde sich heute auch nicht mehr blicken lassen. Die Begegnung mit Antonio war so einzigartig und intensiv gewesen, dass sie regelrecht danach schrie, geschildert zu werden, aber das ging nicht. Anderen davon zu erzählen, würde ihr ihre Eindringlichkeit nehmen, sie zu etwas machen, das es einzuordnen und dem es einen Platz zuzuweisen galt. Aber ich wollte Antonio keinen Platz zuweisen. Wobei die große Frage war: Wo genau war überhaupt sein Platz?

Beim Abschied hatte er sich heruntergebeugt und mich auf beide Wangen geküsst. Sein Gesicht hatte unmittelbar vor mir geschwebt, trotzdem hatte ich pflichtschuldig den Kopf gewandt und die trockenen Symbole der Wohlerzogenheit entgegengenommen, während ich seinen salzigen Duft eingeatmet hatte. Wir hatten vereinbart, uns nächste Woche noch einmal zu treffen. Allein beim Gedanken daran machte mein Herz einen Satz. Unser einstiges Selbst war immer noch da, lebendig und intakt, gefangen in einem Netz aus Raum und Zeit der Gegenwart. Zumindest dachte ich das. Aber das war pure Melancholie, denn was auch immer die Vergangenheit schützt, macht sie auch unerreichbar.

Ich knipste das Licht aus. Nach einer Minute stand ich auf. Das Ticken der Uhr drang aus der Schublade. Ich schlang einen zweiten Pulli um die Uhr und schob sie wieder hinein, legte mich wieder hin, wälzte mich hin und her, setzte mich auf, um einen Schluck Wasser zu trinken, legte mich wieder hin. Ich versuchte es mit Bauchatmung, konzentrierte mich auf die An- und Entspannung meiner Muskeln, um endlich die Erlösung im Schlaf zu finden. Doch als ich die Augen schloss, waren seine Söhne da, ihr Leben, voller Verheißung und Schmerz. Maddy würde sie niemals kennenlernen. Für sie waren sie nicht mehr wichtig. Aber durch sie waren sie nun auch ein Teil von mir.

15

Alison kaufte eine Portion gebrannte Erdnüsse an einem Straßenstand gegenüber der Millennium Bridge. Wir traten ans Geländer. Vor uns ragte der einzelne Kamin der Tate Gallery auf, hinter uns die Kuppel von St. Paul's. Wir waren zu Fuß von der U-Bahnstation hergekommen. Inmitten der Bürogebäude mit den grünen Glasfenstern und Restaurantkettenfilialen hatte die Kathedrale unscheinbar und surreal gewirkt, doch nun, aus der Ferne, schien sie sich von ihrer Umgebung befreit zu haben und nahm stolz ihren Raum ein.

»Hier ist es ein bisschen wie auf der Mall«, sagte ich. »Zwischen dem Washington Monument und dem Capitol Hill.«

»Nein, überhaupt nicht«, widersprach Alison.

»Nein, stimmt.«

»Ich finde es toll, dass alles so dicht beieinander ist. Sieh nur, da ist ein Starbucks … und dort ein Yo! Sushi … und da drüben eine vierhundert Jahre alte Kathedrale. Es ist, als würde man auf dem Weg zur Autowaschanlage beim Weißen Haus vorbeikommen.«

»Wir haben einfach mehr Platz als sie«, sagte ich. »Außerdem ist Washington eine Stadt, die auf dem Reißbrett entstanden ist. London hat sich eben einfach so entwickelt. Im Lauf der Jahrhunderte, meine ich.« An den Themseufern reihten sich Alt und Neu wild und ohne jedes System aneinander. »Wie sieht es mit deinen Kenntnissen in englischer Geschichte aus, Alison?«

»Ziemlich lausig. Und mit deinen?«

»Na ja«, sagte ich. »Zuerst waren da die Römer, und dann die Tudors. Und dann der große Brand …«

»1066?«

»1666. Das habe ich auf einem Schild gelesen.«

Alison lächelte ausnahmsweise, strich sich das Haar glatt, das der Wind ihr ins Gesicht blies, und wedelte mit ihrem Becher, dem ein Übelkeit erregend süßlicher Geruch nach verbranntem Zucker entströmte. »Es geht alles so schnell. Nur noch vier Tage!«

»Bist du inzwischen froh, dass wir hergekommen sind?«

Nickend blickte sie auf die leeren Decks eines Vergnügungsdampfers, der unter uns vorbeiglitt. Allmählich taute sie auf. Alison hatte die USA noch nie vorher verlassen, war noch nie in Kanada oder Mexiko gewesen. Und ich hatte ihr diese Reise ermöglicht.

»Weißt du, was mit dieser Brücke passiert ist? Sie hatte einen Konstruktionsfehler und ist deswegen heftig ins Schwanken geraten, wann immer Leute darüber gingen. Philippa hat mir das erzählt. Zwei Tage nach der Eröffnung musste sie wieder geschlossen werden. Wenn Leute im Gleichschritt darüber gehen, was häufiger vorkommt, als man denkt, beginnt sie zu schwanken.«

»Das liegt am Resonanzprinzip«, erklärte Alison. »Oszillation. Daran erinnere ich mich noch aus dem Physikunterricht. In Takoma gab es eine Brücke, deren Stahlseile sich unter Windeinfluss ineinander verschlungen haben und die deswegen in den Puget Sound gestürzt ist.«

»Ehrlich? Ich bin mit Brückenkatastrophen nicht so auf dem Laufenden.«

»Todesopfer gab es keine. Außer einem Hund namens Tubby.«

»Jetzt bewegt sich hier jedenfalls kein Millimeter.« Ich rüttelte am Geländer.

»Früher haben mich die Leute auch so genannt«, fuhr Alison fort. »Tubby.«

Zum einen fiel mir keine passende Erwiderung ein, zum anderen hatte ihr Benehmen etwas Entmutigendes. Chromstreben gingen vom Brückengeländer ab wie die Flügel an einem Flugzeug, nur mit Sprossen und Querverbindungen. Wie funktionierte dieses Ding? Wie hielt es? Keiner von uns konnte es sagen, sondern wir mussten uns einzig und allein auf die Expertise der Ingenieure verlassen. Nach Maddys Geburt hatte ich immer wieder in einer Mischung aus Staunen und Angst die winzige pulsierende Ader an ihrem Hals betrachtet. Ich hatte dieses Geschöpf zwar erschaffen, hatte aber keine Ahnung, wie es funktionierte. Unsichtbare Kräfte sorgten dafür, dass sie lebte. Ohne meine Zustimmung und meine Kenntnis. Sollte ich nicht wissen, was zu tun war? Sollte ich nicht diejenige sein, die das Blut durch ihren Körper pumpte? Nicht all die chemischen Reaktionen in diesem winzigen Lebewesen steuern?

»Maddy wäre begeistert von der Stadt gewesen«, sagte ich. Eine Brise wehte Alison das Haar aus dem Gesicht, ließ es rund und fremd wie der Mond aussehen. »Wie ich das hasse. *Wäre. Hätte.*« Die Grammatik an sich war wie ein Schlag in die Magengrube. Sie sagte mir, dass es keine Maddy mehr gab, sondern nur noch die Art, wie ich mit der Erinnerung an sie umgehen wollte.

»Könnte man es denn besser ausdrücken?« fragte Alison, ohne den Blick von mir zu wenden.

»Woher soll ich wissen, was ihr gefallen hätte? Vielleicht hätte sie London auch gehasst. *Wäre* und *hätte* hat doch in Wahrheit gar nichts mit ihr zu tun, sondern ausschließlich mit mir.«

Hinter uns brummte ein Mann in sein Handy: »… es ist absolut lächerlich, wie viel reingeht und wie wenig herauskommt …«

»Hast du das gehört?«, fragte ich Alison. »Wovon spricht er? Geld? Körperflüssigkeiten? Unsinn?«

Alison starrte mich an. Natürlich hatte sie nichts mitbekommen. Meistens fallen diese Gesprächsfetzen nur einer einzelnen Person auf. Seit Maddys Tod hatten sie an Häufigkeit und Absurdität in einem Maß zugenommen, dass es beinahe den Anschein hatte, als wollte mir jemand Botschaften zukommen lassen.

Vor uns befand sich die Tate Gallery mit ihrem eindrucksvollen Kamin. Irgendwo in der Stadt war Antonio. Seit unserer Begegnung erfüllte mich der Gedanke an ihn mit tiefer Beschämung. Sie war wie ein wunder Fleck auf meiner Seele, gleichzeitig befeuerte sie mich, bewog mich, Dinge über Maddy laut auszusprechen, die ich sonst für mich behalten hätte. Ging Antonio jemals ins Museum? Zu unserer Zeit war er voll und ganz mit seinen Forschungen beschäftigt gewesen. All seine Kollegen waren Doktoranden gewesen, ernsthafte junge Wissenschaftler, angetrieben vom festen Entschluss, die Mechanismen und Codes des Lebens zu erfassen und zu knacken. An meinem Studium hatte er nur wenig Interesse gezeigt. Für ihn war das Fach albern und belanglos ... zumindest hatte ich all die Jahre den Eindruck gehabt, dass er so dachte. Vielleicht war es das ja auch, global betrachtet.

»Ich habe mich gestern mit Antonio getroffen, als du in Norwich warst.«

Alison ließ den abrupten Themenwechsel unkommentiert. Ich wusste, dass sie mir nicht zu Hilfe eilen, sondern zusehen würde, wie ich in meinen eigenen Aussagen kämpfte und schließlich darin unterging.

»Es war wirklich seltsam.«

»Auf eine gute oder eine schlechte Weise?«

»Eigentlich ist er genau so, wie ich ihn in Erinnerung habe. Vertraut. In gewisser Hinsicht.«

»Hast du ihm von Maddy erzählt?«

»Natürlich.«

»Und war er schockiert?«

»Es hat ihn völlig umgehauen.«

»Und geht es dir jetzt besser?«

Ich zuckte mit den Achseln. »Wir haben über uns gesprochen. Über das, was damals passiert ist.«

Alison knabberte ihre Erdnüsse.

»Unsere Erinnerungen sind komplett unterschiedlich«, sagte ich. »Die Wahrnehmung, wie es damals ablief.«

»Du meinst, als …«

»Genau.«

»Und was ist passiert?«

»Er dachte, ich würde eine Abtreibung vornehmen lassen! Er behauptet, das hätte ich damals gesagt«, stieß ich in einem Anfall von Selbstmitleid hervor.

Sie dachte einen Moment nach. »Und hast du es gesagt?«

»Kann sein.« Der Wind ließ mir die Tränen in die Augen steigen. »Falls ja, habe ich es nicht so gemeint.«

»Aber er ist doch derjenige, der dir den Braten in den Ofen geschoben hat. Trotzdem sind es immer die Frauen, die die Verantwortung übernehmen.«

»Er behauptet, er hätte mich immer wieder angerufen und sei vorbeigekommen, nachdem ich ihn verlassen hätte, aber ich hätte mich geweigert, mit ihm zu reden.«

»Weshalb hätte er das tun sollen?«

»Vielleicht, weil er es sich noch mal überlegt hatte.«

»Das mit …«

»Ja! Und dann wären wir zusammengeblieben.«

Sie wandte sich ab und blickte zum anderen Ufer hinüber, wo das Wasser über irgendwelche roten Plastikteilchen zwischen den Kieselsteinen schwappte. »Und bist du dir da ganz sicher?«

»Es war meine Schuld, Alison! Das glaube ich ernsthaft. Ich bin schuld, dass Maddy ohne Vater aufwachsen musste. Dabei hätte ich ihr einen schenken können. Wie soll ich damit weiterleben?«

»Aber dass ihr zusammengeblieben wäret, ist doch reine Spekulation. Eure Beziehung hätte genauso gut trotzdem in die Binsen gehen können.«

»Das stimmt.« Diesen Punkt hatte ich nicht wirklich durchdacht. »Er hat Kinder«, sagte ich. »Zwei Jungs. Sie sind ein ganzes Stück jünger als Maddy.«

»Das glaube ich gern! Und garantiert auch eine junge Frau.«

»Sollte ich mich mit beiden treffen?«

»Woher zum Teufel soll ich das wissen?«, blaffte sie hitzig zurück.

Ich sammelte mich und drückte ihren Arm. »Es tut mir leid, Alison. Ehrlich. Dass ich dir all das aufhalse. Bitte verzeih mir. Ich weiß auch nicht, was ich mir dabei gedacht habe. Lass uns gehen, sonst kommen wir noch zu spät.« Wir gingen los, gegen den Strom der Passanten. Plötzlich blieb ich stehen. »Hast du das gehört?«

»Was?«

»Die Frau in dem blauen Mantel. Sie hat gesagt: ›… an dem Punkt, wenn mir all meine Organe gestohlen werden, weil ich es mir nicht leisten kann …«

Alison stieß ein heiseres Lachen aus. »Belauschst du grundsätzlich andere Leute?«

»Was kann sie sich nicht leisten, was glaubst du?«

»Keine Ahnung, frag sie doch.«

»Auf keinen Fall!«

»Dann tue ich es!«

Die Frau schüttelte nur stirnrunzelnd den Kopf über diese merkwürdige kleine Amerikanerin mit dem Becher gebrannter Erdnüsse in der Hand. Alison schien es nicht im Geringsten zu kümmern, dass sie sich komplett zum Affen machte. »Ganz schön dreist! Sie wollte es mir nicht sagen!«, verkündete sie bester Laune, als sie wieder zu mir trat.

»Die Idee hinter dieser Ausstellung«, erklärte Gillian Locke, »ist die falsche Darstellung der Vergangenheit.« Sie war die Kuratorin der Bildungsprogramme der Tate und wurde von ihrem Referenten für Öffentlichkeitsarbeit aus Glasgow begleitet. Seit meiner Ankunft in London hatte ich Kuratoren, PR-Referenten, Facilitatoren und Lernbegleiter kennengelernt, und eine Begegnung mit einem Museumspädagogen stand noch aus. Die Pädagogik war hierzulande so weit entwickelt, dass der Begriff dafür mittlerweile nicht mehr angemessen erschien.

»Stört es Sie, wenn ich das aufzeichne?« Während der Vorstellungsrunde hatte sich keine Gelegenheit geboten, sie zu fragen, und danach hatte Gillian sofort losgelegt.

»Natürlich nicht. Und Sie verwenden das für …?«

»Hauptsächlich, um unsere eigene Methode zu optimieren.« Alison stellte den Rekorder auf den Tisch und schaltete ihn ein. »Ich will später alles in einem Bericht zusammenfassen.«

»Über …?«

»Über die Stellung der Pädagogik in Kunstmuseen …«

»Kunstgalerien.«

»Kunstgalerien, natürlich. Welche Stellung die Pädagogik hierzulande darin einnimmt.«

»Natürlich«, sagte Gillian. »Letztes Jahr hatten wir Kollegen aus China zu Gast, die Hunderte Kunstgalerien« – sie lächelte – »und Museen aus dem Boden gestampft haben. Für die Olympischen Spiele in Peking. Sie haben keine Ahnung, was sie damit anstellen sollen. Jedenfalls haben sie alles aufgezeichnet.«

»Ich möchte doch hoffen, wir sind ein bisschen weiter …«

»Davon gehe ich aus.«

»Wir haben immerhin Preise für unsere Pädagogikprogramme erhalten, sehen aber, dass es in England einige interessante Entwicklungen gibt …«

»Großbritannien«, korrigierte Ian McMurray.

»Großbritannien. Gillian, Sie sprachen von einer falschen Darstellung der Vergangenheit …«

»Das kommt sehr häufig vor.«

»Beispielsweise?«, warf Alison ein. Ich hatte ihr im Vorfeld erlaubt, sich jederzeit in die Diskussion einzuschalten, hatte dabei jedoch nicht bedacht, dass ihre Fragen wie Vorwürfe klangen.

»Durch Nichtberücksichtigung«, erwiderte Ian, ohne eine Miene zu verziehen. »Durch Idealisierung. Nostalgie …« Er hatte ein hageres, eingefallenes Gesicht, wulstige Lippen und einen bleichen Teint, der in krassem Gegensatz zu seinem leuchtend roten Haar stand. »Wir hoffen, dass diese Ausstellungen als eine Art Ko*rrrr*ektiv dienen könnten.« Rollte der Typ das »R« immer so, oder tat er das bloß unseretwegen? »Um den interp*rrr*etatorischen Cha*r*akter sichtbar zu machen. Zu zeigen, dass die Vergangenheit etwas ist, das manipuliert und verfälscht werden kann.« Tiefe Falten gruben sich in die Haut um seine Augen. »Das ist jedenfalls die Idee dahinter.«

»›Das Vergangene ist nicht tot‹«, zitierte Gillian. »›Es ist einmal vergangen.‹« Erstaunt über ihre eigene Erhabenheit, verzog sie den Mund zu einem Lächeln, bei dem ihre leicht nach innen geneigten Zähne zum Vorschein kamen, nahm ihr Haar zusammen und türmte es zu einem Nest auf ihrem Kopf auf.

»Allerdings. Shakespeare?«

»Faulkner«, warf Alison ein.

»Na ja, manchmal ist sie auch tot«, murmelte ich, heilfroh, dass sich wenigstens eine von uns mit den Dichtern unseres Landes auskannte.

»Im Leben schon«, sagte Ian. »Aber nicht in der Kunst! In der Kunst niemals. Der Katalog für die Glasgower Ausstellung ist fertig, bestimmt können Sie es kaum erwarten, ihn zu sehen.«

»Gibt's ihn auch mit englischen Untertiteln, oder redet er nur Schottisch?«, fragte Alison leise, als Ian hinausging, um ein Exemplar für uns zu holen.

»Ian ist ein toller Kollege. Schottland musste natürlich Teil der Ausstellung sein. Dort wird gerade so ziemlich alles auf den Kopf gestellt und neu konzipiert. Deshalb ist der Zeitpunkt perfekt«, sagte Gillian.

»Ah. Nun gut.« Ich war nicht ganz sicher, was sie damit meinte, doch ihre elegant hochgezogenen Brauen, ihre kehlige Stimme und die britisch abgehackte Art, die Silben auszusprechen, bezauberten mich restlos. Zu Hause in den Staaten fand man so außergewöhnliche Menschen nicht. Menschen mit diesem spontanen Witz, diesem naturbelassenen Gebiss, der schlichten Weigerung, sich aufzubrezeln und stylisch zu sein, was an sich schon wieder stylisch war. Sie nahmen sich ganz einfach nicht so wichtig. Mit ein wenig Schützenhilfe hier und da würden Alison und ich uns nahtlos hier einfügen.

Ian kehrte mit dem Katalog in seinen Pranken zurück. Auf dem Umschlang prangte das rote Brustbild eines schnurrbärtigen Mannes, bei dem es sich um einen berühmten Gewerkschaftsführer aus den Siebzigern handelte.

»Eisenrot?«, sinnierte er und hielt den Katalog auf Armeslänge von sich. »Rostrot? Labour-Party-Rot vielleicht. Kommunistenrot.«

»Das Wort sagen Sie einmal laut in den Staaten, und Sie gehen in den Knast«, bemerkte Alison.

Ich dachte an den Ausblick von der Brücke auf die kastigen, üppig verzierten, historischen Gebäude und die gläsernen, seltsam geformten Glaspaläste daneben, flankiert von den Kränen, die in den Himmel ragten. »London ist die Vergangenheit in der Gegenwart.«

Gillian lächelte. »Amerikaner sind immer beeindruckt von unserem Alter.«

»Nicht *unserem* Alter ...«, widersprach Ian und setzte sich wieder.

»Dann unserer Geschichte.«

»Ich will damit sagen, dass es sinnvoll ist, so eine Art von Ausstellung hier zu veranstalten mit all den Jahrhunderten, mit denen man wunderbar spielen kann. Bei uns zu Hause hängen wir schon Schilder an Gebäuden auf, die älter als dreißig Jahre sind.«

»Das sollten Sie auch«, sagte Ian. »Schließlich haben Sie Ihre eigene Geschichte. Amerika ist unglaublich. Die Landschaft ist unglaublich. Die Energie der Menschen ...« Er stieß einen Pfiff aus. »Ich war die reinste Landpomeranze in Manhattan, mit Dung an den Stiefeln und Stroh in den Haaren.«

»Genauso fühle ich mich hier.«

Gillian, die sich zweifellos überall zu Hause fühlte, holte uns in die Realität zurück. »Sie arbeiten für die Bryce Collection ...«

»Als stellvertretende Leiterin der Pädagogik. Wir nennen es immer noch so.«

»Hier drüben herrscht seit Langem eine Art ... wie soll ich sagen ... Gerangel?«, meinte Ian.

»Spannungen«, sagte Gillian.

»Spannungen zwischen den Pädagogen und den Erziehern. Die Kuratoren sind auf Du und Du mit den Großen und Wichtigen. Sie planen die Ausstellungen, überlegen sich den konzeptuellen Rahmen. Und die Erzieher bringen das Ganze dann Krethi und Plethi bei, zumindest nach dem alten Modell.«

»Wie?«

»Dem gewöhnlichen Volk. Meistens unten im Keller.«

»Unsere Büros sind ganz oben«, sagte ich.

»Das ist natürlich besser«, sagte Ian. »Symbolisch gesprochen.«

»In den Neunzigern hat sich ein Wandel vollzogen«, sagte Gillian. »Inzwischen spielt die Pädagogik bei sämtlichen Aktivitäten der Kunstgalerien eine Rolle, und die beiden Berufszweige stehen eher auf einer Stufe.«

»Wir sind quasi vom Keller in die Beletage aufgestiegen«, erklärte Ian.

»Eines Tages landen wir vielleicht im Kaminzimmer«, bemerkte Gillian.

»Wir dürfen das radikale Potenzial der Pädagogik nicht aus den Augen verlieren«, fuhr Ian fort. »Es ist nicht davon auszugehen, dass sie im allgemein vorherrschenden Klima als verändernde Kraft überleben wird. Vielmehr könnte sie jederzeit zu einem Marketinginstrument werden.«

Gillian sah ihn ausdruckslos an. »Ist das eine pessimistische Sicht? So einfach geht es auch wieder nicht.« Sie wandte sich an mich. »Eve«, fuhr sie mit forscher Stimme fort, »ich kann Ihnen gern einige Tipps für die Lektüre geben. Dieses Thema hat eine ganz besondere Geschichte in Großbritannien. Falls es Sie interessiert …«

Ich stellte ihnen Fragen zu ihren Aktivitäten innerhalb der Gemeinde, ihrer Zusammenarbeit mit Schulen, die Mitarbeiterfortbildungen.

»Wir haben diverse Hängungen ausprobiert«, sagte Gillian. »Anfangs waren es History, Memory, Society. Nude, Action,

Body.« Sie kannte alle auswendig. »Landscape, Matter, Environment. Still Life, Object, Real Life.«

»Ehrlich gesagt war es wie beim Optiker«, sagte Ian. »Wie ist es besser? Mit dieser Linse oder dieser?«

»Deshalb sind wir 2006 zur ursprünglichen Hängung zurückgekehrt«, erklärte Gillian verdrossen. »Es hat sich herausgestellt, dass die Besucher zentrale Bewegungen in der Kunst des 21. Jahrhunderts sehen wollen.«

»Unser Mr Bryce war ein erklärter Philanthrop«, sagte ich beschwichtigend. »Ein großer Fan klassischer Musik. In der unteren Eingangshalle veranstalten wir Konzerte. Er war ein großer Freund aller Künste.«

»Amerikanische Museen sind abhängig von Gönnern«, warf Ian ein. »Hier werden die Künste staatlich subventioniert.«

»Zumindest war es früher so«, erklärte Gillian. »Aber wie wir alle wissen, sind diese Quellen längst versiegt. Inzwischen spielt das Sponsoring durch Konzerne eine wesentlich größere Rolle. Eine Mischwirtschaft.«

»Und kein reines Vergnügen«, bemerkte Ian.

Waren sie etwa schon wieder im Zwist? »Ich war schon immer ein Fan von Privatsammlungen«, sagte ich. »Von Menschen, die die Kunst auch mögen, die sie kaufen.«

»Wenn sie kaufen.«

»Wenn.«

Gillian erhob sich und stützte sich mit den Fingerspitzen auf dem Tisch ab. »Ich fürchte, ich muss los. Leider. Aber ich überlasse Sie Ians fähigen Händen, und hoffe, Sie ziehen etwas Wertvolles für sich heraus.«

Widerstrebend stand ich ebenfalls auf. Nachdem ich meinen professionellen Stolz halbwegs wiedererlangt hatte, wollte ich nicht gehen, sondern lieber noch mit Gillian über thematische Hängungen und alternative Lernmethoden diskutieren und zuhören, wie Ian sich mit ihr duellierte, ehe ich ihnen beiden von meiner persönlichen Tragödie erzählte und dafür einen Platz in ihrem Herzen bekam.

Sie reichte mir ihre kühle Hand. »Zu schade, dass Sie zur Eröffnung nicht mehr hier sein können. Am Freitag, den 15. Aber da sind Sie schon wieder weg, stimmt's?«

Ich warf Alison einen Blick zu. »Wir würden wirklich gern kommen. Absolut. Vielleicht geht es ja.«

»Das wäre sehr schön«, erklärte Ian herzlich. »Es wäre uns ein großes Vergnügen.«

Eigentlich wären Alison und ich langsam dahingeschlendert und häufiger einmal stehen geblieben, aber Ian führte uns mit forschem Schritt durch die Bereiche Structure and Clarity, Poetry and Dream and Transformed Visions, ehe er uns in die lange, abschüssige Turbine Hall führte, die teils Lagerhaus, teils längliche Galerie war. Hier zeigte er auf einen Riss am oberen Ende, der sich der Länge nach von oben nach unten zog und dabei immer breiter wurde. Er war mit dunklerem Zement gefüllt und wies am unteren Ende eine Breite von rund dreißig Zentimetern auf.

»Kleinkinder sind hineingefallen. Es gab verstauchte und gebrochene Knöchel. Wir hatten die ganze Zeit einen Krankenwagen auf Stand-by.«

»Soll das ein Witz sein?«

Er rang sich noch nicht einmal ein Lächeln ab.

Alison deutete auf einen Durchgang neben der Turbine Hall. »Und was ist da drüben?«

»Die Tanks.«

Wir folgten ihm in eine weitere, fensterlose, von riesigen schrägen Betonpfeilern gestützte Halle mit einer Mondlandschaft aus von schartigen, fleckigen Kratern übersäten Wänden.

»Die Tanks befinden sich hinter diesen Toren. Dort wurde das Öl für das Heizwerk gelagert. Es ist das einzige Museum Europas für Performance- und Installationskunst.«

»Können wir reingehen?«, fragte Alison.

»Leider nein. Sie sind nur geöffnet, wenn eine Show oder eine Performance stattfindet. Ab Januar bleiben sie sogar für zwei Jahre geschlossen, während wir das Switch House bauen.«

»Ich würde es wirklich gern sehen.«

Die Besucher ringsum schenkten uns keinerlei Beachtung. Ian spielte mit seinem Mitarbeiterausweis, der an einem Band um seinen Hals hing. Einen Moment lang musterte er uns, dann schlenderte er zu dem Wärter hinüber, der uns zu den schwarzen Türen führte und aufschloss.

»Vielen lieben Dank. Es dauert nicht lange. Sie verpetzen mich doch nicht, oder?«, sagte Ian zu ihm.

In seiner Eile, uns durch die Tür zu schieben, legte Ian die Hand auf meinen Rücken, ehe die Tür zufiel und wir in völliger Dunkelheit dastanden. Die Luft war erfüllt vom schalen, metallischen Geruch eines unterirdischen Raums. Ein Licht flammte auf. Ians Handy. Er schwenkte es quer durch den Raum, bis der Lichtstrahl auf den Tank fiel, der zylinderförmig und etwa dreimal so hoch war wie ein Mensch. Die Seitenflächen waren von Metallablagerungen überzogen.

Ich ließ Alison die Fragen stellen. Wie lange …? Welche Art von Arbeit …? Ist das Öl immer noch …? Die neugierige, selbstsichere Stimme war ganz anders als jene, die ich kannte. Nachdem ich mich ein wenig zurückgenommen hatte, zeigte sie nun, was sie auf dem Kasten hatte. Ich hörte Ians emotionslose Stimme. »Weder White Cube noch Black Box … Wahrscheinlich in der Nordsee. Schätzungsweise Afrika … Es dringt immer noch durch die Wände … Atemberaubend. William Kentridge.

Dreihundertsechzig Grad. Acht Kanäle. Schattenboxer meets russische Avantgarde …«

Und all das Öl, das Jahr um Jahr in diesem verschlossenen, stickigen Dunkel lagerte.

»›I am not me, the horse is not mine‹«, zitierte Ian.

Der Gestank war widerwärtig. Vor meinen Augen flackerten Blitze auf.

»… ein Schauspiel an einem Ort, der fossile Brennstoffe lagert …«

Ich beugte mich nach vorn, ließ den Kopf zwischen den Knien hängen, um den Kreislauf in Schwung zu bringen. Unsichtbar sein. Keine Szene machen.

»Museen sind dazu da, um Objekten eine Heimat zu geben … die Tanks sind Räume für Körper …«

Lichter flammten auf und erhellten die Wände des Tunnels, der mich zu umschließen drohte. Eine Hand, die mich am Arm packte, noch mehr Hände, dann ging die Tür auf, Licht drang herein. Dann war ich plötzlich draußen, saß auf einer Bank unter den Chromträgern der Brücke. Ian war verschwunden. Alison scrollte sich durch meine Kontakte, um Robin anzurufen.

»Ich brauchte bloß ein bisschen frische Luft«, sagte ich. »Da drin gab es keine Luft.«

Sie musterte mich forschend. »Ist dir übel? Leidest du an Diabetes oder so was? Soll ich einen Krankenwagen rufen?«

»Nur ein niedriger Blutdruck. Meine Mutter hat das auch. Maddy auch. Und ich auch. Einen Herzinfarkt werden wir wohl nicht kriegen, aber ohnmächtig werden wir leider manchmal.«

Sie presste mir das Handy ans Ohr und legte meine Hand darum. »Aufpassen! Es klingelt.«

»Voicemail«, sagte ich. Es erstaunte mich, dass Alison so aufgebracht war. »Bestimmt ist er am See. Das Handysignal dort ist eine Katastrophe.« Ich versuchte aufzustehen.

»Hinsetzen!« Sie riss mich zurück und ließ ihre Hand auf meinem Arm liegen. Das Gewicht fühlte sich beruhigend an. Von irgendwoher wehten Flötentöne herüber.

»Tut mir leid«, sagte ich erschaudernd, wobei ich nicht sagen konnte, ob mir heiß oder kalt war. »Habe ich dir Angst eingejagt? Diese Tanks waren irgendwie …«

»Es war unglaublich«, murmelte sie verärgert.

»Jetzt geht es mir wieder gut.«

»Mach das nicht noch mal.«

Die Flötenklänge woben sich durch die Äste der von metallenen Schutzvorrichtungen umgebenen Bäumen, zogen über den Fluss, silbern, mittelalterlich und eindringlich, versuchten, Gestalt anzunehmen.

»Wollen wir fragen, ob wir noch bis zur Eröffnung bleiben können?«

Alison machte ein finsteres Gesicht, doch es war zu spät: Ich hatte die Freude in ihren Augen aufflackern sehen. »Was? Noch eine ganze Woche? Bist du dir sicher, dass du es nicht zu weit treibst? Claire war doch sowieso nicht begeistert von deiner Idee, mich mitzunehmen.«

»Wieso sagst du das?«

Statt einer Antwort kaute sie nur an ihren Nägeln.

»Wäre es nicht nett, sich das Ganze privat anzusehen?«

Sie sah mich an. »Es ist wegen deinem Ex, stimmt's?«

»Antonio?«, schnaubte ich abfällig. »Wegen ihm würde ich bestimmt nicht länger bleiben.«

»Ich muss zurück«, sagte Alison.

Es stellte sich heraus, dass Alison in der Ausstellung gebraucht wurde. Doch aus einer Mehrzahl von Gründen – tiefere Einblicke in die Materie, meine Erfahrung, die Kontakte, die ich knüpfen könnte, Claires großes Herz, die Tatsache, dass die

Feiertage bevorstanden und ohnehin nicht viel los war –, bekam ich am Ende die Erlaubnis, meinen Aufenthalt zu verlängern. Philippa freute sich, mich noch einige weitere Tage zu beherbergen, und mein Flug wurde umgebucht. »Ich schulde Ihnen was«, sagte ich zu Claire. »Ich mache es wieder gut, versprochen.«

»Du klingst irgendwie anders«, meinte Robin am Telefon.

»Claire hat mich gebeten, noch ein paar Tage dranzuhängen. Es gibt so viel zu tun. Nächstes Mal musst du unbedingt mitkommen.«

»Hast du kein Heimweh?«

»Es ist doch nur eine weitere Woche.«

»Acht Tage, um genau zu sein.« Sein gedämpfter Tonfall legte den Verdacht nahe, dass er nicht glaubte, dass dies der wahre Grund für die Verlängerung war.

»Na gut, acht Tage.«

»Du fehlst mir …«, begann er hoffnungsvoll.

»Du mir auch.«

»Triffst du dich noch mal mit Antonio?«

»Wieso?«

»Ich frage nur.«

»Vielleicht. Er hat viel zu tun. Was läuft sonst so? Warst du oben am See? Ein paarmal konnte ich dich nicht erreichen.«

»Wahrscheinlich lag es am schlechten Empfang.«

»Ist der Plan immer noch so, dass wir Weihnachten dort feiern?«

»Natürlich. Wieso denn nicht?«, erwiderte er scharf.

»Es wird genauso schwer werden wie der Jahrestag.«

»Ich weiß.«

»Hast du Norma und Tanner gesehen?«, fragte ich, um das Thema zu wechseln. »Die beiden aus dem gelben Haus.«

»Sekunde … ich dachte, jemand ruft an. Nein … Ja«, sagte er dann. »Norma war ein paarmal da.«

»So? Sie hat gar nichts gesagt.«

»Weshalb sollte sie?«

»Wir haben uns Nachrichten geschrieben.«

»Ihre Handwerker haben versehentlich das Stromkabel gekappt. Einen ganzen Tag lang hatte keiner dort oben Strom. Von ihr bis zur Halbinsel. Und das bei dieser Kälte. Die Mitchells mussten in die Lodge umziehen. Sie kam vorbei, weil sie nicht wusste, was sie machen sollte.«

»Sie ist nett, nicht?«

»Sehr. Ihren Mann habe ich noch nicht kennengelernt. Er scheint alles ihr zu überlassen.«

»Anders?«, fragte ich unvermittelt. »Inwiefern klinge ich anders?«

»Irgendwie so aufgedreht. Du schnupfst doch nicht etwa Koks, oder?«

»Genau, Robin!«

»Ich wusste es! Du bist auf Drogen.«

»Haha! Nein, hier zu sein, nicht weg von dir, sondern einfach nur weg, hilft mir, mich besser zu fühlen. Keiner kennt mich hier.«

»Tja, dann tu, was du tun musst.«

»Und es macht dir nichts aus?«

»Natürlich nicht!«

»Ich muss nicht unbedingt bleiben«, meinte ich, »sondern kann auch gleich nach Hause kommen, wenn du willst.«

»Sei nicht albern. Es sind ja bloß acht Tage.« Für meinen Geschmack hatte er sich ein wenig zu schnell wieder gefangen. »Kommst du denn mit deinem Englisch klar?«

»Ich verstehe bloß die Hälfte von dem, was dieser Typ von der Tate erzählt.«

»Zwei Länder, getrennt durch die gemeinsame Sprache.«

»Wer hat das gesagt? Churchill?«

»Oder Oscar Wilde? Klingt nach Oscar Wilde. Mein Lieblingssterbebettzitat ist: ›Entweder geht diese scheußliche Tapete oder ich.‹«

»Robin …«

»Entschuldige«, sagte er sanft. »Ich bin ein Idiot. Tut mir leid.«

Nach meinem Beinahe-Kollaps in den Tanks wirkte Alison verschlossen und abweisend, und mein Entschluss, noch eine Woche dranzuhängen, machte das Ganze noch schwieriger. Am Abend vor ihrer Abreise führte ich sie in die Pizzeria mit den Milchflaschenlampen aus, weil ich dachte, es gefiele ihr, aber sie würdigte das Schild mit der Geschichte des Hauses nur eines flüchtigen Blickes, und auch die Gondoliere-Kellner schienen sie zu langweilen. Sie konnte mir kaum in die Augen sehen.

»Ich werde dich vermissen«, sagte ich.

Der Ausdruck auf Alisons rundem Gesicht ließ keinen Zweifel daran, dass sie sich sehnlichst wünschte, ganz weit weg zu sein.

»Es war leider nicht möglich, dass du auch noch länger bleibst.«

»Vergiss es. Ich wollte ja sowieso zurück.«

»Erzähl mir von deiner Tante.«

Sie las die Speisekarte. »Sie heißt Sandy.«

»Lebt sie gern hier?«

Achselzucken. »Sie schlägt sich so durch.«

»Was hat dir am besten in London gefallen?«, versuchte ich neuerlich mein Glück.

Nun sah sie mich an und schob mit einem Finger die Brille hoch. »Die Busse.«

»Die Busse?«

»Nein. Die U-Bahnstationen.«

Ich warf ihr einen Blick zu, den man nur als offen verärgert bezeichnen konnte. Wo waren eigentlich die netten, zugänglichen Leute geblieben? Was genau hatte ich verbrochen? Eine Pause von Alison wäre eine echte Wohltat. Ich hatte es satt, sie ständig bei Laune halten zu müssen. Ich betrachtete die Jugendstiltüren, durch die Antonio vor nicht einmal einer Woche getreten war. »Hier habe ich mich mit Antonio getroffen.«

»Hast du mich deshalb hierher eingeladen?«

»Ich habe dich hierher eingeladen, weil es dein letzter Abend in London ist. Und weil ich dachte, dass es dir gefallen könnte.«

»Pizza?« Bitterkeit schwang in ihrer Stimme mit. »Milch?«

»Du bist so wütend, Alison.«

Sie starrte mich nur an. Mit meiner Unverblümtheit schien sie nicht gerechnet zu haben.

»Wieso bist du so wütend?«

»Bin ich wütender als andere? Wütender als du?«

»Das vielleicht nicht. Trotzdem schlage ich vor, du kriegst dich wieder ein.«

»Ach, wirklich?«

»Freimütigkeit bringt einen nicht immer zwingend weiter«, sagte ich. »Es kann einen auch bremsen.«

Ihr Blick war eisig. Ihre Stimme zitterte. »Tatsächlich?«

Der Schmerz in meinem Inneren, mit dem ich Stunde um Stunde leben musste, wurde schärfer, bohrte sich tiefer in mich hinein. »Manchmal«, sagte ich, »ist es besser, seine Meinung für sich zu behalten.«

Sie knallte die Speisekarte auf den Tisch und sprang auf. »Hör verdammt noch mal auf, mir auf den Keks zu gehen!«

Ich starrte sie fassungslos an. Wir hatten noch nicht einmal bestellt.

»Ich bin nicht deine Tochter!«

Meine Augen füllten sich mit Tränen. Die Kraft, die es mich kostete, sie zurückzuhalten, machte es unmöglich, einen Ton herauszubringen.

»Hast du Maddy auch gezwungen, den Mund zu halten?«

Meine Stimme kam zurück. »Das«, stieß ich hervor, »geht dich einen Scheißdreck an, verdammt noch mal!«

Alison packte ihren Stuhl und setzte sich wieder hin. Sie schien keine Ahnung zu haben, was sie von mir halten sollte. »Meine Mutter hat auch nie den Mund aufgemacht. Und was hat es ihr gebracht?«

»Was?«

»Dass sie all die Jahre bei meinem Vater geblieben ist. Todunglücklich. Bis heute. Und so wird es auch immer bleiben.«

»Das tut mir sehr leid.«

»Ich wollte immer in einer normalen Familie aufwachsen.«

»Gibt es so etwas überhaupt?«

Sie schnaubte nur. Genau in diesem Moment trat der Kellner mit ausdrucksloser Miene an unseren Tisch und zückte seinen Block. Nicht wissend, was wir sonst tun sollten, gaben wir unsere Bestellung auf.

»Außerdem«, fuhr Alison fort, als er weg war, »dachte ich, dass du genau das an mir magst.«

»Was?«

»Dass ich meine Meinung sage.«

Ich zuckte mit den Achseln, während ich mich sammelte.

»Manchmal wäre es mir lieber, ich würde es nicht tun.«

»Nein«, krächzte ich. »So geht wenigstens etwas voran.«

Einen Moment lang saßen wir wortlos da.

»Wie war Maddy so?«

Ich wusste nicht, was ich auf diese aus heiterem Himmel kommende Frage antworten sollte.

»Nett«, sagte ich schließlich. »Gesellig. Witzig. Talentiert. Alle mochten sie.«

Alison drehte sich zu dem Metallschild um und tat so, als würde sie es lesen. »Ich könnte nie so sein.«

Ich musterte dieses Geschöpf, mit dem ich mich allem Anschein nach auseinanderzusetzen hatte: den gesenkten Kopf mit dem glänzend braunen Haar, ihre zerknautschte Wange unter ihrer Faust, ihre merkwürdigen Augen hinter den Brillengläsern, die den für sie völlig bedeutungslosen Inhalt des Schilds überflogen, ihre Finger mit den abgekauten Nägeln. Alison war exakt dieselbe, trotzdem sah ich sie mit neuer und schmerzhafter Klarheit: eine junge Frau, die kaum ihre Kindheit hinter sich gelassen, sich aus den Fesseln ihres Elternhauses befreit hatte und immer noch kämpfte. Sie brauchte mich, auch wenn sie es vielleicht noch nicht wusste.

»Ich auch nicht«, sagte ich und spürte eine Erschöpfung in mir, die weit über die normale Müdigkeit hinausging. »Und soll ich dir noch etwas sagen?« Ich wartete, bis sie mich ansah. »Ich weiß rein gar nichts. Absolut nichts. Obwohl ich es immer dachte.«

In Heathrow warteten wir gemeinsam in der Schlange vor der Passkontrolle, redeten zwar nicht und sahen uns auch nicht an, trotzdem standen wir enger beisammen als noch vor einer Woche. Der Beamte hinter dem Schalter winkte sie heran. Alison bedankte sich zweimal bei mir, dass ich sie begleitet hatte – für sie beinahe schon überschwänglich. Ich sei diejenige, die zu danken hätte, erwiderte ich. Sie fragte nicht, warum. Wir lösten uns aus einer ungelenken Umarmung, dann nahm sie ihr Köfferchen und trat durch die Schranke, drehte sich ein letztes Mal um und winkte mir mit der Bordkarte zu. Ich rannte zum Schalter.

»Willst du mit uns an den See kommen? Vor Weihnachten?«

Alison nahm ihren Pass von dem Kontrolleur entgegen, während ein winziges Lächeln um ihre Lippen spielte.

»Ich überleg's mir.«

16

Alle paar Tage trafen wir uns von halb sechs bis sieben Uhr, wobei wir jedes Mal ein anderes Restaurant irgendwo in der Innenstadt wählten. Plaudernd setzten wir uns an einen Tisch, wo Antonio den Kellner herbeiwinkte. Er fing allerdings nie ein Gespräch mit dem Personal an, weil er Robins Sympathie für die Schlechtbezahlten nicht teilte. Außerdem musste es schnell gehen, wir hatten nicht viel Zeit.

Nachdem wir unsere Getränke bestellt hatten, erzählte ich ihm von Maddy, am liebsten Geschichten, die ihre Energie und Entschlossenheit untermalten. Er sollte erfahren, wie sie als Kind gewesen war und dass sie trotz ihres nahenden Todes noch vor jugendlicher Kraft gestrotzt hatte, die sie antrieb, solange sie nur ihre Musik, ihre Zeichenarbeiten und die Kampagne hatte. Obwohl er aus ihrer Korrespondenz bereits einiges von ihr wusste, ließ er mich erzählen. Zwar konnte ich nicht genau sagen, was er dachte, doch wann immer ich mit ihm über Maddy sprach, spürte ich, wie etwas gewaltsam Entrissenes an seinen vorgesehenen Platz zurückkehrte.

Die restliche gemeinsame Zeit widmeten wir uns anderen Themen: dem Älterwerden der Eltern, der Gentrifizierung, dem Mozart-Effekt, Olympiastadien, der chemischen Zusammensetzung des Bewusstseins. Wir spielten die Rolle von zwei ganz normalen, alten Freunden, die nach der Arbeit etwas trinken gingen. Ich lernte wieder, seine Stimmungen zu erfühlen, seine Miene und sein Schweigen zu deuten. Unsere Gespräche begannen mit Maddy und endeten auch mit ihr. Den USB-Stick mit ihrer Animation hatte ich in meiner Brieftasche, den Laptop in meiner Tasche, doch obwohl wir immer offener miteinander sprachen, kamen ständig andere Themen dazwischen, schien es nie der richtige Moment zu sein.

In der Bar der Royal Festival Hall redeten wir über Maddy und Sam. »Sie wollte alles ausprobieren. Nur für alle Fälle. Beide haben ihre Zuneigung in der Öffentlichkeit nicht gerne gezeigt, trotzdem konnten sie kaum die Finger voneinander lassen, wenn sie dachten, dass ich nicht hinsehe. Nicht jeder Junge hätte so etwas auf sich genommen.«

»Das stimmt wohl«, meinte Antonio.

»Hättest du dich in ein sterbendes Mädchen verliebt?«

Er sah mich an. »Allmählich verstehe ich, wie Maddy auf all das kam.«

»Worauf?«

»Die Fragen.«

»Zum Beispiel?«

»Ob ich ein Einzelgänger sei. Wie Musik im Gehirn funktioniert. Ob ich Atheist sei. Was passieren würde …« Er hielt inne, als ein Mann zwischen den Tischen hindurchschlurfte, sah ihm hinterher. »Cardboard City gibt es nicht mehr. Die Obdachlosigkeit ist geblieben.«

»Was passieren würde …«

»Ich habe Dinge über Religion und den Tod geschrieben, die niemals über meine Lippen gekommen wären, wenn ich Bescheid gewusst hätte.«

»Was für Dinge?«, fragte ich, obwohl ich es längst wusste. Schließlich hatte ich all die Mails gelesen.

»Rückblickend betrachtet verstehe ich natürlich, warum sie mich all das gefragt hat«, sagte Antonio.

Ich wartete. »Und was hättest du geschrieben, wenn du es gewusst hättest?«

»Ich bin mir nicht sicher«, antwortete er. »Ich kann es dir nicht sagen.«

»Als sie etwa fünf war, bekam Maddy große Angst vor dem Tod. Hauptsächlich vor meinem. ›Mom‹, sagte sie eines Abends, als ich sie zu Bett brachte, ›du stirbst doch vor mir! Aber wenn ich sterbe, wie soll ich dich dann wiederfinden?‹«

»Und was hast du geantwortet?«

»Dass sie sich keine Sorgen machen solle, weil ich sie schon finden würde.«

Antonios Blick ruhte auf mir, als er zu lächeln versuchte.

»›Oh, dann ist es ja gut‹, meinte sie nur und schlief sofort ein. Danach habe ich lange Zeit nichts mehr zu diesem Thema gehört.«

»Es ist richtig, kleinen Kindern Hoffnung zu machen«, sagte Antonio.

»Hört man überhaupt jemals damit auf?«

»Keine Ahnung. Meine Jungs reden über solche Themen nicht.«

»Ach, das tun sie ganz bestimmt, nur eben nicht mit dir, Antonio.«

Er sah mich lange an.

»Aber zurück zu Sam. Als Maddy nach ihrem ersten Sex nach Hause kam …«

»Woher wusstest du, dass sie gerade Sex gehabt hatte?«

»Ich bin ihre Mutter! Natürlich wusste ich es.«

»Aber wie?«, fragte er mit aufrichtiger Neugier.

»Sie war anhänglich, aber irgendwie auch distanziert. Außerdem war sie plötzlich ganz besonders besorgt um mich. Und ich hatte ein schreckliches, urprimitives Gefühl, dass mir gerade etwas weggenommen worden war.« Ich hielt inne. »Sie wollte wissen, wieso du uns verlassen hast. So direkt hatte sie mich noch nie gefragt.«

»Nein?«

»Eigentlich nicht.«

»Und was hast du geantwortet?«

»Dass ich es nicht wüsste. Dass du eben kein Baby mit mir hättest haben wollen.«

Antonio runzelte die Stirn. »Aber das ist nicht exakt …«

»Ich sagte, es sei dein Pech, wenn du sie nicht kennenlernen könntest.«

»Sie kannte nicht die ganze Geschichte«, sagte er verärgert.

»Vielleicht hat sie dir ja deshalb geschrieben.«

»Kann sein.«

»Jedenfalls hatte Maddy großes Glück. Wir hatten großes Glück. Sam ist ein wirklich netter Junge. Er hat sie aufrichtig geliebt.«

»Das freut mich.« Was sollte er auch sonst sagen?

»Nicht wie bei meinem ersten Mal. Mein erster Freund hat mich wegen meiner besten Freundin sitzen lassen.«

»Meins war eine völlige Katastrophe«, sagte Antonio. »Ich hatte solche Angst und habe überhaupt nichts auf die Reihe gekriegt! Sie hat mich ausgelacht.«

All diese Geschichten hatten wir uns längst erzählt, als wir uns frisch kennengelernt hatten und alles, was davor passiert war, zur bloßen Aufwärmübung für unsere unglaubliche Liebesgeschichte umgedichtet wurde. Ich warf einen verstohlenen Blick auf die Uhr. Zehn vor sieben.

»Der Krebs hat alles in Maddy nach außen gekehrt«, sagte ich. »Ihre Kreativität, ihr Liebesleben. Er hat sie freundlicher gemacht, klüger.«

Er musterte mich. »Robin. Ist er dein … Verlobter? Freund?«

Robin war in jeder Hinsicht so weit weg, dass keine der

Bezeichnungen angemessen schien, trotzdem verspürte ich das Bedürfnis, mich in der Vorstellung zu sonnen, dass er Teil meines Lebens war. »Partner«, sagte ich.

»Partner«, wiederholte Antonio in einem Tonfall, als halte er nicht allzu viel von diesem Wort.

Widerstrebend erzählte ich ein wenig von Robin. »Mich hat Maddys Krankheit nicht freundlich und klug werden lassen. Ich bin durch sie nicht zu einem besseren Menschen geworden, sondern zu einem anstrengenden, gemeinen Ungeheuer.«

Nachsicht lag in Antonios Blick. Er beugte sich über den Tisch, so weit, dass ich die Goldsprenkel in seinen Maddy-grauen Augen sehen konnte. Er studierte mein Gesicht in aller Ausgiebigkeit, während der Anflug eines Lächelns seine Mundwinkel zu umspielen schien.

»Was?« Ich wich zurück. »Was siehst du da an?«

Zu meiner Erleichterung lehnte er sich zurück und legte den Arm über die Stuhllehne. »Ich habe unsere Unterhaltungen immer so genossen. Bis spät in die Nacht. Erinnerst du dich, Eve? Dich jetzt zu sehen, ist, als hätte mir jemand ein verlorenes Puzzleteilchen meines Lebens wiedergegeben.«

»Ich erinnere mich«, erwiderte ich steif, doch mir klopfte das Herz bis zum Hals.

»Die Zeit ist schon etwas Seltsames. Die Jahre vergehen, ohne dass man es so richtig mitbekommt. Das Familienleben absorbiert einen voll und ganz. Keiner sagt einem …«

»Sagt einem *was*?«

»Manchmal denke ich, dass ich abends zu Bett gegangen und am nächsten Morgen als alter Mann aufgewacht bin«, sagte er, ohne den Blick von mir zu wenden.

»Ich fühle mich manchmal wie hundert.«

»Durchaus nachvollziehbar nach allem, was du durchgemacht hast.« Nach einer angemessenen Pause lächelte er. »Aussehen tust du allerdings nicht so.«

In dem Café mit Blick auf den Great Court des British Museum gestand ich ihm, dass es nach Maddys Tod Phasen gegeben hatte, in denen ich versucht hätte, sie systematisch zu reduzieren.

»Reduzieren?«

»Ihre Wichtigkeit herunterspielen. Ich sagte mir: Vor achtzehn Jahren kannte ich sie noch nicht einmal, deshalb wird es in achtzehn Jahren wahrscheinlich keine allzu große Rolle mehr für mich spielen. Ist das nicht grauenhaft?«

»Wie hättest du auch sonst reagieren sollen, um einen solchen Verlust zu ertragen?«, erwiderte er sanft.

Während dieser Unterhaltungen brannten mir so oft die Tränen in den Augen, dass ich mir auch dieses Mal nicht die Mühe machte, sie zu verhehlen. »Und dann denke ich an die Zukunft, wenn niemand mehr da sein wird, der sich an sie erinnert. Spielt es dann überhaupt noch eine Rolle, dass sie gestorben ist?«

Stirnrunzelnd zog Antonio das Kinn ein. »Eve.«

»Was?«

»Ich habe keine Ahnung, wie du auf all das kommst.«

»Für *wen* wird es noch eine Rolle spielen?« Ich schlang die Arme um mich. »Trotzdem. Selbst dann wird Maddy noch eine Rolle spielen.«

»Selbst wann?«

»Wenn wir alle längst nicht mehr da sind.«

Ich sah ihm an, dass er im Geist mehrere Antworten durchging und wieder verwarf. »Schätzungsweise ist das der Grund, wieso die Leute Gott erfinden«, sagte er schließlich.

Ich wollte nicht über Gott reden. Jeder Mensch, lebendig oder tot, lebt in der Fantasiewelt der anderen. Weshalb sollte ich sie so belassen, so unvollständig? Konnte keine Art umgekehrter Erinnerung für sie geschaffen werden, in der Maddy bekäme, was ihr zu Lebzeiten versagt geblieben war? Etwas mehr Fleisch auf den Rippen, eine gesündere Gesichtsfarbe, leuchtende Augen. Könnte man sie nicht wieder so aussehen lassen, wie sie heute aussehen würde, wenn sie überlebt hätte und erwachsener geworden wäre?

»Ein Bewusstsein, das sich für immer an uns erinnert«, sagte Antonio.

Ich hatte alles durchdacht und beleuchtet, aus sämtlichen Blickwinkeln, hellwach, in meinen Fantasien und Albträumen. Auf der anderen Seite des Tischs wartete mein Beichtvater und Verführer, der Vater meiner Tochter darauf, dass ich fortfuhr, und ich blickte durch ihn hindurch in eine Landschaft, die so vollständig verdorrt und unwegsam war, dass es sinnlos wäre, auch nur einen Fuß darauf zu setzen.

»Ich weiß nicht, ob ich das kann.«

»Gott erfinden?«, fragte er. »Wer kann das schon? Ich nicht. So wie die meisten Wissenschaftler. Wenn man so viel über das menschliche Gehirn weiß wie wir …«

»Nein!«

Er runzelte die Stirn. »Was dann?«

»Ich meinte, den Rest meines Lebens ohne sie weiterzumachen.«

Bis zu diesem Moment war die Idee völlig hypothetisch gewesen, hätte jederzeit verändert werden können. Er legte beide Hände um meine Finger. Ich wollte mich ihm entziehen, doch er ließ es nicht zu.

»Ich habe keine Erfahrung damit, verstehe nichts davon«, sagte er. »Aber eins weiß ich: Du kannst es tun. Und du wirst es auch tun. Es ist so unbeschreiblich schlimm, aber du bist stark. Das weiß ich, Eve. In dir steckt so viel Leben …« Lange Zeit redete er weiter, immer in diesem Stil. Schmückte aus. Verzierte. Ich hätte Maddy alles gegeben. Sie hätte die Zeit genutzt, die sie gehabt hatte. Mehr hätte keiner von uns tun können. Ihre Energie, ihre Stärke hätte sie von mir gehabt, Qualitäten, die er damals so anziehend an mir gefunden hatte und auf die ich auch jetzt setzen konnte. Ich gab es auf, ließ ihn weiterreden. Ganz egal, was davon der Wahrheit entsprach und was er aus purer Nettigkeit sagte – ich lauschte ihm, seiner hinreißenden Syntax, seiner festen Überzeugung, wozu ich fähig sei, so als wären es keine Worte, sondern ein lebensspendendes Elixier, das ich aufsog, fest entschlossen, alles, was ich jetzt nicht aufzunehmen vermochte, aufzuheben, um später davon zu zehren.

Bei unserer letzten Begegnung saßen wir wieder im *Pizza Express* in Holborn, wo wir uns das erste Mal getroffen hatten. Es war erst zwanzig nach sechs, früher als sonst, als wir wieder unter den Lampen aus Milchflaschen saßen und ich ihn fragte: »Wieso hat Maddy dir nicht erzählt, dass sie krank ist, was meinst du?«

»Stolz?«, meinte er nach einem Moment.

»Das ist ein hartes Wort.«

»Ich bin nicht so gut darin, immer die passenden Worte zu finden.«

»Dann versuch es.«

Er las die Speisekarte, obwohl wir bei unseren Treffen sonst nie etwas aßen, schlug sie wieder zu und legte sie auf den Tisch. »Vielleicht wollte sie nicht, dass ich Mitleid mit ihr habe.«

»Kann sein. Mit Maddy über ihre Krankheit zu reden, war ziemlich schwierig. Anfangs war sie noch ziemlich zugänglich, aber der Krebs war so hartnäckig, so erbarmungslos. Ich schätze, irgendwann wollte sie einfach nicht mehr reden. Sie hat immer unter der Dusche geweint.«

Antonio lauschte blinzelnd.

»Als es dem Ende zuging, wollte sie nicht einmal mehr ihre Freunde oder Sam sehen, sondern nur daliegen, Musik hören oder an ihrem Animationsfilm arbeiten.«

»Das hat ihr Trost gespendet?«

Nun war ich diejenige, die Antonio betrachtete, seinen vollen Mund, die gewölbte Stirn, die schimmernden Augen. Wortlos zog ich den Laptop aus meiner Tasche, fuhr ihn hoch und rief die »final final final«-Datei auf, ehe ich ihn so hinschob, dass wir beide auf den Bildschirm sehen konnten.

Maddy blickte uns entgegen. Auf ihrem Gesicht lag dieses angedeutete Lächeln. Kurz sahen wir einander an, ehe sich unser Blick wieder auf unsere Tochter richtete. Ihr Schädel war die Erde, über und über von winzigen Bergen, Bäumen und Miniaturstädten bedeckt. Antonios Blick hing wie gebannt auf dem Bildschirm, so wie Maddys Blick starr während des Protestmarschs auf den Fernseher gerichtet war. Langsam schlossen sich ihre Lider. Allmählich taten sich immer mehr Kluften auf ihrem Kopf auf, um all die Reichtümer des Planeten zu verschlingen, während ihre Züge diese grauenhafte Verwandlung durchlebten. Als der Erdball reglos und weiß über den geschlossenen Augen verharrte, drückte ich die Stopptaste.

Antonio sah auf. »Das ist das Ende?«

Ich nickte und gab das Dokument in den Ordner zurück. »Es wurde während des Protestmarschs gezeigt, nach den Ansprachen. Maddy war zu dem Zeitpunkt schon sehr schwach, konnte die Vorführung aber immerhin im Fernsehen verfolgen. Die Reaktion war unglaublich. Der Applaus. Du hättest ihr Gesicht sehen sollen. Du solltest dein Gesicht sehen, Antonio.«

»Ich bin sprachlos«, krächzte er. »Zutiefst beeindruckt. Ich wünschte …«

»Nicht«, unterbrach ich. »Es ist nun mal, wie es ist.«

»Sie war so mutig. So talentiert. Oder?«

»Sie wollen das Video noch mal verwenden. Für die Kampagne. Deshalb war jemand bei mir und hat um Erlaubnis gefragt.«

»Und gibst du es ihnen?«

»Ich weiß nicht recht. Vielleicht möchte ich auch lieber, dass es nicht noch einmal an die Öffentlichkeit gelangt.«

»Würde Maddy wollen, dass du es ihnen erlaubst?«

»Woher soll ich das wissen? Aber vielleicht will ich, dass der Inhalt passiert!«

»Was passiert?«

»Die Katastrophe. Dass alles ausgelöscht wird, Städte im Meer versinken, alles zerstört wird. Manchmal denke ich darüber nach. Wenn sie schon nicht hier sein kann, dann soll es eben geschehen.«

Antonio musterte mich abwägend. »Soll ich dir sagen, wie ich mich gefühlt habe, als du mir eröffnet hast, dass Maddy tot ist?«

»Ich hasse dieses Wort.«

»Vielleicht klingt es auf Spanisch irgendwie anders. Tut mir leid.«

»Sterben, kein Problem. Das ist etwas ganz Normales. Alte Menschen ›scheiden dahin‹, heute dagegen ›beschließt‹ man nur mehr ›sein Leben‹. Ich hasse das. Alles nur Euphemismen, Séance-Gefasel. Tot? Tot ist für mich nur eine Leiche.«

»Das war mir nicht bewusst.«

Innerhalb gewisser Grenzen konnten wir uns ungeniert berühren: am Arm, eine Hand, die eine Sekunde lang auf der Schulter ruhte. Doch nun legte ich meine Hand auf seinen Unterarm und ließ sie dort. »Wie auch immer. Einem Hinterbliebenen kann man es nicht recht machen. Aber wie hast du dich nun gefühlt, als ich es dir gesagt habe? Das möchte ich gern erfahren.«

»Es war, als wäre sie durch deinen Besuch zum Leben erwacht, nur um dann vor meinen Augen getötet zu werden.«

Ich nahm meine Hand weg.

»Ich kann es nicht beschreiben«, fuhr Antonio fort. »Zuerst der Schock, als Maddy mir geschrieben hat. Nach einer Weile wuchs sie mir ans Herz. Dann hörten die Mails abrupt auf. Okay. Sie hatte Zweifel. Vielleicht hatte ich auch etwas Falsches gesagt. Ich musste es gut sein lassen. Trotzdem dachte ich, dass wir uns eines Tages persönlich gegenüberstehen würden. Ganz sicher. Und dann kamst du …« Er sah sich um, als wäre er gerade aus einem Traum aufgewacht, ließ den Blick über die grünen Fliesen, die Öfen aus Edelstahl, die Kellner mit ihren gestreiften Schürzen schweifen. »Genau hier, in diesem Restaurant, und ich dachte: Na gut, Eve und ich werden schon einen Weg finden, es hinzukriegen. Wir reden. Immerhin ist Maddy zwischen uns. Und dann …« Er machte eine abrupte Handbewegung.

Ich senkte den Kopf. »Es tut mir leid, Antonio. Ehrlich.«

»Hast du das mit Absicht getan, Eve?«

»Ich hätte es dir früher sagen sollen.«

»Ja. Das hättest du.« Er verlagerte sein Gewicht auf dem Stuhl. »Wir beide haben Dinge getan oder nicht getan, die wir bedauern«, sagte er, keineswegs unfreundlich.

»So etwas kann einem als Frau nicht passieren.«

»Was?«

»Ein Kind zu haben, von dem man nichts weiß. Man muss sein Baby zur Welt bringen, selbst wenn man es später weggibt. Man weiß, dass es existiert.«

Er spielte mit der Blumenvase auf dem Tisch herum, so wie er es bei unserer ersten Begegnung mit dem Salzstreuer getan hatte. »Ich hatte jahrelang ein schlechtes Gewissen deswegen. Ich war ein guter Katholik. Wenn man so erzogen wurde wie ich, hat man so etwas im Blut.« Er hielt inne. »Deshalb war ich so wütend auf mich selbst. Wegen meiner Sturheit. Weil ich dich dazu getrieben habe … oder zumindest dachte ich das.«

»Ist Erica auch eine gute Katholikin?«, fragte ich und ließ die Alison in mir zum Vorschein kommen.

Antonio starrte mich entsetzt an. »Wieso fragst du das?«

»Ich will bloß mehr über deine Familie erfahren.«

Er löste seine übergeschlagenen Beine und schlug sie andersherum übereinander. »Sie ist nicht katholisch. Und auch sonst nichts. Sie gibt nur auf Formularen an, dass sie der Church of England angehört.«

»Wieso?«

»So machen das alle hier. Die Church of England verliert immer mehr Mitglieder, aber alle geben offiziell an, dass sie ihr angehören.« Er hielt inne, fuhr widerstrebend fort. »Sie ist eine wunderbare Mutter. So wie du bestimmt. Wir sind seit zwölf Jahren zusammen.«

»Was macht sie?«

»Beruflich, meinst du? Vor der Geburt der Jungs war sie in der Verlagsbranche. Ein Jahr nach Oscars Geburt hat sie wieder gearbeitet, aber nachdem Daniel kam, war es einfach zu viel. Sie saß ständig zwischen den Stühlen, wollte bei ihnen sein. Mütter müssen zu Hause bei ihren Kindern sein.«

Ich ging nicht weiter darauf ein, wandte mich zur Seite und stützte den Ellbogen auf der Stuhllehne ab.

»Wie ist es dort, wo du lebst? In Stoke Newington gibt es einen Park und nette kleine Geschäfte. Und einen wunderschönen viktorianischen Friedhof.«

»Ich habe nie in Nord-London gelebt. Camden kenne ich ein bisschen, Islington auch. Blackheath ist auch ein Dorf. Sogar ein uraltes.«

»London ist so riesig«, sagte ich.

Er lächelte. »Inzwischen ist es Heimat für mich.«

In Washington war Antonio der Fremde und ich die Einheimische gewesen. Was mich zweifellos in unser beider Augen größer gemacht hatte. Nun war ich die Fremde und er derjenige, der zweimal seine Zelte irgendwo aufgeschlagen hatte, doppelt exotisch. »Fühlst du dich englisch?«

»Nein, natürlich nicht! Nicht mal, wenn ich vierzig Jahre hier leben würde. Erica und unsere Freunde unterhalten sich immer über ihre Kindheit, ihre Lehrer, die Schulspeisung. Ich weiß alles über die Ladys hinter der Essensausgabe. Und über die Elf-Plus.«

»Was ist das?«

»Das ist eine Prüfung im letzten Grundschuljahr, nach der entschieden wird, auf welche weiterführende Schule die Kinder gehen. Ich kenne all das nicht aus persönlicher Erfahrung und kann deshalb nichts dazu beitragen. Aber nach Spanien gehe ich jedenfalls nicht zurück, so viel steht fest.«

»Wieso nicht?«

»Ich bin glücklich hier.«

»Hundertprozentig glücklich, Antonio?«

Er sah mich stirnrunzelnd an. »Natürlich. Wieso fragst du?« Er betonte die Worte ganz gleichmäßig, ohne Abstände zwischen den Silben. »Meine Arbeit ist sehr interessant. Ich habe Riesenglück und freue mich jeden Tag darauf. Ich habe wunderbare Kollegen. Natürlich gibt es hier und da mal ein Problem, aber insgesamt ist mein Job ein echtes Privileg. Was könnte spannender sein, als das menschliche Gehirn zu erforschen?« Er hielt inne, dann fragte er noch einmal: »Wieso fragst du?«

»Erzähl mir von deinen Söhnen«, bat ich statt einer Antwort.

»Eve, wirklich …«

»Es sind immerhin Maddys Halbbrüder, deshalb steht es mir doch zu, etwas über sie zu erfahren«, sagte ich betont unbeschwert. »Oscar muss inzwischen acht sein und Daniel sechs.«

»Woher weißt du das? Oscar ist schon fast neun.«

»Ich habe die Mails gelesen, schon vergessen?«

»Sie sind zwei ziemliche Schlingel. Streiten manchmal miteinander, aber das ist wahrscheinlich ganz normal. Aber der Größere kümmert sich um den Kleineren.«

»Und möchtet ihr noch mehr?«

Er quittierte meine neugierige Frage mit einem Lächeln. »Geplant ist es nicht. Aber man weiß nie. So etwas kann man nicht planen.«

»Tatsächlich?«, konterte ich neckend. »Hast du ein Foto von ihnen?«

Antonio sah mich entsetzt an.

»Bitte. Ich würde wirklich gern eins sehen.«

Er suchte eines auf seinem Handy und hielt es mir hin. Die Jungs saßen auf einem Mäuerchen und hielten sich mit beiden Händen fest, während ihre Mutter sich von hinten ins Bild beugte, einen Arm um jeden Jungen gelegt. Die drei blinzelten gegen das grüngoldene Licht des Sommers an. Stillhalten. Und jetzt ein Lächeln für Daddy … Für sie war der Moment der Aufnahme längst bedeutungslos geworden, vergessen. Ich hatte Angst, etwas zu sagen, weil ich meiner Stimme nicht traute. Mit zwei Fingern vergrößerte ich das Foto und betrachtete nacheinander die Gesichter. Natürlich hatte er sich eine interessante Frau ausgesucht. Natürlich war sie unglaublich stolz auf ihre Jungs. Und natürlich ein Stück jünger als ich. Der Größere hatte Antonios widerspenstiges, rotbraunes Haar, dieselbe selbstsichere Kopfhaltung. Der Kleinere war zarter, blond wie seine Mutter, mit ihren weit auseinanderstehenden Augen und dem spitzen Kinn.

»Gehen sie gern zur Schule?«

»Sie können es nicht leiden, den ganzen Tag stillsitzen zu müssen. Das ist schwer für kleine Jungs.«

»Gehen sie auf dieselbe Schule?«

»Ja, in die zweite und in die vierte Klasse. Die All Saints ist sehr gut, eine der besten Schulen in Lewisham. Sie hat letztes Jahr erstklassige Bewertungen bekommen.«

Sein Handydisplay war wieder schwarz geworden. Ich gab es ihm zurück und kramte in meiner Handtasche, damit er meine Augen nicht sehen konnte.

»Sie lesen beide sehr viel, und wir sorgen dafür, dass sie möglichst wenig Zeit mit Fernsehen und im Internet verbringen.«

»Gut.«

»Erica wäre am Boden zerstört gewesen, wenn die beiden nicht gern lesen würden.«

»Wie schade, dass sie ihre Arbeit aufgeben musste.«

»Es war ihre Entscheidung.«

»Ja.«

»Vielleicht steigt sie ja wieder ein.«

»Meinst du?«, fragte ich.

»Sie ist gern für die Jungs da.«

»Es ist nicht ganz leicht, nach einer längeren Pause die Karriere noch mal anzukurbeln.«

Antonio zuckte mit den Achseln. »Keine Ahnung. Ich denke schon, dass man es schaffen kann.« Er stand auf. Es war bereits nach sieben. Er musste nach Hause, sich eine Ausrede einfallen lassen.

Ich erhob mich ebenfalls. »Am Sonntag fliege ich zurück.«

Er verbarg seinen Schreck mit einem Lächeln. »So schnell schon?«

»Das habe ich dir doch gesagt.«

»Die Zeit ist wirklich schnell vergangen.«

Ich nahm meine Sachen und trat zur Seite, damit der Tisch uns nicht länger trennte. »Am Freitagabend um acht findet in der Tate eine Ausstellungseröffnung statt. Möchtest du mitkommen?«

Er ergriff meine Hände und gab mir einen Kuss auf beide Wangen. »Gern.«

»Kannst du das denn arrangieren?«

»Ja, ich denke schon.«

»Kannst du, oder denkst du?«

»Ich kann. Erica fährt mit den Jungs zu ihrer Mutter.«

Als wir uns in der New Oxford Street trennten, sah ich ihm hinterher, wie er in seinem langen Mantel in Richtung Kingsway hinunterging. Die Straße beschrieb eine Linkskurve. Er bog ab, gemeinsam mit einer ganzen Flotte schwarzer Taxis, von denen er eines heranwinken würde, sobald er außer Sichtweite wäre.

17

Ich verpasste die Bahn an der London Bridge und nahm den falschen Ausgang am Bahnhof Blackheath, deshalb war es bereits kurz vor halb vier, als ich endlich die Straße fand, die zur All Saints Schule führte. Ich sah die bunten Mäntel der wartenden Eltern, die sich wie ein Haufen Ballons am Ende der Sackgasse bündelten. Das Schulgebäude wirkte kleiner und freundlicher, als es auf dem seriösen Foto auf der Homepage den Anschein gehabt hatte. Feiner Nieselregen setzte ein. Familien kamen mir den Hügel herauf entgegen. Ein Mädchen hielt sich seitlich am Griff eines Kinderwagens fest, während ihr Vater die Schutzfolie darüber breitete, damit das Baby nicht nass wurde. Zwei kleine Mädchen hüpften kichernd vorbei. Eine Mutter in einem lila Mantel mit einem Jungen an jeder Hand ging den Bürgersteig entlang.

»Ich hab noch eine in meiner Tasche, Mum«, sagte der Größere.

»Dann gib sie Daniel, das ist nur fair …«

»Aber ich hab nur die eine, Mum …«

»Komm schon, Oscar …«

Die Frau war näher gekommen und warf mir ein verschwörerisches Lächeln zu. Frauen unter sich. Ich wartete ein paar Sekunden, ehe ich mich umdrehte und zusah, wie sie den Hügel hinauf in Richtung des spitzen Kirchturms gingen, der in einem seltsamen Winkel gen Himmel ragte. Sie spannte einen Schirm auf. Der ältere Junge zerrte noch immer maulend an ihrem Ärmel, während der kleinere vergnügt neben ihnen herhüpfte. Schließlich verschwanden sie um die Ecke.

Am nächsten Tag goss es in Strömen, am Donnerstag jedoch war es klar, aber kalt. Dies wäre meine letzte Chance. Am Freitag musste ich arbeiten, außerdem fand abends die Eröffnung in der Tate statt, und am Sonntag würde ich nach Hause fliegen. Diesmal kam ich eine Viertelstunde früher und setzte mich auf das Mäuerchen vor dem letzten Wohnhaus. Die beiden letzten Häuser direkt neben der Schule beherbergen Klassenzimmer, an deren Fenster Schneeflocken und ausgeschnittene Buchstaben klebten. Ich hatte mir ein Notizbuch mitgebracht, um mich zu beschäftigen.

Maddy nach dem Unterricht abzuholen, hatte mir immer sehr viel mehr Spaß gemacht, als sie morgens zu Fuß hinzubringen. Ich hatte mich mit den anderen Eltern abgewechselt, als die Kinder noch klein gewesen waren. Dienstag, Donnerstag und Freitag waren meine Tage gewesen, und ich hatte mich stets darauf gefreut. Bei schönem Wetter hatten außer mir noch andere Eltern vor dem Tor gewartet, wohl wissend, dass ihre Kinder den ganzen Tag in Sicherheit gewesen waren und sie sie gleich wieder in Empfang nehmen würden. Ich machte Erica in ihrem lila Mantel auf den ersten Blick aus. Daniel spielte mit dem Anhänger ihres Reißverschlusses, während Oscar mit einem anderen Jungen rangelte. Ich sah ihr an, dass sie ein Mensch war, der gern und schnell lächelte. Sie setzte ihre Strickmütze auf und legte ihrem Sohn automatisch die Hand auf die Schulter. Lehrkräfte mit Schüsselbändern um den Hals überquerten den Schulhof. Augenblicke später kamen Erica und die Rasselbande aus ihren Jungs und deren Freunden an mir vorbei. Ich senkte den Kopf und kritzelte etwas. Nur wenige Zentimeter trennten uns, als sie vorbeigingen.

Ich folgte ihnen in gebührendem Abstand die Straße hinauf, als ich eine Bank vor einem verdorrten, von Pfaden durchzogenen Park mit schwarzen Straßenlaternen entdeckte. Eine etwas deplatziert wirkende Kirche aus grauem Stein war das einzige Gebäude in diesem Parkteil. Vielleicht wurde sie als Gemeindezentrum genutzt, oder es waren Büros oder Künstlerateliers darin untergebracht. Antonio hatte doch erzählt, die Church of England leide unter schwindenden Mitgliederzahlen. Es war kein Problem, Erica im Auge zu behalten. Sie stand am anderen Parkende und plauderte mit verschiedenen Müttern, während ihre Jungs herumliefen und spielten. Die Stimmen der Mütter und die Rufe der Kinder wehten durch die winterliche Luft, surreal, leicht verzerrt und zeitverzögert. Ich kam mir vor, als würde ich Gestalten beobachten, die meiner Fantasie entsprungen waren und die scheinbar unbeschwert ihren Tätigkeiten nachgingen, ohne mich auch nur zu bemerken. Erica nahm ihre Mütze ab, sodass ihr das zu einem lockeren Zopf frisierte Haar über den Rücken fiel. Es ließ sie jünger aussehen. Auf dem Foto musste sie es mit einer Spange zurückgekämmt haben.

Ich richtete meine Aufmerksamkeit auf die Kinder. Oscar, der Ältere, stapfte vor drei anderen Jungs um die Laternenpfosten herum und über den abgestorbenen Rasen. Die Art, wie er den Kopf hielt, seinen Freunden Befehle zurief und in wildes Gelächter ausbrach, noch bevor sie etwas erwidern konnten, verriet mir, dass er eines Tages zu einem Mann heranwachsen würde, der wusste, wo es langging. Wie alle ehrgeizigen Menschen schien er den gesamten Raum einzunehmen, während andere sich mächtig ins Zeug legen mussten, um sich in seinem Dunstkreis aufhalten zu dürfen.

Der Jüngere spazierte selbstvergessen lächelnd in immer größer werdenden Kreisen herum, kam näher, immer näher, so nahe, dass ich die Schnürsenkel seiner Schuhe ausmachen konnte, seine X-Beine, die zarten Handgelenke, sein weiches Haar. Ein paar Meter vor mir blieb er stehen und musterte mich ausdruckslos, wobei er sich mit dem Handrücken die Nase abwischte. Ich lächelte. Unsicher lächelte er ebenfalls, dann wandte er sich ab und spähte, eine Hand über die Stirn gelegt, zu seiner Mutter hinüber, die ihn rief, machte jedoch keine Anstalten, zu ihr zu gehen. Stattdessen drehte er sich wieder zu mir um und hob den Kopf, als wollte er eine Brise spüren, die aus meiner Richtung zu ihm herüberwehte. Ich wagte es nicht, mich zu bewegen oder auch nur Atem zu schöpfen. Sein Haar war feiner und heller als Maddys, er hatte ein spitzes Kinn und wohlgeformte Lippen, und sein magerer Hals ließ seinen Kopf groß und intelligent aussehen.

Die Sekunden verstrichen. Der Junge hielt meinem Blick stand, wobei ein Auge schneller blinzelte als das andere … ehe er sich umwandte und den Hügel hinunterrannte, ohne sich noch einmal umzudrehen. Er schloss sich seiner Familie an, und alle gemeinsam machten sich auf den Heimweg. Zweifellos hatte er die Frau auf der Bank längst wieder vergessen. Aber ich würde die Begegnung nicht vergessen. Der Junge hatte sich unauslöschlich in mein Gedächtnis gebrannt.

18

Wir verabredeten uns auf der Hungerford Bridge. Ich versuchte, die Themse so oft zu überqueren, wie ich nur konnte, selbst wenn es den einen oder anderen Umweg erforderte. Brücken faszinierten mich – die Tatsache, dass sich in jede Richtung zwei oder auch drei von ihnen wie Riemen quer über den Fluss spannten, der scheinbar ungerührt unter ihnen hindurchfloss.

Er hatte die Arme auf dem Geländer abgestützt, und die Seiten seines langen grauen Mantels hingen lose herab. Die Kräne mit ihren roten Lichtern funkelten wie Gestirne über der abendlich erleuchteten Stadt. Er wandte sich um, als ich näher kam, küsste mich auf beide Wangen und hielt einen Moment lang meine Hände. Er hatte sich die Haare schneiden lassen, was sein Gesicht spanischer wirken ließ und seinen markanten Kiefer und seinen vollen Mund betonte. Ich mochte es lieber, wenn er sein Haar länger trug, so wie früher, zu unserer Zeit. Der erwachsene Antonio erinnerte mich daran, welche winzige Rolle ich in seinem Leben gespielt hatte.

»Ist deine Familie aufgebrochen?«, fragte ich, um keine Missverständnisse zwischen Maddys beiden Erzeugern aufkommen zu lassen.

»Ja, heute Nachmittag.«

»Danke, dass du mitkommst. Allein macht so etwas keinen Spaß.«

»Stets zu Diensten«, konterte er mit gespieltem Ernst. »Gern geschehen.« Er nahm meinen Arm. All die Reisen, die Abenteuer, die ich hatte sausen lassen, auf irgendwann später verschoben hatte! Es war ein seltsames Gefühl, hier zu stehen, mitten auf der Hungerford Bridge, gemeinsam mit Antonio, aber ohne Maddy. Aufregend. Als wäre ich plötzlich wieder jung. Aber vielleicht war es auch nur ein Mechanismus, um den Schmerz in Schach zu halten.

Während unseres gemeinsamen Jahres in Washington waren wir oft Arm in Arm am Potomac entlangspaziert, vorbei an den Kirschbäumen mit ihrer weißen Blütenpracht oder, noch häufiger, ihren knorrigen Skeletten, um das Wasserbecken herum zu den Monumenten. Wir waren durch Georgetown geschlendert, die Mall entlang, unsere ernsten Gespräche immer wieder von Gelächter durchbrochen. Manchmal waren wir stehen geblieben, um uns einen Moment in den Armen zu halten, während mein Herz vom Gedanken an unsere gemeinsame Zukunft vor Freude erfüllt gewesen war.

Ich würde ihm nicht erzählen, dass ich seine Söhne gesehen hatte, würde nicht zu viel nachdenken, mich nicht um die Vergangenheit scheren oder darum, in welchen Bahnen unser beider Leben heute lief. Nein, all das würde ich für ein paar Stunden einfach hinter mir lassen.

»Könnten wir kurz stehen bleiben? Ich würde gern aufs Wasser hinuntersehen.« Ich ließ Antonios Arm los und trat ans Geländer. Die kindliche Freude, aufs Wasser zu blicken, hatte ich von meiner Mutter geerbt. Es nervte sie jedes Mal, wenn sie wegen irgendeines Hindernisses auf einer Brücke das Wasser unter sich nicht sehen konnte. Aus der Ferne wirkte der Fluss fast reglos, doch an den Pfeilern sah man, wie das braune Wasser sprudelte und gefährlich schnell dahinschoss.

»Alles Wasser dieser Welt …«, begann ich.

»Kann ein Schiff nicht zum Sinken bringen«, fuhr Antonio fort.

»Nicht?«

»Es sei denn, es dringt in das Schiff hinein.«

»Sehr witzig. Und sehr klug.« Ich lächelte, obwohl ich mir wünschte, er hätte mich ausreden lassen. So sanftmütig und humorvoll seine Einwürfe auch sein mochten, zwangen sie mich doch, meine eigenen Gedanken zu unterbrechen und mich ihm zuzuwenden. »Eines Tages hat mir Maddy eine Computergrafik gezeigt – die Meere, Seen, Flüsse, das Eis, die Luftfeuchtigkeit, all das zusammen war als riesige blaue Blase über den USA dargestellt. ›Und weißt du was, Mom? Es ist gar nicht so viel, wie man denkt. Die Blase reicht gerade mal von D.C. nach Mississippi‹, sagte sie. ›Dafür ist sie 860 Meilen hoch‹, wandte ich ein. ›Jaa, weiß ich doch! Aber der Punkt ist, dass es bloß seine Gestalt ändert. Alles Wasser dieser Welt, was jetzt existiert, wird immer da sein, niemals mehr werden.‹«

Wir gingen weiter. Antonio hatte die Hände tief in den Manteltaschen vergraben und die Schultern durchgedrückt, kerzengerade. Mit einem Anflug von Traurigkeit bemerkte ich seine blitzblank polierten schwarzen Schuhe. Armer Antonio! Er hatte in Süd-London für mich seine Schuhe geputzt, während ich ein Stück die Themse aufwärts in Philippas Badezimmer einen Hauch Rouge aufgetragen hatte, nur um es mit einem Wattepad wieder abzuwischen und noch einmal frisch aufzutragen, ein bisschen weniger diesmal, um den Anschein natürlicher Gesundheit statt der tragischen Aura einer Ex-Geliebten zu vermitteln. Mein Anblick im Spiegelbild wollte so gar nicht zu dem farblosen, großköpfigen Geschöpf passen, das ich in meiner Wahrnehmung war. Wimperntusche verlieh meinen Augen den erstaunten Ausdruck einer Fremden. Ich hatte wasserfeste genommen, die selbst Tränen standhalten würde – zwar hatte ich nicht die Absicht zu weinen, aber die Gefahr bestand eben immer.

Ein Geiger mit fingerlosen Handschuhen am Ende der Brücke fiedelte sich die Seele aus dem Leib. Antonio warf ein paar Münzen auf seine Karodecke, dann gingen wir zum South Bank hinunter. Nach dem Ausbruch von Maddys Krankheit hatte ich ihr erlaubt, mir alle möglichen Kosmetikbehandlungen angedeihen zu lassen – Maniküre, Pediküre, Masken mit Schlamm oder Meersalz. Als sie krank geworden war, hatte ich ihr alles erlaubt. Wieso nicht bereits in den Jahren davor? Das war immer unser Spielchen gewesen: Sie hatte gequengelt, ich hatte lachend abgelehnt. Kinder haben sehr feine Antennen für alles, was ihren Eltern Freude bereitet. Wäre Maddy noch mehr Zeit geblieben, hätte sie sich womöglich ebenfalls zu einer asketischeren Frau entwickelt. Oder es hätte uns gefallen, die Unterschiede zwischen unseren Vorstellungen davon, was uns Freude bereitete, herauszufinden. Heute konnte ich jedenfalls keinerlei Freude daraus ziehen. Ich sehnte mich danach, ihre Hände zu spüren, die meine Schläfen massierten, die Haut tätschelten und zupften. Wieso hatte ich ihr das nicht erlaubt, als sie sieben, zehn, zwölf Jahre alt gewesen war, als sie mir hatte helfen wollen, mich in eine schicke, glamouröse Mutter zu verwandeln? Stattdessen hatte ich ihr beigebracht, dass der Wert einer Frau sich nicht anhand ihrer Äußerlichkeiten bestimmen ließ.

»Du bist so still«, meinte Antonio. »Ist alles in Ordnung?«

»Den Umständen entsprechend.«

Ich hatte Mühe, mit ihm Schritt zu halten, zwang mich, ganz tief zu atmen. Nicht jetzt. Nicht heute Abend. Alles war nachvollziehbar. Verzeihlich. Maddy wäre beeindruckt von meiner Schminktechnik, Robin eher nicht. Er hatte für Make-up nicht viel übrig, sondern betrachtete es als Maske, die ihn fernhalten sollte. Na ja, in meinem Fall brauchte ich kein Make-up dafür.

»Maddy war so ein kluges Mädchen«, sagte Antonio. »Mit einer Menge Tiefgang, meine ich.«

Ich sah ihn ausdruckslos an.

»Alles Wasser in der Welt ...«

Wir schlossen uns dem Passantenstrom an, allerdings zwang ich Antonio, immer wieder stehen zu bleiben, damit ich die Inschriften der Gedenkplatten auf dem Pflaster lesen konnte. Ich machte ein Foto von ihm, wie er sich gegen einen der reich verzierten Laternenpfähle lehnte. Inzwischen war ich ruhiger, fühlte mich ein wenig unbeschwerter. Wenn ich mich anstrengte, gelang es mir ab und zu, mich meiner Umwelt zu öffnen, mich am Anblick der vorbeifahrenden Vergnügungsdampfer zu erfreuen, an den hübschen roten Bussen, die über die Brücken rumpelten, an den Fußgängern, die, scheinbar aus einer geheimen Quelle heraussprudelnd, die Bürgersteige bevölkerten, einige von ihnen zweifellos von noch viel schlimmeren Katastrophen und Tragödien heimgesucht als der meinen. Wieder nahm Antonio meinen Arm, der regelrecht zu glühen schien, wo er ihn berührte, selbst durch den Stoff meines Mantels. Als wir die Tate mit den zahlreichen Birken davor erreichten, wusste ich, dass ich keine Angst zu haben brauchte, Maddy gegenüber illoyal zu sein. Denn sie war in jeder Sekunde bei mir.

Gillian und Ian standen plaudernd mit einem Grüppchen beisammen und bemerkten uns anfangs nicht. Ich mimte Interesse an der Aussicht von der Millennium Bridge, die Antonio mit auf dem Rücken verschränkten Händen bewunderte Er war nur einmal hier gewesen, vor Jahren, wohingegen dies mein vierter Besuch in zwei Wochen war und ich mich quasi schon wie zu Hause fühlte.

Ian kam mit einem iPad in der Hand zu uns herüber. Seine Wangen waren rot vor Aufregung. »Nur herein, herein, in die

Höhle des Löwen«, rief er. Gillian stellte mich als »unsere Kollegin aus den USA« vor. Ich präsentierte Antonio als alten Freund und stellte fest, dass wir abwechselnd unter Ians neugierigem Blick rot wurden. Eilig nahm ich zwei Gläser Wein von einem Tablett eines vorbeikommenden Kellners. Als ich nach Maddys Tod meine Arbeit wieder aufgenommen hatte, war mir jeder eilig abgewandte Blick, jede tapfere Frage, jede Unterhaltung, die erstarb, sobald ich näher kam, schmerzlich aufgefallen. Hier in London fürchteten sich die Leute nicht vor mir, sondern ich konnte die sein, die ich sein wollte.

»Ja, ich glaube Mr. Bryce war tatsächlich ein früher Anhänger der Postmoderne …«

»Das Beständige ebenso wie das Vorübergehende …«

»Sie sind offenbar ein Opfer Ihres eigenen Erfolgs. Wir hingegen …«

Antonio war ein überaus präsentabler Begleiter, und seine Bedeutung in meinem Leben, die nur wir beide kannten, bewahrte mich vor der Verletzung, die ich im Lauf der Jahre bei gesellschaftlichen Ereignissen zu erwarten gelernt hatte. Es machte mir nichts aus, dass ich ihn mit anderen Frauen teilen musste. Er stand da, den wohlgeformten Kopf zu der Frau mit den feuerroten Haaren geneigt, während eine andere mit gespielt finsterer Miene ihn mit sich ziehen wollte. »Nein, nein, nein. Nein! Wir müssen alle Möglichkeiten ausschöpfen. Wenn wir nicht alle Möglichkeiten durchspielen …«

Ich stieß Antonio von hinten an, worauf seine Lippen sich auf dieselbe Art verzogen wie Maddys, wenn sie versucht hatte, ein Lachen zu unterdrücken. »Hör auf …«, murmelte er. Ich wandte mich nach links zu Ian, während Antonio wie auf ein geheimes Kommando dasselbe tat.

»… läuft man Gefahr, dass diese Mischpraktiken in einer liberalen Umgebung wunderbar gedeihen, wohingegen das Gemälde in einer konservativen ganz und gar anders aussieht. Vollkommen anders …«

»Bitte wechseln Sie das Thema«, flüsterte mir Gillian ins Ohr. »Gleich fängt er an, dass er ein alter Verfechter der linken Sache ist.«

»Haben Sie eigentlich Kinder?«, unterbrach ich ihn und bereute es in derselben Sekunde auch schon.

»Ein Mädchen und einen Jungen«, antwortete Ian. »Um für meine Sünden zu büßen. Zwanzig und zweiundzwanzig.«

»Meine sind zwölf und vierzehn …«

»Meine vier und acht …«

»Meiner ist schon fast siebenundzwanzig, ist das zu glauben?«

Antonio schwieg.

»Sechzehn«, sagte ich. Schließlich war ich immer noch Mutter. Maddys Mutter.

»Meine Älteste hat gerade ihren Job gekündigt, um nach Ägypten zu gehen. Dieser Guide, Moses, ist ihr den ganzen Weg auf den Berg hinaufgefolgt, obwohl sie mit allen Mitteln versucht hat, ihn sich vom Leib zu halten.«

»Irgendwie kommen sie alle zurecht, nicht?«

»Man muss sie ziehen lassen.«

»Moses!«, raunte Antonio mir ins Ohr.

»Am Ende überleben sie alle.«

»Mehr oder weniger.«

Ian machte ein Foto von mir und Antonio und reichte mir das iPad. Ein attraktives Paar, so dicht zusammenstehend, wie es möglich war, ohne einander zu berühren. Mir fiel wieder ein, dass Antonio auf Fotos nicht lächelte, sondern nur die Brauen hob, was ihm etwas Würdevolles und Geheimnisvolles verlieh. Ich hingegen lächelte immer noch in die Kamera, aus Angst, missmutig und unattraktiv auszusehen. War das ein gutes Zeichen? Ich mochte das Foto, die Energie von Distanz und

Nähe, die es gleichermaßen verströmte. Antonio und ich lebten an zwei Orten, in uns selbst und in den Bildern, die wir voneinander hatten.

»Könnten Sie es mir auf mein Handy schicken?«, bat ich Ian.

Antonio berührte meinen Rücken. »Wollen wir uns die Kunstwerke ansehen?«

Ältere Werke der Sammlung waren mit neueren kombiniert worden: Monets Lilien hingen beispielsweise im selben Raum wie Richard Longs Steinteppich, während aufstrebende junge Künstler ihre eigenen Räume hatten. In einem davon waren aus Zeltplanen gestickte Häuser flach gepresst, zerrissen und auf riesige handgeschöpfte Papierbögen geklebt worden. Fäden woben sich wie Antennen unter halb zerstörten Türblättern hindurch und Treppen hinauf. Die Verflachung der Vergangenheit, dachte ich, als Versuch, das kuratorische Konzept zu interpretieren. Die Vergangenheit konnte in der Gegenwart zwar existieren, vermochte aber nicht darin zu leben. Aufgebrochene Haut, dünnes Haar, der Körper von innen heraus zerfressen. Ein bröckelnder Mund, Augen, die einen zwischen den Falten und Knicken im Papier heraus ansahen. Würde ich die Welt jemals wieder ansehen können, ohne dabei an Zerstörung oder zumindest die Gefahr der Zerstörung denken zu müssen?

Antonio las die Plaketten. »Home One … Home Two …« Er legte mir die Hand auf die Schulter. »Lass mich raten. Das hier ist Home Three …« Er beugte sich vor. »Falsch geraten. ›Travels in Inner Space‹ heißt dieses hier. Evie, Hilfe!«, japste er erstickt. »Ist das wirklich Kunst? Das kann doch nicht sein!«

Er ging von einem Werk zum nächsten, während ich ihm folgte. Das Ganze passte mir nicht. Es war sinnlos, ihm erklären zu wollen, was ich sah. Antonio war Wissenschaftler und hatte keinerlei Ahnung, was visuelle Kunst bedeutete, aber keine Ahnung zu haben, war ein Zustand, der ihm wiederum überhaupt nicht gefiel. Viele seiner Art kamen zu meinen Museumsgesprächen, meistens Männer, die von ihren Frauen mitgeschleppt worden waren, weil sie über die Bedeutung und die Gefühle sprechen wollten, die Kunst in ihnen auslöste. Doch meine Beziehung zu Antonio reichte nicht weit genug, als dass ich mich mit irgendwelchen unqualifizierten Gemeinheiten über zeitgenössische Kunst auf seine Seite geschlagen hätte. Natürlich war Kunst oft prätentiös und aufgesetzt, daran bestand keinerlei Zweifel. Der zugrunde liegende Impuls dagegen war ein völlig anderer. Es war keineswegs lächerlich, sich mithilfe von bescheidenen Mitteln ernsthaft mit etwas auseinanderzusetzen. Kunst erlaubte einem, Dinge zu betrachten, vor denen man sich fürchtete. Kunst schuf etwas aus dem Nichts. Diese Tatsache verlieh ihr etwas Demütiges und damit Mutiges.

Inzwischen waren die Besucher zum Empfang zurückgekehrt, wo gleich die ersten Reden gehalten werden würden. Antonio sah sich im Raum um. Allmählich dämmerte mir, dass er mich mit Absicht hierhergeführt hatte, damit wir allein sein konnten. Lachend entzog ich ihm meinen Arm.

»Willst du mal was sehen?«

19

Anstelle des Aufzugs nahmen wir die Treppe nach unten. Der Souvenirshop war dunkel und verschlossen, ebenso wie die Garderobe. Zu spät fiel mir ein, dass wir unsere Mäntel von oben hätten mitnehmen sollen. Schwache Seitenbeleuchtung erhellte den schiefen Boden der Turbine Hall, über der sich fünf Stockwerke leerer Raum spannte.

»Bist du schon mal nachts in deinem Haus herumgegeistert, wenn alle schlafen?«, fragte ich.

»Nicht dass ich mich erinnern könnte.«

»Früher hatte ich immer schreckliche Angst, so als wären alle auf einmal weg und kämen nie wieder zurück. Nach einer Weile fand ich es allerdings ganz spannend und habe es genossen, das Haus ganz für mich zu haben.«

Wir gelangten zum Rundbogen, der in den Bereich vor dem Raum mit den Tanks führte. Ein einzelner Wachmann saß an seinem Schreibtisch und spielte mit seinem Handy herum.

»Wo sind wir hier?«, fragte Antonio, leicht nuschelnd nach dem dritten Glas Wein. Ich hatte es bei einem belassen, weil ich einen klaren Kopf behalten wollte.

»Hier wurde das Öl gelagert, als dies hier noch ein Kraftwerk war. Der Südtank ist hier drinnen. Die Tate ist das einzige Museum Europas für Installations- und Performancekunst.«

Ich leuchtete mit meiner Handy-Taschenlampe die nackten und isolierten Rohre an der Decke und den Wänden entlang bis zu den Mündern aus abgerissenem Klebeband auf dem verrußten Beton. Antonio ließ den Lichtstrahl seiner Handy-Taschenlampe über den Bogen schweifen. Hier und da waren Ziffern in den dunklen, feuchten Flecken zu erkennen, eine Reihe tief im Beton liegender Vierecke hatte lange Nasen und Haken als Augen.

»Die sehen wie iberische Masken aus.«

»Ich glaube, das sind die Enden von T-Trägern.«

Einen Moment lang standen wir wortlos da. »Willst du reingehen?«

Ich machte meine Handy-Taschenlampe aus, Antonio die seine. Der Wachmann konnte uns von seinem Tisch aus nicht sehen. Die anderen Gäste waren oben. Ich löste den Riegel an der Tür und ließ sie aufschwingen, halb in der Erwartung, dass Sirenengeheul ertönte, gefolgt von raschen Schritten und der Peinlichkeit, erwischt worden zu sein. Die Tür fiel krachend hinter uns zu, die Dunkelheit legte sich wie ein schwarzes Tuch über mein Gesicht. Kein Gefühl für den Raum, für Entfernungen, sondern lediglich der scharfe mineralische Geruch nach Flüssigkeit, die sich ihren Weg zu ihrem angestammten Platz zurückbahnte. Der Tank mochte leer gepumpt und zu anderen Zwecken umfunktioniert worden sein, trotzdem war er kein einladendes Umfeld für Menschen.

Antonio lachte leise.

»Sch«, zischte ich, obwohl die Wände so dick waren, dass ich sogar laut schreien könnte. Gelächter stieg in meiner Kehle auf. War ich seit dem einen Mal, als ich mit dem Feuer gespielt und Maddy zur Welt gebracht hatte, immer nur auf Nummer sicher gegangen, hatte nie wieder etwas riskiert? Ich hatte meine Tochter allein großgezogen, hatte Karriere gemacht. Ich hatte mich auf keine neue Beziehung eingelassen, bis Robin in mein Leben getreten war, und auch da hatte ich das Abenteuer hinausgezögert, war wieder und wieder auf die Bremse getreten.

»Der Tank ist komplett leer«, sagte ich zu Antonio. »Komm, wir versuchen, auf die andere Seite zu gelangen. Hast du Lust? Ohne Licht?«

»Ist das … Performance-Kunst, Eve?« Seine Hand glitt von meiner Schulter abwärts und tastete nach meinen Fingern.

Kichernd riss ich mich los. »Keine Hände.«

Vorsichtig, mit ausgestreckten Armen, ging ich voran, wartete darauf, dass mich irgendjemand oder etwas aufhielt. Es spielte keine Rolle, ob die Augen offen oder geschlossen waren, weil man nicht einmal sagen konnte, ob man geradeaus lief. In Schneestürmen gingen die Leute häufig im Kreis, so lange, bis sie vor Erschöpfung starben. Wie weit war ich gekommen? Mir war klar, dass mich noch ein gutes Stück von meinem Ziel trennte. Was, wenn sich mitten im Tank ein Hindernis befand, von dem Ian mir nichts erzählt hatte? Der Boden war hart und leicht klebrig. Zweimal stolperte ich über etwas und wäre beinahe hingefallen, fing mich in letzter Sekunde, sodass ich einen Moment lang stehen bleiben und warten musste, bis sich mein Herzschlag beruhigt hatte. Ich glaubte, Antonio hinter mir zu hören.

»Antonio?«

»Ich bin hier.« Er schien rechts von mir zu sein, nicht da, wo ich gedacht hatte. Der Tank verzerrte die Geräusche ganz seltsam, schluckte sie oder vermittelte den Eindruck, als kämen sie woanders her. »Das ist doch verrückt«, sagte er mit seinem typisch nachsichtigen Tonfall.

»Geh einfach weiter.« Ich ließ die Arme sinken und gab dem plötzlichen Impuls nach, laut zu schreien.

»Was ist los?« Er klang wütend. »Ich schalte jetzt das Licht wieder ein.«

»Nein! Nicht! Es tut mir leid. Ich habe bloß geblödelt.«

Ich ging weiter und sagte nichts mehr, um ihn nicht noch

mehr zu provozieren. Katzen hatten Schnurrhaare, Fledermäuse können sich mittels Ultraschall in einem dunklen Raum orientieren. Ich hatte irgendeine Gabe, die ich während der letzten zwei Jahre zwangsweise hatte entwickeln müssen, um mich in der Finsternis zurechtzufinden. Sollte er doch wütend sein. Wir waren alle wütend. Wut war eine der maßgeblichen Energien, die mich antrieb. Ich wusste nicht, wo Antonio war, sondern hörte bloß meine eigenen Schritte, meinen eigenen Atem. Meine Sinne schienen ineinanderzufließen, und ich glaubte, graue Spuren im Dunkeln zu erkennen, ausgelöst vom Klappern meiner Absätze auf dem Betonboden, die sich bereits auflösten, kaum dass sie sich materialisiert hatten. Wie absurd! Es war schlicht unmöglich, in einem leeren Öltank das Gefühl für Raum und Zeit zu bewahren, und ich konnte nicht sagen, wie viele Minuten vergangen waren, ehe sich meine Arme wie von selbst hoben und ich meine Schritte drosselte. Kühle Luft und das Gefühl, als hätte sich der Gestank verstärkt, sagten mir, dass ich nicht länger von Leere umgeben war. Meine Hand berührte die Wand.

»Ich bin hier! Ich hab's!«

Der Winkel verriet mir, dass ich eher nach links abgedriftet war, statt den Tank einmal von einer Seite zur anderen durchquert zu haben. Ich tastete mich an den schmalen Metallsimsen an den Wänden entlang, bei denen es sich vermutlich um Pegel handelte, um die Höhe des Öls abzulesen, oder um eine Vorrichtung, an die Maschinen angeschlossen werden konnten. Wenig später konnte ich plötzlich, ohne Vorwarnung, wieder sehen. Antonio hatte die Geduld verloren und seine Handy-Taschenlampe eingeschaltet. Meine bleichen Hände schwebten direkt vor meiner Nase, als hätte ich sie ausgestreckt, um eine verkrustete Leiter hinaufzusteigen. Alles wirkte kleiner, schmutziger und hässlicher, als es sich angefühlt hatte.

»Das ist doch verrückt.« Sein schartiger Schatten löste sich aus dem Dunkel, als er zu mir trat. »Du hättest dich verletzen können.«

»Maddy hatte so einen Fimmel«, sagte ich. »Als sie noch klein war, drei oder so, wollte sie sich unbedingt auf einem dieser aufblasbaren Schwimmringe treiben lassen. Und ich musste bei ihr bleiben, aber immer in einem exakt vorgegebenen Abstand. ›Nein, Mom, geh zurück. Nein, da! Bei dieser Wolke da. Und jetzt mach die Augen zu‹, befahl sie mir und paddelte los. ›Ich bin's …‹, rief sie. Und als sie sechs war, hat sie immer das Licht im Keller ausgemacht. Ich musste mit dem Rücken an der Wand stehen bleiben und warten, bis sie mich in der völligen Dunkelheit gefunden hatte.«

»Verstehe«, bemerkte Antonio. Das Licht warf seltsame Schatten auf sein Gesicht und seinen Hals.

»Sie wurde immer besser und war ganz stolz, wenn sie es geschafft hat, ohne gegen die Möbel zu stoßen. Wieso hat sie das getan, was meinst du?«

»Keine Ahnung. Hat sie das von dir gelernt?«

»Na ja, von dir jedenfalls nicht.«

»Eve?« Seine Stimme klang leicht atemlos. Er steckte sein Handy ein. Wieder schloss sich die Dunkelheit um uns.

»Habe ich dir erzählt, dass ich bei Maddys Geburt dachte, ich würde sie schon sehr lange kennen?«, fragte ich hastig, um gar nicht erst auf andere Ideen zu kommen.

»E-vie …« Antonio klang sanft, als er die Silben wieder auseinanderzog.

Worte waren alles, was ich hatte, um ihn daran zu hindern, dass er näher kam. »Keine Ahnung, wie weit Neugeborene sehen können. Vielleicht dreißig, vierzig Zentimeter? Eine Armeslänge, die Entfernung, in der jemand sie von sich hält. Die Natur ist wirklich unglaublich. Wie sich alles findet, seinen vorgesehenen Platz einnimmt. Diese Schwester legte sie mir also in die Arme …« Ich spürte die harte Wand des Tanks im Rücken.

»Eve.« Seine Stimme war tief, leise, warm. Und sehr nahe. »Was passiert hier?«

Ich spürte, wie seine Arme mich an sich zogen, seinen langen, schlanken Körper, und legte den Kopf in den Nacken. Wir waren das Einzige aus Fleisch und Blut in diesem Tank. Wir küssten uns, so wie wir es früher getan hatten. Das Blut rauschte in meinen Ohren, ich schmeckte das Aroma der Lust auf der Zunge, spürte, wie er hart wurde, ungewohnt hoch an meiner Taille, presste mich dagegen, befeuerte die Katastrophe, tilgte jede Scham, mehr als wir es ohnehin bereits getan hatten, mehr als einer von uns es brauchte. Ich spürte die Umrisse im Dunkeln mehr, als dass ich sie sah – die sich hebenden und senkenden Schultern meiner Mutter, der ironische Salut meines Vaters, Robin, der verwundet unter der abgeschliffenen Tischplatte lag. Antonios Mund fühlte sich trocken und ledrig an, schmeckte nach Wein und Erdnüssen. Ich hatte ihn gesucht, hatte ihn hierher geschleppt. Es lag in meiner Hand, Dinge geschehen zu lassen, verheerenden Schaden anzurichten, zu zerstören.

Er legte die Hände um mein Gesicht, meinen Hals, holte Luft. »Es ist immer noch …«, murmelte er, oder vielleicht auch: »Du bist immer noch …« Panisch schob ich ihn von mir, doch Antonio ließ sich nicht abbringen. Er zog mich wieder an sich, versuchte ein weiteres Mal, mich zu küssen, das Drama fortzuführen, das wir beide in Gang gesetzt hatten, so wie er es immer getan hatte, und ich hatte es erlaubt, als wäre es unmöglich, ihm Einhalt zu gebieten. Er ließ seine Hand an meinem Körper hinabwandern. »Soll das Balsam für meine Wunden sein, Eve?«

Ich nahm seine Hände, legte sie um mein Gesicht. Seine zitternden Finger schienen im Dunkeln rot zu glühen. Mein Körper fühlte sich schwach an, könnte sich jederzeit überreden lassen. Wir hatten es auch schon früher im Stehen getan, unter der Dusche oder in der Küche, uns erst ganz am Ende hingelegt. Der Bann war bereits gebrochen. Unsere Körper würden sich erinnern, wir würden wissen, was den anderen antörnte, ihn Erlösung finden ließ. Und danach? Die Einsamkeit, die einzig und allein Maddys Existenz hatte verjagen können.

Antonio löste seine Hände und begann erneut, mich zu küssen, verschränkte die Finger in meinem Nacken. Beide sehnten wir uns danach zu bekommen, was wir brauchten, hier unten, in diesem Tank, wo alles widerhallte und nichts den Klang der Wahrheit in sich trug, als er seine Hand unter meine Bluse schob, meine Brustwarze fand. Ich zuckte zusammen, als hätte mich etwas gestochen. Nein! Nicht da. Ich zog die Schultern nach vorn und wich zurück. Alles, was ich wollte, war ihr scheues, leuchtendes Gesicht, in Fleisch und Blut oder mit Bleistiftstrichen gezeichnet – fast unerträglich schwer anzusehen und unmöglich zu erreichen, die flehenden Augen, der stur zusammengepresste Mund, die jugendlich glatten Züge, gerade dem Babyalter entwachsen und doch dem Tod so nahe. Sie sah mir zu, wartete darauf, dass ich etwas sagte. Wir wollten Dinge voneinander, die wir uns nur teilweise und in unzureichendem Maße geben konnten. Die Sehnsucht ließ mich erschaudern, ließ meine Arme taub werden, schnürte mir die Kehle zu, versuchte, meinem Mund zu entweichen. Der Tod hielt mich in seinen Armen. Küsste mich. Aber es war nicht Maddy. Und würde es auch niemals sein.

Mein Kopf streifte sein Kinn. Er ließ die Arme sinken.

»Es tut mir leid«, flüsterte ich. »Ich kann nicht.«

Ich hörte seine rauen Atemzüge im Dunkeln, glaubte sogar,

seinen Herzschlag wahrzunehmen. Er wusste, dass es klüger war, es nicht noch einmal zu versuchen.

»Oh, Eve«, sagte er schließlich. »Wir sind doch alle nur Menschen.«

Sein Akzent hatte derartigen Klischees schon immer die Patina der Weisheit verliehen. Ich löste mich von ihm, tastete mich an der Wand des Tanks entlang, während ich mein Handy herauszog, um es einzuschalten. »Sprich für dich selbst«, sagte ich gerade so laut, dass er es hören konnte.

Antonio folgte mir durch den Tank. Keiner von uns sagte etwas. Unsere Handys beleuchteten den verchromten Hebel in derselben Sekunde. Als wir die Treppe hinaufgingen, stolperte ich und musste mich am Geländer festhalten. Antonio streckte die Hand aus, berührte mich jedoch nicht. Dasselbe hatte er schon einmal getan, als wir uns das erste Mal getroffen hatten – als ich mit meiner Nachricht herausgeplatzt und in Tränen ausgebrochen war. Damals hatte er den Körperkontakt aus Verwirrung und Respekt gemieden, wohingegen er sich jetzt bewusst zurückhielt, mir lediglich aus Höflichkeit Hilfe anbot, während er mich wissen ließ, dass sein Körper für mich nicht länger zur Verfügung stand. Stimmengewirr drang aus den Museumsräumen. Ich suchte meinen Mantel, schlüpfte hinein, doch es schien, als hätte jemand den Ärmel zugenäht. Ich rammte meine Faust hinein, panisch, jemand könnte herauskommen und uns hier finden. Schließlich zog Antonio den Ärmel zurecht und hielt mir den Mantel hin. Am liebsten hätte ich mich gegen seine Brust sinken lassen, um Nachsicht und Verzeihung gebettelt, doch er hatte sich bereits abgewandt und auf die Suche nach seinem eigenen Mantel gemacht.

»Ich begleite dich zur St. Paul's-Station.«

»Du musst doch in die entgegengesetzte Richtung. Ich schaffe das schon. Ehrlich.«

»Nein«, widersprach er. »Ich begleite dich.«

Wir gingen über die Brücke, über zwei Querstraßen und um die leeren Stufen der Kathedrale herum, die kahl und dunkel vor uns aufragte, als wäre sie massiv aus Stein gehauen, ohne einen Innenraum. Erst an der hell erleuchteten U-Bahnstation herrschte Trubel. Von überall kamen Fahrgäste, strebten in sämtliche Richtungen davon. Wir standen oben an der Treppe. Ich las Verwirrung und Stolz und etwas Kummervolleres in Antonios Augen. Aller Wahrscheinlichkeit nach würde ich ihn niemals wiedersehen. Aber es war sinnlos, jetzt zu weinen. All die Tränen auf dieser Welt würden nichts daran ändern, dass dies das Ende war.

»Es tut mir leid, Antonio.«

»Nein, mir tut es leid.«

»Wie auch immer.« Ich rang mir ein Lächeln ab. »Dann tut es uns eben beiden leid.« Was für sinnlose Worte! Ich sah zu einem geschlossenen Coffeeshop hinüber, dem hell erleuchtenden Pub daneben, Zufluchtsstätten, die uns endgültig verwehrt waren, und wartete darauf, dass er etwas sagte, doch ich spürte, dass er sich von dem Vorfall bereits distanziert hatte. Er hatte das Drama zwischen uns längst verwunden und wartete darauf, endlich gehen zu dürfen, ohne dass man ihm etwas vorwerfen könnte.

»Ich habe sie übrigens gesehen«, sagte ich nach einem Moment.

»Wen?«

»Deine Jungs. Ich bin zu ihrer Schule gefahren.«

Er warf mir einen Blick zu, erstaunt, warnend.

»Keine Sorge, sie haben keine Ahnung, wer ich bin. Und deine Frau auch nicht.«

Passanten kamen an uns vorbei, Dreadlocks, zerrissene Jeans, Anzüge, High Heels, genervte Blicke, weil wir den Weg zur Treppe versperrten. Ich riskierte einen Blick in sein wütendes Gesicht.

»Und das erzählst du mir erst jetzt?«

»Na und?«

»Du hast mit Absicht den Namen ihrer Schule aus mir herausgelockt. Hab ich recht?«

Ich zuckte mit den Achseln. Mürrisch. Wie ein verdrossener Teenager.

»Und war es gut, so etwas zu tun, Eve?«

»Gut im Sinne von nett? Oder im Sinne von wichtig für mich?«

»Beides.«

»Immerhin habe ich mich nicht zu erkennen gegeben. Zählt das denn gar nicht?«

»Es stand dir nicht zu, das weißt du ganz genau.« Seine Stimme war eisig.

»Glaubst du, es ist mir leichtgefallen, sie zu sehen?« Ich versuchte, einen herausfordernden Ton in meine Stimme zu legen, doch meine Hände und meine Stimme zitterten.

»Du spielst Spielchen mit mir, Eve.«

»Maddy hätte sich über Brüder gefreut.«

Er wollte etwas sagen, hielt aber inne und ließ stattdessen den Blick die Cheapside entlangschweifen. »Sollten wir dieses Gespräch wirklich ausgerechnet jetzt führen? Hier?«

»Wann sonst? Ich dachte, ich würde durch Maddy eine Verbindung zu ihnen spüren. Was ich in gewisser Weise wohl auch getan habe, sonst wäre es mir nicht so nahegegangen. Aber es sind deine Kinder. Sie haben nichts mit Maddy zu tun. Nicht im eigentlichen Sinne.«

»Nein«, sagte Antonio.

»Es ist nicht ihre Familie. Und meine auch nicht. Das ist mir dabei klar geworden.«

»Ja«, sagte Antonio.

»Anfangs dachte ich, da ist ein Teil von Maddy! Sie ist nicht ganz fort, sondern noch da, mitten unter uns, nur eben in einer anderen Gestalt.«

Seine Augen glitzerten im Schein der Lichter.

»Aber das ist sie nicht«, fuhr ich fort.

»Nein«, sagte er. »Das ist sie nicht.«

»Der Größere kommt nach dir, der Kleine ist eher wie Maddy. Temperamentsmäßig, meine ich. Auf ihn musst du achtgeben. Geh nicht davon aus, dass es ihm gut geht, bloß weil er keinen Ärger macht.«

Seine geblähten Nasenflügel verrieten mir, dass seine Wut neuerlich aufgeflammt war. Er war sauer, weil jemand seine Kinder verfolgt, ihr Aussehen und ihre Persönlichkeit begutachtet und beurteilt hatte, und dieser Jemand in Wahrheit dabei ganz andere Ziele verfolgte.

»Ich habe Maddy von den Jungs erzählt«, sagte er knapp. »Sie hat mich nach ihnen gefragt.«

»Du hast ihr hinter meinem Rücken geschrieben. Und hast dich mit mir getroffen. Mehr als einmal.« *Und du bist mir zu den Tanks gefolgt*, dachte ich, sprach es aber nicht laut aus. *Du hast dich mir angeboten, aus deinen eigenen komplizierten Beweggründen.* Ich konnte nur hoffen, dass sie tatsächlich kompliziert waren. »Natürlich hat sie dich nach den Jungs gefragt und sich sehr stark für sie interessiert.«

»Kann sein.«

»Weißt du, was das Allerwichtigste ist?«

»Was?«

»Sie wusste, dass du die Jungs mehr liebst, als du sie geliebt hast.«

Darauf gab es nichts zu sagen, und Antonio tat es auch nicht. Wortlos standen wir da, während sich die Passanten an uns vorbeidrängten. Es hatte etwas Beruhigendes, dass sich ihr stetes Kommen und Gehen meiner Kontrolle entzog. Die Stufenkanten waren schwarz-weiß gestreift wie Klaviertasten. Unwillkürlich kam mir Robin in den Sinn, wie jemand in einem Traum mit Superkräften, der sah, wie wir hier standen und nicht wussten, wie wir diese Begegnung zu Ende bringen sollten. Antonio hatte die Schultern hochgezogen und die Hände tief in den Taschen seines langen grauen Mantels vergraben. Seine Wut war verraucht, und mit einem Mal wirkte er einsam und verloren. Ich empfand Mitleid mit ihm. Inzwischen interessierte es mich nicht länger, weshalb er hier war oder welche Mischung aus Eitelkeit, Neugier, ehelichen Stillstands, verlorener Jugend, dem Glamour der Tragödie, vereitelter Elternschaft oder wahrer Liebe hinter diesem Ausbruch der Leidenschaft in diesem Tank schlummerte. Es gab keinerlei Notwendigkeit, weshalb er verstehen sollte, was er mir bedeutete. Sollte er doch über unsere Begegnung denken, was er wollte. Ich würde für mich behalten, was ich wusste, mich zu wissen weigerte oder lediglich ansatzweise begriff. Wir hatten uns gesehen und hatten nichts getan, was sich nicht wieder rückgängig machen ließe.

Wieso denke ich eigentlich immer, große, kräftige Männer müssten automatisch auch helfen können? Ich trat vor, um mich von Antonio zu verabschieden, und stellte erstaunt fest, wie lange und wie fest er mich in den Armen hielt, während ich das Gesicht an den rauen Wollstoff seines Mantels presste. Als er mich losließ, lief ich mit federnden Schritten die Treppe hinunter, winkte mit einer Hand hinter meinem Rücken, für den Fall, dass er immer noch dastand und mir hinterhersah.

20

Der Schatten der Maschine flog über verdorrtes Gras und allerlei Flughafengerätschaften, wurde immer kleiner und vager, ehe er sich schließlich vollends auflöste, als sie in die Lüfte emporstieg. Im Winter schien sich die Sonne in London nur ganz kurz vom Horizont zu lösen und verschwand um vier Uhr nachmittags bereits wieder. Hier oben jedoch strahlte sie ungehindert, erhellte glitzernd jedes Gewässer, das sie erfasste, und tauchte es für einen Moment in silbriges Licht.

Am Abend zuvor hatte ich mit Robin telefoniert. Er könne es kaum erwarten, mich wiederzusehen, hatte er gemeint. Er hatte fahrig und nervös geklungen. In der Abflughalle in Heathrow hatte ich es noch einmal bei ihm versucht, aber es war nur die Voicemail angesprungen. Hier oben, schon jetzt so viele Meilen von Antonio getrennt und während der nächsten acht Stunden ohne die Möglichkeit, mit Robin in Kontakt zu treten, kam alles hoch, was ich während der letzten Stunden so sorgsam unterdrückt hatte. Ich dachte daran, wie ich Antonio zu den Tanks geführt hatte, an die unnatürliche Dunkelheit, die unmenschlichen Gerüche, die Leitersprossen an der Wand, die sich in meinen Rücken bohrte … die Bilder, die in mir hochspülten, waren so mächtig und eindringlich, dass ich fürchtete, Robin könnte sie sehen oder instinktiv spüren, wo auch immer er gerade sein mochte.

Für Maddy waren Treue und Loyalität oberstes Gebot gewesen. Einmal hatte sie mir erzählt, jemanden zu betrügen, sei der schlimmste Verrat, den sie sich vorstellen könnte. Wäre sie entsetzt von meinem Verhalten, oder würde sie mir vergeben, weil ich ihre Mutter war oder weil sie sich danach sehnte, ihre Eltern wieder vereint zu sehen, wie die meisten Kinder aus zerbrochenen Familien es taten?

Unter mir zogen die Wolken immer dichter heran, wie die Mitglieder einer sich langsam sammelnden Herde, bis sich die Decke vollends geschlossen hatte und den Blick auf die Landschaft verhüllte. Ich sprach mein stummes Gebet, das Flehen um Vergebung, nicht direkt an Maddy gerichtet, sondern eher in ihrem Gedenken, wo auch immer sie sein mochte und in welcher Gestalt, bat sie um Verzeihung für den vorenthaltenen Vater, die unzulänglichen Gene, die verspätete Diagnose. Ich bat sie um Verzeihung, weil ich stur, mit den Gedanken woanders, verbittert, am Leben war. Und noch etwas Neues: Vergib mir, dass ich die Grenze überschritten, mich in das Leben anderer eingeschlichen habe.

So hoch oben über der Erde schienen die Worte zu verfliegen, sich aufzulösen. Als ich die Augen schloss, war Robin da, gewann mit jeder Meile, die mich die Maschine ihm näher brachte, an Tiefe und Kontur. Ich hoffte, dass ihn die Zeit am See in eine ruhige, philosophische Grundstimmung versetzt hatte. Normas Gegenwart verlieh einem neue Kraft und Energie, so viel stand fest, zumindest war es bei mir so gewesen, allerdings fiel es mir schwer, ihr Bild vor meinem geistigen Auge heraufzubeschwören. Vielmehr blieb sie eine vage, verschwommene Figur, deren Strahlen sich hauptsächlich aus meiner Fantasie speiste. War die Idee für diese Reise nicht in meiner Unterhaltung mit Norma aufgekommen? Hatte das ganze Unternehmen, die Reise und alles, was vielleicht niemals vorgefallen wäre und es aber nun doch war, dort seinen Ursprung gehabt? So aufgewühlt und durcheinander ich wegen Antonio war und unabhängig davon, ob ich ihn jemals wiedersehen würde oder nicht, gehörte er letztlich doch mir. Maddy und mir. Das würde Robin doch gewiss verstehen. Er würde es verstehen müssen. Vielleicht könnte Norma die Nuancen besser erklären als ich. Sie und Robin waren sich begegnet, dabei war die Sprache bestimmt auf dieses Thema gekommen. Ich würde ihm darlegen, wie wichtig es gewesen sei, dass ich mich mit Antonio traf, dass mich der Nachhall von Maddys Tod aus der Bahn geworfen hätte, nun aber all das hinter mir liege, ebenso wie London selbst und der Atlantik, der sich gerade unter mir erstreckte. Wie viel sollte ich preisgeben? Eine Unterhaltung mit Robin ließ sich nicht proben. Andererseits konnte ich es kaum erwarten, mit Norma alles zu besprechen. Als Frau, noch dazu als eine, die ich nicht gut kannte und die mir nicht besonders nahestand, brachte Norma womöglich mehr Verständnis für meine Zwickmühle auf. Aber es brachte nichts, wenn ich mir den Kopf zerbrach. Ich wollte nicht nachdenken, sondern billigen Wein trinken, meine auf einem Plastiktablett servierte Mahlzeit essen, mir zehntausend Meter über der Erde auf dem am Vordersitz montierten Monitor eine romantische Komödie ansehen – etwas, was meine Großeltern sich vor vielen Jahren nicht einmal in ihren kühnsten Träumen hätten vorstellen können.

Im Abholbereich des Flughafens wurde ich gepackt, herumgewirbelt und mit einem Kuss begrüßt, dem mehr Druck als Leidenschaft innewohnte. Wenn Robin nervös war, neigte er zu theatralischen Gesten. Draußen standen wir voreinander, weiße Atemwölkchen schwebten in der Luft zwischen uns. Er klatschte in seine behandschuhten Hände. Vor Staunen, wieder am Boden zu sein und Robin, lebensgroß, heil und an einem Stück, gegenüberzustehen, dauerte es einen Moment, bis mir sein Ziegenbärtchen auffiel, in dem sich mehr Grau fand als in seinem Kopfhaar.

»Sehr niedlich«, sagte ich.

»Niedlich? Eigentlich hatte ich auf etwas Cooleres gehofft.«

»Dann verwegen. Und ein bisschen geheimnisvoll.«

Ein schwarzer Geländewagen stand hinter uns und lauerte bereits auf unseren Parkplatz. Robin lud mein Gepäck in den Kofferraum, schlug ihn zu und stieg ein. »Tatsache ist, dass der Grat zwischen stylish und vergammelt ganz schön schmal ist«, sagte er. »Ich kriege die Blicke der Leute durchaus mit: Ist das urbaner Chic, oder lebt der Typ im Auto und kann sich deswegen nicht anständig rasieren?«

Ich lachte so wie früher. »Und habe ich auch ein Mitspracherecht?«

»Ich dachte, du freust dich über die Veränderung.«

»Es gefällt mir. Ehrlich.«

»Das Gute an Bärten ist eine gewisse Unverbindlichkeit. Das Ding kann jederzeit weg.« Mit beiläufiger Unbeschwertheit legte er mir die Hand aufs Knie. »Es ist, als hätte ich dich gestern erst zum Flughafen gebracht.«

»Ich weiß.«

»Gleichzeitig aber auch, als wärst du jahrelang fort gewesen.«

»Ich weiß.« Er nahm seine Hand weg, blinkte und wechselte die Fahrspur. Die Freeway-Schilder flogen an uns vorbei, weiße Schrift auf grünem Grund, Bethesda, Baltimore, all die Orte, die auf dem Heimweg lagen. Seine Augen waren unablässig in Bewegung, suchten, schätzten ab, berechneten. Der Bart ließ seinen Mund voller wirken, verlieh ihm einen beherrschten Zug. Er sah wie eine Zeichnung von Robin aus, wenn auch eine gut getroffene. Ganz egal, wie nahe man jemandem sein mochte, es blieb doch stets eine tief sitzende

Fremdheit im anderen, die direkt unter der Oberfläche lauerte und sich jederzeit manifestieren konnte. Wieso war mir nie in den Sinn gekommen, dass er einen Bart tragen könnte? Dieser ließ sein eher kurzes Kinn etwas länger wirken, verwandelte ein interessantes Gesicht in ein verschmitztes, souveränes.

Wir fuhren vom Freeway ab und in Richtung Silver Spring. Straßenlaternen, Verandalampen, rosa Blinklichter flammten auf, absurde Megaversionen der Lichter, wie ich sie in den letzten zwei Wochen kennengelernt hatte. Die Dunkelheit war frühabendlich und nicht wie mitten in der Nacht.

»Es hat ja noch gar nicht geschneit«, sagte ich.

»Kalt genug war es jedenfalls. Null Grad oder sogar darunter. Seit einer Woche schon.«

»Hätte es geregnet, wäre er als Schnee gefallen.«

»So kann man es ausdrücken, Ducks.«

Ich gestattete uns zehn Sekunden des Schweigens. »Robin, würdest du mich bitte nicht so nennen?«

»Wieso nicht?«

»Mir gefiel der Name noch nie sonderlich. Tut mir leid. Nichts gegen Cincinatti. Es ist schon verrückt«, fuhr ich fort, ohne den Blick von der Straße zu lösen, »so von einem Teil der Welt in den anderen zu reisen. Flugreisen sind schon eine Sache für sich.«

Er warf mir einen mitfühlenden Blick zu. Offensichtlich hatte er meine Kritik an dem Spitznamen nicht persönlich genommen. »Vielleicht sollten wir eine Kreuzfahrt machen.«

»Eine Kreuzfahrt?«

»War nur Spaß! Das wäre mein schlimmster Albtraum. Auf einem Schiff gefangen zu sein. Ich meine nur, dass die Zeit dann in einer gesunden Relation zur zurückgelegten Entfernung stünde.«

»Wenigstens hat man die Chance, sich an Abfahrt und Ankunft zu gewöhnen«, sagte ich.

»Hast du jemals darüber nachgedacht, dass vor der Erfindung der Dampflok kein menschliches Wesen schneller unterwegs war als auf dem Rücken eines Pferdes?«

»Sind Pferde denn schneller als Segelschiffe?«

»Ich denke schon.«

»Mir gefällt das nicht«, sagte ich. »Es geht alles viel zu schnell. Ich weiß überhaupt nicht mehr, wer ich bin.«

Er ging vom Gas und blieb vor einem Fußgängerüberweg stehen. »Erzähl mal. Was war am schönsten an der Reise? Und was hast du am wenigsten gern zurückgelassen?« Robin erfragte häufig Details anhand von Listen. Drei Dinge, die ich an meiner Arbeit mochte. Das schlimmste Weihnachtsfest meines Lebens. Meine fünf Lieblingsfilme. Er selbst sortierte Erfahrungen nicht auf diese Weise ein, vielmehr war es lediglich seine Art, eine Unterhaltung zu beginnen.

»Einfach nur London«, antwortete ich, weil ich keine Lust auf das Spielchen hatte. »Alles daran.«

»Es wird Zeit, dass wir nach Hause kommen und du schlafen kannst.« Als wäre Schlaf das Allheilmittel für zu lange Reisen in zu kurzer Zeit, für Allgemeinplätze, für alles, was uns Kopfzerbrechen bereitete. Meine Art der Erschöpfung war immun gegen Schlaf. Der Wagen kam abrupt zum Stehen. Robins Arm schnellte vor, um zu verhindern, dass ich nach vorn geschleudert wurde, doch der Sicherheitsgurt hatte bereits gegriffen. Er hob entschuldigend die Hand, als lautes Hupen hinter uns ertönte. Eine dicke Frau in Pantoffeln war in der Sekunde auf den Zebrastreifen getreten, als wir herangefahren waren, und bewegte sich vorwärts, als befände sie sich auf einer schwankenden Seilbrücke über einem gähnenden Abgrund. »Eigentlich sollte es eine

Mindestgeschwindigkeit auf Fußgängerüberwegen geben, findest du nicht?«

»Für die Fußgänger?«

»Fahrer könnten doch ein Schild hochhalten, wie lange sie stehen bleiben wollen. *Nach mehr als neunzig Sekunden kann ich nichts versprechen!*«

»HashtagTragDasRisikoSchönSelbst«, sagte ich. Erst jetzt wurde mir bewusst, wie viel Raum Antonio mit seinem langen Mantel, seiner Bilderbuchkarriere und seiner Blindheit für die Asymmetrie zwischen uns – meiner Rolle in seinem Leben und seiner in meinem – eingenommen hatte. Gegen das Ungleichgewicht konnte ich nichts tun, aber es zur Kenntnis zu nehmen, war immerhin ein erster Schritt.

Inzwischen hatte die Frau die andere Straßenseite erreicht, und wir fuhren weiter.

»HashtagDuHastMirGefehlt«, sagte Robin.

Zu Hause schenkte ich mir ein Glas Wein als Sedativum ein und nahm Cloud auf den Schoß, während Robin mir von seinen neuesten Aufträgen erzählte, einem aufwendigen Einbauschrank, der eine Menge Geld einbringen würde, und einem Kaffeetisch in der Form von Kalifornien. Ich schilderte ihm meinen Austausch mit den britischen Kollegen, erzählte von Philippas schreiendem Nachbarn, dem Abstecher in den Tank und meinem Beinahe-Ohnmachtsanfall und der Privatführung durch die Tate, während die Katze ihr seidiges Köpfchen gegen meine Handfläche drückte und das leere Haus sich wie ein Zentnergewicht auf mich zu legen schien. Ich hatte das Land verlassen, war nach Hause zurückgekehrt, und trotzdem war sie immer noch nicht wieder hier. Würde ich jemals an den Punkt gelangen, dass mir ihr Fehlen nichts mehr ausmachte? Ich erzählte von Antonio, ohne dass ich der Schilderung unserer Begegnung ein besonderes Gewicht verlieh. Vielmehr machte ich mir die typische Businesssprache zunutze. Antonio zu sehen, sei »eine Herausforderung« und »lohnenswert« gewesen. Wir hätten uns mehrmals getroffen. Seine neue Familie hätte ich nicht kennengelernt, auch gar nicht den Wunsch verspürt. Nichts von alldem war, streng genommen, die Unwahrheit. Cloud sprang von meinem Schoß, um zu sehen, ob sich in ihrem Napf noch Futter fand, von dem sie nichts wusste, deshalb fuhr ich mit dem Finger stattdessen über die Schnittkante der Tischplatte. Die Schwalbenschwanzverbindung zwischen den Teilen war glatt wie eine alte Narbe. Der Riss hatte Maddy völlig kirre gemacht, obwohl sie wusste, dass er Teil des Designs war.

Wo war Robin hin? Er war hinter meinen Stuhl getreten und streckte die Arme aus wie ein fürsorgliches Elternteil, das ein Kind hochheben will, sorgsam darauf bedacht, keine intimen Körperteile zu berühren. Ich durchschaute seine Taktik: Einem Objekt Raum zu schenken, verlieh ihm eine umso größere Intensität. Ich drehte mich um, küsste ihn auf den Mund, der sich warm und weich in seinem haarigen Bett anfühlte, und oben erlaubte ich ihm, mich zu entkleiden, zu streicheln und zu dieser ganz besonderen Begierde zu verleiten, die ihren ganz eigenen Gesetzen folgte, die Dinge in Bewegung zu bringen und zugleich zu eliminieren vermochte. Wir waren nicht lange genug zusammen, als dass es zwischen uns langweilig geworden wäre – stattdessen war die Tragödie über uns hereingebrochen –, und nun war Robin derjenige, den ich wollte. Robin und unsere besondere Geschichte, unsere ganz eigenen Spiele. Trotzdem ließ sich all das nicht von meiner Begegnung mit Antonio trennen. Ihre Wucht hatte sich in den vergangenen Wochen in mir angestaut und musste sich nun irgendwie entladen. War es falsch von mir, diesen Überschuss auf Robin zu übertragen?

Danach lagen wir nebeneinander. Ich spürte seine Brust an meiner Seite. Einen Arm unter meinen Schultern, den anderen entspannt auf seiner Brust, lag er da und blickte zur Decke. In einem alten Film würden wir jetzt eine Zigarette rauchen. Ich nahm seine Hand, küsste sie und legte sie wieder auf seine Brust, während ich gegen die Traurigkeit ankämpfte. Vergnügungen bargen stets auch Gefahren, vor allem die neuen.

»Was denkst du?«

Er schenkte mir ein matt-befriedigtes Lächeln. »Ich habe gerade gedacht, wie sehr ich dich vermisst habe.«

»Ohhh«, begann ich.

»Ich rede nicht von London.« Er zog seinen Arm hervor und setzte sich auf die Bettkante. »Ich bin gleich wieder hier.« Ich betrachtete seinen muskulösen Rücken und sein bleiches Hinterteil, als er ins Badezimmer ging, und registrierte den letzten Funken einer Idee, ehe er verglomm.

21

Eigentlich hätte man annehmen sollen, dass sich mit der Rückkehr nach Hause meine Stimmung heben würde. Beflügelt von unserer Liebesnacht, suchte Robin am nächsten Tag meine Nähe, machte jedoch sofort einen Rückzieher, als er meine schlechte Laune mitbekam. Ich packte meine Sachen aus, wusch drei Maschinen Wäsche und fuhr in den Drugstore, nur um für eine Weile das Haus zu verlassen, und schob meine Übellaunigkeit auf den Jetlag, als er mich danach fragte. Ich war wütend – sowohl auf das, was hinter mir lag, als auch auf das, was mich zu Hause empfing. Meine Eltern kamen zu Besuch und blieben anderthalb Stunden. Als sie weg waren, holten wir uns eine Pizza beim Lieferservice und aßen sie zu Hause aus der Schachtel.

»Geht es dir jetzt besser?«, fragte Robin. »Bist du inzwischen angekommen?«

»Ich muss für den See packen«, sagte ich und schob ihm den Pizzakarton zu. »Könnten wir Alison einladen, was meinst du? Vielleicht nicht über Weihnachten, aber ein paar Tage davor, meine ich.«

Er klappte den Karton mit dem letzten ungegessenen Stück darin zusammen. »Klar, es sei denn, du möchtest lieber, dass wir unter uns bleiben?«

»Du mochtest sie doch, oder? Ich hatte ein schlechtes Gewissen, weil sie früher nach Hause fliegen musste. Mom und Dad werden schon nichts dagegen haben.«

»Ist das ein Teil der Verwandlung?« Er musterte mich. »Dass du dich wieder einlebst?«

Ich zuckte mit den Achseln. »Maddy mochte Weihnachten so gern.«

»Ich weiß.«

»An letztes Weihnachten kann ich mich überhaupt nicht mehr erinnern. Es ist wie ausgelöscht. Es wäre vielleicht gut, andere Leute um uns zu haben. Du warst ziemlich oft dort, solange ich weg war«, sagte ich. »Hast du dich einsam gefühlt ohne mich?«

Er lächelte. »Schrecklich. Habe ich dir von dem Stromausfall erzählt?«

»Ich weiß es von Norma.«

»Echtes Pech«, meinte er. »Vor allem, wenn man ganz neu ist. Die Aktion hat ihr nicht gerade Sympathiepunkte eingebracht. Du weißt ja, wie die Anrainer sind.«

»Aber bei dir hat sie welche gewonnen.«

Er kniff die Augen zusammen, als versuche er, mich zu fokussieren.

»Du hast doch immer ein Herz für die Schwachen und Benachteiligten«, fuhr ich fort.

»Norma ist nicht benachteiligt.«

»Stimmt«, räumte ich ein. »Das ist sie nicht. Ist sie vorbeigekommen?«

»Sie hat sämtliche Bewohner am Südufer abgeklappert, um ihnen die Situation zu erklären. Um Gnade zu betteln, genauer gesagt. Jeder, der keinen Strom hatte, bekam eine Flasche Wein.«

»Die Jungs waren bei den Großeltern?«

»Nein, sie hatte sie dabei. Jemandem mit einem niedlichen Kind an jeder Hand kann man nicht böse sein.«

»Und warst du auch bei ihnen im Haus?«

»Einmal.«

»Und wie war's? Ich habe es nie von innen gesehen.«

»Eigentlich ganz nett, aber ich war überrascht. Die Holzausstattung ist ziemlich konventionell. Dünne Türen, einfaches Klickparkett.«

»Vielleicht ist ihr Mann ja doch kein so Super-Architekt.«

»Keine Ahnung«, meinte Robin grinsend. »Man braucht ja nicht gleich über den Baumarkt die Nase zu rümpfen. Schließlich ist es schön zu sehen, dass all das Material aus den abgeholzten Regenwäldern seine Nutzer findet.«

»Und war sie auch bei uns?«

»Ein- oder zweimal.«

»Was jetzt? Ein- oder zweimal?«

»Ein paarmal, ich weiß es nicht mehr genau.«

»Wieso?« Ich spürte im Geist die Hand meiner Mutter, die mich zurückhielt.

»Wieso ich es nicht mehr weiß?«

»Wieso sie vorbeigekommen ist.«

Robin zuckte mit den Achseln. »Sie wollte nett sein, schätze ich.«

Seine Hand wanderte über den Tisch, als wollte er mein Gesicht berühren. Ich wandte den Blick ab, um Zeit zu schinden, ließ ihn über die Geschirrvitrine schweifen, ein hässliches Ungetüm aus den Fünfzigern aus lackiertem Ahornholz, das ich bei einer Haushaltsauflösung ergattert hatte. Robin erbot sich regelmäßig, es durch ein Schmuckstück aus seiner eigenen Herstellung zu ersetzen, doch ich vertrat die Ansicht, dass nicht zwingend jedes Möbelstück im Haus geschmackvoll und schön sein musste. Außerdem hatte ich in der oberen Schublade Maddys Schulfotos aufbewahrt, als sie noch kleiner gewesen war. Wahrscheinlich lagen sie immer noch dort. Im obersten Fach sammelten sich normalerweise Wurfsendungen, Supermarktcoupons und sonstige unwichtige Post in ungeordneten Stapeln, nun jedoch steckten sie in einem Briefhalter aus geschnitztem Holz.

Ich nahm ihn herunter, ließ die Briefe herausfallen und drehte ihn zur Seite, um die überlappenden Ovale zu begutachten, die sich auch in von Frank Lloyd Wright designten Stuhlrücken und Raumteilern wiederfanden. Zuletzt hatte ich den Briefhalter mit Maddy im Souvenirshop von Fallingwater bewundert.

»Ich bin hingefahren, als du weg warst«, sagte Robin. »Ich hatte es noch nie im Winter gesehen«, fügte er lahm hinzu.

Ich fühlte mich, als würde ich die ganze Zeit schon auf der Kante über einem endlosen, gähnenden Abgrund balancieren. »Und den hier hast du mir mitgebracht.«

»Genau.«

»Das war wirklich süß von dir.« Ich gab die Blätter und Briefe wieder in den Halter, stellte ihn ins Regal zurück und setzte mich wieder. »Und wie war es so im Winter?«

»Magisch. Alles lag unter einer dicken Eisschicht, aber die Wasserfälle strömten trotzdem noch, allerdings mussten sie sich ihren Weg durch das Eis bahnen.«

»Ich wollte immer schon mal im Winter hinfahren.«

»Dann machen wir das«, sagte Robin schnell. »Du wirst begeistert sein. Im Winter sieht das Haus noch mehr aus, als wäre es Teil des Bergs.«

»Ist es denn ein Berg? Ich dachte, das sei gar keiner.«

»Hügel«, korrigierte er.

Ich lächelte ermutigend. »Und warst du allein dort?«

Er hielt inne, sah mir prüfend in die Augen, traf eine rasche Entscheidung. »Norma ist mitgekommen.«

Die Worte trafen mich wie ein Schlag in die Magengrube, nahmen mir den Wind aus den Segeln.

»Es ist nicht so, wie du denkst«, fügte er hinzu.

Das Blut schoss mir in den Kopf, löschte Robin und den Raum aus, während Bilder wild meine Gedanken überfluteten, als hätten sie nur darauf gewartet, sich endlich Bahn brechen zu dürfen. Ich sah ihn, wie er sie an sich zog, auf Brücken, über den Wasserfällen und in den unterirdischen Gängen, wie er Dinge mit ihr tat, die sonst mir vorbehalten waren, mit einer aus Sehnsucht und Zurückweisung geborenen Leidenschaft. Diese beiden hinterhältigen Verräter! Wie gerissen von ihr, mich wegzuschicken! Aber eigentlich hatte sie ihn an jenem Tag auf dem Steg erst kennengelernt. Trotzdem. Für Untreue fanden sich immer Mittel und Wege. Ebenso wie für Verrat. Den Tod. Die beiden, eng umschlungen, fernab von allem. Außer Sichtweite, wo sie fanden, was sie brauchten. Ihre Augen geschlossen, ihre bleiche Kehle entblößt. Die Begrüßung, jäh zerstört, nichts und niemand, dem ich noch trauen konnte. Keiner, der nur mir allein gehörte, niemals wieder. Kein Platz auf dieser Welt für mich, niemals wieder. Ein weiteres Mal spürte ich die unsichtbare Hand meiner Mutter auf meiner Schulter, spürte die Stimme eher, als dass ich sie hörte, jene Stimme, die mich als junges Mädchen so genervt hatte: Sei vorsichtig, solange du nicht die ganze Wahrheit kennst. Es ist nicht immer alles so, wie es den Anschein hat. Mit Impulsivität kommst du nicht weiter.

»Und all die geheimnisvollen Fahrten zum See?«, fauchte ich, schlug Stimme und Hand meiner Mutter schroff beiseite. »Der legendäre Ehemann? Der Stromausfall!« Erst jetzt wurde mir der abscheulichste Verrat bewusst. »Fallingwater! Ernsthaft, Robin? Ernsthaft? Leg sie flach, wenn du schon unbedingt musst. Aber Fallingwater? Dort hat sie nichts zu suchen. Fallingwater gehört mir.« Wir waren begeistert gewesen, alle drei. »Mir und Maddy.«

»Hör auf, Eve. Nur für eine Minute. Und hör mir zu …«

Er streckte die Hand aus. Der Tisch war zwischen uns. Weder seine Verblüffung noch seine Kränkung wirkten gespielt, aber woher sollte ich wissen, ob es auch wirklich so war? Ich stand da, die Finger um den wunderschönen Tisch gekrallt, bereit, jederzeit wie ein Sprinter loszustürmen, fort aus diesem Raum, aus dem Haus, von diesem Planeten, irgendwohin, wo ich allein war … überall, bloß nicht hier.

»Ich wette, danach habt ihr nebeneinander gelegen und über mich geredet.«

Sein Mund war zu einer hässlichen Linie zusammengepresst. »Ernsthaft, Eve?«

»Wieso denn nicht? Die Frau ist doch sowieso psycho. Völlig von der Rolle. Ihr Leben ist ohnehin vorbei.« Ich erkannte meine Stimme kaum wieder, gleichzeitig bestand kein Zweifel daran, dass es die meine war. »Was für ein Klotz am Bein ich bin! Glaubst du etwa, ich wüsste das nicht? Ein Klotz, langweilig und miesepetrig. Was für eine Riesenchance für euch …«

»*Ernsthaft*?«, unterbrach er, langsam, eisig.

Doch es gab kein Zurück mehr. Die Wut sprudelte nur so in mir hoch, wild schäumend und unbezähmbar.

»Sag doch etwas! Sag mir, dass ich mich irre. Aber das kannst du nicht, hab ich recht?« Ich senkte die Stimme zu einem verächtlichen Zischen. »Sieh dich doch bloß an, wie du hier stehst. Mit all deinen faulen Ausreden.«

Die Arme fest vor der Brust verschränkt, musterte Robin mein Gesicht, als hätte er es noch nie zuvor gesehen. Sieht so der Anfang vom Ende aus? Übertretungen und Vergehen auf beiden Seiten, ein Souvenir am falschen Platz, die wütende Suche nach einem Grund? Ein Unglück kommt selten allein. Ein zweites kann jederzeit hinzukommen, und keiner wäre sonderlich überrascht, ich am allerwenigsten.

»Geh doch nach London«, zischte Robin. »Geh zurück an

den See. Geh und triff dich mit deinem Ex. Tu, was du tun musst. Ich bin hier und höre mir an, was du mir an den Kopf wirfst.« Sein Tonfall war so untypisch für ihn und glich so sehr meinem eigenen, dass ich mir die Hand auf den Mund pressen musste, um nicht laut aufzulachen. Er machte eine unwirsche Handbewegung. »Ich habe keine Ahnung, was du da drüben getan hast, sondern kann nur spekulieren.«

Ich krallte die Hand um die massive Tischplatte. Es war, als würde ich aus einem Fiebertraum aufwachen. »Gar nichts«, sagte ich leise.

»Gar nichts!«, stieß er hervor. »*Ich* bin derjenige, der gar nichts getan hat! Nicht dass ich nicht in Versuchung gewesen wäre.«

»Ich verspreche …«

Er hob warnend die Hand. Komm nicht näher. Sag nichts. »Weißt du, was das Problem ist, Eve? Du bist das Problem.«

»Also irre ich mich?« Meine Stimme war kaum mehr als ein Flüstern.

»Du glaubst, du bist die Einzige, die jemanden verloren hat?« Wieder verschränkte er die Arme. »Du glaubst, du bist die Einzige, die sie vermisst? Du bemerkst niemanden sonst, und es ist dir auch egal. Das Problem bist *du*.«

»Also irre ich mich?«, fragte ich, als wäre die Antwort auf diese Frage die Lösung all unserer Probleme.

Die Verachtung in seinem Blick war so unermesslich, machte es kaum vorstellbar, dass er mich jemals geliebt hatte. In diesem Moment wusste ich ohne jeden Zweifel: Was auch immer die Wahrheit und in meiner Abwesenheit vorgefallen sein mochte oder auch nicht, ich war diejenige, die falschlag, vollkommen und unwiederbringlich falsch. Nicht Loyalität Robin gegenüber hatte mich davon abgehalten, Antonio zu verführen. Sondern ich hatte es nur wegen Maddy unterlassen.

Ich war bereit gewesen, Robin zu opfern, obwohl ich in meiner Arroganz tief im Inneren niemals geglaubt hatte, dass es notwendig wäre. Er hatte recht. Ich lag falsch. Grundfalsch, bis ins Mark, in jeden Winkel jeder Zelle; falsch in einer Dimension, die Katastrophen heraufbeschwor und die Zerstörung begrüßte, selbst während ich meiner Qual Worte verlieh und meine Unschuld beteuerte. Maddys Tod hatte die Fassade herabgerissen und entblößt, was sich wirklich dahinter verbarg: billig, zweitklassig, abscheulich.

»Such dir einen Mann fürs Grobe«, sagte Robin. »Einen Babysitter. Ich werde es nicht länger sein.« Mit einem scharfen Atemzug, als breche er gleich in Tränen aus, verließ er ohne ein weiteres Wort den Raum, und ich wagte es nicht, ihn daran zu hindern.

Um drei Uhr morgens wachte ich auf, schluchzend und bibbernd. Das Bett neben mir war leer. Er schlief im Musikzimmer. Als ich ins Badezimmer ging und mich übergab, trieben Schneeflocken vor dem Fenster, silbrig auf der einen, schwarz auf der anderen Seite, in einer Geschwindigkeit, die mir verriet, dass sie liegen bleiben würden.

Zwei Tage lang konnte ich bloß im Bett liegen und mich elend fühlen. An Lesen war nicht zu denken, deshalb sah ich fern oder hörte Musik. Mein Körper gehörte mir nicht länger, sondern tat, was er tun musste, während ich eine grausame Befriedigung daraus zog, die Arme um das kühle Porzellan der Toilettenschüssel zu schlingen, den abscheulichen Geruch meines eigenen Erbrochenen einzuatmen. Niemand erwähnt je die Befriedigung, die Erbrechen verschaffen kann. Cloud blieb die ganze Zeit an meiner Seite, während Rose und Walter sich tunlichst fernhielten, um sich nicht unmittelbar vor den Feiertagen noch etwas einzufangen. Robin faselte etwas von fremden

Keimen und aufbereiteter Frischluft im Flugzeug und versorgte mich mit dem Pflichtbewusstsein einer Krankenschwester mit allem, was ich brauchte.

»Wie geht es jetzt weiter?«, fragte ich am dritten Tag, als ich mich im Bett aufsetzte, um Tomatensuppe aus einem Becher zu trinken.

»Keine Ahnung.«

»Fahren wir trotzdem zum See?« Der zeitliche Aufschub und die Tatsache, dass wir nicht noch einmal in Ruhe über alles gesprochen hatten, verlieh unserem Streit etwas Surreales, Traumartiges, doch wann immer ich Robin ansah, wusste ich, dass es kein Traum war. Im Bademantel ging ich nach unten. Der Briefhalter stand immer noch im obersten Regal. Der Sturm hatte aufgehört, doch das Westufer des Sees blieb weiterhin im eisigen Griff einer Kaltfront, und der aufgehäufte Schnee am Straßenrand war festgebacken und betonhart, wenngleich zunehmend schmutzig. »Alison wollte kommen. Alle gehen davon aus.«

»Wir müssen hin«, sagte er schließlich, wenn auch hörbar widerstrebend. »Ich muss dir was zeigen.«

»Was denn?«

»Kümmere dich um deine eigenen Angelegenheiten.«

»Ich finde den Bart immer noch toll …«, sagte ich schnell, um mich bei ihm lieb Kind zu machen, doch er war bereits halb zur Tür hinaus und hatte es entweder nicht mitbekommen oder beschlossen, es nicht zu hören.

22

Festgebackener Schnee konnte rutschig wie blankes Eis sein, mit dem Unterschied, dass Reifen auf der Schneedecke wenigstens noch die Chance hatten, Grip zu finden. Am Dorfladen bogen wir links ab und fuhren die schmale Straße durch den Nationalpark hinauf.

»Ist es nicht zu glatt?«

Robin tippte vorsichtig auf die Bremse. »Nein, momentan geht es.«

Ich drehte mich um und lächelte Alison zu, die wie ein Michelin-Männchen in ihrem weißen Anorak auf dem Rücksitz saß. Schwarz, Grau und Weiß waren die einzigen Farben, die sie trug. Sie starrte mit finsterer Miene aus dem Fenster und wünschte unübersehbar, nicht mitgekommen zu sein. Robin und ich machten zwar gut Wetter, trotzdem spürte sie zweifellos die Spannung, außerdem würde es eine Weile dauern, bis sich die Lockerheit, die wir vor unserem Streit in London entwickelt hatten, erneut einstellte.

»Ich freue mich, dass du dich entschlossen hast mitzukommen«, sagte ich. Allein sie im Wagen sitzen zu haben, war ein kleiner Sieg. Und ein gewisser Schutzschild. Robin würde sie nach Strich und Faden verwöhnen, Rose und Walter sich nach Kräften bemühen, sie aufzumuntern.

»Ist der See zugefroren?«, fragte sie nur – Alison ignorierte Nettigkeiten grundsätzlich.

»Bestimmt. Nach der Kälte der letzten Tage.«

»Komplett?«

Ich verbarg mein Lächeln. »Er ist zu tief, um vollständig zuzufrieren. Aber an der Oberfläche schon.«

»Ich meine so, dass man drübergehen kann«, erwiderte sie gereizt.

»Wir haben einen Drillbohrer, mit dem man ein Loch ins Eis bohren und feststellen kann, wie dick die Eisdecke ist. Wir meinen, bei mehr als fünfzehn Zentimetern kann man darauf gehen, andere sagen, zwölf reichen auch, sofern das Eis blau ist.«

»Blaues Eis ist die gefrorene Scheiße, die aus den Flugzeugen auf die Erde fällt«, bemerkte Alison.

»Blau«, schaltete sich Robin ein, »wird das Eis, wenn es gefriert, ohne dass viele Luftblasen darin eingeschlossen sind. Es ist stabiler als weißes Eis.«

»Warst du schon mal im Winter an einem See?«, fragte ich.

Sie schüttelte den Kopf. »Ich will aber drübergehen.«

»Robin geht immer raus aufs Eis, ganz egal, wie dick es ist.«

»Viele behaupten, zehn Zentimeter reichen«, sagte Robin.

»Kommt auf die Bedingungen an«, erklärte ich Alison mit einem verschwörerischen Lächeln.

»Das weiß ich auch«, meinte Robin mit einer gewissen Schärfe. »Ich bin schließlich derjenige, der auf dem Land aufgewachsen ist, schon vergessen?«

Seit unserer Konfrontation benahm er sich wie ein waidwundes Tier, dessen Geduld lieber nicht auf die Probe gestellt werden sollte. Er reagierte nicht auf meine Annäherungsversuche und unternahm von sich aus ebenfalls keine. Seit meinem Übelkeitsanfall war ich geläutert und demütig, verspürte keinerlei Bedürfnis, das auszudiskutieren, was zwischen uns vorgefallen war und wer falschgelegen hatte. Das Klügste war, das fragile Gleichgewicht zwischen uns vorläufig zu akzeptieren und abzuwarten.

»Manchmal knackt das Eis auch unter den Füßen«, sagte ich.

Alison schwieg. Obwohl sie sich redlich bemühte, unbeteiligt zu wirken, brauchte sie uns.

»Es gibt dickere und dünnere Stellen«, fuhr Robin fort. »Man kann immer auf einen dickeren Teil springen.«

»Damit will er sagen, dass er bisher jedes Mal mit heiler Haut davongekommen ist. Er genießt es, uns Angst einzujagen.«

Dicke Schneehaufen lagen auf dem Verandageländer des Verwaltergebäudes und um die Pfeiler der Zufahrt. Als ich noch Kind gewesen war, hatten wir den See nur selten im Winter besucht. Das Haus war nicht sonderlich gut für die Witterung ausgestattet, und mein Vater hatte Angst, mit dem Wagen liegen zu bleiben oder eingeschneit zu werden. Vor zwanzig Jahren hatte er die Gelegenheit genutzt und im Zuge von Dachdeckerarbeiten auch gleich die Heizung erneuert und den kleinen schwarzen Ofen durch einen Granitkamin ersetzt. Während Maddys Krankheit hatten wir das Haus das ganze Jahr über genutzt.

»Der Verwalter sorgt dafür, dass die Zufahrt den ganzen Winter geräumt ist«, sagte ich zu Alison, als wir durch das Tor fuhren. »Und wir bezahlen ihn auch dafür, unsere Einfahrt frei zu halten.« Hohe Schneewehen säumten beide Seiten des Wegs, aus denen hier und da die Stängel abgestorbener Farne ragten. »Der Schnee am See ist immer blitzsauber und bleibt es auch, bis er im Frühling irgendwann schmilzt.« Ich ließ den Blick über die Schneemassen schweifen, die im winterlichen Zwielicht fahlblau schimmerten. Ich war wie ein Kind, das nicht aufhören konnte zu lächeln.

»Da ist es. Wir haben es geschafft.« Das Häuschen lag am Ende einer kurzen Zufahrt und war dank einer Biegung erst zu sehen, wenn man praktisch schon davorstand, genauer gesagt auf der rückwärtigen Seite. Über die Verandastufen gelangte man in den Vorraum, der in den Hauswirtschaftsraum und schließlich die Küche mündete, ehe man ins Wohnzimmer mit den Panoramafenstern gelangte. Der See zeigte sich erst nach und nach.

Mein Vater stand an der Tür, den Kopf nach vorn geneigt – seine typische Haltung und das Ergebnis des lebenslangen Versuchs, die Dinge aus der Nähe in Augenschein zu nehmen. Er umarmte mich und drückte Alison feierlich die Schultern – die beiden waren sich einmal vorher begegnet. Fremde, schüchterne Menschen, Streuner und Benachteiligte: Sie alle bekamen grundsätzlich besondere Zuwendung von meinem Vater. In dieser Hinsicht war er genau wie Robin. Ich glaubte zu sehen, wie Alison sich einen kurzen Moment in die Berührung schmiegte, ehe sie sich löste. Aus dem wenigen, das Alison von sich preisgegeben hatte, schloss ich, dass ihr eigener Vater entweder gewalttätig oder gleichgültig oder beides gewesen war. Sie hielt ihr Familienschicksal strikt getrennt von dem, was zwischen uns gerade im Entstehen begriffen war. Vielleicht lag es auch daran, dass ich nie sonderliches Interesse gezeigt hatte.

Es war, als würde ich das Haus und die Umgebung durch Alisons Augen noch einmal ganz neu wahrnehmen: das Panoramafenster mit dem spektakulären Ausblick auf den See, die schneebedeckten Bäume, meine Mutter, die lächelnd aus der Küche kam und sich die Hände mit einem an ihrer Schürze angenähten Geschirrtuch abtrocknete – eine liebenswürdige, altmodische Mutter, die trotzdem mit der Zeit ging. Barney stapfte strahlend herum und wich uns nicht von der Seite. Ich hatte meine Mutter bereits gewarnt, dass es zwischen Robin und mir gerade etwas schwierig war. Sie begrüßte Alison und küsste uns beide, wobei sie uns forschend musterte und die Wattzahl ihres Lächelns sichtbar erhöhte. Meine Mutter hatte feine Antennen für jegliche atmosphärische Schwingungen, und ich war ihr Kind, genauso wie Maddy meins gewesen war. Sie machte sich Sorgen. Ich spürte förmlich, wie sie meine kleine Hand nahm und in Robins kleine Hand legte und uns ermahnte, uns wieder zu vertragen, bevor es Mittagessen gab.

Mein Vater ging an den Steg hinunter, um die Dicke der Eisschicht zu prüfen. Rose, Alison und Barney begleiteten ihn. Robin blieb zurück, setzte sich in einen Sessel, dann sprang er auf, hastete in den Hauswirtschaftsraum und ging hinaus, um die Veranda vom Schnee freizuschaufeln, während ich mich in die Küche verzog. Ich räumte gerade das Erdnussbutterglas und die Spaghetti ins Regal, als es an der Hintertür klopfte, so leise, dass ich es erst für einen Ast hielt, der über das Holz streifte.

Norma stand vor mir. In ihrem weißen Parka und Handschuhen sah sie wie ein Schneemann aus. Ihre Wangen waren rot vor Kälte. Als sie die Kapuze zurückschob, sah ich, dass ihr rötliches Haar kurz geschnitten und aus dem Gesicht frisiert war, was sich nun auch ohne Spangen oder Haarreifen bewerkstelligen ließ. Einen lähmenden Moment lang dachte ich, sie sei wegen eines Stelldicheins mit Robin hier, aber nein: Sie lächelte mich strahlend an und drückte mich so überschwänglich an sich, als sehe sie mich zum ersten Mal nach einer nur knapp abgewendeten Katastrophe wieder.

Ich rief Robin und verfolgte ganz genau, wie sie einander mit einem kameradschaftlichen Handwerkerlächeln begrüßten, ehe ich in die Diele ging, damit beide mein Gesicht nicht mustern konnten.

»Hat sie es schon gesehen?«, hörte ich Norma hinter mir flüstern.

Ich blieb stehen. »Was gesehen?«

»Nein, ich habe gewartet, bis du kommst«, antwortete Robin,

öffnete die Dachbodenklappe, zog die Leiter herunter und arretierte die Gummifüße am Boden.

»Du hast am Dachboden weitergearbeitet?« Es hatte eine Zeit gegeben, da hatte ich Überraschungen geliebt. Heute war mir Gewissheit lieber.

Seine Miene verriet nicht allzu viel. »Geh du zuerst.«

Es war nicht länger notwendig, sich nach oben zu stemmen, weil die oberste Stufe auf einen Absatz führte, von dem aus man den ganzen Raum überblicken konnte. Stumm stand ich da und wartete darauf, dass Robin und Norma mir herauffolgten.

»Fallingwater«, sagte ich.

Tiefrot, knalliges Violett, kräftiges Gelb, saftiges Orange – die Teppiche, Wandbehänge und Kissen hoben sich leuchtend von den weißen Wänden ab. Lange, tiefe Sofas. Eingebaute Bücherregale. Bodenkissen vor einem niedrigen Couchtisch, dunkler, wild gemaserter Holzboden. Fallingwater war auf einem Felsen über einem Wasserfall erbaut, dieser Raum hingegen bestand aus Holz und schwebte zwischen den Bäumen. Kein Beton ringsum, kein Wasserfall, der darunter in die Tiefe stürzte, und doch hatte Robin dieselbe horizontale Ausrichtung geschaffen, hatte dieselben satten Farben verwendet, dieselbe Einladung heraufbeschworen, sich hinzukuscheln und sich in einem Raum zu verkriechen, der nach allen Seiten der Außenwelt zugewandt war. Von überall fiel Licht herein, wenngleich scheinbar nicht durch Fenster, obwohl sich überall welche befanden: hohe am Dachfirst, schräge im Dach selbst und ein rundes Kathedralenfenster am Ende des Raums, das ich nur mit Schutzfolie beklebt kannte und vor dem nun schneebedeckte Äste zu sehen waren.

Wieso hatte Robin nichts gesagt? Hatten wir die Einrichtung besprochen? Ich hatte keine Ahnung gehabt, dass es am

Ende so aussehen würde. Das neue Zimmer war für mich seit jeher untrennbar mit Maddy verbunden gewesen – wir hatten es nicht geschafft, es rechtzeitig für sie fertigzustellen, und schon gar nicht, uns ohne sie an ihm zu erfreuen –, deshalb hatte ich nach dem Ausbruch ihrer Krankheit kaum Interesse daran gezeigt und das letzte Fünkchen nach ihrem Tod vollends verloren.

»Wir haben versucht, das Flair von Fallingwater zu erschaffen.« Robin klang gedrückt, keine Spur von seinem gewohnten Enthusiasmus.

»Wir?«

»Ich habe mich um die Kissen und all diese Dinge gekümmert«, sagte Norma leise. Ich hatte ihre Anwesenheit beinahe vergessen. »Ich habe die Teppiche und die Wandbehänge gefunden. Zu meiner Schande muss ich gestehen, dass ich noch nie in Fallingwater war, obwohl es quasi um die Ecke liegt!«

»Du hast Robin geholfen, es fertigzustellen?«

»Nein, nein«, wiegelte sie lächelnd ab. »Ich bin nur am Ende hergekommen und habe es ein bisschen aufgemöbelt. Inneneinrichtung ist ein Steckenpferd von mir. Ich bin keine Künstlerin, weit gefehlt, aber ich kann gut nähen.« Wenn ich jetzt etwas zu sagen versuchte, würde ich in Tränen ausbrechen. »Fotografieren ist verboten, deshalb habe ich mir Notizen gemacht, außerdem habe ich online ein paar Aufnahmen gefunden. Wir haben die Farben ziemlich gut getroffen, finde ich. Oder?« Sie warfen sich einen Blick zu, wie zwei Krankenschwestern über den Kopf des Patienten hinweg.

»Die Treppe muss noch gebaut werden. Ich dachte eben, ich fange einfach an und mache alles andere, während du weg bist.« Ich hörte den besorgten Unterton in seiner Stimme. »Statt einfach nur zu warten.«

»Du meinst, im Augenblick gelingt es mir nicht gut, Entscheidungen zu treffen?«

»Natürlich kannst du es jederzeit ändern«, warf Norma eilig ein, »wenn dir etwas nicht gefallen sollte. Das bleibt ganz dir überlassen.«

Tiefe Scham überkam mich bei der Erinnerung an meinen lächerlichen Auftritt am Steg, meine Verärgerung, als ich auf der Picknickbank vor ihrem Haus gesessen hatte, meinen Besuch bei ihr, um mich von meiner Qual zu befreien und sie stattdessen auf sie zu übertragen. Wieso hatte sie sich die Mühe gemacht? Wieso all die Arbeit, nur um für jemanden, den sie eigentlich nicht kannte, einen Traum zu verwirklichen? Menschen taten Dinge, die eigentlich unlogisch waren, alle möglichen ungewöhnlichen Dinge. Walter und Rose mussten ebenfalls eingeweiht gewesen sein. Alle hatten es gesehen. Alle hatten Bescheid gewusst.

»Es gefällt mir«, sagte ich. »Ich bin absolut begeistert.« Diese Sinnlosigkeit der Worte!

Maddy und ich waren uns einig gewesen, dass wir in Fallingwater nur leben könnten, wenn es eine Möglichkeit gäbe, das laute Rauschen des Wasserfalls abzustellen. Hier war die Stille allumfassend. Bestimmt wäre sie außer sich vor Freude, wenn sie jetzt hier wäre. Möglicherweise sahen die anderen, was sich auf meiner Miene abzeichnete, und ignorierten es taktvollerweise. Der Raum verströmte eine gewisse Melancholie, so wie Kaminfeuer, Aquarien, Bibliotheken und Spätnachmittage es taten, daran ließ sich nichts ändern, doch jenseits der Melancholie oder unter ihr verborgen, hörte ich den Raum flüstern, liegen Reichtümer für alle.

Plötzlich war es zu intim, zu dritt in dem Zimmer zu stehen, das die beiden für mich erschaffen hatten. Ich trat zu einem der Sofas und nahm ein Kissen mit blauem, rotem und schwarzem Navajo-Muster, drehte es hin und her, bestaunte die feinen Stickereien am Rand, legte es wieder hin und strich über einen erikafarbenen Sofaüberwurf, über die dunkelroten Kissen und den größten, goldfarben eingefassten Wandbehang.

Im Regal stand eine Handvoll Taschenbücher, daneben ein kleiner Bilderrahmen. Ich nahm ihn heraus: ein Schwarz-Weiß-Foto von Maddy, als sie etwa sieben gewesen war. Damals hatte ihr feines Haar sich wie eine Mütze um ihren Kopf geschmiegt wie meines jetzt. Sie hatte die Hände tief in den Taschen ihrer Jeansjacke vergraben und schien uns aus dem Rahmen heraus anzusehen, die wir in dem Zimmer standen, das niemals ihr gehören würde. Die Grauschattierungen ihres Gesichts spiegelten Toleranz, Kindlichkeit, Neugier und Verschmitztheit wider. *Ich lebe jetzt hier*, schien sie zu sagen.

Unten kehrten die anderen vom See zurück, stampfend und bellend, bester Dinge und erfrischt von der winterlichen Kälte.

Elfeinhalb Zentimeter hatte der Drillbohrer angezeigt. Es wurde beschlossen, das Eis nicht zu betreten. Nichts auf Alisons Mondgesicht verriet ihre Enttäuschung, doch inzwischen hatte ich gelernt, ihre Miene zu lesen – wie sie ihre ohnehin zusammengekniffen Augen noch weiter verengte und die schmalen Lippen definitiv nicht zu einem Lächeln verzog. Schweigend marschierte sie nach oben, um gemeinsam mit den anderen das Dachzimmer zu bewundern. Norma versuchte, sie in eine Unterhaltung zu verstricken. Seite an Seite in einem nagelneuen Raum, wirkten sie wie Vertreter völlig unterschiedlicher Menschengattungen, die eine sonnigen Gemüts und vertrauensvoll, die andere kratzbürstig und bekümmert. Ich musste lächeln. Sie waren beide nur wegen mir hier und würden einander tolerieren, wenn auch niemals wirklich Zugang zueinander finden.

Meine Mutter rief uns zu heißer Schokolade und Sandwiches herunter. Norma tätschelte auffordernd die Bank neben sich, und überließ Alison Robins Obhut, der mit tiefer Verschwörerstimme schilderte, wie man mithilfe einer Zitrone ein Feuer entfachte. Mein Arm wurde ergriffen, und ich war gefangen vom klaren, besorgten Blau eines Augenpaars. »Und wie ist es gelaufen? Ich hoffe, es war keine völlige Katastrophe. Das wäre mir gar nicht recht.«

»Lange Geschichte«, flüsterte ich. »Lebensverändernd.«

»Ich werde es nie verstehen … Wie können die morgens in den Spiegel … immer geht es nur um das verdammte Geld.« Am anderen Ende des Tischs waren Rose und Walter sich auch jetzt einig, dass der Tawasentha Lake kein Ort für Fracking werden würde, während Robin uns gegenüber Alison über London, ihre Arbeit und ihre beruflichen Pläne ausfragte. Wenn einer die Gabe besaß, sie zu knacken, dann war er es. »Bildende Künste«, ätzte er. »Angewandte Kunst? Was heißt das überhaupt? Nein, nein, wir brauchen etwas Objektiveres. Wie wär's damit, wie etwas gereinigt werden kann? Abstaubbare Kunst. Waschbare Kunst. Oder absprühbare Kunst. Reinigungsfähige Kunst …« Alison lachte so selten laut, dass ich aufhorchte. Früher hatte Robin auch mit Maddy immer Blödsinn gequatscht.

»HashtagEndlichEinDurchbruch«, sagte Robin.

»HashtagHastDuKeinLeben?«, erwiderte Alison.

Ich rückte von Norma ab. »Eine absolute Katastrophe war es nicht. Ich erzähle es dir später.« Bislang hatte mich nichts an ihrem Verhalten beunruhigt, doch es fiel mir schwer, sie aus der richtigen Distanz zu betrachten. Es lag nicht nur an ihrem kürzeren Haar, an den Wintersachen und an ihren Augen, deren Blau mir intensiver vorkam, als ich es in Erinnerung hatte. Zu viel war passiert, zu viel gesagt worden, ob nun in ihrer Gegenwart oder nicht. Die Zeit dehnte sich, schrumpfte wieder. In ihren weißen Shorts war sie in ihr Kajak geklettert und hatte das Paddel zum Gruß geschwenkt. Ich war nach London geflogen und wieder zurückgekommen. Sie hatte Kissen genäht. Ich hatte Anschuldigungen gemacht. Wir saßen hier in unseren dicken Winterpullis und tranken heiße Schokolade. Maddy war nicht hier.

An der Tür bedankte ich mich noch einmal so überschwänglich bei ihr, dass sie sich von mir löste und sich mit einem nachsichtigen Lächeln verabschiedete. Ich setzte mich auf die Couch am Fenster und sah zu, wie die Schneeflocken vom Himmel zu rieseln begannen. Als es dunkel wurde, lag alles unter einer weißen Decke, war reglos und still. Es war, als wäre die Welt abgetaucht. Meine Mutter kochte Lasagne, ich gewann eine Partie Shanghai, obwohl ich es nicht darauf anlegte, und alle gingen früh schlafen.

Wir fanden alle möglichen Beschäftigungen, um nicht zu Bett gehen zu müssen. Robin räumte die Küche auf, ich versuchte zu lesen. Als er in den Keller ging, um am Boiler herumzufummeln, zog ich die Leiter zum Dachboden herunter und kletterte hinauf. Bislang hatte ich noch keine Gelegenheit gehabt, eines der neuen Sofas Probe zu sitzen – eigentlich war es kein gewöhnliches Sofa, sondern ein gepolstertes Brett, das unsichtbar an der Wand verschraubt war, so dass es zu schweben schien. Ich hatte das Telefon mit nach oben gebracht und wählte die Nummer, ehe ich es mir anders überlegen konnte.

Die leichte Verzerrung der Telefonleitung hob Glendas Näseln noch mehr hervor. »Das sind gute Neuigkeiten. Wir sind Ihnen sehr dankbar und werden es umsichtig einsetzen.«

Wer verwendete heutzutage noch Wörter wie »umsichtig«? »Ich möchte über sämtliche Schritte auf dem Laufenden gehalten werden, in Ordnung? Um die Kontrolle zu behalten.«

»Natürlich«, sagte sie, obwohl wir beide wussten, dass das

allenfalls die Illusion von Kontrolle war. Wer kann heutzutage noch die Verwendung von Bildern kontrollieren?

»Ich denke, Maddy hat das Video für die Kampagne gemacht und es dafür zur Verfügung gestellt. Bestimmt hätte sie sich gefreut, dass es weiter verwendet wird.«

»Das glaube ich auch. Ich bin sogar sicher.«

»Bestimmt wollte sie, dass die Menschen es sehen.«

»Nun ja, ehrlich gesagt, ist es bereits veröffentlicht«, sagte Glenda.

Ich legte auf. Ich hatte meine Hände geöffnet und zugelassen, dass mir etwas Kostbares entrissen wurde. Vorsicht!, sagte sie. Vorsicht, sagte ich. Du warst bei Sam? Du blutest! Es ist nicht tief. Es ist gar nichts. Ihre blutunterlaufenen Augen waren auf die Leinwand auf dem Bildschirm gerichtet. Als ihre Zerstörung vollzogen war, setzte der Applaus ein. Die Freude. Sie war bereits da draußen, ein freies, strahlendes Etwas. Aber das war nicht das Ende!

Vollkommen reglos lag ich auf dem schwebenden Sofa. Äste blockierten die Sicht aus dem Fenster, hingen unter der Last des Schnees herunter. Fallen lassen. Fallen lassen. Wenn ich nicht zupackte und festhielt, mich nicht abwandte, könnte ich die satten Farben, den horizontalen Charme, den warmen Schein der Lampen in mir aufnehmen, als Ganzes oder häppchenweise, bis ich den Raum eines Tages zu meinem gemacht hatte.

Robin stand in der Diele, als ich herunterkam, und sah zu, wie ich die Dachlukenleiter hochklappte. »Ich hatte mich schon gefragt, wo du abgeblieben bist.«

»Das Zimmer ist wirklich schön geworden«, sagte ich. »Perfekt. Schöner, als ich es mir jemals vorgestellt hatte.« Ich könnte es ihm nicht verdenken, wenn er mich verließe, neues Zimmer hin oder her. Vielleicht hätte ich es bis zu einem gewissen Grad sogar begrüßt.

»Ohne Norma wäre es nicht halb so schön geworden.«

»Ich habe keine Ahnung, wieso sie sich all die Mühe gemacht hat. Wir kennen uns doch kaum.«

Er zuckte mit den Achseln. »Sie ist einfach so. Sie wollte unbedingt etwas tun.«

Wir waren beide so erschöpft, dass an Schlaf nicht zu denken war.

»Wollen wir an den See runtergehen?«

23

Ein See im Winter ist wie ein lebendiges Wesen. Umringt von hohen Schneewehen und unter einer dicken Schicht aus Eis verborgen, würde man annehmen, dass er in völliger Stille daliegt. In Wahrheit jedoch hört man statisches Knacken, seltsam blubbernde Laute dringen aus seinen Tiefen, manchmal auch ein scharfes, peitschenhiebartiges Zischen. Am eindrucksvollsten ist das Ächzen wie von einem gewaltigen Koloss, der sich dreht, sich ausdehnt, birst und bricht. Dabei scheinen die Geräusche aus dem Himmel oder dem eigenen Körper zu kommen. Das ist der Trick des Sees – keiner kann die exakte Quelle der Laute definieren. Der andere Trick ist, dass keiner sagen kann, wann es anfängt oder wieder aufhört, stattdessen muss man es sich anhören, solange es andauert, ohne sich darauf zu verlassen, dass es ewig weitergeht. Maddy liebte dieses Ächzen und Stöhnen, und ich werde niemals ihr Gesicht vergessen, wenn wir ihm lauschten.

Wir standen an der Stelle am Ufer, wo sich sonst der Steg befand. Es war spät, der Mond stand bereits seit Stunden hoch am Himmel, eine kalte Sichel in der nächtlichen Blauschwärze. Im Winter wurde der Steg abgebaut und in Einzelteilen unter einer Plane neben dem Holzstapel verstaut. Lediglich ein kleiner Teil blieb am Ufer, damit wir die Stühle darauf abstellen konnten. Frost glitzerte auf dem Holz, und innerhalb von Sekunden drang die Kälte durch meine Jacke, als wir uns setzten. Robin saß kerzengerade neben mir, die Hände tief in den Taschen vergraben.

»Dieses Jahr haben wir den Steg gerade noch rechtzeitig abgebaut.«

»Es ist jedes Mal reine Glückssache«, sagte ich. Früher hatte mein Vater ihn immer am Labour Day abmontiert, manchmal auch erst im Oktober, nachdem wir dazu übergegangen waren, die Hütte ganzjährig zu nutzen. Wir wollten ihn so lange stehen lassen, wie es nur ging, wohl wissend, dass ein spontaner Frosteinbruch ihn beschädigen würde.

»Ich glaube, dein Dad liebt das Spiel mit dem Risiko. Ist der Steg denn jemals festgefroren?«

»Einmal, glaube ich, vielleicht auch zweimal. Er musste freigehackt werden.« Das war zu einem Zeitpunkt gewesen, als mein Vater die wirklich schweren Arbeiten nicht länger allein erledigen konnte. Eines Tages wäre es so weit, dass er überhaupt nichts mehr tun konnte. »Danke, dass du ihm hilfst, Robin.«

Der Schnee hatte seinen ganz eigenen Schimmer, der allerdings mit dem des Wassers keinesfalls mithalten konnte. Ich hatte es nie sonderlich gemocht, dass es im Winter keine Spiegelung und folglich auch keine Verdoppelung der Welt gab, das Schauspiel zwischen Wasseroberfläche, Tiefe, Bäumen und dem Himmel.

»Ich habe Glenda Sedge angerufen.«

»Tatsächlich?«

»Ich habe ihr die Erlaubnis gegeben, Maddys Animation zu verwenden.«

Robins Lächeln mit geschlossenem Mund verriet mir, dass es genau das war, was ich seiner Meinung nach tun sollte. »Und wie geht's dir damit? Gut? Nachdem du Ja gesagt hast?«

»Ich denke schon.«

»Das ist doch ein gutes Zeichen.«

»Ich kann später immer noch Nein sagen.«

Er musterte mich. Eiskristalle glitzerten in seinem Bart. »Glaube ich aber nicht.«

»Maddy ist diejenige, die das Video ursprünglich angefertigt hat, damit es öffentlich gezeigt wird«, sagte ich. »Für die Kampagne. Es war ihre Art … den Tatsachen ins Auge zu blicken. Trotzdem finde ich es nach wie vor … beängstigend.«

»Weil du nicht genau weißt, wie sie es einsetzen wollen?«

»Man kann nie wissen, welche Absichten die Welt mit dem eigenen Kind hat. Ging es dir mit Vince nicht genauso?«

»Immer«, antwortete er. »Aber das ist eine andere Geschichte. Als Elternteil hat man keine große Wahl. Am Ende müssen sie ihren Weg gehen.«

Ich war ihm dankbar, dass er mich als Elternteil bezeichnete, denn genau das war ich und würde es auch immer sein, bis zum letzten Atemzug.

Robins Bart verdeckte seine Oberlippe, was ihm ein geheimnisvolles, sakrales Aussehen verlieh. Am liebsten hätte ich ihn abgerissen, damit sein wahrer Gesichtsausdruck darunter zum Vorschein kam. Was war wirklich zwischen ihm und seiner Ex-Frau vorgefallen? Sechs Jahre hatte er mit ihr zusammengelebt, außerdem hatte es davor und danach andere gegeben. In unserer Anfangszeit hatten wir uns gegenseitig eine Zusammenfassung unserer bisherigen Liaisons gegeben, und nach drei Jahren glaubte ich, Robin durchaus einschätzen zu können, aber wie viel wussten wir wirklich über unseren Partner und darüber, wozu wir fähig waren? Antonios hochgewachsene Gestalt, seine zusammengepressten Lippen existierten in einer anderen Dimension, außerhalb der Logik dessen, was sich hier gerade zwischen mir und Robin abspielte. Antonio ließ sich nicht einfach wegwischen, gleichzeitig konnte ich ihn nicht ins Hier und Jetzt holen, allenfalls als ein sorgsam verschnürtes Päckchen, das endgültig aus meinem Leben verbannt oder in eine dunkle Ecke meines Bewusstseins verfrachtet war, wo es niemanden berühren oder Schaden anrichten konnte.

Ich studierte Robins Profil. Die Fältchen um seine Augenwinkel hatten etwas Würdevolles, verströmten Wärme. Was war echt, welcher Gesichtsausdruck? *»Ich bin derjenige, der nichts getan hat. Nicht dass ich nicht in Versuchung gewesen wäre«*, hatte er gesagt. Vermutlich aus Wut. Durchaus berechtigter Wut. Oder etwas noch Komplexerem. Was war echt? Maddys friedlich geschlossene Augen, ihre bebenden Lippen, ihr Trotz, ihre blanke Verzweiflung? Oder ihr Lachen, das lediglich die eigene Erlösung in den Vordergrund stellte, sonst nichts? Wie auch immer. Die meisten Menschen würden niemals durchmachen müssen, was Maddy durchgemacht hatte, nicht dieselben Kämpfe kämpfen, mit demselben Wissen leben müssen, wie sie es musste. Dieser neu geschaffene Kopf zog mich unweigerlich an, lud mich ein, schloss mich aus. Stolz kam in mir auf. All das hatte sie getan, ganz allein. Ich beschloss, »final final final« für mich zu behalten, mich und Maddy, und erst wieder etwas zu sagen, wenn Robin den Mund aufmachte.

»Hast du mir verziehen?«, hörte ich mich selbst fragen.

»Ich weiß es nicht«, antwortete er, ohne den Kopf zu wenden.

»Verstehst du, wie ich auf die Idee gekommen bin?«

»In gewisser Weise«, sagte er. »Ja, in gewisser Weise kann ich es nachvollziehen.« Er hielt kurz inne. »Trotzdem ist es grausam, mit anderen Leuten so umzuspringen.«

»Es tut mir so leid, Robin! Ich fühle mich, als hätte ich seit Maddys Tod vollständig den Boden unter den Füßen verloren. Ich hatte solche Angst.«

Er wandte sich mir zu, sah mich an. Atemwölkchen bildeten sich vor seinem Mund, lösten sich auf, bildeten sich neu. Hinter ihm zogen sich die Bäume wie eine Kette am Ufer entlang um den See herum. Es sah aus, als stünden sie dichter beisammen, wirkten dunkler in der Mitte, was am Kontrast zum Weiß des Schnees lag. Es stimmte. Wer würde mich jemals so sehen, wie Maddy es getan hatte? Die Angst dominierte mich. Angst davor, was sich nicht mehr wiederherstellen ließ, was sonst noch verloren gehen könnte.

»Ich weiß«, sagte er, während ich merkte, dass mich die blasierten Fältchen um seine Augen nervten.

»Also warst du tatsächlich in Versuchung, ja?«, fragte ich mit Alison-typischer Direktheit.

»Was war ich?«

»In Versuchung.«

Wieder sah er mich an. »Eigentlich nicht.«

»Eigentlich nicht? Was heißt das?«

»Warst *du* es?«

Ich fühlte mich, als stünde ich auf einer Klippe und blickte in die Tiefe. »Ein bisschen.« Die Worte hingen in der Luft. Dann begann ich zu betteln, weil eine Zukunft ohne ihn undenkbar war. »Aber es ist nichts passiert. Ich habe dir ja gesagt, dass es außergewöhnliche Umstände waren. So wird es nie wieder sein.«

Die Hände tief in den Taschen, die Schultern durchgedrückt, wandte er den Kopf zum See um. »Weißt du, wieso nachts alles blau aussieht?«, fragte er nach einer scheinbaren Ewigkeit.

»Nein. Wieso?« Ich wusste es zwar, musste aber seine Stimme hören, musste lauschen, wie er irgendetwas erklärte.

»Beim Nachtsehen übernehmen Zellen namens Stäbchen das Sehen. Sie nehmen eher das blauviolette Ende des Spektrums auf, deshalb ist in unserer Wahrnehmung bei Dämmerung alles in ein bläuliches Licht getaucht. Die Zapfen sind im Ruhezustand, und die Stäbchen übernehmen.«

»Aber das ist nicht der Grund, weshalb der Mond blau aussieht.«

»Nein, ich denke, das kommt eher vom Mond selbst. Sicher bin ich allerdings nicht.«

»Über den Mond gibt es eine ganze Menge zu sagen, was?«

Sein Lächeln wurde breiter. Er sah mich an. »Eigentlich nicht.«

»Zu viel wurde schon über ihn gesagt.«

»Und alles ist wahr.« Robin stand auf und schlug seine behandschuhten Hände zusammen. »Lust, auf den See hinauszugehen?« Ohne auf meine Antwort zu warten, trat er von dem Stegabschnitt herunter und durch den aufgehäuften Schnee auf das Eis.

»Bist du sicher, dass zehn Zentimeter genug sind?«, rief ich.

»Ich überlasse es dir!«, rief er, ohne sich umzudrehen. Mit seinem schwarzen, an der Taille von einem Gürtel gehaltenen Skianorak und der hochgezogenen Kapuze sah er wie ein Mönch aus. »Ich gehe jedenfalls.«

Ich stand auf und folgte ihm, stellte vorsichtig den Fuß aufs Eis wie die Frau am Fußgängerüberweg auf der Heimfahrt vom Flughafen. Es schien dick genug zu sein, allerdings ließ das hohle Knirschen unter meinen Stiefeln keinen Zweifel daran, dass wir uns auf Wasser befanden.

»Dein Dad geht eben auf Nummer sicher«, sagte Robin. »Vor allem bei einem Gast, für den er sich verantwortlich fühlt.«

»Fühlst du dich denn nicht für Leute verantwortlich?«

»Zehn Zentimeter machen mir jedenfalls keine Angst. Ich war schon oft auf dem Eis, wenn es zehn Zentimeter dick war.«

Nun, da wir auf dem See standen, wussten wir plötzlich nicht mehr recht, was wir tun sollten. Die Schlafzimmer lagen in völliger Dunkelheit, ebenso wie das neue Dachzimmer, das hinter den Ästen verborgen lag. Das Wohnzimmer war hell erleuchtet, und die vier Verandalampen brannten in ihren Gehäusen.

»Wie lange halten die, was glaubst du?«, fragte ich.

»Eigentlich sind sie für den Außenbereich gedacht«, sagte Robin.

»Hast du sie nicht gleich im ersten Jahr hingestellt? In dem Fall haben sie immerhin zwei Winter überlebt.«

»Warten wir's ab.«

Ich kehrte dem Haus den Rücken zu. In den meisten anderen Hütten waren die Lichter gelöscht, nur Normas Haus verströmte einen trüben Schein, kaum heller als der Schnee. Mit einem Anflug von Gewissensbissen dachte ich an sie, wie sie in ihrem Bett lag und schlief, während die ganze Nacht die Verandalampen brannten. »Im Winter können wir ihr Haus praktisch gar nicht sehen.«

»Stimmt«, meinte Robin.

»Eigentlich ist die Farbe auch gar nicht so schlimm, oder?«

»Nein.«

»Manchmal rege ich mich völlig umsonst auf.«

Sein Gesicht lag im Schatten, sodass ich es nicht genau erkennen konnte.

»Das Eis ist dünner als früher«, sagte ich. »Als Kind war es manchmal siebzehn, achtzehn Zentimeter dick.«

»Oben im Norden sogar noch mehr. Früher sind wir aufs Eis hinausgefahren und haben vom Rücksitz des Pick-ups aus geangelt. So was würde ich heute nicht mehr tun.«

»Hast du auch die Dokumentation gesehen, in der Walrossmütter um Platz für ihre Jungen kämpfen? Die liegen alle auf einer winzigen Eisscholle und schubsen sich gegenseitig herunter.«

»Nein, aber ich habe Eisberge kalben sehen. Das passiert in einem rasanten Tempo.«

Die Schneedecke erstreckte sich in kleinen Wellen vor uns.

»Würdest du dir so Wasser in seiner festen Form vorstellen, wenn du nicht wüsstest, wie es sich anfühlt?«

»Nein«, antwortete Robin. »Eis ist ja irgendwie logisch, aber Schnee ist eher wie Sand.«

»Die Farben!«, rief ich. Nicht nur Blautöne, sondern leuchtende Violettschattierungen, Grau, Lila und Rosa hoben sich als Varianten des Weiß vor dem dunklen Ufer ab. »Ist es nicht unvorstellbar, dass all das eines Tages verschwunden sein könnte?«

»Wenn es erst mal weg ist, kann man nichts mehr tun.«

Ich trat gegen einen Schneehaufen. »Ich will lieber gar nicht erst darüber nachdenken.«

»Dürrekatastrophen. Überschwemmungen.« Robin stampfte auf der Stelle. »Lebensmittelkriege.«

»All das wird einmal Maddys Generation betreffen. Oder die nächste. Immerhin ist ihr das erspart geblieben.«

Ich konnte sein Gesicht nicht sehen, spürte aber seinen Blick auf mir ruhen. Manche Dinge waren zu übermächtig, um darüber zu reden. »Wollen wir Alison heimlich mitnehmen? Ohne es deinem Vater zu verraten?«

»Morgen Abend«, erwiderte ich, heilfroh, dass wir wieder Verschworene waren. »Sie wird begeistert sein. Ich habe nicht das Gefühl, dass sie in ihrem Leben viel Zeit an der frischen Luft verbracht hat.«

»Seid ihr euch in London nähergekommen?«

»So würde ich es nicht unbedingt bezeichnen.«

»Sie bewundert dich.«

»Tatsächlich? Wie kommst du darauf?«

»Instinkt.« Er lächelte albern. »Ich hab's im Urin. Sie ist ein ungewöhnliches Mädchen.«

»Frau«, korrigierte ich.

»Obwohl mir Leute, die sich keinen Kopf darum machen, derart widerborstig zu sein, immer ein bisschen Angst einjagen.«

»Dynamische Ungefälligkeit.«

»Das ist deine Bezeichnung dafür?«

»In der Kunst wird so etwas hochgeschätzt. Jedenfalls bin ich froh, dass du sie magst.«

Wir stapften weiter durch den Schnee, hinterließen eine Spur perfekter stiefelförmiger Abdrücke. Ich blieb stehen. Er ebenfalls.

»Maddy hat das Zimmer nie gesehen«, sagte ich. »Dabei war sie genauso begeistert von Fallingwater wie ich.«

»Ich hätte es fertigstellen sollen, solange sie noch bei uns war.«

»Vielleicht.«

Er stöhnte laut auf. »Ich wünschte so sehr, ich hätte es für sie fertiggestellt!«

»Nein«, sagte ich nach einem Moment. »Es ist besser so.«

Ich rannte über das Eis, wobei ich mit den Schuhen den Schnee aufpflügte. Er tat dasselbe, nur in die andere Richtung.

»Wann war sie das letzte Mal hier?«, rief er.

»Im Juni. Mit Sam.«

»Wusste sie, dass es das letzte Mal sein würde?«

»Ich hoffe nicht.«

Ein scharfer Knall ertönte unter meinen Füßen, schoss in Richtung Ufer. Ich erstarrte. So etwas war mir noch nie vorher passiert, wenn ich auf dem Eis war. Robin griff nach mir. Handschuh in Handschuh und ohne es zu wagen weiterzusprechen, arbeiteten wir uns vorsichtig in Richtung des seichteren Wassers, wobei wir instinktiv mit unseren Stiefeln durch den Schnee schlurften, statt die Füße zu heben. Eis war ein Medium, auf dem man sich entweder mit eleganter Anmut oder lächerlicher Plumpheit bewegte. Es war, als würde man rückwärts eislaufen. Als Kind hatte ich die Vorwärtsschritte im Nullkommanichts gelernt, wollte ich mich hingegen in die andere Richtung, also rückwärts, bewegen, musste ich die Kufen abwechselnd ungelenk nach außen schlenkern. Maddy hatte ebenfalls gelernt, auf dem Eis rückwärts zu laufen, indem sie sich an meinen Händen festgehalten und auf mein Gesicht konzentriert hatte.

An der Stelle, wo im Sommer der Steg aufs Wasser führte, blieben wir stehen. Nun, da wir in Sicherheit waren, hatte ich es auf einmal nicht mehr so eilig, das Eis zu verlassen. Das Haus schien ein gutes Stück weit entfernt zu sein und sah wie ein Puppenhaus aus, halb hell erleuchtet, halb im Dunkeln liegend.

»Das war kein echtes Knacken, das uns Angst machen müsste, dass das Eis bricht, sondern bloß ein willkürliches Geräusch des Sees«, sagte Robin.

»Ich will es noch mal hören«, sagte ich. Mit einem Mal war der Drang übermächtig. »Ich will es hören. Oder sonst etwas. Ganz egal, was.« Ich zog meine Kapuze herunter und ließ seine Hand los, um mich zu konzentrieren. Sämtliche Strömungen, die durch die mitternächtliche Luft schwebten, schienen sich dort zu vereinen, wo wir standen, und nur darauf zu warten, dass der See ein Lebenszeichen von sich gab. Los, sag etwas! Nichts. Kein weiteres Knacken, kein Murmeln, kein Gurgeln oder Stöhnen, kein Versprechen, kein Anflug, kein Hinweis auf irgendeine Reaktion. Stattdessen nur wir beide, die in die eisige Stille atmeten.

Epilog

»Können Sie mir sagen, wann meine Mom zurückkommt?« Die Fremde am Kinn packen, so wie Mütter es tun, um ihren Kindern etwas unmissverständlich klarzumachen, obwohl meine so etwas nie tun musste. Ich hatte immer versucht, brav und anständig zu sein, genauso wie sie.

Ihre Finger hielten mein Kinn mit erstaunlicher Kraft fest. Trotz bedeutet: Leg dich bloß nicht mit mir an! Aber was bedeutet noch mal flehend? Bitte hilf mir. Ich konnte mich nicht bewegen, nicht wegsehen, nicht die Stopptaste drücken.

»Ich bin hier, Maddy! Direkt neben dir.«

Dies war eindeutig der letzte Ort, an dem ich sein wollte, aber es ging nun mal nicht anders. Das war das Schnippchen, das man uns geschlagen hatte.

Gerade noch rechtzeitig nahm meine Mutter den Platz der Fremden ein. Geschwollene Augen und ein seltsam geformter Mund, trotzdem war es eindeutig ihr Gesicht. Und ihre warme Stimme. Nicht die Worte, sondern die Musik, die ich wieder und wieder gehört hatte, endlos.

»Wasser, bitte.«

Der Kopf wurde richtig hingelegt. Der Mund formte einen Kreis, um zu trinken.

»So viel, wie du willst, Maddy. Sag es einfach.«

Der Durst war groß, wollte kein Ende nehmen. Alles Wasser auf der Welt vermochte ihn nicht zu stillen. Doch nun konnte ich auf der blauen, gläsernen Säule hinunterrutschen, vorbei an mit ihren Schatten kollidierenden Wolken und schief stehenden Bäumen, dorthin, wo alles, was auf der einen Seite verkümmert war, auf der anderen reichhaltig wuchs und gedieh; dorthin, wo sie, ganz in Schwarz gekleidet, Klappen und Ventile justierten, sich anschickten, durch den Raum und durch die Wälder zu poltern, einander den Hügel hinaufzujagen, um dieses eine, ganz besondere …

»Mama?«

»Ja, Maddy?«

»Geh da rüber.«

»Ich bin hier. Spürst du meine Hand?«

»Nein, hier rüber, Mom! Neben die Wolke. Ich schwimme zu dir.«

»Spürst du ihr Fell? Sie sieht dich an. Willst du dich aufsetzen? Tut es weh?«

Keine Schmerzen. Mehr konnten sie nicht für uns tun. Eine wirklich gute Schwester schaffte es, schmerzfrei Blut abzunehmen, ganz egal, wie oft und in welchem Zustand sich die Venen befanden. Die meisten waren gut. So hilflos wie wir, doch niemals so todunglücklich. Jetzt waren wir für uns. Behutsam die Katze mit beiden Händen hochheben, so weich, leicht, so ahnungslos, und auf den Teppich setzen.

Druck an der Schulter. Druck auf den Rippen. Könnten die Schultern oder Rippen von irgendwem sein. Ragdoll-Kätzchen sind so. Das schlaffe Ding, an dem sie befestigt war, hob sich mit ihr in die Luft – lass mich los, Mom, mir ist kalt –, ehe es wieder hingelegt und zugedeckt wurde. Sobald die Flügel abgingen, waren die Libellen erledigt, aber wenn ich vorsichtig die Spinnweben entfernte, flogen sie davon, schimmernd vor Erleichterung, und vergaßen mich auf der Stelle. Ich hatte etwas vergessen. Aber was? Gedanken wurden gedacht, Körperteile bewegt, aber wo all das geschah und wem, war schwer zu sagen.

»Nimm diesen Zipfel, Eve. Ich stecke ihn auf dieser Seite fest.« Die Stimme war zittriger als die meiner Mutter, trotzdem verlieh ihr die Rückendeckung, die sie bekam, eine gewisse Stärke.

»Besser so, Maddy?«

»Warm genug?«

Warme Augen. Je näher man ranging, umso verschwommener wurden sie und umso weiter waren sie weg. Bravo! Er war stolz auf mich. Immer gewesen. Wo auch immer er sein mochte, er machte mich stark. Bassschlüssel und Viertelnoten hockten auf den Drähten, und das Licht versuchte, in den Raum zu dringen. Es war ein Kinderspiel, sie zu verjagen. Eine kleine Bewegung, und schon erhoben sie sich in die Lüfte, ein riesiger Schwarm Punkte, schwarz auf der einen Seite, silbrig auf der anderen, wenn sie sich drehten.

»Zieh die Vorhänge zu. Ist es Nacht?«

»Nein, es ist Morgen. Die Sonne scheint.«

»Er weiß es nicht, Mom.«

»Wasser, Maddy? Nur ein Schlückchen.«

»Ich wollte, dass er mich liebt.«

»Was sagt sie?«, fragte Grandma interessiert. »Wer?«

Der neue Kopf war viel zu klein, um zu lachen, trotzdem lachte sie und freute sich darüber. Nicht *er*, Rose!

»Du hast es geschafft.« Grandpa strich über meinen Handrücken. Seine Stimme lächelte. »Wie schön für dich!« Ich wollte ihm ein Zeichen geben, aber ich war schon so weit unten, und der Druck pro Quadratzentimeter war so enorm, dass ich mich nicht bewegen konnte, geschweige denn sprechen oder die Augen öffnen.

»Sie will nichts trinken«, sagte Robin. »Gestern konnte sie nicht genug bekommen.«

»Sie trinkt schon, wenn sie es braucht.«

»Und was, wenn nicht?«

»Massier mir bitte den Nacken«, sagte meine Mutter völlig erschöpft.

»Hier?«, fragte Robin.

»Nein, da.«

»Soll ich ihr etwas vorsingen?« Grandma hob mit ihrer leicht zittrigen Kopfstimme an, meine Lieblingsstelle. »Soft the drowsy hours are creeping …«

»Kann sie uns hören?«, fragte Robin.

»Das können sie immer.«

Der Applaus hielt an, immer weiter. Die Freude auf ihren Zügen war unvergesslich. Der Schmerz in meinem Herzen schlug Wellen, wild und ungestüm. Es war Zeit. Es war Zeit. Sag etwas! Ich kann dich nicht hören!

»Hill and dale in slumber sleeping …«

»Wo kommt das Schlaflied her?«

»Ihre Mutter hat es immer für sie gesungen.«

Grandmas Mund war halb geöffnet, Grandpas fest geschlossen. Robin verließ den Raum. Meine Mutter starrte durch Risse im Papier. Die Gesichter veränderten sich, eines verfloss mit dem anderen, jedes mit sich selbst. Aber nicht Sam. Er war gekommen und wieder gegangen. Die Kutschenlampen des kleinen Ziegelhäuschens brannten, die schmiedeeisernen Beschläge an der Haustür sahen wie lange runde Messer aus. Hier sollte ich leben, Mama. Für immer! Ich habe diese lila Tür geliebt. An der Wand hängt der grüne Mann mit den Löchern statt Augen und schüttelt den Kopf. So ein langer, langer Tag. Durch sämtliche Korridore geschleppt. Pausenlos mit Nadeln traktiert. Ich bin beeindruckt, wie viel du tust. Wie schaffst du das alles? Nicht umdrehen. Lass mich aufstehen und gehen. Ich will gehen! So vieles, woran ich mich erinnern muss. So viel zu tun …

»Es ist okay, Maddy. Schhh. Leg dich wieder hin.«

Sie drehte den Schlüssel an dem Port auf meiner Brust. Kühle lief durch meinen Arm und meinen Hals, bis in die kleinsten Verzweigungen und die darin gefangenen Sterne. Fachmännisch zupfte sie an den Fäden, drückte meine Stirn, legte ihre Hand auf den Holzblock. Der Atem pfiff hindurch. Hör hin und vergiss. Hör hin und vergiss. Wem ich wehtat, wen ich außen vor oder zurückließ. Würde sie wissen, wohin sie sehen musste, wenn es so weit war? Zieh dein Kinn ein, sonst verletzt du dich am Hals. Entspann dich und lass los. Entspann dich und lass dich den Hügel hinunterrollen, in die Arme des Cellos, das all meine hellen Tropfen vergießt.

Aber Moment. Meine Mutter murmelte etwas, strich mir über die Stirn. Für sie strengte ich mich an, zog die Lippen zurück, riss meine Stimme aus den Tiefen und zwang sie, die Silben hervorzubringen, eine um die andere.

»Vergiss nicht, Mom.«

Ich kann Steine bewegen. Weinen, dann kommt die Milch.

»Was ist, mein Liebling?«

In meiner Hand liegt ihr erwachsener Kopf, dessen Spalt sich vor so langer Zeit schon geschlossen hat, ihr Haar, das allmählich nachwächst. Wieso musstest du in mein Leben treten, wenn du mich wieder verlässt? Dann geh. Geh, wenn du es musst. Ich werde dieses Leben in mir nicht töten. Ich weigere mich schlicht! Streichle die Oberfläche, erst in die eine Richtung, dann in die andere. Weich und kurz. Weich und kurz.

»Drück ihre Hand, Evie.«

»Sie weiß, dass wir hier sind.«

»Sie weiß es.«

»I my loved ones watch am keeping …«, sang Grandma und hielt kurz inne, um zur letzten Zeile anzuheben. »All … through … the night.«

Ich war an der Reihe. Hatte ich es ihnen gesagt, oder nur Sam? Nur Sam. Das war der komische Teil. Sie würde weinen. Schon jetzt weinte sie, meinen Kopf fest zwischen ihren Händen. Nur mit Mühe gelang es meinem Mund, sich zu dehnen, sich um die sich wölbenden Worte zu legen, sie zu formen.

»Wenn dir etwas Schönes passiert? Ich bin es.«

Lachen. Das Eis stöhnt.

Ich bin es, Mama. Ich.